MEU PECADO

JAVIER MORO

MEU PECADO

A atriz espanhola que triunfou em
Hollywood e mudou o destino da
Espanha na Segunda Guerra Mundial

Tradução
Adriana Marcolini
Tereza Souza

Planeta

Título original: *Mi Pecado*

Preparação: Manoela Sawitzki
Revisão: Débora Dutra e Project Nine Editorial
Diagramação: Departamento de criação da Editora Planeta do Brasil
Capa: Rafael Brum
Imagens de capa: mikeklee/Getty Images

DADOS INTERNACIONAIS DE CATALOGAÇÃO NA PUBLICAÇÃO (CIP)
ANGÉLICA ILACQUA CRB-8/7057

Moro, Javier
Meu pecado / Javier Moro ; tradução de Adriana Marcolini e Teresa Souza.
-- São Paulo : Planeta do Brasil, 2018.
256 p.

ISBN: 978-85-422-1508-3
Título original: Mi pecado

1. Ficção espanhola I. Título II. Marcolini, Adriana III. Souza, Teresa

18-1843 CDD 863

Índices para catálogo sistemático:
1. Ficção espanhola

2018
Todos os direitos desta edição reservados à
EDITORA PLANETA DO BRASIL LTDA.
Rua Bela Cintra, 986 – 4º andar – Consolação
01415-002 – São Paulo-SP
www.planetadelivros.com.br
atendimento@editoraplaneta.com.br

Para Talane.

A juventude é um defeito que se corrige com o tempo.

Enrique Jardiel Poncela

1

Madrid, 1940-1943

Sentada na banqueta de veludo diante da penteadeira de seu quarto, Conchita Montenegro se aproximou do espelho. Com suas unhas brilhantes cortadas em forma de amêndoa, arrancou uma a uma as finas tiras de esparadrapo que prendiam um palito colocado entre as sobrancelhas, perpendicular ao nariz. Era um truque de Juana para lutar contra a ruga vertical da testa, que já despontava. Juana era a mais nova de suas irmãs e tinha umas ideias bem excêntricas. Mas na guerra contra os estragos da idade valia de tudo, não se podia desprezar nenhuma arma, nem sequer um palito de dente. Assim que o rosto ficou mais relaxado, examinou-o. Aquela ruguinha carrancuda continuava ali, embora amortecida. No mais, sua cútis era uma paisagem perfeita. Quantas gentilezas lhe havia trazido essa tez de madrepérola... quase tantas como as dirigidas a seu olhar voluptuoso ou ao timbre "cristalino" de sua voz. Se bem que só ela, à força de esquadrinhar o rosto poro a poro, à espreita de qualquer alteração, por mínima que fosse, era capaz de detectar as deformações mais sutis. Na altura do olho direito distinguiu o sulco de um incipiente pé de galinha. *Que presentinho de aniversário...*, pensou.

Acabava de completar trinta e dois; poucos anos para Concepción Andrés Picado, seu nome de batismo; muitos para uma estrela de cinema conhecida mundialmente como Conchita Montenegro. Pressentia que a natureza continuaria a lhe proporcionar presentinhos cada vez mais difíceis de dissimular: princípio de olheiras, uma ou outra papada, um ápice de flacidez... Tudo isso estava logo ali na esquina, e ela sabia. Essa mulher que havia sido a primeira espanhola a triunfar em Hollywood, amiga de Chaplin e de Garbo, de Douglas Fairbanks e Norma Shearer, sentia-se jovem e velha ao mesmo tempo. Sua coleção de bonecas e bichos de pelúcia – as prateleiras de sua casa estavam repletas – era uma maneira de se aferrar ao passado, de prolongá-lo.

Conchita intuía que chegava o momento de mudar de vida. Abriu um tubinho de creme Helena Rubinstein e aplicou uma ínfima camada no canto das pálpebras. Era melhor usar com moderação, pois havia conseguido esse tesouro dos Estados Unidos graças às conexões diplomáticas de seu noivo, Ricardo Giménez-Arnau, que morria de amores por ela. Com essa guerra interminável que inflamava o mundo era difícil saber quando poderia conseguir outra bisnaga. Em seguida terminou com um *fond de teint* René Coty comprado no mercado negro. Nas lojas de Madrid, não havia nada além de Tokalón para a pele; eram uns pozinhos preparados "por meio de um colorímetro mágico que duplica a beleza natural da cútis", segundo os anúncios, mas que não passavam de talco com creme.

— Vicenta, como está o tempo na rua?

— Está frio e tormentoso, senhora.

— Pegue a estola de chinchila para mim.

— Sim, senhora.

A chinchila ficava bem em Conchita; achava que o vison era para mulheres mais velhas, próximo ao vulgar. Acabou de se maquiar com parcimônia, realçando as maçãs do rosto com uma pitada de ruge. Seus olhos eram castanhos, embora parecessem pretos por causa dos cílios longos. Eram totalmente fora do comum. Pôs pouca sombra nos olhos para não ofuscar seu "olhar profundo", como o descreveu um conhecido crítico de cinema. Um olhar direto, ao mesmo tempo puro e atrevido, que atingia diretamente o coração. Conchita achava que as espanholas abusavam da sombra nos olhos e, em geral, maquiavam-se demais. Lembrava-se dos conselhos de López, um compatriota com fama de ser o melhor maquiador de Hollywood, um mestre na hora de rejuvenescer ou envelhecer as estrelas: "Com você menos é mais", dizia-lhe. Quantas horas passaram juntos entre enquadramentos e planos, entre risadas e piadinhas picantes! Como sentia saudades dele! Era difícil admitir isso, agora que estava comprometida com Ricardo, mas sentia saudades da vida em Los Angeles, daquela sensação de liberdade, tão viciante e agora tão distante. Lá fazia coisas que seriam inimagináveis em Madrid, como dirigir seu próprio carro até o aeroporto de Santa Monica para as aulas de pilotagem. Que banho de liberdade era voar naquele aviãozinho sobre o litoral da Califórnia! Como sentia saudades da vista da cidade de Los Angeles, à noite e lá do alto, era como ver um estojo iluminado de joias...; o ar cálido da Califórnia e o conforto daqueles chalés de madeira! Como esse mundo parecia distante da Madrid do pós-guerra, desse continente forjado a ferro e fogo. É verdade, sentia mesmo falta de assistir às estreias de seus filmes ao volante de seu Studebaker conversível e de conviver com os grandes, com Judy Garland ou Gary Cooper. Aqui se relacionava com algumas das trezentas e trinta e seis personalidades da Espanha e outros tantos figurões do regime, mas não era a mesma coisa.

2

Também sentia saudades de algo tão simples como entrar numa loja bem abastecida. Em Madrid era impossível encontrar um bom par de sapatos, por exemplo, ou os eletrodomésticos com os quais estava acostumada nos Estados Unidos. Da janela do seu quatro, que dava para a rua Juan Bravo, podia ver, na padaria em frente, a fila de mendigos que se formava aos domingos na hora do fechamento, à espera de que o dono distribuísse os produtos não vendidos.

Toda vez que soava a campainha, seu coração dava um pulo pensando que talvez o carteiro lhe trouxesse um telegrama de Hollywood, oferecendo um novo projeto. Mas não, a realidade era mais prosaica: a campainha anunciava a chegada da cabeleireira ou da costureira, que vinham todos os dias, ou de uma garota da Falange[1] com boina vermelha pedindo cinco pesetas para os retornados da Divisão Azul. Ou pessoas mal-ajambradas que diziam ter conhecido sua mãe ou suas irmãs e pediam ajuda para tirar um familiar da prisão, ou suplicavam a influência de seu noivo para livrar um parente da pena de morte. Outros vinham pedir trabalho, qualquer que fosse e pelo que fosse. Ela tentava ajudar. Nem sempre era possível.

Mas nunca chegava o telegrama sonhado que a fizesse regressar ao paraíso perdido. Tinha de admitir: Hollywood havia fechado as portas para Conchita Montenegro. Agora fazia cinema na Europa e, desde o começo da guerra mundial, rodava três ou quatro filmes por ano na Espanha. Trabalho não lhe faltava. Seu melhor filme, que fez seu nome aparecer antes do título, um privilégio reservado às grandes divas do cinema, fora rodado na Itália. Foi nessa época que deu início a sua história de amor com Ricardo. Na Espanha, alguns de seus últimos trabalhos tinham *naufragado*, como se diz no cinema, mas ela pensava em descontar no próximo, uma superprodução espanhola chamada *Ídolos*, sob o comando de Florián Rey. Embora nem o fracasso nem o sucesso na Espanha tivessem o mesmo sabor que em Hollywood.

— Vicenta, diga a Pepín para estar pronto à uma e meia.

— Sim, senhora.

Pepín era seu motorista. Um antigo jornalista que havia entrevistado sua irmã Juanita em uma filmagem antes da guerra para a revista *Cinegramas*. Quando as

---

1. Partido fascista espanhol. A Falange foi fundada em 1933 por José Antonio Primo de Rivera. A partir de 1937, foi ampliado pelo ditador Francisco Franco e se tornou a “Falange Espanhola Tradicionalista”, o único partido permitido na Espanha franquista. (N.T.)

tropas de Franco entraram em Madrid, o homem se escondeu, estava aterrorizado, temendo ser pego e fuzilado, até que conseguiu se comunicar com Conchita e lhe pedir ajuda. Como precisava de um motorista, porque na Espanha não ficava bem uma mulher dirigir sozinha – e Ricardo enfatizou isso –, ela o contratou. Apesar de se encontrar sob sua proteção, Pepín vivia com o medo grudado nos ossos. Via com suspeita o vigilante das redondezas e não confiava no porteiro do prédio, um edifício majestoso na rua Juan Bravo, esquina com a General Mola.

Conchita escolheu um vestido de cor avermelhada do estilista Julio Laffitte, que, apesar do nome, era um sevilhano cuja carreira triunfal em Paris fora interrompida pela invasão alemã e agora se dedicava a desenhar trajes de cinema em Madrid. Depois, colocou meias arrastão com costura. Sabia que quando a viam ao natural, as pessoas se surpreendiam por ser bastante baixa, por isso procurava dissimular usando saltos altos. Escolheu sapatos envernizados combinando com o vestido. Voltou à penteadeira, tomada por uma floresta de frascos que denunciavam sua fraqueza por perfumes. Em sua maioria, eram redondos, pretos, com o anagrama dourado da casa Lanvin e uma tampa de rosca redonda com um laço de seda na base. Esses estavam todos vazios, ou quase, mas ela não os jogava fora, apesar das súplicas de Vicenta, que se perguntava a troco de que a patroa acumulava tanto frasquinho. Em algumas noites de insônia, Conchita abria um que ainda contivesse um rastro de perfume. Como um ritual privado e secreto, cheirava aquela fragrância aveludada de jasmim, rosas e lírios, provocativa e sensual, que a transportava a suas lembranças de Hollywood com uma intensidade que somente os aromas podem propiciar. Usava os outros conforme seu estado de espírito: quanto mais alegre, mais exuberante a essência. Nesse dia, como se sentia com a alma leve, escolheu um com água de cravo e bergamota, que aspergiu generosamente sobre os braços, ombros e pescoço. Cobriu-se com um casaco de lã cinza e pôs um chapéu de aba larga, meio caído de lado, também avermelhado. Finalizou com a estola.

— Não acha que estou muito séria? — perguntou a Vicenta.

— A senhora não está séria, está elegante.

Vicenta tinha seus critérios. Mas Conchita abriu uma gaveta na mesa da penteadeira e escolheu um broche de pedras semipreciosas que prendeu na lapela do casaco, dando vida a toda a roupa. Depois ficou na dúvida sobre os brincos; finalmente optou pelos de pérola e pôs um colar de duas voltas. Deu uma última olhada no espelho. Achou que estava bonita.

Acomodou-se no assento de um Buick que tinha trazido dos Estados Unidos e que funcionava com gasogênio, um equipamento que o movia graças à combustão de lenha e carvão. Era tamanha a escassez de gasolina que até Franco se viu obrigado a comparecer ao desfile da Vitória em um carro conversível propulsionado por gasogênio. Diziam que a culpa era dos americanos, que haviam cortado as exportações de petróleo para a Espanha a fim de obrigar o governo de Franco a interromper a exportação de tungstênio – um metal crucial para a indústria armamentista – para os alemães.

— Para onde levo a senhora?

— Já disse para não me chamar de senhora, Pepín.

O motorista meneou com a cabeça.

— É que parece... como eu deveria dizer... muito familiar chamar a senhora pelo nome.

— Soa como "vermelho", não é?

— Isso mesmo — disse Pepín, assentindo com a cabeça —, e também é perigoso.

Conchita riu. Tinha um riso aberto, espontâneo, como uma menina.

— Então vamos fazer uma coisa... Você me chama de Conchita quando estivermos a sós e de senhora quando houver gente. Que tal?

— De acordo, senhora... Perdão, Conchita.

Voltou a rir.

— Vamos ao restaurante Edelweiss, atrás do Parlamento.

Conchita tirou um maço de Philip Morris da bolsa. Usava uma piteira muito comprida, que a distanciava das pessoas e aumentava ainda mais sua aura de estrela. As más línguas diziam que tinha copiado isso da Garbo. Acendeu o cigarro e deu uma tragada profunda. Estava animada porque esperava encontrar-se com antigos colegas de profissão. Tinha sido convidada por Hugo Donarelli, que queria festejar seu aniversário com os mais ilustres do mundinho do cinema. Ninguém rejeitava um convite de Hugo, o barítono italiano que havia montado o estúdio de dublagem Fono España e estava nadando em ouro desde que obteve, graças a sua astúcia e talento comercial, a exclusividade para dublar todos os filmes da Fox.

3

O Buick desceu pela rua Juan Bravo e na altura da Lagasca passou por um buraco; as cinzas caíram e quase queimaram o casaco de Conchita. No cruzamento com a Serrano, enquanto um guarda de capacete branco dava passagem para alguns pedestres, ela levou um susto porque uma mulher de preto, com um bebê agarrado ao peito, encostou na janela, levando as mãos à boca para pedir esmola. Na outra janela, crianças com cabeças raspadas e ranho ressecado também pediam. Finalmente o carro partiu.

Nesse horário em que as pessoas se reúnem para um drinque antes do jantar, jovens com o cabelo reluzente de brilhantina acompanhados das Marías, Carmens ou Dolores, para quem tudo era "bárbaro, sensacional, formidável ou incrível", apesar dos tempos que corriam, desfrutavam de um vermute nos terraços dos cafés da Serrano, uma rua de paquera que os madrilenhos comuns chamavam de "tontódromo".

O carro cruzou a Porta de Alcalá, onde alguns aleijados sentados em fila se aqueciam ao sol, e seguiu margeando o Retiro. Quantas recordações esse parque lhe trazia. Sob os frondosos ramos de suas árvores tinha brincado de bambolê com as irmãs, tinha "lançado" os barquinhos, tinha patinado em frente ao café-restaurante da Casa de Vacas e remado na lagoa grande. Agora dava pena vê-lo, vítima dos estragos da guerra. Diante da necessidade de lenha para se aquecer e cozinhar, as pessoas pulavam a cerca à noite e continuavam derrubando as árvores.

Quando chegaram ao restaurante, um porteiro de libré abriu a porta traseira e ajudou Conchita a sair do automóvel. Na parte de dentro, com paredes forradas de madeira até a altura do cabideiro, onde estavam pendurados quadros e fotos, sua atenção foi atraída para um indivíduo com monóculo e um bracelete com a cruz gamada, sentado a uma mesa, falando com outro homem que estava de pé e que, ao se virar, reconheceu Conchita e foi cumprimentá-la. Era o diretor do jornal *ABC*, que também fora convidado.

— Vou apresentá-la ao senhor Lazar.

— Esta senhorita não precisa de apresentação — respondeu o alemão, que se levantou e cumprimentou a atriz com modos encantadores. Hans Lazar era o assessor de imprensa do Reich e diretor da Abwehr, a agência de inteligência nazista, que contava com mil funcionários em Madrid. Subornava os jornalistas espanhóis para mantê-los bem controlados, como era o caso do diretor do *ABC*. Antes que pudessem começar a conversar, a voz de Justa, a irmã mais velha de Conchita, interrompeu-os:

— É por aqui! — disse-lhes, apontando o caminho até a área reservada. E sussurrou para Conchita: —Você podia ter chegado antes! Estamos te esperando há um tempão.

Disse isso apertando os dentes e os punhos. Justa era assim, sempre tensa. Criticava ou protestava sempre, desde pequena. Se tivesse macarrão na sopa, era porque tinha; se não tivesse, era porque não tinha. As irmãs não se pareciam em nada, exceto na paixão pelos automóveis. Com seu jeito seco, rosto largo, nariz um tanto pontudo e o eterno casaco preto, Justa compensava a falta de graça com um caráter forte. Era ela quem planejava o dia a dia dos estúdios de dublagem Fono España e a ela se devia creditar a organização desse almoço. Sempre tinha sido o "homem da família". Foi ela quem acompanhou Conchita a Hollywood em 1930, foi ela quem ajudou Juana, a mais nova, a do palito na testa, a sair da Espanha em 1937 e fugir para o Brasil. E também foi ela quem moveu céus e terras para salvar Hugo Donarelli do paredão nos primeiros dias da guerra. Fez isso por amor, porque Hugo e ela eram amantes havia muitos anos. Não viviam juntos, viam-se no trabalho e saíam nos fins de semana. Era uma relação discreta porque ele era casado e tinha família em Roma. Justa vivia com a mãe, a doce Anunciación, na rua Espartinas, no bairro de Salamanca, não muito longe da irmã.

— Você não sabe que em Madrid já não se almoça mais antes das duas e meia? — respondeu Conchita para justificar o atraso.

Justa deu de ombros. Sua irmã tinha razão: sem que ninguém se desse conta, os horários do almoço e do jantar passaram a ser uma hora e meia mais tarde do que era hábito nos anos 1920. Segundo o governo, isso se devia a novos costumes impostos "por uma minoria ociosa", aquela que se pavoneava na rua Serrano.

Justa ia contestá-la, mas nesse momento apareceu Hugo Donarelli, seguido por dois fotógrafos paparazzi, que dispararam seus *flashes*.

— Conchiiiitaaaa! Belísssimaaaa... como sempre! — disse com sua voz de barítono e seu forte sotaque. —Venha, tenho uma surpresa para você.

Com seu queixo saliente, os olhos negros um pouco saltados e a barriga proeminente, Hugo lhe plantou dois beijos e exigiu que o seguisse até a área reservada onde umas trinta pessoas conversavam de pé. Quando Conchita entrou, houve silêncio total. Não era um silêncio reverencial, era uma mescla de surpresa e deslumbramento, como a que produz as estrelas na noite, como se não acreditassem que ali estivesse presente, em carne e osso, uma deusa do celuloide.

— Minha rainha, quanto tempo!

Ela teria reconhecido essa voz entre milhares. Sempre que se encontrava com Edgar Neville sentia borboletas no estômago, como na primeira vez, em Nova York, quando ele fora ao porto recebê-las, ela e a irmã, em sua primeira viagem à América do Norte. Conchita, que sentia predileção por homens maduros, deixou-se seduzir por esse diplomata, escritor de teatro e de cinema que tinha o dobro da sua idade. Bonito e criativo, cosmopolita, grande conversador, era um *bon-vivant*. De tanto fazer rir o homem que fazia o mundo inteiro rir, Charles Chaplin, tornou-se seu amigo íntimo.

O *affaire* que mantiveram, tão intenso como fugaz, com os anos acabou transformando-se em uma sólida amizade.

— Guardei um lugar para você ao nosso lado, venha... — chamou levando-a pela cintura como se fosse tirá-la para dançar.

Conchita cumprimentava afetuosamente, mas não a todos. Foi fria e distante com Imperio Argentina, a atriz de quem os próprios generais Franco e Primo de Rivera se declaravam admiradores fervorosos. Não a suportava. Uns diziam que era inveja porque Imperio cantava como os anjos e sua carreira estava em ascensão, mas Conchita não gostava do seu sotaque, o jeito meloso, tampouco que quisesse fazer um projeto que estava fazia tempos namorando e considerava seu: um grande filme sobre a vida de Lola Montes, a aventureira e bailarina irlandesa. Parecia-lhe que Imperio era uma novata que não jogava limpo, uma rival que lhe roubava o protagonismo e se aproveitava das circunstâncias para o próprio engrandecimento.

Também se negou com firmeza a cumprimentar Fernando Fernández de Córdoba, o locutor-soldado famoso por seu bigodinho e por ter lido o último comunicado de Franco sobre a guerra: "No dia de hoje, o exército vermelho preso e desarmado...". Quando abriu os braços para abraçá-la, ela deu a volta e o deixou plantado. Sentia repugnância por aquele indivíduo. E menosprezá-lo diante de todos lhe deu um raro prazer, o prazer que nasce da vingança. Não era algo ligado diretamente a ela, mas a sua amiga Rosita Díaz Gimeno e a nove membros da equipe do filme *El genio alegre* que, em julho de 1936, foram denunciados por aquele sujeito, por "afinidades com as forças republicanas". Que Rosita era amante de uma personalidade de esquerda, que era espiã e avisava os aviões do governo... Eram calúnias sem fundamento que levaram essa atriz consagrada a ser detida, colocada em isolamento, a sofrer tortura e a quase ser fuzilada. Tinham ficado muito amigas em Hollywood e se tornaram o alvo favorito da imprensa marrom, que acompanhava pontualmente as andanças internacionais das duas atrizes espanholas mais cosmopolitas.

Conchita chegou, enfim, ao fundo da área reservada, onde estava seu grupo de Hollywood: os atores Pepe Crespo, Pepe Nieto e Julito Peña, o escritor Jardiel Poncela e a última amante de Neville, a atriz Conchita Montes. As rígidas leis de moralidade do regime não pareciam afetar o meio artístico. Como Neville, muitos dos que viviam com as amantes continuavam casados com as esposas de sempre.

— Aqui estamos, como no Henry's! — anunciou Pepe Crespo, ao afastar a cadeira para que Conchita se sentasse.

Ele se referia ao restaurante do Hollywood Boulevard onde os espanhóis tinham sempre uma mesa reservada. Jardiel o fitou com os olhos arregalados.

— *Ham and eggs?*

Era a única coisa que Jardiel havia aprendido a falar em inglês, ovos com presunto, para não morrer de fome. Como dizia que era feio, Pepe Crespo e Julito Peña lembraram que o ajudavam em suas conquistas. Eles o apresentavam às garotas, mas Jardiel, com seu inglês macarrônico, não conseguia que lhe dessem atenção por mais de três minutos. Vingava-se:

— É que todas as mulheres de Hollywood parecem ser a mesma. Quando as vemos passar, não sabemos se passaram vinte mulheres ou a mesma mulher vinte vezes.

Jardiel Poncela, que era muito observador, tinha visto Conchita esnobar o locutor Fernández de Córdoba.

— Alguma notícia da Peque?

Era assim que os amigos chamavam Rosita.

— Perdi o rastro dela.

Ele também sentia uma mistura de pesar e constrangimento pelo que havia acontecido com Rosita. Afinal de contas, devia a ela seu momento de glória em Hollywood, porque Peque tinha sido protagonista do filme *Angelina o el honor de un brigadier*, baseado em uma obra sua. Os críticos, e até o próprio Charles Chaplin, elogiaram a brilhante interpretação da atriz.

— Mal podíamos ler as falas porque caíamos na risada… — recordava Pepe Crespo sobre aquela filmagem. — Era a primeira vez que se fazia um filme em versos, nunca entenderei por que a Fox o financiou.

— Ora, justamente por isso, porque os americanos não entendiam nada — sentenciou Jardiel. — Que outro motivo haveria?

Todos os que estavam naquele almoço compartilhavam do entusiasmo de ter vivido a experiência única de Hollywood, menos Jardiel, que dizia que "as únicas pessoas adultas que se encontra lá são as crianças". Vieram à tona lembranças como o fim de semana em que foram a Reno assistir a uma luta de boxe entre o espanhol Paulino Uzcudun e o norte-americano Max Baer.

Ou quando desciam até Tijuana para beber uísque *sour* porque lá não existia a lei seca. Que alegres eram as festas de Antonio Moreno, o galã espanhol casado com uma milionária, o único que estava mesmo solidamente estabelecido em Hollywood. Levava os espanhóis recém-chegados a sua biblioteca giratória que, quando acionada, dava uma volta e deixava à vista uma magnífica adega dotada dos melhores vinhos. Como era saborosa a tortilha de batatas preparada por Pepe Crespo ou Julito Peña e como eram ruins as almôndegas de Jardiel Poncela, que não tinha nem ideia do que era cozinhar. Com quanta nostalgia Peña recordava o conforto do "seu hotel, do seu criado japonês e do seu carro", o mesmo em que passeava com seu amigo Luis. Evitou pronunciar o sobrenome – Buñuel – para não levantar suspeitas.

Falavam de uma vida luxuosa difícil de se conceber na Espanha da pobreza e do mercado negro.

Para essas pessoas, que depois de Hollywood tinham sobrevivido a uma guerra atroz e agora a um pós-guerra em que todo cuidado é pouco, era inevitável que aflorasse a lembrança dos ausentes, dos que não haviam tido a mesma sorte, como o autor e poeta Federico, que havia passado por Nova York e cujo sobrenome Conchita também evitou pronunciar no ambiente contaminado do Edelweiss.

Também se lembraram dos exilados, de Luis Buñuel e suas excentricidades e, sobretudo, de Gregorio Martínez Sierra, grande amigo e produtor teatral, e de sua companheira, a atriz Catalina Bárcena, também conhecidos por levar uma vida original e excêntrica, que acabaram se exilando em Paris e depois em Buenos Aires.

Assim, entre recordações, piadas, lamentos e risos, entre saladas de arenque e pernil ao forno, entre brancos do Reno e tintos de Rioja, chegaram à sobremesa: um bolo de maçã com velas que Hugo Donarelli soprou entre aplausos e vivas. Em seu pequeno discurso deu uma notícia em primeira mão: o governo havia aprovado uma lei que obrigava os exibidores de cinema a lançar somente filmes dublados. Era o início de um futuro radiante para a Fono España. Encerrou com uma saudação obrigatória, o braço empunhado para o alto:

— *Arriba España! Viva Franco!*

4

— Vicenta, alguém telefonou? — perguntou Conchita assim que entrou em casa.

— Sim, uma mulher de fora, falava com sotaque.

— Quem era?

— Disse que voltaria a ligar.

— Falou por que estava telefonando?

— Não, só queria falar com a senhora.

Deve ser uma jornalista estrangeira, pensou, sem suspeitar que o telefonema daquela mulher que a procurava naquela tarde de março iria abalar sua vida.

— Vicenta, estou precisando de uma aspirina com água, por favor.

Sentia dor de cabeça, como sempre depois de beber vinho branco. Conchita tirou os sapatos, estirou-se no sofá, colocou um cigarro na piteira e acendeu. Era tarde para a sesta. Regressava com a sensação agridoce das conversas no Edelweiss. Tantas emoções conflitantes deixavam-na inquieta, e a distância entre Hollywood e Madrid não podia ser digerida com facilidade. Seu coração agradecia as horas agradáveis que havia passado no restaurante, o carinho da amizade cimentada em um ambiente longínquo e distinto. Era bom fazer parte de um grupo, embora o grupo fosse de "atores". Faz a pessoa se sentir menos sozinha.

Abriu o caderno em que escrevia poesias – sempre em francês, brotava mais naturalmente –, mas estava demasiado alterada para se concentrar. Decidiu costurar uma roupinha para uma de suas bonecas, com muito esmero; fazia isso sempre que precisava relaxar. Teria ido à cozinha bater papo com Vicenta, mas um pouco de pudor a conteve. Costurar obrigava-a a se concentrar e a afugentar os pensamentos que a rodeavam... *O que a havia irritado tanto em Imperio Argentina?*, perguntou a si mesma. Não conseguia definir... Talvez a arrogância, que achava desproporcional a sua fama, porque Imperio nunca seria uma atriz tão internacional como ela. Ou seria porque lhe transmitia a sombria sensação de que sua estrela diminuía?

— Ai!

Deu uma pequena agulhada no dedo e levou-o à boca. O ardor passou tão depressa como aquele pensamento absurdo. Ficava nervosa com a maledicência das pessoas, a dos próprios colegas de profissão que fofocavam às suas costas sobre os "altos e baixos" que sua carreira atravessava. Telefonou para Julio Laffitte, o estilista que seria figurinista de seu próximo filme. Queria vê-lo antes que o diretor, Florián Rey, impusesse seu critério na escolha das roupas. Ninguém impunha o figurino a Conchita Montenegro. Além de atriz, participava como produtora e às vezes até acreditava que era ela quem dirigia o filme.

Voltou para o sofá. Optou por se refugiar na ideia prazerosa e emocionante do próximo encontro com Ricardo. Precisava estar em seus braços para esquecer, embora só por alguns instantes, essa profunda sensação de solidão. Havia chegado uma carta dele pela mala diplomática; avisava que precisava vê-la assim que voltasse de Bucareste, onde tinha ido visitar o irmão. "Tenho algo importante para te falar", dizia a carta. Conchita intuía do que se tratava. Ricardo Giménez-Arnau esperava a indicação ao seu primeiro destino depois de ter sido aprovado no concurso para a carreira diplomática. Era isso que queria falar com ela, do lugar que lhe fora designado? Porque no fundo da alma, ela também esperava um destino.

Desde que se conheceram, lá em Nova York, em uma recepção no navio-escola *Juan Sebastián Elcano,* no qual havia dado sua segunda volta ao mundo, Ricardo Giménez-Arnau havia manifestado por ela uma paixão quase obsessiva. Com receio dos impulsos amorosos que logo acabam murchando como um suflê, ela o abrandou. Era também uma maneira de colocá-lo à prova. Porque a primeira impressão tinha sido deslumbrante. Tinha perdido o fôlego quando lhe apresentaram a esse oficial da Marinha, de olhos claros, alto e corpulento, trajando um uniforme branco imaculado, com um sabre na cintura e condecorações que reluziam no peitilho. Sim, Conchita sempre fora muito sensível à beleza masculina e admitia isso sem rodeios, correndo o risco de que a tachassem de frívola. "Você encontrou o homem mais bonito da Espanha", diziam-lhe as irmãs, porque Ricardo não deixava nenhuma mulher indiferente. A auréola do prestígio de sua família, uma das mais influentes da Espanha naquele momento, intensificava seu atrativo.

— Pessoas maravilhosas, da máxima confiança do Caudilho — repetia sua mãe. — Você encontrou uma raridade, um homem sério, não como os do meio artístico. — Conchita olhou-a de soslaio. A mãe prosseguiu: — E também é do tipo que você gosta, um rapaz viajado que fala não sei quantos idiomas.

— São onze, mamãe. Além de falar, ele também escreve. Diz que aprendeu nas travessias, de tanto que se entediava.

— Acha pouco? Que grande sorte ter dado com um homem assim...

— Não gosto do jeito como ele fala.

Ela se referia a um defeito de dicção de Ricardo, que não conseguia pronunciar o erre. A princípio achou graça, depois isso a enervava, mas no final aceitou, embora não quisesse admitir.

— Fala como um francês. Além do mais, é muito jovem para mim.

— Dois anos de diferença, está muito bom. Isso não é nada — disse a mãe.

— Você sempre gostou de velhos — interveio Justa.

— Velhos não, maduros — observou Conchita.

— É porque quando vocês eram meninas sentiram a falta do pai — replicou Anunciación, como se estivesse se desculpando. Depois suspirou e baixou a cabeça. — Estava sempre viajando.

— Os da minha idade me dão medo — disse Conchita. — Veja como foi com meu marido brasileiro.

O fracasso de seu casamento com o ator e produtor brasileiro Raoul Roulien, que era da sua idade, deixou-a escaldada. Aquela história de amor tinha se transformado rapidamente em uma amizade amorosa e depois em uma relação mais típica de irmãos ou de sócios do que de casal. Ela sempre havia encontrado as grandes emoções de sua vida em homens mais velhos. "Eles te desejam mais, te desejam muito", dizia às irmãs, que há muito tempo tinham parado de se escandalizar com sua falta de pudor. Além disso, um homem não deveria ter experiência suficiente para iniciar uma mulher nos mistérios da vida, transmitir-lhe sensações, ensinar-lhe os refinamentos da existência? Com os homens da sua idade nunca havia aprendido nada, costumava dizer, porque em geral ou sabiam pouco ou não o suficiente para saciar sua curiosidade.

Com Ricardo era diferente, era como andar às cegas em um território inexplorado. Agora tinha de lidar com um homem que vivia no mundo real, não no de celuloide, algo novo para ela. Um homem acostumado a tomar a iniciativa, um marinheiro cansado do mar, um defensor do regime pelo qual havia entrado na guerra; um homem que tinha diante de si uma promissora carreira diplomática. Não era essa sensação de segurança de que necessitava, a essa altura do filme de sua vida?

5

Eram quase da mesma idade, mas muito diferentes no modo de ver a vida, no jeito de pensar, na mentalidade. Procediam de mundos distintos. Ele era filho e neto de tabeliães; ela, de um caixeiro-viajante e, em algumas ocasiões, empresário teatral. Ele havia estudado no colégio dos maristas; ela, na escola de teatro da Ópera de Paris. Ela era uma mulher independente e acostumada à sua liberdade; ele, um homem habituado a agir dentro de uma organização hierarquizada e autoritária. Ele era católico praticante; ela ia à missa por conveniência. Ele era intenso; ela, frívola. Ele gostava de barcos; ela, de carros e aviões. O amor à ordem os unia, a ele por tradição e vocação, a ela como reação à volatilidade do mundo do espetáculo. Ordem significava estabilidade, um bem escasso e apreciado entre os artistas. Mas os atritos eram inevitáveis, como quando ela quis fazer um rali de carros Fiat Topolino com seu amigo Laffitte.

— Os ralis são perigosos — começou dizendo Ricardo.

Conchita deu de ombros.

— São tão divertidos! Será só um passeio pela serra.

— Você será a única mulher?

— Não sei, espero que não...

Pairou um silêncio incômodo, até que Ricardo disse:

— A verdade... é que não acho apropriado.

— Você não acha apropriado que eu participe do rali ou se incomoda que eu vá com um homem?

— As duas coisas, para ser franco.

— Está com ciúme! Ora, todo mundo sabe que Laffitte é da outra ala... O importante é que é um bom piloto.

— Certo, Conchita, mas aqui é a Espanha, não estamos nos Estados Unidos.

Alguns anos antes Conchita não lhe teria dado ouvidos. Desta vez acabou cancelando sua participação. Por fim, pensou que Ricardo tinha razão, que estavam na Espanha, onde as excentricidades – sobretudo das mulheres – eram malvistas. Se fumar com piteira era considerado provocativo, e em alguns ambientes até escandaloso, se dirigir sozinha em Madrid causava olhares de reprovação... o que diria participar de um rali com "um amigo"? Não havia remédio a não ser aceitar a realidade: tudo o que não fosse casar e ter filhos era suspeito. Mais valia se adaptar para não ficar mal. E também lhe convinha preservar seu bom nome. Nunca se esquecia de que era uma estrela.

Por isso cedia. E porque no fundo pensava que seu relacionamento com Ricardo era a melhor garantia de proteção nesta Espanha nova que ela realmente não conhecia e na qual haveria de permanecer talvez por muitos anos, visto que Hollywood não a chamava e a guerra na Europa dava sinais de prolongar-se por tempo indefinido. Talvez, algum dia, recuperaria muito do que se via obrigada a ceder. Por enquanto, ao lado dele se sentia aconchegada e protegida. Experimentava um bem-estar como nunca antes havia sentido com outro homem, talvez pelas circunstâncias, ou pela idade. Já tinha aprendido que não se ama da mesma forma aos quinze como aos vinte, nem aos vinte como aos trinta.

Descobria Ricardo pouco a pouco, pelas histórias que ele contava de sua infância em Zaragoza e da juventude. Eram histórias de um mundo que parecia muito remoto, ela que tinha saído tão jovem da Espanha. Enquanto Conchita desfrutava livremente de seus primeiros namoricos em Paris, ele enfrentava desafios de brigas, e lhe contou como uma vez voltou para casa com o cabelo raspado a zero, resultado de uma disputa por uma garota. Costumava dar de presente para as namoradas um exemplar de *Primeiro amor*, de Ivan Turguêniev, e em dias sombrios de rompimento voltava com o livro debaixo do braço, lamentando-se de que nem sequer tivesse sido aberto.

— Mas que ingênuo, meu rei! Esperava realmente que suas namoradas o lessem?

— Tinha muita admiração por elas. Gostava muito delas.

— Por isso, por gostar demais, não ficou com elas.

— Não sei gostar de outro jeito.

Era intenso, correto, formal e sério. Talvez não fosse a paixão de sua vida, mas o que Ricardo lhe oferecia era, naquele momento, muito tentador.

6

Ricardo não tivera sorte com as mulheres, mas não porque tivesse passado por experiências traumatizantes, e sim porque não pudera realmente conhecê-las. A vida no mar e, em seguida, a guerra, eram incompatíveis com uma relação amorosa estável. Tivera apenas aventuras efêmeras. Seu irmão José Antonio, a quem era muito ligado, contou que, pouco depois de Ricardo ser apresentado a Conchita, em Nova York, "ele ficou estonteado". A graça e a naturalidade dessa espanhola que circulava com uma elegância natural por todos os ambientes, seja entre os rapazes da tripulação ou seus colegas de trabalho, seja entre a alta sociedade, e em vários idiomas – inglês, francês ou português –, deixaram-no embasbacado. Durante algum tempo, só pensava em Conchita e falava dela sem parar. Colou na sua cabine o cartaz de um filme em que ela trabalhara e todas as noites dormia ao abrigo daquele olhar de diva misteriosa. Mas, com o passar do tempo, a lembrança foi se desvanecendo. Era praticamente impossível manter vivo o sonho de conquistá-la entre suas travessias oceânicas e as dificuldades da guerra. Além disso, o que podia oferecer a ela naquele momento? Ser mulher de um oficial da Marinha? Para uma estrela de Hollywood? O cartaz acabou se rasgando e um dia ele o arrancou.

Quando a Guerra Civil terminou, determinado a deixar a Marinha e se estabelecer em terra firme, concentrou-se em passar no exame para a carreira diplomática; era o primeiro concurso aberto desde 1932. Tinha experiência em relações internacionais, adquirida em seu posto de secretário do departamento exterior da Falange, no qual coordenara serviços de espionagem para os alemães, e gostava da diplomacia. Somava-se ainda um fator importante: seu domínio de idiomas. Foi para Roma; queria ver seu irmão José Antonio, que também tinha intenção de fazer o mesmo concurso. Ambos almejavam abandonar a política; Ricardo, seu cargo na Falange, e José Antonio, o de diretor de imprensa, isto é, diretor da Agência de Propaganda do Movimento. No momento assessorava Ramón Serrano Suñer, um velho conhecido da família recém-nomeado por Franco para ser ministro de Relações Exteriores. Essas funções faziam parte de suas tarefas como assessor de imprensa na embaixada da Espanha em Roma. Um dia, o ministro ofereceu uma indicação escolhida a dedo para os irmãos:

— Ofereço uma embaixada para você, José Antonio.

— Meu irmão e eu queremos entrar na carreira diplomática por méritos próprios — respondeu-lhe José Antonio.

O ministro, conhecido por não ter papas na língua, soltou:

— É que vocês são bobos!

Mas os irmãos só queriam estabilidade e imprimir certa regularidade às suas vidas. A guerra também havia terminado para eles.

De forma que os dois se encontraram em Roma, com vistas a organizar o plano de estudos para enfrentar o concurso. Foi quando José Antonio disse a Ricardo:

— Sabe com quem você vai jantar hoje à noite?

— Com o Foxá, não é?

Agustín de Foxá era um diplomata da embaixada que exercia serviços de espionagem (e que pouco tempo depois seria expulso da Itália).

— Sim, e com quem mais?

— Imagino que com a mulher dele.

— Ninguém mais lhe vem à mente?

Ricardo, pensativo, respondeu não com a cabeça.

— Você vai jantar com Conchita Montenegro.

— A fisionomia de Ricardo mudou. Emudeceu e arregalou os olhos.

— Está em Roma?

— Sim, filmando na Cinecittà.

Foi assim que, três anos depois do encontro em Nova York, voltaram a se ver em um restaurante do Trastevere, na companhia dos Foxá. "Em poucos segundos o amor desabrochou", diria José Antonio sobre aquele segundo encontro de seu irmão com a atriz.

Conchita estava rodando aquele que seria seu melhor filme, *Eternas melodias*, de Carmine Gallone. Seu nome iria aparecer antes do título, como se ela fosse Greta Garbo ou Marlene Dietrich. Vivia o melhor momento de sua carreira no cinema europeu, mas a Europa estava em chamas e o futuro era incerto. Tinha uma vaga intenção de fixar-se em Madrid agora que a Guerra Civil espanhola havia acabado, à espera de que o cenário do cinema europeu ficasse mais sereno. Além disso, sentia falta do contato com a terra natal e a família. Precisava de um respiro em sua vida de artista nômade porque, apesar do sucesso, estava desorientada, como um barco sem rumo. As peripécias para tirar a irmã da zona controlada pelos republicanos e levá-la para o Brasil, e depois o divórcio de seu marido brasileiro e as sucessivas filmagens, primeiro na França e depois na Itália, haviam-na deixado com uma sensação de vazio que não conseguia aplacar. Ambos ansiavam por estabilidade e tinham uma necessidade premente de se assentar.

"Para a minha nova etapa como diplomata, quero uma companhia, e uma companhia bem escolhida", disse-lhe Ricardo, num dos passeios às margens do rio Tibre, de mãos dadas como dois estudantes adolescentes. Ela ficava quieta, parecia-lhe que Ricardo estava indo rápido demais em seus sonhos de vida em comum. Mal se conheciam. Mas deixava-o sonhar em voz alta enquanto desfrutava do momento.

Gostava que ele fosse sincero e puro, ao contrário dos homens do meio artístico, que, em comparação, eram uns ressabiados. Ela, por sua vez, guardava segredos que não se atrevia a confessar por medo de quebrar o encantamento. Por exemplo, continuava unida ao brasileiro... porque não via como conseguir o divórcio. Pensou que era melhor deixar o tempo passar, que os sentimentos de Ricardo se consolidassem, comprovar que ele realmente a amava, que fosse algo além do deslumbramento que o deixava cego.

Pouco mais lhes restava a fazer naqueles dias em que a guerra mundial fervia. Conchita e Ricardo combinaram de continuar a se ver em Roma ou em Madrid. Principalmente, combinaram de manter-se em contato e arranjar tempo para estarem juntos.

Não foi fácil retomar a vida para Ricardo. Ao voltar para Madrid, percebeu que era prisioneiro da instituição militar, pois recebeu uma ordem imediata para se incorporar em El Ferrol. Sem timidez ou preguiça, solicitou logo uma audiência com o ministro da Marinha, que lhe disse:

— Nessas horas a Marinha não pode se permitir perder oficiais como o senhor.

— Com todo o respeito, almirante, mas resolvi fazer o concurso para diplomata.

— Repito: esqueça o concurso.

— Com sua licença. — E deixou o gabinete.

Determinado a ir até as últimas consequências, saiu para se incorporar a um posto no qual se negou a prestar serviço. Num gesto inaudito, declarou-se em greve de fome, chegando ao ponto de ter sido enviado para o hospital dois meses mais tarde, com doze quilos a menos. Deve ter sido a única greve de fome no exército de Franco e ninguém ficou sabendo. Durante a semana em que esteve internado, recebeu todo tipo de pressão para que desistisse de seu propósito, inclusive uma visita da mãe, que lhe fez lembrar quanto tinha sido difícil entrar na Marinha:

— Você conseguiu entrar como grumete, enquanto seu colega de promoção, o conde de Barcelona, que tem características parecidas com as suas, só conseguiu ingressar como aspirante de segunda, e agora que você é tenente de navio quer jogar tudo mar afora?

— É isso mesmo, mãe, você nunca falou tão bem, quero terra firme.

A mulher olhou-o com um semblante de resignação.

— É claro, filho, você é de Zaragoza — disse, buscando em seu íntimo a explicação para uma decisão como aquela.

Nada no mundo o faria mudar. A possibilidade, ainda remota, mas que lhe parecia bastante real, de dividir a vida com Conchita, dava-lhe forças para enfrentar o que fosse.

Finalmente, o ministro decretou a cessação de serviço do tenente de navio Ricardo Giménez-Arnau. A decisão era grave porque estabelecia que se a Espanha precisasse intervir na guerra mundial, ele voltaria para os navios, mas como simples marinheiro de segunda classe. E a questão da intervenção estava na ordem do dia: as forças do Terceiro Reich tinham invadido a Rússia e Serrano Suñer, convencido da vitória dos alemães, organizava o despacho de um exército de voluntários, a famosa Divisão Azul. Enquanto isso, o governo abandonava o status de neutralidade e adotava o de "não beligerância", muito mais flexível, que permitia, entre outras vantagens para os alemães, que seus aviões e submarinos reabastecessem em portos e aeroportos espanhóis e que o Ministério de Relações Exteriores lhes transmitisse informações que fossem interessantes para eles.

Uma má notícia para os Aliados.

Ricardo havia se saído bem porque tinha amigos nas altas esferas do poder e o ministro não quis se arriscar em alguma coisa que não ia dar em nada. Contudo, para Serrano Suñer, que conhecia a família Giménez-Arnau de seus anos passados em Zaragoza, a atitude de Ricardo pareceu indigna de um militar de sua condição e de um falangista de cepa. Convencido de que a atriz perturbara o seu juízo, o ministro viu aquela obstinação em deixar a Marinha como um ato pouco patriótico nas circunstâncias que o país vivia. E como era muito insolente, diante de um grupo formado por várias pessoas, um dia soltou, com seu costumeiro tom entre autoritário e pejorativo:

— Você, Ricardo, é um poço de futilidade desde que está com essa mulher.

Desprevenido, ele não respondeu. Sentiu-se tão humilhado que no mesmo momento resolveu se demitir de seu cargo na Falange. Nunca disse para Conchita que ela havia sido o motivo da decisão. Não respondeu de forma direta para Serrano Suñer, mas o fez de maneira sutil, utilizando a palavra *pozo* para criar um pseudônimo – Ricardo del Pozo – com que assinou colunas internacionais interessantes, principalmente na revista *Mundo*, nas quais defendia com bons argumentos a tese contrária à de Serrano Suñer: sem o desembarque de forças alemãs no solo da Inglaterra não haveria vitória de Berlim.

7

No dia seguinte ao jantar no Edelweiss, Ricardo chegou de Bucareste e se apresentou, impetuoso, no quinto andar da Juan Bravo, 29. Vestia uma jaqueta xadrez e tinha um guarda-chuva numa mão e um ramo de rosas na outra. Vicenta abriu a porta e deixou-o passar.

— Vou avisar a senhora.

Escutou a voz da empregada no fundo do corredor enquanto observava os cartazes dos filmes que destacavam a carreira de Conchita e que ficavam pendurados na entrada: Conchita com Douglas Fairbanks, Conchita com Buster Keaton, Conchita com Leslie Howard... Ricardo suspirou enquanto, do fundo do corredor, chegava a voz de Vicenta: "O senhor Ricardo está à sua espera". Conchita veio logo, resplandecente com um vestido cor de creme que realçava sua silhueta. Uniram-se em um abraço. Naquele dia ela tinha perfume de nardo.

— Estava com vontade de te ver — revelou ela, enquanto pegava o ramo e cheirava as rosas. — São lindas, estou lisonjeada.

— Como foi o jantar?

— Muito bom, mas não era para você, só tinha gente de cinema.

Houve um silêncio. Ricardo a olhava, fascinado.

— Você está linda.

— Obrigada, você também — respondeu ela com um sorriso, para perguntar em seguida: — Já sabe onde será seu posto?

— *Valparraiso* — disse ele, arrastando o erre.

Conchita se mostrou surpresa.

— Valparaíso?... O fim do mundo.

— Sim, vou ser vice-cônsul e quero que você venha comigo.

— Agorinha? — perguntou, brincando.

— Agora sugiro irmos à exposição de Zuloaga — convidou rindo.

— É meu conterrâneo!

— O Generalíssimo vai comparecer pessoalmente. Zuloaga terminou um retrato dele e vai apresentá-lo.

O pintor Ignacio Zuloaga era um dos poucos grandes artistas aliados à causa do regime.

— Quando morávamos em Bilbao posei para ele várias vezes, minha irmã Juanita também.

Ricardo fitou-a com um meio sorriso.

— Você devia ser muito jovem, não?

— Uma criança, acho que eu devia ter uns dez anos. Você sabe, nós, atrizes, somos precoces. — E apressou-se a acrescentar: — Mas não posamos nuas, não tenha medo, nossos pais nunca teriam permitido.

Conchita irrompeu em uma risadinha nervosa para dissimular o mal-estar que tinha sentido em Ricardo e que também a contagiava. Às vezes se perguntava se ele estava realmente apaixonado ou se continuava apenas deslumbrado. Porque por trás da atriz que fumava com piteira com a altivez da sua fama, havia uma mulher de carne e osso, com suas fobias e desejos, sua fragilidade e seus pecados de juventude. O problema era que tudo isso parecia não interessar minimamente a ele, o que a fazia duvidar de seus sentimentos. Ricardo também não perguntava sobre suas andanças ou pelos pormenores de sua vida de atriz; era como se, ao fazê-lo, se arriscasse a descobrir coisas que pudessem decepcioná-lo. De qualquer modo, o cinema não entrava no projeto de vida de Ricardo Giménez-Arnau, e embora ela o entendesse, não estava disposta a se deixar ignorar, como se o seu passado não tivesse nenhum valor.

A mãe de todas as brigas aconteceu quando, após aqueles dias idílicos em Roma, já em Madrid, ele se preparava para o concurso e ela acabara de se instalar no apartamento da Juan Bravo. Um dia, Conchita se queixou do escasso interesse que ele demonstrava por sua vida anterior a quando os dois se conheceram, de que só lhe fazia perguntas sobre Hollywood ou sobre as dificuldades da profissão. Ele respondeu com toda a franqueza que nada daquele mundo do cinema lhe parecia sério e, num impulso, acrescentou:

— Conchita, você já pensou que vai precisar abandonar a carreira se nos casarmos?

— Por quê? Que um diplomata seja casado com uma atriz não é visto como alguma coisa séria, não é verdade?

— Não digas essa palavra... Não é tanto que pareça sério ou não, é que... Como uma coisa se concilia com a outra?

— Será que você não quer ficar na minha sombra?

— Não, Conchita, não é isso.

— As coisas podem se conciliar suportando os períodos de ausência, enquanto as filmagens acontecem.

— Mas isso não é realista, Conchita. Que vida seria essa?

— A nossa, Ricardo.

Ele baixou o olhar, visivelmente desconcertado e indeciso porque não escutou o que teria gostado: *Deixo tudo por você*. Mas, naquele momento, Conchita não estava pronta para dar esse passo.

O mal-estar daquela conversa ficou pairando entre eles, envenenando o ambiente. Os silêncios, mais expressivos do que as conversas, criavam uma tensão no ar. Conchita não se incomodava tanto com o que teria de ceder, mas com a atitude ensimesmada de Ricardo, que no início ela atribuiu ao esforço exigido pelo concurso, mas depois achou que fosse puro egoísmo. Pensou que ele estava seguro de que a tinha ali a seu lado, e para sempre. *E nem sequer me conhece*, dizia a si mesma. Pouco tempo depois, durante uma viagem para San Sebastián, começaram a discutir dentro do carro sobre o mesmo assunto, a carreira dela. Foi uma briga fora do comum, diria seu irmão José Antonio. Ao retornar dessa viagem, que deveria ter sido prazerosa, mas que foi infernal, de volta a Madrid, Conchita, que sempre se orgulhara de seu caráter basco, direto e sem escrúpulos, foi tomada por um acesso de ira e soltou o que tinha dentro:

— Além disso, para que você saiba, já que nunca me pergunta nada, não posso ter filhos — disse-lhe com sua lábia indomável. — Então, por que deseja tanto ter uma atriz? Que para você seria como ter... — duvidou antes de continuar — uma puta!... Por que é isso o que você pensa. E ainda por cima, estéril? Só por vaidade? É melhor parar com isso, Ricardo.

Levantou-se e bateu a porta tão forte que a outra porta se abriu, fazendo um eco que ressoou nos ouvidos de Ricardo. Sentado ao volante do carro, ele ficou imóvel, incapaz de reagir. Nenhuma mulher havia falado com ele daquele jeito. Em seguida arrependeu-se de ter insistido no tema espinhoso da carreira de Conchita, de ter desencadeado uma tempestade que ameaçava engolfar todos os seus sonhos.

Nos dias que se seguiram, tentou entrar em contato com ela, mas não obteve resposta. Entrou em crise e parou de estudar. Sem ela, que sentido teria se matar para fazer o concurso? Que sentido teria viver sozinho mundo afora como um marinheiro, mas dessa vez como um marinheiro em terra firme? Seu irmão tentou convencê-lo a não desistir das provas, mas Ricardo não encontrava forças para se dedicar a sério aos exames. Estava devastado e deixou-se abandonar. Nunca o tinham visto daquele jeito.

Ela foi trabalhar em uma filmagem totalmente consciente de que o havia colocado à prova de uma forma brutal, mas definitiva. Quando pôs as cartas na mesa, tirou o peso que sentia e estava aliviada. Será que voltaria para ele? Não tinha certeza. Um homem como Ricardo procurava a equação ideal: a esposa perfeita, melhor ainda se fosse famosa, e alguns filhos bem-apessoados para formar uma família exemplar coroada por uma carreira de sucesso. Mas a vida não era um conto de fadas. Conchita o sabia bem. Dizia que não podia ter filhos desde que sofreu uma queda de cavalo numa filmagem.

Contando assim, de chofre, queria rasgar o véu da paixão e revelar a realidade nua e crua. Também agiu desse modo para não repetir erros do passado, como no seu casamento com o ator brasileiro, quando optou por omitir a verdade de sua condição. O homem se sentiu desiludido ao perceber que os filhos não chegavam. Conchita sabia por experiência que o amor podia ser uma ilusão.

Quanto a Ricardo, depois do sofrimento inicial e fazendo um esforço para imaginar uma vida sem rebentos, começou a dar valor ao fato de ela ter feito essa confissão. *Ela podia ter ficado quieta*, pensava, *e eu nunca teria sabido a verdade*. A loucura transitória da paixão permitia encontrar uma justificativa para o que fosse. Aos poucos, ele pôde medir a profundidade de seus sentimentos até admitir a si mesmo que a amava de verdade, para além de seu esplendor e mesmo que não pudesse lhe dar filhos.

Por isso, um dia, cansado de querer morrer, passou pela floricultura Bourguignon e comprou um ramo de cravos vermelhos. Enquanto esperava na soleira da porta que Vicenta anunciasse a sua visita à patroa, sentiu um vazio no estômago por medo da possível rejeição. Mas a bondosa Vicenta voltou e, com um sorriso cúmplice, o fez entrar.

— A patroa disse para o senhor entrar.

8

A exposição de Zuloaga foi um grande acontecimento social, um marco que o regime queria aproveitar para sinalizar o renascimento da vida cultural. Além desse feito, convinha acrescentar os duzentos e oitenta e três livros publicados naquele ano na Espanha, o lançamento da revista de humor *La Codorniz,* os ciclos de conferências organizados pela revista *Escorial* e a atividade efervescente dos dezesseis teatros de Madrid.

Uma maré de fotógrafos imortalizou o reencontro entre Conchita e o mestre Zuloaga, que estava indisposto, mas feliz. A breve conversa deles foi logo interrompida pelo barulho estridente de sirenes. Um estremecimento percorreu a multidão alinhada que acompanhava a inauguração, e entre braços empunhados para o alto e saudações de viva à Espanha e ao Generalíssimo, apareceu Franco, de uniforme cor de cáqui, com o cabelo penteado para trás e o queixo levemente empinado, circundado por militares com botas brilhantes. Cumprimentou um pequeno grupo e em seguida falou afetuosamente com Ricardo. Perguntou-lhe pelo pai, de quem gostava tanto desde os tempos em que chegara a Zaragoza para dirigir a Academia Militar, e felicitou-o por sua companheira. Conchita, deleitada, fez um gesto de reverência. Aquilo não era Hollywood, mas intimidava muito mais cumprimentar o Caudilho que Louis B. Mayer ou David O. Selznick. Depois Franco deixou-se levar por Zuloaga e os dois admiraram o retrato, que o mostrava de pé, vestido com uma boina vermelha, camisa azul, faixa e calças militares. O quadro não podia ser mais realista. Conversaram alguns minutos e foi-se como tinha vindo, entre hurras, braços empunhados para cima e o estalido das botas ao se perfilarem.

Terminaram a noite no Pasapoga, o salão de festas inaugurado no ano anterior no porão do cine Avenida da Gran Vía, porque Conchita gostava da voz bem timbrada e afinada de um cantor que animava as noitadas naqueles dias. Era um cubano desconhecido chamado Antonio Machín, que tinha aparecido em Madrid fugindo da guerra mundial e cantava acompanhado de um saxofonista dominicano. Também gostava porque o ambiente era o mais cosmopolita que havia. Sempre tinha alguém conhecido, como, nessa noite, a norte-americana Aline Griffith, que saiu da pista e veio cumprimentá-los.

— *Darling* — disse para Conchita —, se você precisar de uma excelente cozinheira tenho a melhor da Espanha.

— Obrigada, Aline, você é sempre tão prestativa. Adoro seu vestido.

— Ah, obrigada, *my love.*

Jogou um beijo para Conchita e voltou para a pista. Havia outros conhecidos que cumprimentou com um aperto de mão. Pessoas cujo nome ela não se lembrava, mas com quem havia cruzado em algum coquetel ou algum jantar. Pediu um dry martíni. Ricardo lhe disse em voz baixa, apontando para Aline Griffith:

— Sabe que a agência de colocação profissional dela é um ninho de espiões?

— O que você está dizendo?

— O que você está escutando. Ela diz que trabalha para uma empresa petrolífera dos Estados Unidos, mas coordena do escritório um grupo de empregadas, secretárias e cozinheiras espanholas que, uma vez infiltradas nas casas, trabalham como agentes.

— Tem certeza?

— Dê ouvidos para o que estou dizendo. Nunca lhe peça que procure uma empregada para você.

O garçom trouxe as taças e os dois fizeram um brinde. Ricardo tirou então do bolso uma caixinha embrulhada em papel de seda e colocou-a na mesinha ao lado do dry martíni. Ela sorriu para ele – adivinhou o conteúdo – e acariciou-o com olhar irresistível.

— Abra — disse ele.

A caixinha trazia um anel que foi colocado no dedo anular. Aquele anel, ali, solitário, resplandecia na semiescuridão do local com colunas e pinturas que imitavam afrescos antigos.

— Vamos nos casar já — propôs Ricardo. — Não quero esperar mais.

Era a proposta que Conchita havia intuído. Fechou os olhos um instante para saborear o momento. Quantas vezes na vida uma mulher podia escutar essas palavras? Uma, duas, três vezes? Na Espanha certamente não mais de uma. Deu uma baforada longa e deixou-se embalar por um sentimento de plenitude. Talvez tivesse encontrado a pessoa certa, definitivamente. A discussão de quando Ricardo dera por certo que ela abandonaria sua carreira de atriz já estava muito distante. As flores da Bourguignon foram o primeiro ato de arrependimento, mas o que realmente a comoveu foi perceber que ele tinha reagido com fidalguia, não apenas recuando e se desculpando, mas também reconhecendo que lhe faltava experiência no trato com as mulheres. Não é que ele não a amasse, é que talvez não soubesse amá-la, disse-lhe. A partir de então ele agiu de maneira diferente e ela se deu por satisfeita de que agora lhe dedicasse mais tempo que às disciplinas do concurso, como Direito Internacional ou História da Grécia. Reconciliaram-se e não falaram mais do assunto.

Agora, sob a luz desse brilhante, pensou no filme *Rojo y negro,* o primeiro que rodou na Espanha assim que a guerra acabou e que havia custado tanto fazer; um sonho que foi boicotado pelo governo de Franco, que o tirou de cartaz apesar de tê-lo financiado. Ou no último, *Aventura,* de Miguel Mihura, que passou despercebido. Pequenos fracassos que incutiam medo e davam vertigem.

Era inevitável que se perguntasse qual seria seu futuro no cinema espanhol se continuasse por esse caminho. Se Hollywood não a convocava, se na Europa não se fazia cinema por causa da guerra e na Espanha seus filmes tinham menos sucesso, que futuro a esperava? Por tabela, surgia outra pergunta: Como evitar o fracasso sendo uma estrela? Será que um dia voltaria a ser Concepción Andrés Picado, uma mulher anônima? Havia dois anos, sua amiga Garbo, no auge da carreira, resolvera recluir-se, distanciar-se do mundo e deixar-se envolver por uma aura de mistério. A ideia era sedutora. Mas ela não era a Garbo, e estava acompanhada por um homem que a queria e lhe oferecia um futuro atraente. Quiçá a resposta à pergunta que a atormentava estivesse naquele anel que brilhava na semiescuridão do Pasapoga.

— Preciso me integrar ao corpo diplomático dentro de três meses — disse-lhe Ricardo —, no inverno austral. Como meu irmão foi designado para Buenos Aires e vai para a embaixada como terceiro secretário, faremos a viagem juntos no navio *Cabo de Hornos*. Ele com a mulher dele e eu com a minha. É assim que gostaria de viajar.

— Ricardo, mas nós ainda não podemos nos casar, mesmo se quisermos.

De fato, ela continuava oficialmente casada com o brasileiro.

— Existe uma forma de conseguir o divórcio.

— Como?

— Por intermédio do marido de Juana.

— Enrique Hermanny?

— Sim, seu cunhado brasileiro. Entrei em contato com ele e vamos encontrar uma solução.

Conchita ficou pensativa.

— De qualquer forma, não teria tempo para fazer a viagem com vocês. Assinei o contrato para rodar *Lola Montes*... tenho esse projeto há muito tempo e quero que seja um sucesso. Se for deixar minha carreira, quero sair pela porta de frente.

— Vamos ver como acertamos tudo... Mas o que você me diz? Preciso de uma resposta.

Ouviam-se as maracas de Antonio Machín que cantava: "Quizás, quizás, quizás...". Conchita fitou-o com carinho e sorriu.

— Deixe-me pensar mais um pouco.

9

A senhora com sotaque estrangeiro voltou a ligar. Não era uma jornalista, era Margarita Taylor, a proprietária do Embassy, um salão de chá aberto antes da guerra na avenida Castellana, famoso pelas tortas e coquetéis. Conchita adorava os *churchills*, uns sanduíches preparados com um pão delicioso que a dona mandava trazer de Gibraltar. Era o melhor pão de Madrid. Por gulodice, e porque lhe intrigava que essa mulher elegante e gentil lhe tivesse feito um convite pessoal para tomar um chá com ela – e não para uma recepção –, aceitou-o imediatamente. Com certeza lhe contaria histórias interessantes e fofocas divertidas.

Margarita tinha o cabelo loiro com algumas mechas grisalhas, uma pele muito branca e olhos azuis "celtas", como ela dizia, referindo-se às suas origens irlandesas, e muita personalidade. Com sua mistura peculiar de inglês, francês e espanhol tinha conquistado a simpatia da sociedade madrilenha, apesar do estigma de ser divorciada. Sua filha, Consuelo, era fruto de seu casamento com um marquês espanhol que conhecera em Paris nos anos vinte. Precisou levá-lo aos tribunais para que a reconhecesse e ela pudesse ter o sobrenome dele, o que já em si dava mostras de seu caráter de ferro. Dirigia o salão de chá com disciplina e estilo. E conseguia que seus clientes se sentissem muito à vontade.

— Peço um chá especial para você?

Conchita riu e disse sim com a cabeça. Alguns minutos depois chegou um garçom com um bule e um copo grande com gelo. Conchita se serviu. Não era chá, era coquetel de champanhe, a especialidade da casa, mas como não pegava bem que uma senhora tomasse bebidas alcóolicas em público, era servido em um bule para dissimular.

O estabelecimento se situava num lugar estratégico, separado da embaixada alemã apenas por uma pequena igreja luterana. Desde o começo da guerra mundial, essa embaixada, cuja fachada ostentava várias suásticas, era o quartel-general da Abwehr, o serviço de inteligência nazista. A embaixada britânica ficava do outro lado da avenida Castellana. Daí vinha o nome do salão de chá, onde espiões alemães e ingleses, sentados em mesas vizinhas, se olhavam com o rabo do olho enquanto conspiravam.

— Com a nova lei querem que eu mude o nome do salão, mas isso seria catastrófico — explicou-lhe Margarita. — Você não poderia me ajudar nisso?

Ah, foi por isso que ela me convidou, pensou Conchita, *para que eu lhe consiga um pistolão por intermédio de Ricardo*, embora lhe parecesse estranho, porque Margarita tinha muitos contatos, era amiga tanto da rainha Frederica da Grécia quanto de Ramón Serrano Suñer, passando por toda a aristocracia.

— Trocaram até o nome da sapataria onde compravam sapatos para mim quando eu era pequena — complementou Conchita.

— Les Petits Suisses?

— Agora se chama Os pequenos suíços.

O controle da língua fazia parte da política de doutrinação do novo regime: os patrões se convertiam em empresários, os pobres em necessitados, os trabalhadores em produtores. As montanhas-russas passaram a ser suíças, a salada russa virou salada nacional e até Chapeuzinho Vermelho mudou de cor. Agora era Chapeuzinho Azul. Um novo decreto do Ministério da Administração vetou as denominações estrangeiras nos estabelecimentos comerciais ou de lazer "para evitar que a pele espanhola se arranhasse".[2] O café Marly, no largo de Bilbao, tinha passado a se chamar Marlín, e o cinema Madrid-Paris havia trocado o nome para Imperial. Da mesma forma, o *restaurant* se convertera em restaurante, o *bistec* em filé e os *cabarets* em salões de festa.

— Não posso chamar meu estabelecimento de Embaixada, não tem sentido nem graça — queixava-se Margarita.

— Vou perguntar ao Ricardo para ver o que se pode fazer, embora agora ele tenha deixado a Falange.

— Agradeço muito. A única coisa que me vem à mente é mudar uma letra, por exemplo, trocar a letra A, dessa forma será uma palavra sem nenhum significado, mas que continuará a ser reconhecível. Bem, não a convidei para chorar sobre meu destino...

Margarita passou a cumprimentá-la por seu último filme. Perguntou quais eram seus planos e se ia ficar na Espanha nos próximos meses.

— Você estará aqui em maio? — perguntou.

— Sim, não tenho nenhuma filmagem prevista para essa data.

— *Great!*

— Por que está me perguntando isso?

— Porque alguém que você conhece muito bem, um velho amigo seu, virá em maio numa missão um pouco especial e tem muito interesse em vê-la.

— Quem é?

— Leslie Howard.

Conchita se engasgou com o "chá especial" e começou a tossir. Margarita lhe deu umas palmadinhas nas costas.

— Leslie?...

— Ele mesmo. Vem para tratar de uma questão de cinema, por isso é importante que você o veja.

— Vem filmar na Espanha?

— Talvez, e por isso quer a sua colaboração... Você sabe que o Generalíssimo adora cinema.

— Sim, é claro que eu sei — disse com uma ponta de ironia. — Ele fez *Raza.* Você viu?

— Não, não tive o prazer — respondeu Margarita, sempre educada.

Tinha sido o próprio Franco quem dera ordens para "matar" *Rojo y negro* porque contava a história de uma enfermeira, protagonizada por Conchita, apaixonada por um "vermelho". O regime considerou que nenhum vermelho merecia o amor de uma mulher, e menos ainda de uma heroína nacional, e o

---

2. MONTOLIÚ, Pedro. *Madrid en la posguerra.* Madrid: Sílex, 2005. p. 79.

filme foi retirado das salas de cinema na semana da estreia. Para Conchita foi uma decepção enorme.

— O Generalíssimo quer estabelecer relações com Hollywood para desenvolver a indústria do cinema. E Leslie é o ator mais popular na Espanha, é o que dizem todas as pesquisas.

— Sabe qual é o projeto?

— Sim, um grande filme sobre a vida de Cristóvão Colombo. Ele quer que Leslie Howard seja o protagonista. E Leslie quer que você faça o papel feminino. Por isso precisa vê-lo.

Margarita pôs um envelope em cima da mesa enquanto Conchita esvaziava o bule e bebia o coquetel de champanhe.

— Aqui estão dois convites para ver o último filme dele. Acho que é fantástico e na semana que vem a embaixada americana organiza uma sessão. Chama-se *...E o Vento Levou,* e deve ser tão bom... que nos Estados Unidos já é o filme mais visto da história!

— Sim, ouvi falar.

— Aqui estão as duas entradas.

Naquele momento entrou um indivíduo elegante com bigode aparado, cabelo engomado e capa de couro. Conchita o reconheceu pelo monóculo: era Hans Lazar, o mesmo que a tinha cumprimentado rapidamente no Edelweiss quando estava acompanhado do diretor do *ABC.* O chefe dos espiões alemães em Madrid.

— Desculpe, Conchita, vou providenciar uma mesa para ele.

Antes que Margarita se levantasse, o homem se aproximou delas e cumprimentou-as efusivamente. Era simpático e tinha seu encanto. Disse que vinha ao Embassy para comer uns *scones*, mas todos sabiam que vinha para estabelecer contatos. Ao ver as entradas sobre a toalha, disse, quase em voz baixa:

— *Senhorrita*, não perca seu tempo em ver esse filme, na Alemanha o proibimos.

— Obrigada pelo conselho — disse Conchita —, mas todo mundo fala maravilhas sobre esse filme.

— Pura propaganda judaica — acrescentou em voz baixa.

Sorriu-lhe e foi para a sua mesa.

Quando Margarita voltou, teve a impressão de que os belos olhos de Conchita brilhavam na escuridão, e achou que a vira chorar.

— Você vai com o Ricardo, *right*?

Mas a mente de Conchita já estava em outro lugar, muito longe, lá onde tinha armazenado suas melhores lembranças, essas que na intimidade de seu coração compartilhava com o homem que sempre pensou ser o amor da sua vida.

Leslie Howard era aquele "madurinho" vinte anos mais velho que ela, a quem tanto amou e com quem tanto aprendeu, e a quem passou a vida desejando.

— Alguma notícia ruim, Conchita? — perguntou-lhe Pepín, preocupado ao vê-la tão estremecida pelo retrovisor enquanto a levava de volta para casa.

— Nada, são apenas lembranças.

Lembranças que jorravam aos borbotões, com uma intensidade que ela não tinha como conter.

10

Se você quer fazer Deus rir, conte a ele sobre seus planos, lembrou Conchita do velho refrão inglês que gostava de repetir para Leslie Howard. O anúncio da chegada dele e a possibilidade de trabalhar em uma superprodução entre Espanha e Estados Unidos eram um afrodisíaco forte demais para uma atriz com medo do futuro. Além disso, o projeto de uma vida compartilhada com Ricardo no consulado de Valparaíso empalidecia. Era um sonho vago que de repente parecia tão distante como essa cidade do fim do mundo. *O que será que o cinema tinha? Por que agia como uma droga?*, perguntava a si mesma. Na véspera estava disposta a abandonar a carreira e, agora, uma mera conversa em um salão de chá a tinha convencido do contrário. *Isso não é sério*, dizia para si enquanto tentava lutar contra o deslumbramento que lhe causava não só ver novamente Leslie, mas também voltar ao cinema americano, o que chegava até os últimos rincões do planeta, o que transformava você em um mito vivo, o que proporcionava uma corte mundial de lisonjeadores. Não havia comparação entre a excitação que produzia fazer parte de Hollywood e a tranquilidade de uma vida de senhora convencional, embora fosse mulher de diplomata; entre continuar a ser Conchita Montenegro ou ser Concepción Andrés, casada com Giménez-Arnau. Conchita teria preferido não precisar escolher, não precisar enfrentar seu destino sozinha, e que a vida mesma, como um rio, a conduzisse a um porto seguro.

Mas Conchita Montenegro era uma ingênua. Sem saber e sem querer, tinha se tornado uma peça ínfima, mas necessária, do tabuleiro geoestratégico da Segunda Guerra Mundial. Ia jogar uma partida a favor dos Aliados, sem sequer ter consciência de que estava sendo manipulada por forças que não entendia e nem sabia que existiam. Porque Margarita, a notável proprietária do Embassy, não se limitava a supervisionar a qualidade do pão ou do serviço de seus garçons, mas era uma agente muito atuante do serviço de inteligência britânico. Além de obter informação sobre seus numerosos clientes, seu estabelecimento funcionava como cobertura para uma operação muito grande e sofisticada que ela dirigia a partir de sua casa, no segundo andar do mesmo prédio onde ficava o Embassy, nas barbas dos agentes da Abwehr e da Gestapo. Justamente no andar acima do salão de chá dava abrigo a judeus e outros refugiados do terror nazista, gente que tinha ido parar no campo de concentração de Miranda de Ebro e que o médico da embaixada, o doutor Eduardo Martínez Alonso, ajudava a soltar falsificando relatórios médicos nos quais constava que tinham doenças inventadas, como tifo ou tuberculose. Em seguida eram levados para Madrid pelos motoristas da embaixada, que gozavam de imunidade diplomática. Margarita lhes devolvia a saúde à base de bolinhos ingleses e porções de *welsh rarebit*, uma espécie de tostada com molho de queijo e cerveja. Também lhes fornecia roupa nova, documentos de identidade falsos e instruções precisas para a fuga. Passados alguns dias, os motoristas da embaixada transportavam-nos de novo para Portugal ou para algum porto onde embarcavam com destino à América do Sul. As estradas que usavam tinham nomes de automóveis ingleses da época: a Austin, que ia de Madrid a Lisboa, ou a Sunbeam, de Madrid a Vigo. Outros refugiados chegavam por conta própria depois de cruzar os Pirineus a pé; apresentavam-se no Embassy fingindo-se de clientes para ser evacuados por uma passagem secreta perto dos banheiros que os levava ao segundo andar. Lá eram atendidos por Margarita e pelo doutor Martínez Alonso. O próprio fato de que toda essa atividade clandestina se mantivesse em segredo por tanto tempo revelava o profissionalismo, o caráter e a coragem tanto de Margarita como do médico espanhol, que arriscavam a vida vinte e quatro horas por dia, entre sanduíches de alface e tortinhas de limão.

Conchita nunca teria podido imaginar que a proposta de viagem de Leslie Howard para Madrid fazia parte de um plano secreto esboçado pelo próprio Anthony Eden, ministro de Relações Exteriores de Churchill, e pelas embaixadas britânica e estadunidense em Madrid. O objetivo era consolidar sua influência sobre o regime de Franco, prevendo que os alemães cumprissem a ameaça de ocupar a Península Ibérica começando por Gibraltar. De fato, após o êxito militar da campanha do ano anterior, em que os Aliados tinham expulsado os alemães do norte da África, as forças germânicas necessitavam retomar suas linhas de abastecimento no sul da Europa. A Espanha havia se tornado um objetivo estratégico.

O plano era complexo e, tal como uma *matrioshka* russa, continha vários objetivos. O primeiro era utilizar Leslie Howard, um ator imensamente popular na Espanha, como instrumento de propaganda. O segundo consistia em fazer que ele se congraçasse com Franco, estabelecendo laços com o cinema espanhol (daí vinha a ideia de filmar a vida de Colombo). Uma indústria que o ditador, muito entusiasta do cinema, queria desenvolver como instrumento de propaganda do regime.

Por último, o plano contemplava outra finalidade, a mais importante e ambiciosa, e a mais arriscada. Leslie Howard poderia, eventualmente, propor ao governo de Franco que mudasse o status da Espanha de país "não beligerante" para "país neutro"? Na hipótese de uma vitória aliada, seria preciso mostrar a Franco que a Espanha receberia um tratamento muito melhor se mudasse de status. Ser país "não beligerante" significava que a Espanha era aliada das potências do Eixo, embora não participasse ativamente da guerra. Na prática, porém, colaborava com os alemães, facilitando, por exemplo, linhas de abastecimento de material bélico para os exércitos do Reich. A mudança para "neutro", status que a Espanha tinha no início da guerra, correspondia a ser imparcial com ambos os lados. Nada de facilidades para alguns e para outros não. A essa altura do conflito, para os Aliados era crucial converter de novo a Espanha em país neutro.

11

A embaixada dos Estados Unidos em Madrid organizou o primeiro ato desse plano, que consistiu na projeção, em sessão de gala no cine Capitol da Gran Vía, de *...E o Vento Levou*, já consagrado pelo tremendo sucesso nos países onde havia estreado. Mas antes do evento, os setores mais germanófilos da imprensa espanhola, controlada quase na totalidade por Hans Lazar, alegaram que o filme mostrava uma vida decadente e que era "imoral". Na realidade, os alemães pressionavam o governo espanhol para que o proibisse por ser "propaganda norte-americana". Tanta agitação prenunciava uma noitada divertida.

Conchita compareceu com Ricardo, que não quis perder o acontecimento. No carro, e pela primeira vez, ele lhe perguntou sobre os atores que iria ver na tela. Como Clark Gable era pessoalmente? Quantos filmes tinha rodado com Leslie Howard? Conheceu Vivien Leigh? Conchita, com os sentidos em estado de alarme, evitava dar detalhes, temerosa de que um descuido pudesse delatá-la, e respondia com evasivas. Já perto do cinema, Pepín parou o Buick em um engarrafamento formado por outros automóveis dos convidados para a cerimônia. Todos tinham caído na armação de alguns jovens falangistas, recrutados pelos alemães, que haviam espalhado tachinhas na calçada. Tinham um ou vários pneus furados. Pepín saiu do carro para checar os danos.

— Só um pneu, senhora. Tivemos sorte — disse a Conchita.

— Pepín, nós vamos caminhando.

— Não se preocupe, me encarrego de trocá-lo.

O policiamento reforçado garantia a ordem na entrada, iluminada com potentes projetores de cinema. A nata da sociedade madrilena, mais de mil pessoas, incluindo o bispo de Madrid, amigo íntimo de Franco, desabonaram com sua presença as difamações alemãs. O próprio ministro de Relações Exteriores, Francisco Gómez-Jordana, sentou-se numa das primeiras fileiras com a família. Todos queriam ver aquela fita que despertava paixões pelo mundo.

Ricardo não deu maior importância ao mau humor de sua amada, que atribuiu a "coisa de mulheres". Ela, Conchita, tinha de se esforçar para ser amável, ou pelo menos para dissimular o vendaval desatado em seu coração. Quando estavam sentados, Ricardo lhe deu um beijo no rosto.

— Deixe-me em paz! — exclamou Conchita.

Agora as demonstrações de carinho de Ricardo a enervavam, e ela se recriminou por isso. Em seguida deixou que pegasse em seu braço. Ricardo lhe deu um beijo após outro, da ponta dos dedos ao ombro, até que ela o rejeitou, incomodada, como se rejeita uma criança que se pendura nas saias. De repente, beijos que em outras circunstâncias teriam tido um sabor de glória pareciam pegajosos. Via cada olhar casual, cada palavra de Ricardo como uma armadilha para descobrir seu segredo. Na verdade, não queria estar com ele, tampouco perdê-lo, fiel a seu fino instinto de sobrevivência.

Quando viu o rosto de Leslie na tela, seu ar levemente distraído, os olhos azuis que lhe davam a aparência de sonhador e aquele cabelo loiro que ela havia acariciado com amor, as lágrimas irromperam. Mais ainda quando escutou sua voz delicada, que tantas vezes lhe sussurrara "I love you, baby". O filme era em versão original, ainda não havia passado pela censura nem fora dublado, o que só se fazia para a estreia pública. Quanto mais chorava, com mais força Ricardo lhe apertava a mão e com mais força ela a retirava, para se soltar. Ele não se surpreendeu com tantas lágrimas porque todos na plateia choravam: uns por Scarlett O'Hara, outros por Melanie, as mulheres suspiravam por Rhett Butler, exceto algumas, como Conchita, que choravam por Ashley Wilkes.

Na cena do beijo entre Clark Gable e Vivien Leigh, alguns gritos entre o público atrapalharam a projeção.

— Isso é uma vergonha — gritou um falangista.

— Parem o filme — replicou outro.

— Viva a Falange!

— Abaixo os Estados Unidos!

— Viva o Führer!

Os gritos e slogans em favor dos alemães interromperam a letargia dos que engoliam o choro. O bispo de Madrid, sentado na primeira fileira e enlevado pelo filme, levantou-se e procurou acalmar os ânimos, mas a única coisa que conseguiu foi que um grupo de camisas-azuis lançasse contra a tela as tachinhas que tinham sobrado. Ricardo fez um gesto de se levantar para chamá-los à ordem, mas Conchita o deteve.

— Não se meta, Ricardo!

De repente as luzes se acenderam e a polícia apareceu. Retirou os desordeiros da sala entre empurrões e golpes de cassetetes, e a projeção pôde ser retomada.

Apesar do incidente, o embaixador norte-americano saiu muito satisfeito: "Foi um de nossos melhores golpes propagandísticos", afirmou. Até o bispo de Madrid parecia prestes a chorar quando deixou a sala. Disse a Franco o quanto havia gostado do filme e este pediu uma exibição privada no palácio de El Pardo. Ficou tão impressionado com o modo como o filme retratava o sofrimento e a sobrevivência na guerra que insistiu para que fosse distribuído por toda a Espanha. Mas era tão intensa a influência da ala mais germanófila de seu governo que nem mesmo ele conseguiu que estreasse, o que só aconteceria seis anos mais tarde, em novembro de 1950.

A projeção tinha sido a antessala da visita de Leslie Howard à Espanha, o primeiro ato do último papel que teria na vida.

12

Hollywood, treze anos antes

Em 3 de junho de 1930, Conchita, apoiada na amurada do navio, avistou pela primeira vez a costa da América do Norte. Na linha do horizonte surgiam os arranha-céus de Nova York.

— Veja, veja! — disse para sua irmã Justa, agarrando-a pelo braço.

— Não me aperte tanto, assim você me machuca.

— Parecem casinhas de brinquedo de encaixar.

Quando a embarcação passou ao largo da Estátua da Liberdade, não deu para conter a emoção de chegar aos Estados Unidos. E ainda mais para uma jovem que vinha para triunfar como atriz.

Tinha sido descoberta graças ao sucesso de seu primeiro filme francês de 1929, *A mulher e o fantoche*, a história de uma bela bailarina que seduz um homem e o manipula a seu bel-prazer, sem que ele consiga se libertar do feitiço que o escraviza e o transforma em um fantoche. Uma história que ela interpretou à perfeição porque se identificou muito com a personagem, uma garota "infantil, perversa e caprichosa", segundo o diretor Jacques de Baroncelli. A *Vogue* tinha publicado uma foto de sua silhueta, de costas e totalmente nua, refletida em uma garrafa. Seu jeito sofisticado e sua fotogenia chamaram a atenção de produtores norte-americanos que procuravam contratar artistas de diversas nacionalidades. Como era o início do cinema sonoro e ainda não existia a dublagem, os estúdios de cinema, com receio de perderem a audiência universal que haviam alcançado com os filmes mudos, decidiram dar o que o público pedia: ver e ouvir suas estrelas falarem no seu idioma. Na Europa os espectadores não conseguiam acompanhar os atores que falavam em inglês. Na Espanha, por exemplo, eram vaiados. Para manter a participação de mercado os estúdios se deram conta de que não bastava mudar as legendas nas diferentes línguas. Era preciso fazer diferentes versões de um mesmo filme, com roteiros adaptados e atores locais.

Hollywood definia os rostos e sentimentos que serviam de referência no mundo inteiro e fabricava novos heróis para alimentar a ilusão das multidões e dos povos. Essa fábrica mundial de sonhos criava fantasias em todos os que participavam da arte do cinema, especialmente nas atrizes jovens como Conchita, que tinham toda a vida pela frente.

No dia dos testes Conchita apareceu com as irmãs nos estúdios de Joinville, nos arredores de Paris. As três eram inseparáveis. Justa, que tinha então vinte e três anos e aparência monástica, substituía a mãe, que não falava outros idiomas e tinha dificuldade para agir com desenvoltura em um ambiente profissional. Juana era a mais nova, que além de possuir talento natural para interpretar e dançar, desenhava, pintava e possuía uma incrível facilidade para todo tipo de trabalho manual. Era, sem dúvida, a artista da família. Tinha uma beleza rústica e cálida, diferente da de Conchita, que era mais fria e inatingível. Juana era um anjo, uma garota despojada e luminosa com uma simpatia natural que fascinava. Os produtores se entusiasmaram tanto com ela que imediatamente lhe propuseram um contrato e levá-la para Hollywood. E Juana estava de cara lavada e sem ao menos um pouco de cor nos lábios. Justa, ao ver a expressão audaciosa de Conchita, interveio:

— Juana não veio para o teste. É Conchita que vai fazer, a da foto da *Vogue* é Conchita.

— *Oui, on comprend bien* — disse o produtor, que não conseguia tirar os olhos de Juana.

— *Non, vous ne comprenez pas* — enfatizou Justa. — Juana tem 15 anos.

O homem levou a mão à cabeça. O argumento era contundente e definitivo. Não podiam contratar ninguém que não fosse maior de idade. Conchita fechou os olhos e respirou, aliviada. Ainda mais quando lhe confirmaram, depois do teste, que seria contratada. Mas impôs uma condição: Justa teria de acompanhá-la. A Metro deveria se comprometer a assumir os gastos de viagem de sua irmã. Os produtores concordaram sem discutir e, voltando-se para Juana, lhe disseram:

— Esperamos você daqui a três anos.

Juana sorriu e deu de ombros. Era feliz em todas as circunstâncias, e não se sentia especialmente atraída por Hollywood porque era muito ligada à mãe e não queria deixá-la sozinha. O que lamentava era não poder continuar com as turnês pela Europa com a irmã, como vinha fazendo nos últimos anos, desde que formaram um duo chamado As Dresnas de Montenegro (Dresnas era o anagrama de Andrés, seu sobrenome), dançando com uma graça que entusiasmava o público. As duas irmãs descobriram sua vocação graças às aulas de um professor amigo de seu pai, em Madrid, que as ensinou todo tipo de dança, desde *fandanguillos*, sevilhanas e jotas aragonesas até tango, valsa e o foxtrote... e a confeccionar as roupas apropriadas. Um dia, quando Conchita tinha doze anos, um amigo de seu professor lhes propôs que participassem de um espetáculo beneficente. O pai se opôs, mas as meninas insistiram tanto que não teve remédio senão ceder. Ficaram muito nervosas nos preparativos para sua primeira atuação pública. Aprimoraram os passos de dança, as atitudes, as roupas e os penteados nos mínimos detalhes. Foi um enorme sucesso. O empresário do teatro onde ocorreu a festa lhes propôs que seguissem em cartaz. O pai das garotas, que era caixeiro-viajante e dava os primeiros passos como empresário teatral, compreendeu que aquela vocação não era um simples capricho juvenil, mas condizia com as notáveis habilidades das filhas. Além do mais, estava cansado de insistir para que continuassem estudando. Ao jogar a toalha, deu livre curso à carreira das meninas. Mais tarde enviou-as a Paris a fim de que aprendessem arte dramática na escola do teatro da Ópera.

A despedida de Juana e da mãe em Paris foi triste. O contrato de Conchita era de um ano, renovável. Mas um ano poderia se tornar eterno, isso sem contar que a Metro poderia prorrogá-lo por mais um ano. Anunciación, a mãe, não se iludia, sabia que estava perdendo a filha, *mas não era a lei da vida?*, pensava para se consolar. Nesse caso perdia as duas, porque estava certa de que Justa, já em idade de buscar marido, encontraria um na América. Ficava sozinha com Juana, o que, por outro lado, era uma bênção, pois a menina era afetuosa, mais tranquila e dócil do que as irmãs. Como não via sentido em permanecer sozinha com a filha em Paris – já fazia alguns anos que seu marido as havia abandonado –, e agora que as Dresnas de Montenegro tinham deixado de existir, pensava em voltar para Madrid.

13

Justa tinha vontade de deixar o *Île-de-France*, o navio em que faziam uma travessia de sonho. Não era o mais rápido nem o maior, mas inteiramente decorado em estilo *art déco*, era considerado na época o mais luxuoso de todos os paquetes que cruzavam o Atlântico. As duas irmãs se divertiram muito a bordo, desfrutando da atmosfera descontraída, típica dos "anos loucos". O álcool corria alegremente, como se os passageiros quisessem aproveitar ao máximo antes de desembarcar no país onde reinava a proibição. As duas irmãs mantiveram conversas com muitos dos quinhentos passageiros da primeira classe, e se não fosse pelo comportamento tão frívolo de Conchita, Justa teria desejado que aquela viagem não terminasse nunca. Mas sua irmã a tirava do sério, procurando livrar-se de sua vigilância, o que a obrigava a agir como policial para que Conchita não acabasse no camarote do comandante Blancart, que tentou seduzi-la desde que a viu, no primeiro jantar de gala, depois de convidá-la a se sentar à sua direita. Todas as manhãs recebiam do comandante um esplêndido ramo de flores no camarote, com um bilhete para Conchita.

— Que homem bonito! — suspirava.

— É por causa do uniforme — dizia Justa. — Não fosse isso, seria um tipo normalzinho…

— Você sempre estragando meus sonhos!

Desde pequena era sensível aos homens de uniforme, que via passar com as namoradas pelo braço no parque do Retiro. Como Conchita queria perambular sozinha pelo navio e Justa não desgrudava dela nem um milímetro, brigavam. Nunca tinha visto Conchita tão empolgada. Lembrava-se dela quando pequena, com seu temperamento irrequieto que a levava a pular e rir mais do que a se concentrar nos livros. Negava-se a estudar porque não podia ficar parada, e as freiras do colégio se exasperavam com tantas gracinhas e travessuras. A única coisa que a fazia relaxar era dançar. No navio também, Conchita só se acalmava dançando até que a orquestra fosse dormir.

— Justa, não reclame tanto — dizia Conchita —, pois se estamos neste navio é porque desde pequena me saio bem dançando.

Tinha razão. Afinal de contas, se estavam naquele navio era porque um dia, aos sete anos, seus pais a levaram para ver *A viúva alegre*, uma opereta que deixou a menina extasiada. Gostou tanto que, ao voltar para casa, desprendeu uma cortina de tecido adamascado, fez com alfinetes uma roupa semelhante à usada pela protagonista e passou dias inteiros dançando diante do espelho. Pouco depois disse aos pais que não queria continuar estudando e que somente iria a escolas que dessem aulas de dança, arte pela qual sentia uma vocação arrebatadora. Eles, claro, se opuseram. Opinavam que a menina não devia interromper os estudos até completar a educação formal e apenas permitiram, como concessão a seus desejos, ir em companhia de Juana, nas horas livres, receber lições de dança na casa do renomado professor amigo deles. Aquele mesmo professor que depois as convidou a participar de um espetáculo beneficente que foi o impulso para o sucesso.

O *Île-de-France* contava com uma inovação única nos paquetes: um hidroavião postal propulsionado por um sistema de pólvora e ar comprimido a partir de uma rampa na popa, de modo que o correio saía e chegava até com maior velocidade do que em terra firme. Foi assim que Conchita soube, por uma carta da Metro Goldwyn Mayer, que um espanhol chamado Edgar Neville, também contratado pela Metro, iria recebê-las na chegada para levá-las ao hotel.

Se para Justa tinha sido difícil controlar a irmã no navio, em Manhattan a tarefa se revelou de todo impossível. A arrasadora simpatia de Edgar Neville, sua facilidade para fazer rir, seu conhecimento do país e seu desembaraço constituíam um atrativo contra o qual era impossível lutar.

— O segredo para triunfar aqui é aprender inglês, mas aprender bem... então, sim, você pode se vangloriar.

Disse isso no The Colony, um restaurante da moda onde a levou às escondidas de Justa, que ficou no hotel, se remoendo. Depois do jantar, Conchita notou que os casais que dançavam tinham bebido em excesso.

— Mas não foi imposta a lei seca?

— Sim, mas cada um carrega no bolso um frasco com sua bebida contrabandeada. Bebem muito para zombar da lei.

Neville conhecia os Estados Unidos porque tinha trabalhado como adido da embaixada espanhola em Washington. Umas férias em Hollywood o ajudaram a se familiarizar com a técnica cinematográfica e a se relacionar em alto nível nos estúdios de cinema, tanto que agora acabava de ser contratado para fazer versões em espanhol, como Conchita.

— Eu me tornei amigo íntimo de Chaplin. Na verdade, foi ele quem me abriu as portas da Metro, como dialogista. Conchita ria. Neville a deslumbrava.

— Estou muito contente — prosseguia. — A diplomacia não é a minha área. Isso eu digo a você, confidencialmente, pois prefiro escrever e receber um excelente salário para isso.

Ela se enchia de orgulho ao ver um homem feito lhe fazer essas confidências. Depois do jantar foram dançar e, embora se sentisse um pouco tonta porque tinha bebido, ele a guiou com passos certeiros. Estava enlevado por essa ninfa que havia caído do céu e que dançava como uma deusa. Conchita terminou a noite embriagada, não só pelo álcool, mas também pelas histórias de Edgar Neville, por Nova York, pela novidade, pelo tamanho dos automóveis... Estava ébria de projetos e de felicidade. De repente tinha tudo: tinha a América, tinha um futuro no qual desenvolver sua vocação, um salário que lhe permitia arcar com seus caprichos e ainda por cima um homem de boa aparência, que falava com ela como a uma mulher e não como a uma menina.

— Lamento por Justa — disse a Edgar quando voltaram ao hotel Commodore e ele a convidou a ir a seu quarto para "o último drinque" em vez de acompanhá-la até o dela, onde a irmã a esperava com os olhos bem abertos e a alma apreensiva.

Assim que fecharam a porta do quarto, uniram-se em um beijo eterno. Ela tirou um sapato com a ponta do outro; descalça, como se continuasse dançando, levou-o pela mão até a cama, como a um cego, e o despiu com ternura, tomada por uma excitação violenta que não se lembrava de ter sentido antes porque nunca tinha ido para a cama com um homem que poderia ser seu pai. Tinham a cidade a seus pés. A luz de um neon intermitente inundava o quarto, como se marcasse o ritmo. De repente, Conchita teve um lampejo de lucidez, um remorso, talvez a lembrança da ocasião em que numa situação semelhante ficou grávida, e recuou. Neville a olhava sem entender, mas ela repetia: "Não posso, não, não, não...", com a língua enrolada por causa do álcool. Cobriu-se com o lençol e se entregou a soluços diante de um Neville desconcertado que devia estar se dizendo que era isso que acontecia quando se deitava com ninfetas. Tudo acabou de supetão quando escutaram golpes secos na porta e surgiu a voz de Justa:

— Concha, abra imediatamente!

Talvez em outra ocasião Conchita a tivesse mandado passear. Afinal de contas, tinha dezoito anos, era maiorzinha e podia fazer o que bem entendesse. Mas nesse momento agradeceu de coração por tê-la salvado de si mesma.

14

As precauções e os avisos de Justa não tiveram nenhum efeito sobre ela. Quando acordou na manhã seguinte, com ressaca, mas lúcida, a primeira coisa que Conchita fez foi telefonar para Edgar. Sentia-se mal por seu comportamento da véspera, que atribuiu à bebida, e queria vê-lo para se desculpar. Justa ficava acenando:

— Não faça isso! Não!

— Deixe-me em paz! — sussurrou Conchita, tapando o bocal do telefone.

— Mas, menina, ele podia ser seu pai! — disse Justa, recriminando-a quando desligou.

— E daí? Não faz diferença. Gosto dele.

— Como pode dizer isso se você o conheceu ontem?

— Gosto dele e... estou apaixonada.

Justa olhou para o teto. Estava acostumada com o coração enlouquecido da irmã, que passava da indiferença ao amor em um piscar de olhos, assim como do amor ao ódio, e vice-versa.

— Você também gostava do comandante do navio.

— Sim, também, mas agora é diferente.

— Não se pode ser tão caprichosa!

— Sou o que sou.

Sempre tinha sido caprichosa. Desde pequena, quando cismava com alguma coisa, não havia quem a controlasse. Queria tudo na hora e, como era um vulcão de atividade, não parava até conseguir. Fazia tempo que sua mãe tinha delegado a Justa a função de controlar Conchita, e Justa levou muito a sério o papel de irmã mais velha, mas agora se dava conta de que não podia com "essa égua desembestada", como a chamava.

De fato, Conchita se apaixonava e desapaixonava com uma rapidez surpreendente. Esteve loucamente apaixonada por Edgar Neville durante seis dias, o tempo em que permaneceram juntos em Nova York à espera do trem que levaria as irmãs para Los Angeles. Todas as manhãs, Edgar, impecavelmente vestido, tomava o café da manhã com as irmãs no bufê do hotel.

— Pedi a uma amiga minha, María Alba, uma grande atriz, que espere vocês na estação de Los Angeles. E a Catalina Bárcena que as receba em casa nos primeiros dias.

— Catalina Bárcena?

— Propus a ela e a Gregorio, seu marido... bem, não são casados, mas vivem juntos.

— Vi Catalina uma vez em Madrid, em um espetáculo no teatro da Princesa[3] — recordou Conchita. É muito boa.

— E muito famosa — acrescentou Justa.

— Ela e Gregorio vivem em uma casa grande e eu lhes pedi que hospedem vocês até serem instaladas pelo estúdio em um de seus bangalôs... a menos que queiram ir para um hotel.

Conchita perguntou à irmã com o olhar. Justa gostou da ideia.

— No começo é melhor ficar com eles, sim.

— Faz pouco tempo que chegaram. Vocês vão ver que tem muito mais gente; há sul-americanos e espanhóis, todos brigando, discutindo por causa dos sotaques, se deve prevalecer o mexicano, o argentino, o espanhol... E fui eu precisamente quem indicou Gregorio Martínez Sierra à Metro, para que ponha ordem nas versões espanholas dos filmes americanos... por isso estão lá.

Gregorio Martínez Sierra era escritor e roteirista, figura de destaque no teatro espanhol. As obras que montava, e que o transformaram em um empresário de sucesso, eram escritas a quatro mãos com a esposa legítima, María Lejárraga, em um exemplo de colaboração literária único na história do teatro.

— O curioso é que quem dá vida e voz a essas obras é Catalina, com quem vive, porque María, sua mulher, ficou na Espanha, e só se comunicam por carta.

— Ou seja, Catalina é amante dele? — perguntou Justa.

— E o que te importa isso? — disse Conchita.

— Vivem juntos como casal, mas sem estar casados — respondeu Neville. — María não quer o divórcio. Os três compõem o trio mais insólito de todo o meio artístico. Conto isso a vocês para que estejam cientes e não deem um fora com perguntas indiscretas.

— Sim, claro, obrigada.

— No mais, vocês não fazem ideia de como as pessoas são simpáticas em Hollywood.

— Ele disse que conhece Chaplin — comentou Conchita com a irmã.

— Ah, sim?... E como ele é?

— Como em seus filmes, um gênio... Mas muito desconfiado com as mulheres, o divórcio quase lhe custou a vida.

Conchita se lembrava daquele escândalo que havia dado a volta ao mundo anos antes e que ainda era comentado nos lugares de fofocas de Paris a Los Angeles. Essa história a intrigava porque se tratava de um casal com uma

3. A partir de 1931, passou a se chamar teatro María Guerrero.

grande diferença de idade. Aos trinta e cinco anos, Chaplin se casara com Lita Grey, de dezesseis, que estava grávida.

— Lita e sua mãe lhe prepararam uma cilada — contou Edgar. Mas Chaplin não queria acreditar, estava louco por aquela menina que tinha sido sua musa desde os sete anos. Depois lhe contarei mais detalhes, não acho que possa interessar a sua irmã. São escabrosos.

— Melhor não, eu me contento se você me deixar na Macy's. Ouvi dizer que é a maior loja do mundo.

Terminaram de tomar café e acompanharam Justa até a entrada da grande loja de departamentos. Para ela, tão obcecada pelas compras, essas lojas eram um paraíso. Descobria apetrechos de cozinha para fazer recheios, para retirar ossos, para cortar batatas de cinquenta e seis maneiras diferentes, para tirar a casca dos ovos, tudo era uma novidade que não existia na Europa.

Conchita e Edgar foram passear pela cidade como dois pombinhos, beijando-se fugazmente nos saguões, cruzando o Central Park de charrete, empanturrando-se de pipoca e de cachorro-quente na rua enquanto falavam da vida, de teatro, de cinema, de Charles Chaplin. Edgar lhe contou detalhes desconhecidos na Espanha de como Lita e sua mãe extorquiram Chaplin da pior maneira, vazando para a imprensa o documento do divórcio, no qual, entre uma enxurrada de termos legais, aparecia repetidas vezes a apalavra "felação". Conchita esboçou um sorriso malicioso enquanto Edgar prosseguia.

— O advogado de Lita declarou à imprensa que Chaplin estimulava sua cliente a fazer esse ato que descreveu como anormal, degenerado, pervertido, indecente e não sei mais o quê. Falou que ele dizia a Lita: "Relaxe, todos os casais fazem isso". Imagine, quando isso veio a público ele chegou a pensar em se suicidar.

— E o que aconteceu afinal?

— Acabou dando um milhão de dólares em dinheiro. Ele me disse que foi o preço que teve de pagar para acabar com esse pesadelo que o estava afundando. — E concluiu: — No fundo, sou um trouxa.

Ouvir falar de Chaplin assim, com essa surpreendente familiaridade, aumentava a aura de Edgar Neville aos olhos de Conchita. Parecia a rainha do mundo passeando de braço dado com aquele homem pelas ruas de Nova York. A sensação de se sentir protegida era poderosa e prazerosa. Era o que uma mulher jovem que se dispunha a viver em um mundo desconhecido precisava acima de tudo.

As irmãs tinham sido instaladas no hotel Commodore – que fazia parte da estação Grand Central – porque ficava perto dos escritórios da Metro na Broadway. Edgar a acompanhou várias vezes à empresa, assim aproveitava para cumprimentar o pessoal enquanto submetiam Conchita a sessões de fotos pedidas pelo departamento de publicidade.

Na primeira sessão, eles a vestiram com roupas de cores berrantes e a fizeram posar como bailarina espanhola. Em outra, quiseram ressaltar seus traços de *vamp*, de mulher fatal, que tinham virado moda com Garbo. Sua expressividade, combinada com seu jeito vulnerável, agradou muito. Conchita estava radiante quando saiu dos escritórios. No hotel, um jornalista da *Movie Weekly* a esperava. Edgar a acompanhou o tempo todo.

Uma noite jantaram com Rafael Guastavino, o arquiteto espanhol que estava terminando a abóbada da St. John the Divine, a maior catedral do mundo, e que havia projetado parte da Grand Central. Desceram até os porões, ao Oyster Bar, um restaurante que se tornara ícone da cidade e que também tinha sido obra sua. O arquiteto lhes mostrou como, de cantos opostos, o som passava acima dos tetos abobadados e chegava ao outro lado com total nitidez. Para Conchita isso parecia um milagre, e ela fez um teste com Edgar, sussurrando-lhe palavras de amor, como faziam outros casais da cidade. Mas na véspera da partida o coração de Conchita mergulhou numa tempestade. O idílio foi abalado com força quando se deu conta de que Edgar era casado.

— E não podia ter me contado?

— Eu não neguei — respondeu ele.

— Onde está a sua mulher?

— Voltou para Málaga, não gostava do país, sentia falta dos pais. Além do mais…

— Além do mais o quê?

— Tenho um filho pequeno.

— Ora essa! — exclamou Conchita.

— … E outro a caminho.

— Dois filhos e você flertando sem se importar?

Envolveram-se em uma briga que a habilidade de Neville soube contornar até conseguir acalmar Conchita.

— Se não disse nada é porque tenho medo de te perder — acabou dizendo.

Garantiu que sua relação com a mulher era de liberdade total consentida. Casados, porém livres. Não era verdade, mas Conchita acreditou nele. Na realidade, sua mulher tinha decidido regressar a Málaga porque não suportava mais nem o comportamento promíscuo do marido nem sua obsessão por triunfar. Edgar Neville considerava o amor um jogo sem final definitivo. Nisso, Conchita se parecia com ele.

No dia seguinte, acompanhou as irmãs até a estação de trem. Iriam cruzar os Estados Unidos de costa a costa no *Flecha Dourada*. Ele partiria mais tarde, pois ainda tinha alguns assuntos para resolver em Nova York. Despediram-se na plataforma e não puderam trocar o beijo que queriam por causa da presença de Justa, que se perguntava se as lojas de Hollywood tinham tanta variedade de produtos como as de Nova York.

Durante os três dias que a viagem durou, enquanto atravessavam planícies, montanhas, rios e estepes de uma beleza deslumbrante, Conchita teve tempo de pensar em tudo o que Edgar lhe havia dito. À parte suas piadas e histórias, ele também a tinha orientado, explicando que iria se deparar com um mundo hierarquizado, organizado e classista. No alto da pirâmide reinavam as estrelas de cinema que rodavam as versões originais, e que podiam receber dez mil dólares ou mais por semana; no escalão mais baixo, os extras que faziam jornadas longuíssimas por apenas dez dólares. Ela se encontrava em algum lugar entre os dois extremos, seguindo para cima. E dela dependia se manter ou subir nessa fábrica de sonhos e de risos, de paixões e lágrimas que era Hollywood. O que Conchita guardou foi o conselho de aprender o idioma suficientemente bem para poder atuar nos filmes de Hollywood em inglês. As versões espanholas não deixavam de ser filmes de segunda destinados exclusivamente ao público de língua espanhola. Jogar na liga dos filmes americanos em inglês significava jogar na primeira divisão.

— Você é jovem e tem facilidade com idiomas — disse Edgar. — Se conseguir fazer essa transição, poderá ser uma Greta Garbo. Não se esqueça de que ela é sueca e conseguiu, apesar do sotaque.

Conchita passou dois dias sonhando acordada com seu futuro. Logo o trem alcançou o deserto e o calor que se abateu sobre elas era tão intolerável que as irmãs ficaram sem forças para falar ou pensar. Os pequenos ventiladores de seus compartimentos só conseguiam fazer circular o ar abrasador. Se abriam as janelas, entravam rajadas de areia quente. Era uma viagem interminável e no final se tornou difícil. À medida que tomavam consciência do quanto estavam distantes do lugar ao qual se dirigiam, sentiam uma pitada de nostalgia, agravada pelo cansaço. *Como estará mamãe? E Juana, como estará?*, se perguntavam. Quando o deserto deu lugar às plantações de limoeiros, que se estendiam até o oceano Pacífico, o aroma da flor das árvores lembrou-lhes a Espanha. *Melhor vencer em Hollywood*, pensou Conchita, *acho que não posso suportar esta viagem uma segunda vez.*

15

A estação de Pasadena era um rebuliço de gente.

— Ah, Meu Deus!

— O que foi?

— Olhe a plataforma.

Enquanto o *Flecha Dourada* reduzia a velocidade, Conchita viu pela janela um enxame de jornalistas correndo na mesma direção. Levavam pesadas câmeras com *flashes* que soltavam uma nuvem de fumaça branca toda vez que eram disparados. A moça não podia acreditar: todas aquelas pessoas estavam ali para receber Conchita Montenegro, todos aqueles jornalistas estavam ali por causa dela!... Nem tinha começado a trabalhar em Hollywood e já estava ficando famosa.

— Depressa, Justa, diga logo, estou bem assim?

Justa estava tão abalada quanto a irmã. Ajudou Conchita a se arrumar, passou uma escova na roupa dela e ajustou o adereço na cabeça.

— Está bom.

Conchita desceu os degraus do vagão e, para sua surpresa, encontrou a plataforma vazia. O enxame de jornalistas continuava correndo e agora estava agrupado diante da portinhola de outro vagão, perto da parte da frente da composição. Não estavam lá por ela, mas por um ator inglês chamado Leslie Howard, que chegava no mesmo trem de Nova York, onde tinha atuado em uma peça de teatro na Broadway. Conchita só conseguiu distinguir-lhe o cabelo loiro antes de ele colocar o chapéu e ser arrastado por uma multidão de jornalistas, admiradores e funcionários dos estúdios. A espanhola ficou pasma diante da própria sombra alongada na plataforma da estação enquanto refletia sobre aquela primeira lição de humildade que recebia de Hollywood. Mas não estava sozinha. Era esperada por outro comitê de recepção, mais modesto: María Alba e Carlos Borcosque, diretor de filmes em espanhol na Metro Goldwyn Mayer. Entregaram-lhe um ramo de flores enquanto um fotógrafo latino imortalizava com sua câmera a chegada da jovem promessa.

— Estamos muito felizes por ter você no elenco espanhol dos estúdios norte-americanos — disse o diretor.

— E eu prometo fazer o melhor que puder — respondeu Conchita.

Alguns *flashes* depois, enquanto caminhavam na direção do carro, Borcosque lhe deu a boa notícia de que iria interpretar o papel principal no primeiro filme em espanhol que Buster Keaton planejava realizar.

— É um começo muito bom, senhorita.

— Escutou? —perguntou a Justa, que os seguia, conversando com María Alba.

— Sim, você vai rodar com o Cara de Pau!

Assim era conhecido na Espanha um dos comediantes mais famosos do mundo, que provocava gargalhadas mantendo-se sério e hermético.

Borcosque também lhe disse que no dia seguinte seria levada para vários testes de filmagem de outros projetos, testes necessários para avaliar sua pronúncia e versatilidade como atriz. Conchita sentiu um frio na espinha.

Antes de entrar em um enorme automóvel, tirou da cabeça o adorno que sustentava um pequeno véu; vinha vestida como se estivesse numa festa em Paris.

— Aqui as pessoas se vestem de um jeito mais descontraído — explicou María Alba.

— Já percebi.

— Logo depois que cheguei tirei as meias — continuou dizendo María. E quando vou à praia, uso um maiô justo. Aqui ninguém olha para você, cada um cuida da própria vida.

Assim era María Alba, espevitada, prática, realista e sem complexos. De telefonista em Barcelona acabou ancorando em Hollywood depois de ganhar um concurso de fotogenia patrocinado pela revisa *El Día Gráfico* com o objetivo de descobrir novos talentos. Tinha chegado meses antes com o vencedor masculino, o jovem catalão Antonio Cumellas, que morria de amores por ela. Ambos estavam sob contrato da Fox, que quis mudar seu verdadeiro nome, María Casajuana, por María Cassawana. Mas ela se negou – sentia vergonha de usar esse sobrenome que lhe soava africano, segundo disse –, e no final a Fox escolheu um mais glamoroso, inspirado no da duquesa de Alba. Sua carreira ia de vento em popa porque, depois de ter rodado vários filmes em espanhol, deu o salto para o cinema em inglês. Havia conseguido o papel feminino em um faroeste de nome *Hell's Heroes*, o primeiro filme sonoro de um jovem diretor chamado William Wyler. Conchita a olhava com admiração.

— Como conseguiu?

— Primeiro, muitas aulas de inglês. Depois, nunca reclamei dos papéis que me davam. Já fui escrava moura, varredeira que cantarolava, vesti uma ridícula roupa de homem quando me pediram e aceitei o papel de vampira, inevitável... propõem isso a todas as espanholas que querem trabalhar em Hollywood. Portanto, prepare-se.

— Ufa!

— Diga sim a tudo.

O carro partiu e pegou longas avenidas margeadas por palmeiras. Borcosque passou a conduzir a conversa:

— Segundo as instruções de Edgar Neville, vamos deixá-las agora na casa de don Gregorio Martínez Sierra em Beverly Hills.

— Onde fica?

— Beverly Hills é o bairro onde vivem as grandes estrelas.

— Mas é em Hollywood?

— Perto. Hollywood é outro bairro; todos são bairros que pertencem a Los Angeles. Como estão vendo, as distâncias são enormes e todo mundo tem carro. Você sabe dirigir?

— Não — revelou Conchita —, mas aprenderei rápido, gosto muito.

— Eu também — acrescentou Justa.

O carro seguia atravessando a mesma paisagem de casinhas baixas e jardinzinhos onde brilhavam piscinas de águas azuis. O ambiente exalava prosperidade e bem-estar.

— Mas onde fica a parte central da cidade? — perguntou Conchita.

O homem riu. A cidade que Conchita havia imaginado não existia. Essas avenidas longuíssimas, essa era a cidade.

— Los Angeles é a cidade menos angelical e mais sem graça que existe — disse.

Não se via rastro de vida popular na rua, nem multidões pitorescas, nem crianças brincando nas calçadas. Ninguém caminhava pelas avenidas.

— Cidade como se entende na Europa não existe. Não há edifícios altos, exceto no centro de Los Angeles, que está a mais de uma hora daqui — contou o homem.

— Nem existe o equivalente às Ramblas de Barcelona ou à Gran Vía de Madrid — continuou explicando María. — Los Angeles são setenta subúrbios em busca de uma cidade. E Hollywood é um deles.

— Que luxo! — disse Justa. — Vejam que casas!

À medida que se aproximavam de Beverly Hills, os bangalôs davam lugar a mansões de diversos estilos, desde casas Tudor a casarões andaluzes e palacetes mouriscos.

— Ao amanhecer todas essas estradas e avenidas se enchem de carros de pessoas que vão trabalhar, a maioria nos estúdios, onde fabricam imagens como na Ford fazem automóveis. Eu saio às cinco da manhã para chegar aos estúdios às seis.

A casa de Gregorio e Catalina era uma pequena mansão rodeada por um jardim onde cresciam bananeiras e buganvílias. Chegaram quando a empregada negra voltava do supermercado ao volante do seu carrão. Decididamente, aquele era outro mundo.

— Amanhã mesmo vamos comprar um carro para nós — disse Conchita à irmã.

María Alba e Carlos Borcosque se despediram e as irmãs entraram na casa. A sala era decorada com uma mistura de móveis ingleses, objetos chineses de marfim, lacas japonesas e tapetes coloridos. Conchita se deteve em uma cabeça mumificada que a olhava do fundo de uma estante.

— O que é isso? — perguntou para Justa, baixando a voz.

Em lugar de Justa, respondeu uma voz em perfeito castelhano.

— É a cabeça encolhida de uma múmia dos índios jivaros.

Conchita se assustou.

Um homem jovem, bronzeado, vestido como se tivesse acabado de jogar tênis, se apresentou:

— Sou Fernando Vargas, filho de Catalina Bárcena. Meus pais estão para chegar da Fox.

— Sou Conchita Monte...

— Sim, já sei. Mais bonita pessoalmente do que na foto — interrompeu-a, com jeito sedutor. — Meus pais me pediram para ajudá-las a se instalar e ficar à vontade, como em sua própria casa.

Fernando era da idade de Conchita. Contou que tinha passado a tarde pintando com seu cavalete no cemitério, que os cemitérios ali não eram como na Espanha, que eram parques belíssimos, que gostava de ir a um anunciado com grandes cartazes em neon na estrada, com um slogan que, em Hollywood, tinha duplo sentido: "Descanse sob as estrelas".

— Você não achou esse rapaz um pouco estranho? — perguntou Justa quando estavam sozinhas no quarto, enquanto desfaziam as malas.

— Estranho, não. É um rapaz original. Gosto do jeito dele.

Ficaram em silêncio. Depois, Conchita acrescentou:

— Você não o achou bonito?

Justa levou as mãos à cabeça.

— Não comecemos, Conchita, por favor.

— É muito amável.

16

Na mesma noite da chegada, Gregorio Martínez Sierra convidou as hóspedes para jantar no Henry's, o restaurante do Hollywood Boulevard onde os espanhóis se reuniam. Don Gregorio era um homem calvo e magro, com aparência de auxiliar de escritório, e Conchita achou inacreditável que despertasse tanta paixão nas mulheres como Edgar Neville tinha contado. Mas quando começou a falar, ela entendeu, pois também sucumbiu a seu encanto. Era caloroso e cordial, refinado e culto.

Catalina era mais bonita ainda do que se lembrava quando a tinha visto no teatro da Princesa, em Madrid. Seu olhar havia inspirado a García Lorca alguns versos que agora Conchita recordava porque tinham sido recitados por Edgar: "Os teus olhos têm a névoa das manhãs antigas; doces olhos sonolentos prenhes de lonjuras". Além do mais, era intensa e carinhosa.

No carro, a caminho do restaurante, Fernando Vargas falava pelos cotovelos:

— Aqui em Hollywood todos vêm cavar um lugar no mundo do cinema. A garçonete de um café, no fundo, é uma atriz que espera uma oportunidade; o porteiro de um hotel é um roteirista que, se souber que você conhece um produtor importante em um estúdio, vai te dar seu último roteiro para que você o faça chegar até ele… Aqui todos pretendem ser algo diferente do que são na realidade.

— É verdade — replicou Catalina. — A empregada que vocês conheceram, por exemplo, vai todas as noites a aulas de arte dramática e já conseguiu dois papéis em dois filmes. Diz que é atriz.

Conchita e Justa escutavam com atenção. Era um mundo tão diferente do que conheciam…

— Nem eu mesmo sou quem sou — acrescentou Fernando —, não é, mamãe?

E deu uma risada nervosa que deixou um ar constrangedor no ambiente.

— Sim, filho, você também não é o que é, porque no fundo é um pintor com muito talento… Vocês não sabem como ele pinta — disse, dirigindo-se às irmãs. — Mas agora deu para ser ator!

Quando já estavam no Henry's, falaram do grande assunto de interesse entre a comunidade espanhola: a guerra dos sotaques, na qual se travava a grande batalha do Z – a pronúncia sibilante ou não do s, z ou c em determinadas palavras – que estava a ponto de fazer naufragar a produção hispânica.

— Os produtores norte-americanos não entendem nada, estão desconcertados, não sabem qual lado está com a razão — comentou Gregorio. — Chegam ao estúdio pela manhã e perguntam: "E então? Sem novidade no *front* do espanhol?".

Contou como a polêmica havia atravessado o Atlântico até a Real Academia da Língua Espanhola em Madrid. Agora esperavam que a douta instituição tomasse uma atitude sobre a questão.

— Mas o que é grave — continuou Gregorio em tom de confidência — é que vi os doze filmes que fizeram na Metro e são horrivelmente ruins. Diálogo, atores, direção...

— Você está exagerando, Gregorio — contestou Fernando. — Veja o filme *Olympia*. Fizeram cinco versões, em alemão, francês, italiano, polonês e espanhol, e o próprio senhor Mayer deu um prêmio à versão em espanhol por ser a melhor.

— Essa é a exceção que confirma a regra de que a maioria é péssima. A produção de versões espanholas de filmes anglo-saxões não funciona, essa é a verdade.

Era desanimador para Conchita ouvir aquilo depois de uma viagem tão longa. Gregorio continuou falando:

— Propus à Fox fazer filmes com tema e roteiro originais em espanhol. Parece que vão aceitar... e nesse caso conto com todos vocês.

Nesse momento irromperam no jantar dois frequentadores do lugar, os atores Julio Peña e Pepe Nieto, muito bronzeados, vestidos no estilo da Califórnia, com calças de tecido e mocassins brancos. Queriam conhecer a recém-chegada e sua irmã. Ambos exalavam otimismo.

— Aqui somos uma turma simpática, vocês vão ver — disse Julito Peña.

— A vida cotidiana é muito agradável, não é mesmo, Fernandito?

— Eu também sou da praia diária, como vocês.

— Bom, mas que não te aconteça o que se passou comigo.

— O que aconteceu com você? — perguntou Conchita.

— Tive um grande susto, sabe por quê? Por tomar sol. Quase me demitem. Passo a vida na praia de Santa Monica, por isso estou bronzeado.

Tirou do bolso do casaco uma carta e colocou os óculos.

— Agora vou ler a carta que acabo de receber da Fox. Não tem meias-palavras: "Caro senhor Nieto, levamos a seu conhecimento que o importamos do continente para fazer papéis do seu tipo e característica porque morenos já temos muitos na Califórnia".

Uma explosão geral de risadas e o tom de voz alto, natural dos espanhóis, fizeram que o maître lhes pedisse contenção e baixassem o volume. Julio Peña ficou debochando do amigo:

— O fato é que agora vai à praia e fica pregado debaixo do guarda-sol, hahaha!

María Alba apareceu, acompanhada de Antonio Cumellas, o catalão que tinha ganhado o concurso em Barcelona, um rapaz bonito, com o cabelo arrumado demais, muito formal e um tanto tímido. Ao contrário da carreira de María, a dele ia ladeira abaixo desde que na cena principal de um filme, quando precisava convencer uma princesa para que fosse a seu apartamento fazer amor, sua voz falhou, saiu estridente e provocou no público a única coisa que um ator sério não poderia provocar: uma gargalhada geral. Depois disso só lhe davam papéis secundários, mas não se queixava, estava tão apaixonado por María Alba que se conformava em ser sua sombra.

A tertúlia daquela noite contou com outro compatriota que tinha dirigido María Alba em *charros, gauchos y manolas,* um musical em espanhol em que um pintor boêmio fazia aquarelas de temas hispânicos que iam ganhando vida no cinema. Era conhecido sobretudo como maestro de música rítmica e desenhista. Carregava consigo as caricaturas das estrelas de Hollywood que publicava no jornal *Los Angeles Times* com notável sucesso. Fernando, que era um bom pintor, admirava-o por seu belo traço. Xavier Cugat era catalão, como Cumellas, e ambos, muito conservadores, gostavam de falar de política. Mas se calavam quando Luis Buñuel aparecia, porque mais de uma vez acabaram brigando. Buñuel não se dizia de esquerda nem de direita. Era anarquista e, acima de tudo, imprevisível. Em uma festa na casa de Chaplin quebrou a machadadas a árvore de Natal em protesto porque o ator Rafael Rivelles tinha recitado versos enaltecendo os *tercios* de Flandes. "Não suporto as ostentações de patriotismo", respondeu quando lhe perguntaram o motivo da violência. O fato é que se entediava muito em Hollywood e trabalhava pouco. Na hora do jantar, o Henry's se transformava em uma taverna espanhola.

17

Dois dias depois, uma limusine da Metro veio buscar Conchita. Era esperada no estúdio para o primeiro teste.

— Quer que eu a acompanhe? — perguntou Fernando.

— Obrigada, mas prefiro ir só com minha irmã. Estou tremendo como gelatina.

— Você vai se sair muito bem.

A limusine era tão grande que podiam ir deitadas. E tinha um bar. Conchita abriu um saquinho de batatas fritas e as devorou em um piscar de olhos. Depois, um saquinho de milho frito, e para arrematar, jujubas. Quando estava ansiosa, sentia um desejo irresistível de comer o que fosse, tanto doce como salgado. Para não engordar costumava ir ao banheiro, colocava os dedos na garganta e provocava o vômito.

— Pare já, senão vai passar mal.

— Ainda bem que você está comigo, Justa, sozinha não poderia aguentar esses nervos.

Justa a olhou surpresa. A irmã devia estar bastante alterada porque era muito raro lhe agradecer ou reconhecer que precisava dela.

— Acalme-se, olhe a paisagem, veja como é arrumadinha e organizada.

— Sim, parece que lustram as folhas das árvores todas as manhãs.

Assim que se abriram as portas do estúdio, o paraíso silencioso, tranquilo e agradável da cidade se transformou em um gigantesco campo de trabalho. Acompanhadas de um funcionário da Metro, viram-se envolvidas por uma algaravia de centenas de homens carregados de pacotes e máquinas.

— Hoje estão sendo rodadas simultaneamente quinze superproduções — explicou a elas.

Circularam em automóvel por essa cidade que encerrava um mundo inteiro: em uma área estava Paris com sua Torre Eiffel de cartão-pedra e a abóbada do Palácio dos Inválidos, mais além a Bagdá do califa Harun Al Rachid com seu mercado árabe para o qual convergiam ruelas abobadadas repletas de condutores de camelos, vendedores e mulheres cobertas com véus. Em frente, um falso bonde circulava pelo centro de uma rua feita somente de fachadas. A chegada das irmãs coincidiu com a hora do descanso dos figurantes, de modo que se viram circulando entre bailarinas de cancã, mexicanos com sombreiros enormes, senhores vestidos como em 1800 e dançarinas de flamenco enfeitadas como sevilhanas. Conchita sentiu o impulso de cumprimentá-las até se dar conta de que não tinham nada de espanholas: eram figurantes vestidas de andaluzas.

Deixaram o carro diante de um letreiro que dizia "*No trespassing*", à entrada de um cenário de filmagem. Depois de obterem a devida autorização, o acompanhante as conduziu pela porta e entraram no éden dos que sonhavam com a quimera do cinema. Sob os holofotes estava a própria Joan Crawford, uma das atrizes mais admiradas no momento, terminando uma cena. Conchita ficou fascinada: "Pude contemplá-la à vontade, e constatei que usava uma roupa azul e rosa com o corte e as cores exatamente iguais a minha", escreveu à mãe.

Teve de tirar essa roupa quando chegou a hora do teste. Em troca, entregaram-lhe um traje havaiano, levíssimo e coberto de folhagens, e indicaram o caminho do camarim. — Isso me lembra das roupas que te colocavam no Olympia de Paris — comentou a irmã.

Naquela época era uma das bailarinas do Olympia, onde fora descoberta pelo diretor que a contratou para rodar *A mulher e o fantoche*.

— Não quero interpretar mulher de cabaré — protestou Conchita, irritada por se ver obrigada a usar aquelas roupas.

— Não reclame, lembre-se do que disse María Alba.

Entrou no estúdio e não sabia para onde olhar. Sentiu muita vergonha ao ver que era observada por duzentos pares de olhos e meia dúzia de câmeras. Lionel Barrymore, o diretor do teste, acompanhou-a até o cenário, um espaço de praia arenosa que simulava uma ilha do Pacífico. Conchita tinha decorado o papel, o de uma mulher que precisava convencer o amante de que não tinha sido infiel com um cavalheiro inglês, mas o homem duvidava dela. Essa era a cena. Ela foi posicionada num lugar preciso, e lhe indicaram o limite dos movimentos que poderia fazer para não sair de quadro.

— Você tem de passar o braço ao redor do pescoço de seu *partenaire* — disse o diretor.

Em seguida, deixou-a esperando o galã, uma jovem promessa que começava a se destacar na Metro. Conchita mordia as unhas, apesar de sentir aversão pelo gosto azedo do esmalte. Procurava Justa com o olhar, mas não a via porque a luz dos holofotes a ofuscava. De repente, ouviram-se vozes e chegou o ator, um homem meio nu vestido com um tapa-sexo. Chamava-se Clark Gable e Conchita não o achou nem bonito nem atraente. À ordem de "Ação!", ela repetiu, em um inglês macarrônico, as frases aprendidas. Ele erguia as sobrancelhas e a olhava com uma mescla de condescendência e lascívia. Quando chegou o instante do beijo, Clark não duvidou em lhe dar um nos lábios, verdadeiro e apaixonado. Nem curto nem lento, ele mergulhou com os lábios perto de sua boca, mas ela apertou muito a mandíbula porque não estava disposta a se deixar beijar. O homem insistiu tanto que Conchita, farta, deu-lhe um empurrão com força e levantou a mão como se fosse dar um tapa. Ouviram-se risos entre os técnicos. Ao mesmo tempo, ela levou as mãos ao rosto, pensando que havia arruinado sua carreira e amaldiçoando seu orgulho ferido. Aguentou como pôde a vontade de chorar. Justa, atônita, tinha o rosto inflado pelo rubor.

Mas Clark Gable não se sentiu ofendido, pelo contrário, achou graça na fúria da jovem.

— Essa garota vale! — falou em voz alta, para que todos escutassem.

Ao que o diretor Barrymore acrescentou:

— A mocinha dará muito o que falar.

No camarim, Conchita irrompeu em soluços enquanto retirava aquela roupa humilhante. Justa a abraçou. Sua irmã chorava como uma menina.

— Achei… que ia morrer.

— Fique tranquila.

— Não quero isso, Justa... — disse, engolindo o muco.

— Acalme-se. Você se saiu muito bem.

— Não, não fui bem... não entendi nada. Aquele sujeito estava rindo.

— Que nada, ele disse que você vale muito.

Conchita começou a se acalmar.

— Disse isso?

— Sim. Não escutou?

— Não. — E voltou a soluçar. — Por que não me avisaram que seria uma cena assim?

— Talvez o pessoal da produção não soubesse. Acho que como o ator gostou de você, aproveitou-se, e nada mais. Também não é para fazer drama.

— É um porco!

A veia indômita do caráter de Conchita tinha prevalecido e havia agradado. Para Justa era o que importava.

— Estava no roteiro que a cena terminava com um beijo, eu vi isso — acrescentou.

— Sim, mas assim tão... tão de verdade!

— Você foi pega de surpresa e se assustou, mas pense bem... quantas gostariam de terminar o primeiro teste como você fez? Estão encantados com você.

— Quero que me tratem como uma atriz de verdade — disse, secando as lágrimas com uma mão enquanto com a outra jogava ao chão, com raiva, o maiô com as ramagens penduradas. — Se não for assim, volto para Madrid!

18

Apesar da humilhação pessoal, foi um bom começo para Conchita, uma proeza cujo relato circulou por Hollywood e a tornou conhecida. Não era mais uma espanhola anônima, mas "aquela que rejeitou o beijo de Clark Gable", o ator que segundo as pesquisas liderava as preferências entre o público tanto feminino como masculino.

Assim que esqueceu o mau momento, ela se dedicou a procurar uma casa, a se instalar e aprender inglês. E fez isso com a inestimável ajuda de Fernandito Vargas, que se transformou em seu escudeiro. Ele a ajudou a encontrar um professor, e todos os dias tinha aula em uma casa modesta que se distinguia por uma imensa bandeira mexicana na entrada. O professor falava inglês muito bem, embora com sotaque mexicano, e sentia saudade de seu país, mas jamais falava de si nem de coisas pessoais. Sério e profissional, previu que em três meses ela se expressaria em inglês com desenvoltura. Para não limitar a escolha de papéis e prejudicar sua carreira, ele a aconselhou a buscar também uma professora de dicção e de canto. À noite ela ia impostar a voz e trabalhar o sotaque. Tinha pressa e não lhe faltavam nem vontade nem determinação. Justa servia de lenço para as lágrimas e como apoio. Ambas compartilhavam a empolgação de descobrir um lugar novo, com costumes desconhecidos e o modo de vida mais prazeroso que jamais haviam imaginado.

Como Fernandito dispunha de muito tempo livre, gostava de ficar como cicerone porque se sentia importante com isso. Ofereceu-se para ensiná-la a dirigir.

— Mas a minha irmã também — impôs como condição. Fernando concordou. Se esse era o preço para estar com a mulher de quem gostava, estava disposto a pagar sem reclamar. Assim, praticaram domingos inteiros e tardes livres nas colinas de Santa Monica, onde ainda existia uma floresta de azevinhos, que era o significado da palavra "Hollywood". Anos antes um corretor imobiliário tinha colocado um letreiro gigantesco que dizia "Hollywoodland" e que se tornou símbolo da cidade. Mais para o alto, onde as estradas não eram asfaltadas, revezavam-se ao volante, freavam e aceleravam, estacionavam e manobravam. Embaixo, as luzinhas dos dois bulevares que se estendiam até o mar cintilavam como uma promessa de felicidade. As duas aprenderam com rapidez porque era um carro automático e estavam muito empenhadas. Para elas, dirigir parecia o ápice da liberdade e da independência.

— Ah, se mamãe nos visse!

Na semana em que conseguiram a carteira de motorista, um processo surpreendentemente simples em comparação com o equivalente em qualquer país da Europa, Fernandito também as ajudou a comprar um carro usado.

— O que na Europa é um luxo, aqui é um artigo de primeira necessidade — disse ele.

Logo foram à revendedora, uma loja repleta de automóveis a perder de vista, cada um mais vistoso do que o outro. Se tudo em Nova York lhes parecera grande, ali era em uma escala ainda maior. Conchita só se importava com a cor ou que fosse conversível, por isso escolheu um Studebaker com amplos aerofólios brancos e azuis-celestes, e bancos combinando. Um veículo que parecia concebido exclusivamente para transportar estrelas de cinema, impensável na Espanha. Os três foram testar o carro na estrada costeira. Fernando cantava gritando. Foi um momento de euforia inesquecível: a visão do oceano, o clima de eterna primavera, as manchas roxas das primaveras sobre os muros das casas, o aroma de jasmim, o vozeirão de Fernando... aquilo do que melhor que um sonho, aquilo era o paraíso na Terra. E eles, os eleitos. O passo seguinte foi a procura de uma casa. Com a ajuda de Fernando encontraram um bangalô de madeira em uma área perto da Metro. Como era junho, os jacarandás estavam em flor, tingindo as ruas de cor púrpura. A casa era de dois andares, grande e confortável, e tinha uma geladeira enorme e uma varanda que dava para o jardim.

— Isso na Espanha seria um chalé de luxo — observou Fernando.

Justa não continha admiração pelo fato de o bangalô vir com torradeira, rádio, cafeteira e uma máquina de lavar louça, uma novidade que lhe pareceu o auge da modernidade. Estavam encantadas com o bangalô, com a nova vida. Conchita recebia um generoso cheque todas as semanas que lhe permitia levar um estilo de vida incomparavelmente melhor do que teria desfrutado na Espanha ou na França. Justa também aproveitou para aprender inglês e se familiarizar com a indústria do cinema, que sempre a interessara. Tinha herdado do pai a facilidade para entender de negócios. Se a arte era o território das irmãs, o seu era o da técnica e do financiamento.

Uma noite, enquanto a irmã estava estudando inglês, Conchita se assustou ao ouvir alguém bater à porta do bangalô.

— Quem será?

— A esta hora? Não sei. Dê uma olhada pelo visor.

Espiou e viu um homem que não conseguiu reconhecer.

— O estúdio me mandou aqui para dar aulas de inglês para vocês — disse o homem.

— Abro? — perguntou Conchita à irmã.

Justa deu de ombros. Conchita abriu a porta com discrição e ficou estupefata.

— Sou o novo professor. — Apresentou-se um homem de cabelos grisalhos e sorriso de criança.

Conchita examinou-o e deu uma gargalhada.

— Mas é o Chaplin! — disse a Justa.

De fato, era Charles Chaplin, que gostava de fazer brincadeiras com os novatos em Hollywood. Explicou que tinha ouvido falar da bofetada que ela havia dado em Clark Gable e por isso quis conhecê-la.

— Uma bofetada? Não teria me atrevido, jamais. Foi um pequeno empurrão, nada mais.

Mas aquela era Hollywood, onde se faziam piadas para passar o tempo, onde se forjavam lendas, onde a mais ínfima história virava uma bola de neve até se transformar em uma verdade aceita por todos. Na realidade, Chaplin tinha recebido uma carta de Edgar Neville falando de Conchita, "uma interessante beleza espanhola". E Chaplin, apesar de sua terrível aventura com Lita, continuava fascinado pelas muito jovens e não desperdiçava a oportunidade de conhecer um novo talento.

19

Fernando e Conchita se tornaram inseparáveis. O pintor aspirante a ator vivia perambulando de agente em agente, de estúdio em estúdio, em busca de trabalho. Ele conhecia bem a face oculta de Hollywood, povoada de gente de todo o planeta que vinha tentar a sorte. Passavam o tempo entre ensaios e testes de fotogenia, apresentações diante das câmeras e, no final, se fossem contratados, os salários ficavam muito aquém das expectativas. Mas isso não afetava Fernando porque vivia protegido pelos pais. Permitia-se todo tipo de excentricidade, como na vez em que ao finalizar um teste entregou ao diretor uma caricatura que o mostrava como um Frankenstein sugando o sangue de um ator, ou quando fez um grafite numa cerca em Malibu e acabou preso pela polícia e trancafiado na cadeia.

— Cuidado com esse rapaz — advertia Justa.

E voltou a repetir que ele parecia um pouco estranho.

— Por quê? Só é excêntrico. Como todos os artistas.

— Não falo por isso.

— Bah, você diz isso porque sabe que gosto dele.

Como sempre, Conchita atribuía a reticência da irmã a ciúmes ou a um excesso de afã protetor. Mas Conchita gostava de Fernando. Achava graça nas suas esquisitices, que via como ímpetos de genialidade. Além do mais, necessitava de um homem ao seu lado, isso lhe dava segurança. O que não podia dizer abertamente a Justa era que preferiria entrar em uma festa de braço dado com um rapaz bonito como Fernando do que acompanhada por ela ou, pior ainda, sozinha.

Além de se divertirem juntos, um complementava bem o outro: ele a iniciava na vida americana e ela lhe dava acesso ao restrito mundo dos estúdios de Hollywood. Porque os espanhóis costumavam relacionar-se entre si, ou com um círculo amplo de falantes do espanhol. Não pertenciam ao Olimpo da cidade porque o idioma era uma barreira intransponível. Tal era o complexo que uma atriz recém-chegada da Espanha, María Fernanda Ladrón de Guevara, deixou o hotel onde vivia e alugou uma luxuosa mansão em Beverly Hills.

— Transformarei minha casa em lugar de encontro de intelectuais e artistas — disse ingenuamente. — Não quero que uma atriz chegada da Espanha seja socialmente menor do que uma americana.

Organizou uma festa para a qual convidou muita gente, não só estrelas hispânicas e espanholas. Correram rumores de que havia gastado quatro mil dólares em bebidas (ainda imperava a lei seca), pois tinha grandes esperanças de poder reunir sob o teto de sua casa os mais graúdos do cinema. Mas só compareceram espanhóis, desde Conchita, Fernando e seus pais até Pepe Crespo, Cumellas, Rosita Moreno e um diretor, Benito Perojo, que queria fazer filmes como os americanos. Também apareceram alguns latino-americanos, como Dolores del Río, Lupe Vélez e um tal de Pepe Mojica, o mais excêntrico de todos porque não parou de falar da Virgem de Guadalupe, pela qual professava uma autêntica veneração. María Fernanda bebeu além da conta para afogar sua decepção pelo fato de nenhum peso pesado da indústria do cinema ter ido à sua festa. Não bastava alugar uma casa boa e esbanjar dinheiro em álcool e comidas suculentas para atrair os que tinham poder. Para conseguir isso era preciso se converter "em um deles". Pertencer àquela casta. Conchita, que tinha um pé entre os dois mundos, havia se dado conta perfeitamente disso.

Mas foi uma festa divertida. Mojica, depois de contar como Enrico Caruso tinha descoberto seu vozeirão de tenor, cantou uma ária de Prokofiev. Mais tarde, à medida que o álcool fazia seu trabalho de desinibição, os demais foram revelando coisas mais pessoais. María Fernanda confessou que os executivos da Fox lhe haviam dito que precisava de "outro nariz para a câmara".

— Por isso já marquei uma consulta em uma clínica de cirurgia estética na semana que vem. Digo isso para o caso de na próxima vez que me virem não me reconhecerem.

Todos riram.

— E logo você que tem um nariz tão arrebitadinho.

— Tem um nariz bem madrilenho, de fato — disse Rafael Rivelles, seu marido.

— Sim, porém querem um mais fotogênico.

— E você vai lhes dar ouvidos?

María Fernanda, que tinha bebido demais, respondeu em tom solene.

— Sempre me submeti a todas as exigências de servidão (ai!) que minha profissão de artista me impôs.

E desabou no sofá.

Na volta para casa, Conchita foi tomada pela lembrança de Edgar Neville. Pensou que ele teria desfrutado muito daquela noitada. Mas também se surpreendeu ao perceber quão pouco tempo o diplomático escritor havia ocupado sua mente. Era como se descobrisse de repente que essa paixão, tão intensa em Nova York, não tivesse passado de uma ilusão. A chama se apagara, talvez pela distância, mas sobretudo porque agora Fernando ocupava um lugar em seu coração. Não se expressava com o conhecimento e ênfase de Edgar e vivia atrás dela. Era como ter um criado à sua disposição, um pouco desajeitado, mas isso o tornava ainda mais cativante. Para uma estrela nascente que vivia o dia a dia com intensidade, era uma vantagem indubitável.

Estacionaram perto de casa o cintilante Studebaker e apagaram as luzes. Ouvia-se o canto dos grilos na noite tépida. Na intimidade do interior acolchoado, uniram-se em um beijo como os dos filmes hollywoodianos, longos e de língua, enquanto voavam por cima dos assentos o paletó do smoking e a gravata borboleta de Fernando, a saia godê de Conchita, a cinta-liga e as meias, e no final, a lingerie.

— Não, pare, pare, não vá adiante — disse ela com a voz sobressaltada.

Tremia como uma vara pelas manobras ágeis de Fernando e teve que lutar consigo mesma para manter a lucidez.

— *Stop*, eu suplico, Fernan…

Ele selou os lábios dela com a boca. Depois agarrou com uma mão suas calças jogadas no chão do automóvel e remexeu em um dos bolsos.

— Olha.

— O que é isso?

— Um Schmid.

— Que é?

— Um preservativo. Acaba de sair, é uma das melhores novidades.

— Não confio.

— É de látex, uma espécie de borracha, mas muito mais fino, me escute. É americano.

— Sim, mas não confio.

Sua negativa se chocou com os gemidos apaixonados de Fernando e com seu próprio desejo, avivado pelas carícias, os beijos, o cheiro de homem, o álcool e a excitação de fazer isso ao ar livre, com a capota do automóvel abaixada. Negando até o final, sem convicção e com os olhos fechados, acabou se entregando entre explosões de prazer e ímpetos de pânico por medo de o Schmid falhar.

20

Edgar Neville chegou a Hollywood quando Conchita estava para começar a rodar o filme *De frente, marchen!*, uma comédia na qual interpretava uma garçonete que ajuda o protagonista – Buster Keaton – a se tornar herói de guerra a contragosto. Edgar havia lhe escrito duas cartas contando sobre a esperança que tinha de voltar a vê-la, a vontade de continuar com seu papel de Pigmaleão conduzindo-a pelas reviravoltas de sua carreira. Não tinha recebido resposta, mas também não ficou preocupado. Achou que ela devia estar muito ocupada com a nova vida.

De fato, estava absorvida numa filmagem que se desenrolava em um clima de tensão permanente. Buster Keaton, ou Cara de Pau, assim chamado por seu papel de herói tragicômico que enfrentava as desgraças totalmente impassível, não passava por seu melhor momento. Assim como tantos outros, fora vítima de um fenômeno duplo que transformara sua vida: a chegada do cinema falado e o colapso da bolsa um ano atrás. Bebia tanto que pronunciava frases desarticuladas e dava ordens contraditórias.

— Não o entendo! — dizia Conchita, à beira de um ataque de nervos.

— Não vê que ele está bêbado? — sussurrava o maquiador, o famoso López, um espanhol que era muito amigo de Catalina Bárcena e que tinha o dom de acalmar as atrizes.

Se Buster Keaton havia escolhido o álcool como forma lenta de suicídio, outros colegas de profissão que tinham fracassado na transição do cinema mudo para o falado, incapazes de se verem numa posição que não fosse a principal, resolveram tirar a vida de forma mais rápida. Foi naquela época que se criou o termo *has been*, que significa literalmente "tem sido". Um *has been* era alguém que já tinha vivido o seu auge. Era o pior epíteto numa cidade que funcionava com o combustível do sucesso pessoal. Assim que começaram as filmagens de *Em frente, marche!* estourou a notícia de que a atriz Jeanne Eagels optava por uma overdose de heroína. Outras o faziam com Seconal, um barbitúrico poderoso. Quando se atirou da letra H do gigantesco cartaz de Hollywoodland, perto de onde Conchita aprendera a dirigir, a atriz Peg Entwistle lançou moda entre seus colegas desesperados. Alguns dias depois, duas atrizes desiludidas com suas carreiras seguiram o exemplo.

Buster Keaton nunca chegaria a ser um *has been*; tinha talento de sobra para se adaptar aos novos tempos. Mas havia iniciado um percurso de difícil retorno. Não se acostumava ao sistema de estúdio, que o fazia rodar filmes que não lhe interessavam. Sentia saudades da independência que desfrutara nos primeiros anos da carreira e que o levara a fazer um dos melhores filmes do cinema americano, *A general*. Reclamava por ter de rodar cada cena três vezes: uma em inglês, uma em espanhol e outra em francês.

— É como precisar rodar um filme ruim não apenas uma vez, mas três! — gritava exasperado.

Conchita e os outros atores aguentavam suas queixas com resignação. Memorizavam os diálogos para filmar logo em seguida. Como ela sabia dizer em inglês apenas *okay*, *all right* e *ham and eggs*, Cara de Pau ficava nervoso.

— É um homem angustiado — avaliava a espanhola.

— Como não poderia estar angustiado, minha filha, se a mulher ficou com toda a fortuna dele e ainda por cima não deixa que veja os filhos?

López sabia de tudo, era o rei da fofoca. Contou a ela que, por causa do divórcio, o diretor se viu obrigado a vender sua empresa de produção para a Metro. Não havia perdido apenas a riqueza, a mulher e os filhos, mas também a liberdade criativa. E agora, com tanto uísque, estava a ponto de perder o juízo.

Conchita percebeu que em Hollywood a vida particular não existia, a não ser que alguém se blindasse ou vivesse sempre escondido, e nem mesmo assim. Era um mundo endógamo e promíscuo, onde todos participavam dos triunfos e das tragédias dos outros. Era preciso aceitar ou fazer como Greta Garbo, que vivia reclusa no Santa Monica Beach Hotel.

— Vou apresentá-la a você. A pele de vocês é parecida — disse-lhe López, com bastante convicção.

Edgar Neville aparecia de vez em quando nas filmagens e tentava ajudá-la. Ensaiavam os diálogos antes das tomadas e orientava Conchita com relação aos melhores ângulos que seu rosto poderia oferecer para a câmara. Ele estava preparando a filmagem da versão espanhola de *O presídio*, com Pepe Crespo, um desafio difícil porque o original em inglês, com Wallace Beery e Robert Montgomery, começava a ser considerado um dos grandes filmes do início do cinema falado.

— Para reduzir os riscos, adoto os enquadramentos da versão americana — explicava.

Edgar Neville tinha outros projetos: estava traduzindo e adaptando a versão espanhola de *Way for a Sailor*, que Carlos Borcosque ia dirigir, e queria que Conchita fosse a protagonista.

Um dia, na saída das filmagens, encontraram o Gordo e o Magro, Stan Laurel e Oliver Hardy, que estavam rodando *Be big!* no palco ao lado. Edgar os conhecia.

Ao contrário de Buster Keaton, eles estavam felizes de trabalhar em quatro idiomas. Stan Laurel estendeu a mão para Conchita com um sorriso sincero.

— Como a senhora *estad*, formosa donzela? — perguntou-lhe com seu forte sotaque inglês.

— Bem, obrigada.

— Stan, a cada dia que passa você fala espanhol melhor — elogiou Neville.

— Não me diga isso porque fico deprimido... Nos nossos melhores filmes o público ria porque falávamos pior.

— Disse porque sou muito educado. Na verdade, você fala muito mal.

— Ah, obrigado, isso me consola.

— E a senhora, o que acha? — perguntou para Conchita.

— Sim, sim, fique tranquilo, o senhor fala mal — disse, acompanhando os demais.

— Ufa! Tudo bem... Enquanto falarmos espanhol como vacas inglesas, tudo bem, as pessoas vão continuar rindo. Ooooli!...

Oliver Hardy apareceu então, jorrando suor.

— Veja só que lindas mulheres existem na Espanha, Oli. Você não acha que já é hora de irmos morar lá?

— Não podemos, somos fundadores e presidentes de uma firma chamada A Gargalhada Poliglota. Por acaso você se esqueceu, Stan?

Era verdade, esse era o nome que haviam dado à empresa criada por eles, que deveria administrar os filmes em vários idiomas.

— Vocês usam o mesmo diretor para todos os filmes? — indagou Conchita.

Laurel adotou um semblante decoroso e uma expressão empolada, semicerrando os olhos:

— Sou eu.

— É eu, se deve dizer — corrigiu-o Hardy.

— Sou eu, é assim que se diz — interveio Edgar.

— Ah, não, não — disseram protestando. — Nós, o senhor não.

Riram-se do equívoco, e então chegou o assistente de direção para dizer que a filmagem da próxima cena estava pronta. Stan Laurel aproximou-se discretamente do ouvido de Neville e disse:

— Vou para a Espanha conhecer donzelas como Conchita e deixarei minha mulher em Hollywood.

Depois foi embora, dando uma piscada para ela. Ouvia-se, ao fundo, a voz do assistente de direção pedindo silêncio.

21

O caráter imprevisível de Buster Keaton fez que a rodagem do primeiro filme de Conchita terminasse entre conflitos e incertezas. Ela também passava por uma situação confusa no plano pessoal. Fernandito Vargas via com maus olhos o surgimento de Edgar Neville, amigo de seus pais, na vida da sua amada. O que arquitetava esse homem maduro, pai de família, nas filmagens de Conchita? Por que essa insistência em convidá-la para tantas festas e saraus?

— Porque é meu amigo — respondia ela.

Conchita aceitou o convite de Edgar para acompanhá-lo a uma festa grandiosa na casa da amante do magnata Randolph Hearst, o homem mais poderoso dos Estados Unidos inteiro, tanto que em Washington não se tomavam decisões importantes sem contar com ele.

— Você não pode recusar esse convite — aconselhara Justa. — Esse homem é dono de um império da imprensa... Sabe a publicidade que ele é capaz de fazer para você?

— Mas se eu aceito, é como se... como se quisesse ficar com Edgar, e não quero.

— Então diga isso a ele, diga que você está com Fernando, que é da sua idade, e tudo bem. Tente ficar amiga de Edgar. Será muito melhor assim.

— É fácil falar, Justa... Mas se um não se aborrece, o outro vai se aborrecer.

Falava com um tom de fragilidade que não combinava com sua imagem de mulher livre. A própria profissão de atriz a deixava numa situação de dependência, porque seu destino estava necessariamente nas mãos dos outros. E isso a deixava vulnerável.

— Não se pode ter tudo — concluiu Justa com um tom maternal.

Conchita deu-lhe ouvidos e acompanhou Edgar ao palácio com que Randolph Hearst havia presenteado o amor da sua vida, a atriz Marion Davies, em Santa Monica, às margens do Pacífico. Aquela relação amorosa era lendária nos Estados Unidos, fomentada pela mácula de que ele era casado com outra mulher que não queria lhe dar o divórcio. O prédio em estilo georgiano media cem metros de largura e tinha três andares, setenta quartos e um salão de baile. Tomaram banho de piscina com cerca de cinquenta convidados que tinham passado a tarde jogando tênis ou cartas; era uma piscina de mármore importado da Itália, com trinta metros de largura e uma ponte veneziana, construída em um jardim fechado de frente para o oceano. Quando anoiteceu, reuniram-se numa biblioteca espaçosa com estantes de carvalho. Alguém apertou um botão e uma parte do piso subiu, transformando o espaço em uma sala de projeção. Iam assistir ao último filme saído do laboratório, *Loves Comes Along*, que ainda não havia estreado. Formado por pessoas da profissão, o público era impiedoso com a mínima falha de interpretação. Davam umas risadas sarcásticas toda vez que a protagonista, que tinha voz estridente, abria a boca — mais uma que ia sucumbir na passagem do cinema mudo para o falado. Quando as luzes se acenderam, a referida atriz, Bebe Daniels, de cuja presença ninguém se lembrava, levantou-se, visivelmente fora de si, com o rosto banhado em lágrimas. Conchita ficou muito impressionada ao vê-la nesse estado. Quando ela e Edgar foram para o jardim, alguns garçons uniformizados ofereceram uma taça de champanhe francês e um prato com uma colher para que se servissem de todo o caviar beluga que desejassem. Passeando por entre as estacas da cerca perfeitamente talhadas, Conchita teve uma sensação que parecia medo. Identificava-se completamente com a atriz ultrajada. É provável que vislumbrou pela primeira vez a possibilidade real de fracasso, algo que não necessariamente depende do ator em si. Percebia que, sob sua aparência de paraíso, Hollywood também podia ser cruel e desumana.

Edgar não precisava de explicações para entender que Conchita tinha deixado de gostar dele. Além disso, havia escutado várias vezes os espanhóis se referirem ao "casalzinho", e embora no início tivesse pensado que aludissem a ele, logo percebeu que se tratava do filho de Catalina. Numa festa na casa da mexicana Dolores del Río, falou com ela:

— Como durou pouco o primeiro ímpeto da paixão, não é mesmo? — disse Edgar. Conchita estava paralisada. — Você não precisa dizer nada — prosseguiu. Confesso que, secretamente, esperava que você escolhesse a mim...

— É que o Fernando é...

— É da sua idade, entendo.

— Não queria dizer isso. É que ele se comportou muito bem conosco... e... e...

Edgar cerrou os lábios de Conchita com seu dedo indicador.

— Você quer que a gente seja amigo — disse.

— Sim — ela assentiu com a cabeça.

Ele continuou:

— É o que sempre se diz quando se quer romper uma relação amorosa.

Pararam de se ver por um longo período, para a tranquilidade de Fernando Vargas, para quem era difícil controlar o ciúme. Estava descobrindo como era complicado estar apaixonado por uma atriz muito requisitada graças ao frescor e à personalidade que lhe eram característicos. Ficou tranquilo enquanto Conchita preparava seu papel de freira apaixonada por Ramón Novarro, o grande ator mexicano que também era diretor da versão espanhola de *Sevilha de meus amores*. Novarro não era visto como um perigo porque diziam que era homossexual. Porém, sentia ciúmes patológicos de Edgar Neville pelo que tinha acontecido em Nova York, e porque o roterista representava tudo o que ele não era. Neville era o centro das atenções onde quer que fosse, sabia agradar e tinha uma corte de bajuladores.

Alguns meses mais tarde, encontraram-se na festança que o ator e cantor mexicano José Mojica deu em sua casa; ele tinha um sítio esplêndido no cânion de Santa Monica, onde morava com a mãe, *doña* Virginia, a quem adorava. Mojica era um fervoroso católico, tinha uma veia mística e vivia praticamente aposentado após ter conseguido grandes sucessos como *El precio de un beso*, que obteve recorde de faturamento na Espanha e na Argentina. Ganhava dez mil dólares por semana e era motivo de inveja para os outros atores latinos. Numa filmagem recente tornara-se amigo do ator espanhol Miguel Ligero, que estava na cidade com um contrato de seis meses. Para promovê-lo, Mojica o apresentava como o melhor cozinheiro de paella do mundo, e naquele dia convidaram Hollywood inteira para experimentar seus dotes culinários. "Nunca preparei tantas paellas na minha vida", disse Miguel Ligero a um jornalista espanhol que lhe perguntou se não era contraproducente se exibir como cozinheiro quando, na verdade, queria ser ator. "O importante é que levem uma boa lembrança de mim", respondeu Ligero, com muita sensatez. A festa memorável, à qual compareceram numerosas estrelas e toda a comunidade espanhola, teve início às duas da tarde e terminou no dia seguinte no final da manhã. Conchita foi com Justa, Fernandito e a mãe dele. Catalina Bárcena levou o pedido de desculpas de Gregorio, que não pôde ir por estar de cama, vítima de uma de suas primeiras crises de asma. Assim que atravessaram um pátio espanhol, adentraram em um recinto enorme onde um projetor exibia na parede a imagem da Virgem de Guadalupe. Depois passaram em silêncio em frente a uma porta: era o dormitório da mãe de Mojica, *doña* Virginia, e não se podia fazer barulho.

Quando chegaram ao jardim, toparam com Edgar Neville, que estava com Pepe Crespo. Os dois cumprimentaram efusivamente as mulheres, mas ignoraram Fernandito. Era apenas o filho de uma das atrizes, alguém que ainda não conhecera o sucesso e que, portanto, era dispensável.

— Consegui um pedacinho de imortalidade — contava Neville, exaltado. — Chaplin me deu um papelzinho num filme que vai se chamar *Luzes da ribalta*. Vocês não acham incrível? Fazer parte de um filme dele é como... não sei... é como figurar num quadro de Velázquez!

Pepe pegou Conchita pelo braço e afastou-a.

— Vamos roubá-la um momento — disse para Fernando. — Precisamos falar de trabalho.

Pepe e Edgar lhe propuseram ser a protagonista da versão espanhola de *Way for a Sailor*, cujo roteiro Neville estava adaptando.

— Será melhor que o filme original — garantiu.

A filmagem estava prevista para o mês seguinte, e desejavam saber se Conchita não estaria ocupada e se queria aceitar a proposta.

— Claro que sim. A única coisa... espero que *Sevilha de meus amores* não atrase — disse a espanhola. — O diretor vem trabalhar bêbado dia sim, dia não.

— Outro bêbado? Mas que azar você tem.

— É verdade, mas pelo menos é carinhoso e simpático. Cara de Pau era insuportável.

Novarro era uma superestrela, o *latin lover* por excelência; era quem tinha substituído Rodolfo Valentino no imaginário popular. Ainda era lembrado por seu maior sucesso, *Ben-Hur*, cujos figurinos causaram furor. Seus papéis românticos faziam as mulheres delirar.

— Dizem que bebe porque não consegue conviver com essa mistura explosiva de ser muito religioso e muito homossexual — comentou Neville. — Esse conflito não o deixa viver.

— Tem um namorado — acrescentou Pepe Crespo em voz baixa. — É o assessor de imprensa dele, chama-se Herbert.

— Ah, sim! — disse Conchita. — Ele vem todos os dias quando acabam as filmagens. Sei quem é.

Hollywood era uma cidade de fofocas, algumas falsas, muitas verdadeiras. Circulava a história de que Louis B. Mayer, dono da Metro, queria obrigar Novarro a fazer um "casamento lavanda", como se chamavam os casamentos de conveniência para lavar a imagem pública de alguém suspeito de ser homossexual. Mas ele resistia. Agora Conchita entendia melhor os altos e baixos do humor de Novarro.

Nesse momento surgiu Fernandito. Estava com um homem de suíças reluzentes, cravo na lapela e monóculo.

— Vejam só, nosso barítono! — exclamou Neville.

Andrés de Segurola tinha elegância e circunspeção. Fora barítono no teatro Real de Madrid e nos grandes palcos europeus antes de ser contratado pelo Metropolitan Opera House de Nova York, onde havia conquistado grandes êxitos. Em Hollywood era contratado para fazer papéis de grandes personagens, do tipo embaixador ou general russo. Fernando o conhecia bem graças a seus pais. Por seu intermédio conseguira o professor de inglês de Conchita.

— Sabe o que esse professor fazia antes de dar aulas? — perguntou Segurola.

— Não.

— Foi presidente da república do México e na época era o senhor absoluto do lugar.[4] Está aqui no exílio.

Conchita entendeu então por que havia uma enorme bandeira mexicana na entrada da casa dele.

— Veja como são as coisas — disse Fernando. — Nesta cidade, ninguém é o que parece.

22

Ao dar meia-noite, Fernando quis ir embora. Nunca teria admitido, mas no fundo estava irritado pela popularidade crescente de Conchita e porque pensava que ela não lhe dava suficiente atenção.

— Ir embora agora? — disse ela. Mas a festa acaba de começar!

Tinha encontrado María Alba, sempre acompanhada de Antonio Cumellas, que estava visivelmente preocupado com a situação na Espanha. Lançava pragas para o governo de Berenguer e sentia saudades da ditadura de Primo de Rivera.

— Você é muito de direita — dizia-lhe Pepe Crespo.

María Alba exibia o mesmo vestido com que tinha saído no último número da revista *Photoplay* e que fora objeto de muitos comentários: "Ela mesma faz sua roupa", mencionava a legenda, que concluía: "É por isso que as jovens atrizes podem se permitir vestir-se tão bem".

— É verdade o que a revista diz, que você aprendeu a costurar em um convento na Espanha? — perguntou-lhe Conchita.

— Não, eles inventaram isso, pareceu-lhes *very spanish*... Minha mãe e minha avó me ensinaram a costurar.

— Tal como foi com todas nós, claro.

María estava eufórica porque se falava em seu nome para o papel de Sexta-Feira na superprodução *Robinson Crusoé*, além do mais, em inglês.

— Todas as manhãs rezo para a Virgem para que me deem esse papel. Acontece que é com ninguém menos que Douglas Fairbanks! Se conseguir, me disseram que nunca mais vai faltar trabalho para mim.

4. Tratava-se de Adolfo de la Huerta, presidente do México de 1º de junho a 30 de novembro de 1920.

— Com certeza vão te dar.

— Na verdade, um passarinho que já fala inglês quase sem sotaque me disse.

O semblante de Conchita ficou iluminado.

— Quem? Quem te disse? — perguntou excitada enquanto Fernando voltava a insistir.

— Venha, vamos embora.

— Não vou agora, Fernando.

Ainda tinha muita coisa para ver naquela festa, muitas fofocas para compartilhar. No meio de tanta informação sempre vinha à tona alguma coisa útil ou interessante. Além de se divertir com a colônia espanhola em peso, cujos integrantes planejavam tardes de tortilha de batata, de flamenco ou excursões ao México para ver as touradas, o que realmente interessava a Conchita era ser vista, conhecer um produtor, cuidar de sua carreira. Estava aprendendo a ser mais objetiva, a valorizar as relações, que eram uma rede de segurança em um mundo volátil onde a fronteira entre o sucesso e o fracasso era tão frágil. Notava que as outras atrizes tratavam as festas como parte de seu trabalho. A informação que circulava boca a boca na cidade mais fofoqueira do mundo lhe permitia conhecer o universo onde tudo se desenrolava. O problema era que Fernandito não era capaz de entender isso.

— Vá embora com a Catalina, eu fico.

Mas Catalina tampouco queria ir. Era outra profissional e também aproveitava a festa para preparar as filmagens de *Mamá*, uma adaptação de uma obra que Gregorio estreara em 1913. Era o primeiro projeto aceito pela Fox, mas além disso Gregorio conseguiu o direito de indicar o diretor, Benito Perojo, e a protagonista, Catalina, que também tinha a atribuição de aprovar ou recusar os figurinos ou os cenários, e intervir na seleção dos atores. Na verdade, era assistente do produtor, e por isso estava tão ocupada.

Mais do que ir embora, Fernando queria tirar Conchita dali, a quem considerava sua garota.

— Deixo meu carro com você — ela disse. — Pegue. — E entregou-lhe as chaves. — Voltarei com Justa, que está se divertindo muito.

De fato, Justa estava saindo com um jovem advogado de origem italiana que começava na carreira de agente de representação artística. Chamava-se Luca Fontana, era um pouco mais baixo do que Justa, mas bem-apessoado, vestido de maneira impecável e com uma mecha de cabelo loira na testa que tirava com a mão a cada cinco segundos. Encontravam-se nos fins de semana e iam às festas juntos. Justa falava dele como o homem mais maravilhoso do mundo.

— Deve ter algum defeito — dizia-lhe Conchita com malícia.

— Não tem, reitero que é perfeito — respondia Justa.

Fernando insistiu para que voltasse com ele no carro. Conchita nunca o tinha visto tão obcecado. A essa altura, a situação se transformou em uma queda de braço.

— Ainda não quero ir embora, Fernando.

— Você vem comigo.

Conchita fixou-o com um olhar cheio de raiva contida. Ninguém falava com ela dessa maneira. Nem mesmo seu pai jamais havia conseguido aplacar suas aspirações.

— Devolva-me as chaves — disse.

Ele deve ter percebido que tinha ido longe demais, porque entregou-as sem vacilar. Conchita colocou-as no bolso e deu meia-volta.

— Volte para casa como der. Adeus.

Fernandito ficou plantado, com o orgulho ferido, balbuciando frases incompreensíveis. Ele, que tanto tinha se desdobrado por ela, sentia-se ofendido. Pediu as chaves do carro para a mãe e desapareceu no meio da noite.

No dia seguinte o telefone tocou num horário impróprio na casa das irmãs Montenegro. Era Catalina Bárcena.

— Fernando está com você?

— Não, não está aqui.

— Sumiu com meu carro e não voltou para casa.

Conchita contou-lhe os detalhes da discussão que tiveram, apaziguando os ânimos.

— Ficou aborrecido porque não quis ir embora com ele, só isso.

— Às vezes fica muito turrão. — Desculpou-se a mãe. — Se você tiver notícias dele, me avise.

— Claro que sim.

Colocou o fone de volta no gancho e voltou para a cama. Não deu muita importância e mergulhou no sono. Ao meio-dia o telefone voltou a tocar. Catalina Bárcena continuava a perguntar pelo filho.

— Não deu sinal de vida — disse. — Antes de ligar para a polícia, queria confirmar se não tinha ido ver você.

— Não, não veio e não ligou — respondeu Conchita. — Eu teria avisado logo.

— Sim, eu sei… tenho medo de que lhe tenha acontecido algo.

O tom de voz de Catalina deixou Conchita perplexa. Justa estava na cozinha aberta para a sala, misturando vodca com suco de tomate para fazer um *bloody mary*. Era uma dica de Luca contra a ressaca.

— Desde que Edgar chegou o ciúme estava acabando com ele — comentou.

— Não devia ter contado nada sobre Nova York a ele.

— A curiosidade mata o gato.

— Sei disso! — exclamou irritada. — Você sempre batendo na mesma tecla, insistindo. O que quer que eu faça?

— Sempre te disse que esse rapaz é meio estranho, mas como você gosta dos excêntricos, é assim que os chama, não há nada a fazer.

— Bem que ele também ajudou você, não se queixe.

— Não se trata de desqualificá-lo. É um amigo e tanto, mas como seu namorado, não sei...

Silêncio total.

— Não deve ter acontecido nada com ele, não é mesmo? — perguntou Conchita.

Passaram o dia todo penduradas ao telefone. O sentimento de culpa consumia a jovem: *Ai, ai, se eu não tivesse sido tão dura com ele*, pensou. Justa não se atrevia a abrir a boca para não irritar a irmã, mas pensava que esse rapaz estava conseguindo o que procurava, que na opinião dela era chamar atenção.

23

Fernando apareceu na casa da mãe justamente na hora em que Catalina se preparava para apresentar uma denúncia na polícia do distrito. Tinha deixado o dia passar porque conhecia o filho, que já tivera o mesmo tipo de comportamento em outras ocasiões. Sumia e depois voltava para casa com um ar distante, despenteado, sujo de pó e areia.

— Adormeci na praia — explicou para os pais angustiados, antes de se fechar no quarto.

Catalina ligou para Conchita para lhe dar a notícia. Não tinha sido nada, garantiu. Mais uma excentricidade de seu filho.

Conchita pediu para falar com ele, mas a mãe disse que estava fechado no quarto, dormindo.

Viram-se alguns dias mais tarde. Fernando estava completamente recuperado e apresentava um bom aspecto. Recém-barbeado, vestindo calças de flanela e um colete de malha, apresentou-se na casa de Conchita no sábado, como se nada tivesse acontecido.

— Sugiro que a gente vá ao Pike para estrear a montanha-russa.

— Não faz frio demais para isso?

— Que nada!

O clima estava mudando na Califórnia, e embora as estações do ano não fossem claramente definidas, os dias eram mais curtos no inverno e a temperatura, apesar de agradável, caía alguns graus. Diante da insistência de Fernando, cedeu. Não queria ficar sozinha em casa e também não lhe apetecia a ideia de ir com Justa e seu namorado, aquele da mecha de cabelos, comer no Musso & Frank, para ser vista. O Pike era um parque de diversões em Long Beach, com barracas de comida, lojas de *souvenirs*, carrosséis e a mais recente atração, uma montanha-russa construída sobre o mar, que supostamente era a maior do mundo.

Conchita aproveitou o tempo do trajeto de carro para falar com ele.

— Você não acha que foi longe demais? Sua mãe estava vivendo no inferno.

— Às vezes me dá na telha e fujo. Nem mesmo eu sei por que faço isso.

— Não minta, outro dia você fez aquilo porque estava com ciúmes.

— Não aguento esse tal de Neville, é um esnobe.

— Você não o tolera porque tivemos um caso.

— É um presunçoso.

— Mas é meu amigo, já te disse. Só por isso você precisa respeitá-lo.

— Não o suporto.

Conchita não seguiu nessa direção porque sentiu que ele estava ficando novamente obcecado. Era como bater em pedra. De forma que mudou de assunto e lhe perguntou sobre a infância e os pais.

— Meus pais não são meus pais.

— Como assim?

— Sempre digo que em Hollywood ninguém é o que parece.

— Sim, você sempre diz isso.

— Pois é, comigo acontece a mesma coisa… não sou quem sou. Você sabe que não sou filho de Gregorio, não sabe?

— Ah, não? Você sempre fala dele como se fosse seu pai.

— Sim, mas não é meu pai biológico. Também não tenho o sobrenome dele.

— Pensei que Vargas fosse um pseudônimo que você tivesse adotado para sua carreira.

— Não, me chamo Vargas porque se supõe que meu pai seja Ricardo Vargas, um ator da companhia de teatro Guerrero-Mendoza.

— Ah, entendi.

— Cresci acreditando nessa história até que fiquei sabendo que também não sou filho de Vargas.

— Que bela encrenca você tem.

— Acontece que meu pai é Fernando Díaz de Mendoza, que era marido de María Guerrero e diretor da famosa companhia de teatro.

— E por que você não tem o sobrenome dele?

— Porque ele tinha filhos com todas e não queria assumir. É um aristocrata que exercia uma espécie de direito de ficar com as atrizes jovens da companhia. Dormiu com minha mãe e a engravidou. Organizaram um casamento de urgência com Ricardo Vargas, que era ator da mesma companhia.

— Foi sua mãe que te contou essa história?

— Sim, quando não teve mais jeito. Eu já tinha sabido por intermédio de outras pessoas, atores da María Guerrero.

— Imagino que não tenha sido prazeroso.

— Não. Fiquei muito mal.

— E o nome Fernando, você recebeu por causa de Fernando Díaz de Mendoza?

— Sim, todos os filhos de meu pai verdadeiro, Fernando Díaz de Mendoza, têm o mesmo nome dele. É como a marca do seu gado.

— Mas você não deve ver as coisas assim.

— Acontece que não sou Fernando Vargas, sou Fernando Díaz de Mendoza Junior — disse rindo. — Por isso fui parar na cidade onde ninguém é quem é.

Falava olhando para ela de esguelho enquanto dirigia pela estrada. Podia passar da obstinação à ternura em um segundo.

— Conto para que você me entenda um pouquinho — acrescentou.

Ela o beijou e apoiou a cabeça no ombro dele. Via-se ao fundo a silhueta da montanha-russa e as luzes de Natal de Long Beach.

— Que medo!

— Vai ser incrível, você vai ver.

Mais tarde, Conchita confessou que nunca havia passado tanto medo na vida como nessa montanha-russa. "Tinha um declive tão rápido que parecia que íamos mergulhar de cabeça no oceano." Mas estava protegida por Fernando, que a apertou fortemente junto ao corpo. Com o vento na cara, deram voltas entre o céu e a terra, excitados pela vertigem e pelo reencontro.

24

À medida que a Califórnia deixava de ser uma novidade para Conchita, à medida que ela se adaptava à sua nova vida, a relação com Fernando deixava de ser prioritária. Não precisava mais de um pajem que a iniciasse na vida de Hollywood. Seus progressos no inglês levaram-na a falar melhor do que ele. Continuaram a se ver com certa regularidade, quase por inércia e porque Fernando ainda a fazia rir. Mas angustiava-a perceber que ele dependia cada vez mais dela. Lamentava que sua carreira de ator não deslanchasse. Fernando Vargas era mais um entre noventa mil atores que falavam todos os idiomas da Terra e que perambulavam pelos bulevares de Hollywood à espera de um contrato. Assim como os outros espanhóis, pelo menos ele tinha a sorte de participar das tertúlias do Henry's, onde todos se consolavam das humilhações de Hollywood. Sentados na ponta da mesa, cabisbaixos, ele e Cumellas não tinham nada de novo para contar, com exceção de como eram sempre rechaçados. Os que não eram espanhóis, os poloneses, russos, alemães, franceses... entravam no restaurante com devoção, como se estivessem adentrando a uma igreja, com a secreta esperança de chamar atenção de um diretor de cinema, ou de conseguir uma indicação do proprietário, amigo de todas as estrelas.

Fernando era salvo por seu talento para a pintura. Era dono do seu mundo, da sua criação e do seu tempo só diante de um cavalete. Esquecia-se dos aborrecimentos, das esperas e das negativas. Se, além disso, Conchita estivesse por perto, então atingia a felicidade plena. Mas era um equilíbrio precário. Ela dispunha de cada vez menos tempo para si e de menos ainda para Fernando. Trabalhava em um filme atrás do outro e, nos intervalos, o departamento de promoção a mantinha muito ocupada. No outono de 1930 sua mãe e sua irmã Juana, que moravam em Madrid, viram uma reportagem no jornal *ABC* em que Conchita apresentava "a moda na Cinelândia".

— Como ela é moderna! — disse Juana, enquanto a mãe acariciava a página do jornal como se estivesse tocando a maçã do rosto da filha.

Aparecia vestindo uma roupa de algodão, de manga curta, a blusa por cima da saia pregueada, as luvas até os pulsos. Os sapatos e o gorro formavam "um conjunto muito adequado para a vida ao ar livre", como mencionava a legenda da foto. Dava a sensação de que tinha virado americana, não tinha absolutamente o aspecto das atrizes espanholas de então.

Embora a imagem que transmitisse fosse essa, seu coração estava bem fincado em suas raízes. Com a proximidade do final do ano, sentia pontadas de melancolia. Seria o primeiro Natal sem a irmã Juana e sem a mãe.

— Quero *polvorones*[5] e nugás. E que faça frio.

Um sol esplêndido todas as manhãs e uma temperatura primaveril contrariavam seu desejo.

---

5. Doce caseiro assado que se desfaz em pó ao comê-lo. (N.T.)

— Quanto ao frio, ótimo, mas as outras coisas engordam — disse Justa. — Você trabalha tanto e está muito cansada, por isso está tristonha.

Sem dúvida, sentia-se só. A relação com Fernando afundava. Tinha a impressão de que uma espécie de desgaste nas conversas, no olhar perdido dele e até em seus abraços, tinha penetrado sutilmente entre eles, como que para separá-los. Mas não queria admitir, justamente para não sentir o peso angustiante de uma solidão ainda maior. Às vezes a saudade a invadia tanto que ia à banca de jornais do Bulevar Hollywood para folhear um *Mundo Gráfico* ou um *Blanco y Negro*. Precisava do contato com algo familiar, que lhe recordasse seu mundo. Ler as histórias de atrizes, atores, toureiros e famosos da época como Anita Delgado e o marajá de Kapurthala, que saíam muito na imprensa, era como um bálsamo para ela. Nesses momentos difíceis também tinha vontade de comer o que quer fosse, a qualquer hora. Era capaz de devorar um saquinho de *marshmallows* seguido de duas latas de *corned beef*, ou de ir ao *drive-in* onde, sem sair do carro, serviam-lhe hambúrgueres com queijo e chocolate batido com morango, numa bandeja pendurada na janela. Os vômitos que ela mesma se provocava em seguida deixavam-na exausta. Também lutava contra a solidão comprando animais de pelúcia e bonecas, uma mania que nunca havia deixado. Os bichos de pelúcia nos Estados Unidos eram tão variados e incríveis que tinha dificuldades em se reprimir e comprava vários de uma só vez. Estavam espalhados por todos os cantos de sua casa. Era como se precisasse, a todo momento, de alguma coisa macia para tocar.

O comportamento de Justa, a irmã que vivia em grande estilo seu romance com o advogado e representante artístico Luca Fontana, também acentuava o sentimento de solidão. Não tinha amarras. Passava os fins de semana em Santa Barbara, na casa de um amigo de Luca, ou iam para o deserto, em Palm Springs, jogar golfe e tomar banho de piscina no hotel Cody. Não parava em casa. Os papéis tinham se invertido. Agora era Conchita quem fazia as vezes de irmã mais velha e procurava moderar a paixão amorosa da irmã.

— Depois de tanto tempo que você está com ele, deve ter te pedido em casamento, não? — perguntou-lhe um dia.

— Não vamos falar disso — respondeu Justa. — Não quero que nada estrague a... magia.

— Acho que você está se entregando demais.

— Acontece que te incomoda porque tenho namorado e já não me dedico a você todo santo dia... não é isso?

— Não é isso, não é mesmo, mas...

Não sabia como lhe dizer que não confiava no namorado, que ele tinha alguma coisa que não a convencia. Parecia-lhe um tipo esquivo. Não fizera nenhum esforço para falar com ela, para conhecê-la melhor, conquistá-la, e isso lhe parecia esquisito. Um dia encontrara com ele na saída do Henry's e ele fingiu que não a conhecia.

— Por que não me cumprimentou? Não te parece estranho?

— Não deve ter reconhecido você.

— Como pode não ter me reconhecido... Fiquei olhando fixamente para ele...

— Você pensa que todo mundo a conhece. Tem complexo de estrela. Se as pessoas não se ajoelham logo a seus pés, para você são extraterrestres.

— Realmente, não é isso.

— Para mim, o seu Fernandito também me parece estranho, já te disse isso e não repito mais. Portanto, por favor, faça o mesmo.

— Não fique assim.

Havia sido muito difícil para Justa encontrar o amor, e agora que o tinha conseguido agarrava-se a ele com uma obstinação irracional e o defendia com unhas e dentes. Tanto era assim que não teve dúvidas em deixar a irmã plantada no primeiro Natal em que passavam sozinhas longe de casa. Anunciou que seu namorado a levaria para Las Vegas.

— Ele diz que quando a lei seca acabar será a nova Tijuana. Mas muito mais divertida, com mais cassinos e espetáculos. — Depois de uma pausa, continuou: — Você vai passar as festas com Fernandito e os pais dele, não? — perguntou, aparentando que se preocupava com o que a irmã faria.

— Não sei, ainda não tenho planos.

O que Conchita não sabia era que plano escolher. Por mais que tentasse abraçar a ideia de passar a noite de Natal com Gregorio, Catalina e Fernando, não era o que lhe apetecia. No seu íntimo, sabia que era um passo na direção errada porque indicaria um compromisso maior com Fernando. Só escolheria esse plano se não surgisse outro. Estava começando a se familiarizar com a solidão daqueles que estão no apogeu, um sintoma que só podia ser compreendido por sua posição de estrela do cinema. Todo mundo tendia a pensar que alguém como Conchita Montenegro, cujo nome era tão assíduo na imprensa, seria tão solicitada, tão rodeada de amigos, que era inútil convidá-la. Por isso poucos a convidavam. De forma que corria o risco de ficar sozinha.

25

Mas surgiu Edgar Neville com um plano que não podia ser recusado.

— Vamos passar as festas na casa de campo de Randolph Hearst! — anunciou.

— Onde fomos no outro dia?

— Não, na casa de San Simeón. Cinco dias de farra. Também vai ter uma festa à fantasia e você precisa levar a sua. Vou te buscar no dia vinte e quatro de manhã. Vai toda a trupe do Henry's, menos o coitado do Cumellas, que está deprimido porque a María o deixou.

— E o que ele vai fazer? Voltar para a Espanha?

— Diz que prefere morrer de fome aqui a morrer de fome em Barcelona.

Conchita não hesitou um instante em aceitar. Durante alguns dias ficou procurando uma maneira de contar para Fernando sem que ele a levasse a mal, mas não encontrou, de forma que deixou o tempo passar. Até que um dia, depois de buscá-la no estúdio, Fernando lhe disse:

— Meus pais estão encantados em saber que você vem passar a noite de Natal conosco.

Conchita ficou gelada. Resolveu encerrar logo a questão.

— Ai! Que burra! Esqueci de te falar... Fomos convidados para passar as festas na fazenda de Randolph Hearst e disse que íamos.

Fernando ficou branco.

— Mas você não disse para a minha mãe que ia passar as festas conosco?

Era verdade, pensou Conchita, mas fazia meses que dissera isso. As coisas tinham mudado desde então. Tudo era muito rápido em Hollywood.

— Esqueci completamente. Esse convite foi muito recente, eu ia te contar justamente hoje.

Conchita insistiu para que Fernando a acompanhasse, apesar de ele não ter sido convidado. Fazia-o porque sabia que não iria.

— Não quero deixar meus pais sozinhos nessas datas — disse Fernando, e ela suspirou aliviada.

— Tem certeza? Você não poderia dizer para eles que é uma oportunidade única?

— Poder, posso, mas não sei se devo.

— Tente — incentivou-o com uma ponta de cinismo.

— E quem nos convidou?

Conchita soltou então a bomba que sabia que ia resolver o problema, tal como ela desejava.

— Edgar Neville fez o convite. Como você deve imaginar, todo o grupinho do Henry's vai. — Uma sombra se esboçou no semblante de Fernando, e Conchita prosseguiu: — Faça o possível para vir comigo.

O rapaz ficou em silêncio, pensativo. Depois soltou, com um gesto de contrariedade:

— Não me agrada abandonar meus pais no Natal.

Conchita se aproximou e o abraçou. *Good boy*, pensou. Estava satisfeita: tinha evitado uma discussão e saiu-se bem. Quando ligou para Catalina, na véspera da viagem, para desejar bom Natal e agradecer pelo convite – ao qual infelizmente não poderia comparecer –, falou com Fernando e notou que ele estava distante. *Até que enfim*, pensou. Um toque de buzina anunciou a chegada do carro que vinha buscá-la e precisou desligar.

No carro, Neville falou sobre o anfitrião:

— Hearst tem fama de ser uma ave de rapina, e é provável que seja, mas sempre me pareceu um gigante com olhos de criança, bondoso e muito generoso com todos. Você vai ver, ele tem um sentido de hospitalidade pouco comum.

Conchita pôde comprovar que sua hospitalidade era mesmo fora dos padrões já na estação de Pasadena, onde um trem formado por vagões-leitos e um vagão-restaurante, parado em um trilho sem saída, estava à espera dos convidados que chegavam conforme terminavam os dias de filmagem. A maioria era gente de cinema, mas também vinham senadores, jogadores de polo, galãs de revistas, dirigentes e membros da equipe editorial das revistas de Hearst. Ofereceram caviar e champanhe para Conchita e lhe perguntaram a que horas queria o jantar.

— Vou jantar com meus amigos espanhóis, quando eles chegarem.

— Muito bem, senhora.

Jantaram todos juntos no vagão-restaurante como se estivessem no Henry's, compartilhando piadas de filmagens, fofocas e risadas, discutindo os motivos pelos quais estavam ali, enquanto viam desfilar pela janela do trem a paisagem erma da Califórnia. Chegaram a uma conclusão unânime: eram convidados porque garantiam um certo nível de alvoroço e diversão.

Depois de terem bebido bastante, cada um foi ocupar a respectiva cabine. Às cinco da manhã chegaram a San Luis Obispo, e o trem se deteve em outro trilho sem saída. Os maquinistas haviam recebido instruções para não tocar o apito nem dar marteladas nas rodas até que os convidados tivessem acordado.

Ao sair da cabine, Conchita tomou café da manhã no vagão-restaurante com os outros.

— Um Cadillac está à nossa espera para nos levar à casa de campo — avisou Neville.

A propriedade de Hearst se estendia por cinquenta quilômetros ao longo da costa do Pacífico. Desde a grade da entrada, onde ficava a guarita dos seguranças, até a casa principal, o castelo com suas duas torres, os carros percorriam uma avenida de oito quilômetros. "Os animais têm prioridade", diziam os cartazes afixados a cada cem metros. O Cadillac teve de esperar que um casal de avestruzes se afastasse do caminho. Estavam atravessando o famoso parque zoológico da propriedade, povoado de ursos, macacos, orangotangos, zebras, aves e répteis. Ovelhas, cervos, alces e búfalos africanos passeavam pela fazenda. Um pouco distante, também havia uma pista de aterrissagem, porque alguns convidados vinham com seu próprio avião.

Quando chegaram à mansão, tiveram a impressão de passar da África para uma Espanha de fantasia, opulenta e luxuosa. Era um antigo castelo construído com pedras trazidas da Espanha de navio. A fachada era uma mistura da catedral de Toledo com um gigantesco chalé suíço. As luzinhas de Natal nesse clima cálido davam um tom inapropriado ao conjunto. Conchita descobriu duas piscinas, uma ao ar livre, enorme, de mármore branco e preto; a outra fechada, embaixo das quadras de tênis, com água quente. Cinco casas com jardim ficavam ao redor do castelo como postos de vigilância, cada uma com capacidade para abrigar cerca de dez convidados. Anjos, serafins e querubins esculpidos sorriam dos tetos barrocos, árvores de Natal enfeitavam os cantos.

Então apareceu a anfitriã, Marion Davies, refulgente e encantadora, em um carrinho puxado por um elefante pequeno no qual tinham enfiado um gorro vermelho de Papai Noel.

— *Welcome to my Spanish amigos!* — disse-lhes, cumprimentando-os um por um. Quando chegou em Conchita, seu rosto se iluminou. — Conchita Montenegro!... *So happy to meet you,* contaram-me sobre seu talento!

— *Thank... you* — respondeu timidamente a espanhola, que estava exultante.

— Norma Shearer ficará encantada em conhecer você, vou apresentá-la. Norma!

Eram nomes que faziam qualquer aspirante a ator sonhar. Além de ser uma estrela em ascensão, Norma Shearer era a mulher do conhecido produtor Irving Thalberg, um peso pesado da indústria. Aproximou-se de Conchita, apertou-lhe a mão e segurou-a um momento entre as suas.

— Meu marido me falou sobre você. Viu dois filmes seus e agora vejo que ele tinha motivos para te admirar.

Era um presente caído do céu receber semelhante elogio de uma figura como Norma Shearer, e, ainda por cima, diante de todos. Mas além disso,

Norma demonstrou um interesse genuíno por Conchita e lhe perguntou sobre seus projetos. A voz de Marion interrompeu-as:

— Embora W.R. — era assim que ela chamava William Randolph Hearst — tenha instituído a estúpida regra de que até as seis da tarde não se pode tomar coquetéis, como hoje é um dia especial sugiro que depois que tiverem se instalado provem o *sundowner* que preparei.

Em seguida brincou com todos. Neville deduziu que gaguejava porque a esta hora já estava um pouco alta de gim, mas na verdade nunca tinha conseguido corrigir totalmente seu problema. Gaguejava desde criança e agora, com a chegada do cinema falado, tinha um legítimo pânico de que sua carreira de atriz fraquejasse, sentia medo de se tornar uma *has been*.

Um empregado de uniforme levou Conchita até o quarto que ela iria ocupar. Ficava em um dos andares superiores do castelo principal e era luxuosamente mobiliado.

— A senhora vai dormir na cama que pertenceu a ninguém menos que o cardeal Richelieu.

Conchita não sabia quem era Richelieu, mas mesmo assim parecia-lhe uma honra. Neville foi instalado num dos palacetes do parque que circundava a mansão. O quarto dele tinha um indescritível sabor espanhol porque era dominado por um quadro de Goya, *El niño de rojo*. Embaixo, no salão, uma jovem atriz com o cabelo prateado comia nachos com guacamole na mesma mesa em que tinha sido assinado o Tratado de Viena.

W.R. Hearst apareceu na hora do coquetel e cumprimentou efusivamente Neville, a quem conhecera por intermédio de Charles Chaplin. Disse-lhe ao pé do ouvido, com sua voz aguda, um pouco infantil, que não se enquadrava nem com sua fama de monstro nem com seu físico um tanto avantajado:

— Daqui a alguns dias vamos festejar o aniversário de Marion... É uma surpresa.

— Mas não é três de janeiro?

— Sim, mas vou antecipar porque ela estará filmando.

— Não trouxemos nenhum presente — disse Neville, consternado.

W.R. levou o dedo aos lábios, em sinal de silêncio.

— *Shhhh! Don't worry.*

Fez um gesto para que o seguisse e entraram em um corredor que dava para uma sala particular. Uma grande quantidade de presentes estava esparramada sobre os sofás e poltronas.

— São os presentes que vocês trouxeram, imaginei que ninguém sabia que depois de amanhã festejaríamos o aniversário dela. Por isso trouxe como precaução, mas, por favor, não lhe diga nada que fui eu.

Em seguida, entraram na principal sala de refeições do castelo, uma réplica da nave da abadia de Westminster em que cabiam com conforto cerca de cem pessoas. As paredes estavam cobertas de tapetes Gobelin. Os móveis, os quadros e a prata eram antigos. A maioria, disse W.R., comprados na Espanha. A comida também parecia de outra época: podia-se escolher entre faisão, pato silvestre, perdiz ou veado. Os guardanapos davam um toque surrealista a toda essa encenação... eram de papel, uma concessão ao lado prático dos norte-americanos.

No fim da noite, quando voltaram para seus respectivos quartos, cansados de rir, de soprar línguas de sogra e cheios de champanhe, cada um dos convidados encontrou uma arca com um cartão de Papai Noel desejando-lhe uma feliz noite de Natal. Cada baú estava repleto dos presentes mais caros das melhores lojas: pijamas e roupões de seda, lenços, cachimbos, isqueiros, raquetes de tênis, perfumes de marca e uma roupa íntima refinada para as mulheres.

26

Na manhã seguinte, dia de Natal, Conchita acordou aturdida por tanto luxo e excesso. Escreveu uma carta para a mãe. Queria compartilhar com ela e Juana toda a extravagância e o esbanjamento, a irrealidade do que estava vivendo. Acabou sendo um exercício mais difícil do que tinha imaginado: *Será que vão acreditar que estou vendo pela janela do meu quarto uma manada de zebras correndo na frente do que parece ser um leão?* Como descrever o mundo de Hearst, o jeito como ele jogava fora milhões como se fossem moedas de bolso? Esforçou-se o melhor que pôde, poupando detalhes excessivamente excêntricos porque pensava que ninguém iria acreditar. Depois contou como estava esperançosa com sua carreira. Interpretou o encontro com Norma Shearer como um sinal do destino: "Na Espanha, qualquer atriz teria ficado com ciúme. Aqui não acontece isso, pelo contrário. As pessoas ficam contentes com o sucesso dos outros. Ninguém quer destruir seu rival nem lhe deseja má sorte", escreveu. Sentia que estava a ponto de dar o salto; na Metro haviam-lhe dito que qualquer dia lhe ofereceriam um filme em inglês.

O castelo foi ficando cada vez mais cheio de gente. Eram produtores, roteiristas e parentes de Marion que chegavam para a celebração do aniversário. Algum vinham para passar o dia; outros para ficar mais. Havia muito alvoroço, os empregados subiam e desciam escadas carregando grandes malas e caixas cheias de chapéus e fantasias que os convidados tinham alugado para a ocasião. O lugar se encheu com todos os nomes que se possa imaginar: Conchita viu desfilar Gary Cooper acompanhado da excêntrica Lupe Vélez; cumprimentou timidamente Clark Gable, que estava com uma loira espetacular; também saudou Joan Crawford, a atriz que ela tinha admirado no primeiro dia de sua visita ao estúdio da Metro e que apareceu com o marido, Douglas Fairbanks Jr. Uma autêntica chuva de estrelas.

W.R. havia convocado os convidados para um dos salões para a festa surpresa. Fairbanks, careca por exigência do papel que estava interpretando em uma filmagem, surgiu vestido com um terno branco de recém-casado. Lupe Vélez, de mexicana; Clark Gable, de astronauta; Conchita ia de chinesa, com um quimono, chapéu de palha e trança. Neville se fantasiou de vaqueiro do Velho Oeste, com um charuto na boca; e Pepe Crespo, de camponês espanhol com boina preta e cajado.

Finalmente, Marion Davies entrou, estava fantasiada de polichinelo, levava na cabeça um gorrinho com um pompom que lhe pendia de lado. Todos se levantaram e aplaudiram. Ela pensava que fosse apenas uma festa à fantasia, primeiro ficou sem falar nada, meio confusa. Em seguida, quando escutou os convidados cantarem "*Happy birthday to you*", derramou-se em lágrimas. Em um cantinho, W.R. olhava-a com carinho, como um pai bonachão, e ela foi abraçá-lo.

— Meu querido passarinho — disse-lhe, sempre tão irreverente, para o homem cujo poder era imenso, e segundo se dizia em Hollywood, alguém que despertava a simpatia de alguns, a admiração de muitos, mas era temido por todos.

— Não entendo por que este homem tenha fama de mau — falou Neville. — É extremamente delicado.

Numa festa abarrotada de gente, havia dois anos, Hearst erguera sua taça em homenagem ao aniversário de "um amigo estrangeiro, nosso jovem amigo Edgar Neville". Todas as estrelas de cinema que Neville tanto adimirava em Madrid brindaram à sua saúde. Segundo ele confessou a Conchita, aquela fora a noite mais emocionante de sua vida.

Marion Davies cumprimentou rapidamente os outros convidados, mas foi particularmente efusiva com um homem metido em uma fantasia de arlequim.

— Estou tão feliz em saber que o melhor ator do mundo esteja aqui conosco! — Tascou-lhe dois beijos ruidosos e acrescentou com malícia: — Pena que você seja inglês.

O homem, ruborizado, respondeu:

— Ninguém é perfeito.

As pessoas riram. O homem era alto, loiro, um pouco desengonçado quando caminhava. Dava para notar que se sentia desconfortável em ser o centro das atenções.

— Parece que já o vi... Quem é? — perguntou Conchita.

— O ator que vai fazer o próximo filme com Marion — respondeu Neville. — Teve muito sucesso no teatro em Londres e em Nova York, e agora está sendo disputado em Hollywood. É inglês, seu nome é Leslie Howard.

— Ah, sim! — disse ela.

Veio-lhe a lembrança do dia em que Leslie chegara à estação de Pasadena, da torrente de jornalistas que o perseguiam na plataforma. Inspirou-lhe respeito naquele dia, mas agora parecia ridículo enfiado naquela fantasia grande demais para ele.

Marion começou a abrir os presentes, um por um, lendo o cartãozinho que acompanhava cada um, agradecendo e gracejando. Os convidados espanhóis pareciam anjos porque seus presentes eram magníficos: sedas, tecidos pregueados, meias, perfumes franceses, obras de arte e objetos curiosos. Todos dissimularam bem e acabaram muito satisfeitos consigo mesmos porque, entre as taças e a euforia, chegaram a acreditar que realmente tinham sido eles que os haviam comprado.

A noitada alegre foi interrompida a altas horas da noite pelos gritos de Lupe Vélez, o Petardo Mexicano, como a chamavam. Protestava aos berros, afirmando que Gary Cooper, seu companheiro, a tinha agredido. O ator estava envergonhado.

— Ela não tolera bem o álcool — disse para desculpá-la.

Douglas Fairbanks prestou ajuda ao amigo. Conhecia Lupe muito bem, porque havia dois anos tinha filmado *El Gaucho* com ela.

— É capaz de qualquer coisa para chamar a atenção. Não ligue.

Foi o que fizeram os outros. Ignorá-la até que, rendida, a mexicana desmoronou no sofá.

27

Com exceção desse pequeno incidente, passaram quatro dias de sonho praticando tênis e natação, comendo guloseimas e divertindo-se com todo tipo de brincadeiras. Durante o entardecer passeavam pelos arredores para dar uma espiada no orangotango, que ficava excitado à noite, no começo em silêncio, depois entregando-se a uivos tremendos que ecoavam e retumbavam nas montanhas.

No último dia, Marion sugeriu fazer um passeio a cavalo. Conchita tinha um pouco de medo, mas aceitou. Afinal de contas, estava tendo aulas de equitação desde que havia chegado à Califórnia e seria uma boa maneira de comprovar se tinham surtido efeito. Deram-lhe uma égua andaluza de lombo meio cinza e rabo preto. Saíram do castelo de manhã e seguiram pelo trajeto ao longo da costa, distante da reserva dos animais. O dia estava magnífico. A vegetação a fazia lembrar do Mediterrâneo, mas o oceano era, em outra escala, imenso, azul-acinzentado, com espumas brancas nos penhascos. Nos lugares onde o solo era macio, trotavam e depois partiam num galope curto. Conchita ficava tensa porque temia não controlar a montaria. Mas as corridas rápidas eram escassas e vigiadas pelos mais experientes, que eram Marion, Fairbanks e o inglês, Leslie Howard. Seguiram curvados por uma trilha que subia e descia ao longo de um penhasco varrido pelo vento. Conchita foi se sentindo mais segura e começou a desfrutar das mudanças de ritmo que sua égua fazia com precisão. Gostava de sentir que ia perdendo o medo e que o animal obedecia. Galopar com o frescor das salpicadas das ondas do mar na cara era uma sensação embriagante.

Aos poucos foi se distanciando do grupo, quando de repente ecoou ao longe um barulho como um zumbido. A égua se assustou e Conchita puxou as rédeas para que ela não começasse a galopar. Apesar disso era difícil mantê-la sob controle. *Mas o que está acontecendo com ela?*, perguntou-se nervosa, apertando os músculos para tentar dar segurança ao animal. A resposta veio do céu. Aquele zumbido era o barulho do motor de um avião que estava prestes a aterrissar na propriedade de Hearst para buscar Irving Thalberg e Norma Shearer. O zumbido se transformou em um barulho estrondoso quando o avião os sobrevoou a baixa altitude. O animal entrou em pânico e se lançou num galope violento. Conchita se jogou para trás com todas as suas forças, tal como lhe tinham ensinado, mas a égua estava desembestada. Mesmo puxando muito as rédeas não conseguia controlá-la. Estava aterrorizada, segurava com força na ponta da sela, concentrada em manter o equilíbrio.

Logo depois escutou outro cavalo alcançando a égua. Ouvia o arquejo do animal cada vez mais perto e uma voz, em inglês, que lhe disse:

— Puxe uma das rédeas para um lado, sem forçar demais, não puxe as duas.

Conchita fez o que lhe disseram e a égua começou a galopar em círculos, primeiro abertos, em seguida cada vez mais cerrados. Antes que parasse, o ginete adiantou-se e cuidou das rédeas. Era Leslie Howard.

— Você está bem? — perguntou.

Conchita fixou-o com os olhos arregalados. Estava tremendo.

— Quero descer.

— Não, não — disse o inglês. — Agora não é bom.

Ele entendia o pânico da moça e sorriu para ela.

— É preciso lutar contra o medo. Eu te acompanho, não tenha medo.

Pegou as rédeas da égua e as de seu próprio cavalo e, juntos, dirigiram-se para onde estava o grupo. Antes de chegar, Leslie devolveu-lhes as rédeas.

— Você já está mais calma, agora é com você...

— Acha mesmo?

O homem riu.

— Você é uma grande amazona.

Conchita pegou as rédeas de novo, com receio. Ele aconselhou:

— Use as pernas, sem medo, vamos lá.

Ela confiou nele e notou que a égua, mais calma, obedecia. Pouco a pouco voltou a sentir-se no comando da montaria e recuperou a serenidade. Retornavam para o lugar onde os outros os esperavam. Iam devagar.

— A primeira vez que um cavalo disparou comigo foi no dia em que me alistei no exército — explicou ele —, na Grande Guerra. Eu nunca tinha andado a cavalo em toda a minha vida. Lógico, ele me jogou para cima. Então ouvi o sargento me dizer: "Soldado, quem mandou o senhor apear?". Respondi, "Ninguém, senhor, ninguém". "Então volte a montar imediatamente", mandou.

Conchita riu. Como esse homem lhe parecia diferente agora em comparação à véspera. A timidez havia se dissipado. E tinha um aspecto melhor porque não usava aquela fantasia ridícula. Agora estava impecável com uma camisa, calças compridas verdes e botas reluzentes amarradas com esporas.

— Se aquele sargento não tivesse me obrigado a montar de novo, acho que nunca mais teria subido em um cavalo. Acredite no que estou dizendo, moça, isso é importante nesse nosso trabalho de fazer filmes.

— Sim, meu sargento — respondeu Conchita, rindo.

Chegaram aonde estava o grupo, que os recebeu com hurras e aplausos. Conchita era a heroína do dia. Satisfeita de ter conseguido não cair, sentia-se como se tivesse alcançado um objetivo impossível. Não desejara chamar atenção, mas agora que o tinha feito, deleitava-se com isso.

28

O espectro de Fernandito veio estragar a festa. Assim que retornou ao castelo, um empregado lhe trouxe uma bandeja de prata com um envelope azul. Conchita se assustou. A primeira coisa que pensou foi que tivesse acontecido alguma coisa com Justa. Em seguida, enquanto abria o telegrama, preferiu pensar que talvez pudesse ser uma mensagem de algum produtor. Mas não, era de Catalina Bárcena: "Ligue para mim urgente – stop – preciso falar com você URG – stop". Conchita pediu uma linha. Catalina falava com a voz trêmula; parecia muito assustada. Fernando tinha desaparecido de novo. Mas desta vez já fazia cinco dias que não dava sinal de vida. A polícia de Los Angeles estava avisada e tinha emitido uma ordem de busca.

— Desculpe, Conchita, não queria te incomodar, principalmente no lugar onde você está, mas preciso saber se ele entrou em contato com você.

— Não, Catalina, não sei nada dele desde que saí de casa. Sinto muito.

O desaparecimento de Fernando foi o aperitivo do grupo de espanhóis que naquela noite regressou a Los Angeles tal como havia vindo, no trem particular de W.R. Mas o clima não era como na ida; estavam cabisbaixos. Tinham compartilhado um sonho que lhes fizera esquecer de todos os problemas. Estavam conscientes de ter vivido algo reservado a poucos. Agora era hora de aterrissar no mundo real, e para piorar as coisas havia aquele problema com Fernando.

Assim que chegaram, se organizaram para procurá-lo. Foram fazer rondas nas estradas costeiras, essas que o jovem pintor gostava de percorrer. Conchita aproveitava qualquer momento livre para sair em busca do rapaz. Algumas vezes Cumellas a acompanhava, outras, Pepe Crespo. Sempre alguém estava disposto a ajudar. Às vezes vários carros saíam à procura dele.

Um dia Cumellas retornou de sua ronda muito alterado porque garantiu que o tinha visto nos morros de Malibu.

— Tenho certeza que era ele! Estava sentado em um montículo, olhando o mar, com o peito nu, barbudo e despenteado. Estava sujo, como se não tivesse tomado banho fazia vários dias.

— Ele te reconheceu?

— Claro que sim. Aproximei-me e ele reagiu como um animalzinho, afastou-se de mim. Eu disse: "Fernando, vamos, o que acontece? Você está bem?". Mas ele não respondeu, continuava com o olhar fixo no horizonte. Como pensei que devia estar com frio, peguei minha jaqueta e pus nos ombros dele. Não disse nada.

— E o que aconteceu depois?

— Falei de você — disse para Conchita — e da mãe dele, disse que você o estava esperando, mas ele não reagiu. Depois tentei segurá-lo pelo braço para trazê-lo comigo, e então Fernando soltou um grito, atirou a jaqueta e saiu correndo montanha abaixo.

— Mas tem certeza que era ele?

— Juro por Deus.

— Você está totalmente seguro?

— Juro.

Refizeram diversas vezes o percurso de Cumellas em vários carros, fazendo batidas das quais também participava Catalina. Iam em um horário fixo aos postos de distribuição gratuita de comida organizados pelo Exército da Salvação e perguntavam por ele aos outros vagabundos. Mas as pistas eram contraditórias e pouco claras. Um dia, ao voltarem juntas para casa após terem percorrido a zona de Venice Beach, Catalina confessou a Conchita que Fernando sempre sofrera de inexplicáveis surtos de comportamento e que na Espanha tinham-no levado a vários especialistas, mas nunca haviam encontrado uma solução. Contou-lhe isso aos prantos porque, segundo admitiu, para ela era difícil reconhecer que seu filho tinha problemas mentais, já que na maior parte do tempo seu comportamento era normal.

— O problema é quando… quando lhe dá algo na telha, como ele diz. E nunca desapareceu por tanto tempo como agora.

Conchita lembrou-se das palavras de Justa quando comentava que o rapaz lhe parecia estranho, e pensou que sua irmã tinha bom faro. Fernando não era apenas um ser excêntrico, era um doente mental. Essa era a verdade que começava a vir à tona.

Finalmente, dez dias depois, a polícia entrou em contato com Catalina.

— Nós o encontramos.

Como uma boa mãe, precavida, colocou uma roupa de Fernando em uma sacola antes de entrar no carro e dirigir até a delegacia de Venice Beach, onde o tinham retido. Embora soubesse que a polícia não teria ligado se não estivesse certa da identidade do detido, sentia uma sombra de dúvida enquanto avançava os semáforos. Tinha o coração na mão e ia a toda pelas grandes avenidas que rumavam para o oeste.

Sim, desta vez era seu filho. Encontrou-o sentado entre dois policiais, tranquilo. Estava como descrevera Cumellas, com o peito nu, calças rasgadas, descalço, sujo, o cabelo despenteado, barba de vários dias e um olhar ausente.

— Fernando? — exclamou a mãe.

O rapaz levantou os olhos e esboçou um leve sorriso. Catalina se aproximou dele, evitando qualquer gesto que pudesse desencadear pânico. Não se mostrou efusiva.

— Trouxe isto para você — disse, tirando uma camisa limpa da sacola. — Te ajudo a colocar?

Fernando manteve-se em silêncio. Deixou que sua mãe o vestisse, sem ajudar. Em seguida os policiais fizeram Catalina assinar uma série documentos antes de liberá-lo. Quando terminou, recomendaram que o levasse a um centro de saúde mental que tinha sido aberto recentemente na região e que tratava de casos como o de seu filho.

Catalina e Fernando foram caminhando até o carro. Ela se sentou do lado do motorista e abriu-lhe a porta. Mas Fernando ficou paralisado, como se estivesse duvidando se deveria ou não entrar.

—Venha, meu amor, sente-se. Vamos para casa.

Fernando olhou para a mãe, em seguida na direção do horizonte, e de repente bateu a porta do carro e saiu correndo. Catalina gritou seu nome, tocou a buzina, deu partida no carro e seguiu-o, mas ele entrou numa trilha. Sua mãe freou, saiu do carro e correu atrás de seus passos berrando seu nome, mas logo percebeu que nunca o alcançaria e se deteve, arquejante, com o rosto banhado em lágrimas.

29

A polícia não levou muito tempo para localizar Fernando e prendê-lo de novo. Desta vez levaram-no direto para um manicômio na periferia de Los Angeles, o Kimball Sanitarium, no vale de Crescenta. Catalina tomou nota do endereço e, acompanhada de Gregorio e de Conchita, que insistiu em ir junto, partiram ao seu encontro. A moça se sentia responsável pelo comportamento de Fernando e não sabia como se redimir. Estava convencida de que o ciúme exagerado do rapaz era causado pelo fato de que ela já não o queria como antes. Enfim, que o desamor havia provocado a crise.

O Kimball Sanitarium ocupava uma mansão em estilo vitoriano que se encontrava no fim de uma estrada de terra, cercada por árvores frutíferas. Entre suas paredes decoradas com papel pintado e quadros bucólicos, vários atores de Hollywood se restabeleciam de uma tentativa de suicídio ou do vício do álcool e da morfina.

Foram recebidos por uma equipe de três médicos.

—Temos uma ideia bastante precisa do que acontece com Fernando, mas precisamos de sua colaboração para confirmar. Catalina e Gregorio foram introduzidos em um escritório, enquanto Conchita ficou do lado de fora. As salas de uso comum estavam decoradas com esmero e eram acolhedoras, com poltronas, floreiras e cadeiras de balanço na varanda. Mais do que um hospício, ou uma clínica, parecia um hotel. Respirava-se tranquilidade e sossego. Uma das poltronas estava ocupada por um homem que lia umas folhas e cuja silhueta lhe pareceu familiar. Conchita se aproximou.

— Sr. Keaton, o que o senhor faz aqui?

Buster Keaton ergueu os olhos e, sem esboçar o menor sorriso, como de costume, olhou para Conchita com simpatia.

— Vim passar uns dias entre as filmagens, para ver se esqueço a bebida. — Mostrando-lhe as folhas que tinha em mãos, acrescentou: — Estou revisando as *gags* que escrevo para os irmãos Marx. Você gosta dos filmes deles?

— Muito, rio muito com eles.

— Muito bem. Mas agora diga-me, o que é realmente curioso é... O que faz você aqui? Tão jovem e já neste lugar?

Conchita riu com gosto.

— Um amigo meu foi internado aqui — explicou.

Buster Keaton deu uma piscadela.

— Ufa! Pensei que você já fosse paciente do Kimball... É uma boa notícia saber que está só de visita.

— Estou contente em vê-lo, Sr. Keaton.

Conchita estendeu-lhe a mão e se afastou.

— Se seu amigo tiver uísque, me apresente... — disse-lhe o homem, e voltou a dar uma piscadela.

Enquanto isso, os médicos interrogavam longamente Catalina e Gregorio sobre o comportamento errático de Fernando. Queriam coletar a mais completa informação possível, nos mínimos detalhes. Gregorio e Catalina contaram os pormenores da história do filho, o fato de que o pai biológico não quisesse reconhecê-lo, e como eles atribuíam o distúrbio mental à confusão em torno da sua identidade. Mas os médicos não estavam tão interessados na história pessoal. Queriam mais uma descrição exata das esquisitices do paciente. Como se manifestavam? Com que frequência? Ele se sentia perseguido? Ouvia vozes? Tinha alucinações? Quando? De que tipo? Catalina e Gregorio responderam a todas as perguntas como puderam, sem emitir opiniões. Os médicos queriam fatos, não interpretações.

Finalmente, concluíram sem sombra de dúvida que se tratava de um caso de esquizofrenia.

— Embora a doença tenha se manifestado agora de forma evidente, é provável que Fernando tenha esse problema desde o nascimento.

— Quer dizer que nasceu com isso? Não é uma consequência de... de tudo isso que contamos sobre a paternidade do rapaz?

— Isso pode ter sido um fator a mais, mas de forma nenhuma é determinante. A pessoa nasce esquizofrênica. E a doença costuma se manifestar na juventude, antes dos trinta... embora cada caso seja diferente.

Catalina ficou pensativa; custava-lhe compreender o que estava escutando porque, de certa maneira, alterava tudo em que havia acreditado até então. Depois, com certa timidez, Gregorio perguntou:

— Existe cura?

O médico fitou-os longamente e respondeu, como se estivesse à procura das palavras:

— Hoje não há uma cura definitiva. Existem certos tratamentos que demonstraram eficácia, como terapia com insulina ou eletrochoque. Mas começaremos pelo menos agressivo, um tratamento de sono.

O tratamento consistia em internar Fernando por pelo menos quatro meses. Ele teria uma vida muito regrada. Tomaria remédios para dormir.

— Nas primeiras semanas não terá autorização para receber visitas — acrescentou um dos médicos. É melhor evitar qualquer mudança na rotina.

Na hora de ir embora, foram se despedir de Fernando, acompanhados de Conchita. Atravessaram o jardim. Conchita entreviu, em um prédio anexo, uma sala com revestimentos de proteção e outras com argolas na parede. Sentiu um calafrio.

Fernando estava adormecido, deitado no quarto. Sua mãe lhe deu um beijo na testa, fechando os olhos. Ele só conseguiu dizer:

— Mãe, por favor, traga minhas pinturas e o cavalete pequeno.

— Claro que sim.

Gregorio pôs a mão no seu ombro e ele a pegou, sorriu-lhe e esboçou um gesto como se estivesse pedindo desculpas. Depois Conchita se aproximou e os olhos de Fernando ficaram úmidos.

— Você vem me ver, não é?

Ela não pôde falar porque tinha um nó na garganta, de forma que assentiu com a cabeça.

No carro, já de volta, Conchita despencou.

— É tudo culpa minha — disse, entre soluços.

Catalina abraçou-a e explicou com detalhes a reunião com os médicos e o diagnóstico a que tinham chegado.

— Não é sua culpa. Ele está doente.

— Mas eu... pelo menos poderia ter...

O choro não deixou que ela terminasse a frase.

— Se alguém tem culpa de alguma coisa sou eu, por não ter te avisado. Fernando sempre foi assim... instável, para dizer de alguma forma, muito antes de conhecer você.

Mas Conchita estava inconsolável. Chorava tanto que tinha convulsões. Aos poucos foi se acalmando.

— Catalina, está tudo de cabeça para baixo — acertou ao dizer. — Sou eu que teria de consolar você... não você a mim.

Houve um longo silêncio enquanto se descortinava a paisagem californiana de casinhas baixas e palmeiras, e um céu azul sem uma nuvem sequer. Uma paisagem que parecia contraditória porque evocava felicidade e estabilidade num momento de angústia.

— Sabe de uma coisa? — disse Catalina.

— O quê?

— Que fiquei... como dizer isso... sei que vai parecer estranho, mas é isso mesmo, fiquei aliviada. — Conchita olhou para ela com surpresa. Catalina continuou: — Esses anos todos sem saber qual era o problema de Fernando, às vezes achando que a culpa era nossa... Mas a culpa não é de ninguém, Conchita, de ninguém.

— Os médicos nos deram uma explicação simples para todo o tormento que Fernando nos fez viver — acrescentou Gregorio. — Apesar de isso não pressupor de forma nenhuma o fim dos problemas, é um consolo, um desafogo, também para mim. Quando as coisas têm um sentido, são aceitas com mais facilidade. — Virou-se para Catalina e disse: — Mais cedo ou mais tarde Fernando teria entrado em crise. Você o ajudou a se manter estável durante um longo período. Não há nenhum motivo para se autocensurar.

Conchita apoiou o rosto sobre o ombro de Catalina.

— Estou muito mal — disse.

— Não pense mais nisso... No fim, a pintura vai curar Fernando, você vai ver.

— Deus te ouça — desejou Gregorio, que não parecia ter o mesmo otimismo da mulher.

Quando chegaram a Beverly Hills já havia anoitecido e Conchita, como uma criança, dormia profundamente no banco traseiro.

30

Ao voltar para casa, encontrou Justa, que retornava apaixonadíssima e entusiasta de Las Vegas. Essa cidade no meio do deserto a seduziria pelo clima, pelos momentos de diversão e lembranças que trazia de lá. Seu namorado a tinha presenteado com um lindo broche com pétalas de nácar. Conchita segurou-o nas mãos para observá-lo.

— É bijuteria — afirmou.

— Sim...mas bijuteria fina — respondeu Justa, com um jeito que revelava certa contrariedade.

Conchita pensou em dizer que ele podia ter dado a ela de presente uma joia verdadeira, considerando o tempo que estavam juntos, mas preferiu não discutir.

— Deve-se reconhecer que Luca tem bom gosto.

— É mesmo?

— Mas é melhor não se entusiasmar muito.

E passou a contar sobre os quatro dias maravilhosos em San Simeón e sobre como Fernando tinha estragado o final. Ao desgosto e ao sentimento de culpa agora se somava a ira. Estava com raiva de si mesma, com raiva de Fernando, furiosa com todos os homens da Terra.

— Não vou sair com mais ninguém, juro!

— Não faça juramentos em falso, você gosta muito dos homens, não me engana.

Conchita ficou pensativa um instante, em seguida acrescentou:

— ... Pelo menos durante um bom tempo.

Justa caiu na risada.

— Já já você vai encontrar seu príncipe encantado... Até eu encontrei!

— Não quero príncipes de nenhum tipo. Só quero trabalhar.

Trabalho era o que não faltava na Hollywood de 1931. Enquanto todo o país e o resto do mundo sofriam as consequências do *crash* da bolsa, em 1929, os gigantes da indústria do cinema, vendo que seus investimentos rendiam mais do que nunca, em parte graças ao filme falado, multiplicaram as produções e quadruplicaram os orçamentos dos filmes. Na época da Grande Depressão, mais do que nunca, o cinema era o único lugar onde uma família faminta e desempregada podia passar algumas horas e se esquecer das preocupações e misérias da vida cotidiana. Não havia sido inventada uma droga melhor e os estúdios se dedicaram a adaptar a oferta à forte demanda.

Numa tarde em que Conchita estava sozinha em casa, tocou o telefone.

— Sou Norma Shearer... Você se lembra de mim? — Como Conchita não ia se lembrar? Mesmo que tivesse desejado, não teria podido esquecê-la, seu rosto estava em todos os cartazes dos filmes de maior sucesso. — Quero que você faça um papel no meu próximo filme. Está livre no mês que vem?

Conchita ficou petrificada.

— Sim, bem... não sei, mas para um filme com você estou sempre disposta.

— É um papel pequeno, mas é um filme em inglês, não é uma versão, pode ser bom para a sua carreira.

— Sim, sim, claro... É a oportunidade que estava esperando. Não sei como agradecer.

— Não precisa agradecer nada, somos nós que te agradecemos por ter vindo de tão longe para nos oferecer seu talento. Venha amanhã ao *set* onde estou filmando e te apresento ao meu cabeleireiro, você vai gostar dele.

Conchita desligou o telefone, tomou um pouco de ar e fechou os olhos. Não sentia felicidade, mas uma profunda satisfação. Um sentimento de plenitude a invadiu, era a confirmação íntima de que o mundo seguia uma ordem. Se você se esforçava e dava os passos necessários, no final vinha a recompensa. Era um papel pequeno, tinham lhe avisado, mas ela se sentia protagonista. Era a protagonista da sua carreira, da sua vida. Como teria gostado de dizer isso para sua mãe e abraçá-la! E para Juana, tão meiga e tão carinhosa! Como sentia saudades dela... Não se esquecia de que se Juana fosse três anos mais velha, seria ela quem teria vindo para Hollywood. *Um dia vou trazê-la*, pensou, *quem sabe mais cedo do que tarde.* Era sua tarefa pendente. Por ora não podia ficar em casa sozinha esperando a volta de Justa, que sempre a irritava. Precisava comemorar. Foi para o Henry's e encontrou Cumellas, a quem teve de consolar porque tinha acabado de saber que María Alba estava saindo com um executivo da Fox. O homem estava de coração partido, mas não perdia a esperança de recuperá-la. Por isso não queria voltar para a Espanha. O fato de saber que Conchita tinha recebido o convite para filmar com Norma Shearer renovou sua esperança de que o momento também chegaria para ele.

— A sorte vai e vem, é questão de ficar alerta — dizia.

Mas ele já teve a sua oportunidade, pensou Conchita. Para Cumellas, era impossível reconhecer que Hollywood não precisava dele... nem María Alba. Como tantos outros, convencidos de que a sorte estava a ponto de tocá-los com sua varinha mágica, apegava-se a uma ilusão.

31

Conchita ficava entediada nos períodos de inatividade, quando, por exemplo, estava esperando o início de uma filmagem. Para se entreter, lia, assistia à televisão, recapitulava as aulas de inglês, costurava roupas para suas bonecas, devorava o que tivesse à mão, mas chegava uma hora em que o vazio ficava insuportável. Então pensava em sair. Em ficar um pouco com pessoas próximas, como Catalina e Gregorio. O problema era que agora estavam ocupados demais. Edgar também, com sua filmagem. Depois havia María Fernanda Ladrón de Guevara e seu marido, Rafael Rivelles, mas não tinha tanta intimidade a ponto de aparecer na casa deles de repente. Sentia falta de não ter uma boa amiga. Sua irmã não cumpria essa função, a cada dia que passava deixava-a mais nervosa. E María Alba estava perdida com seu novo amor e todos os seus projetos. As relações com as atrizes eram difíceis porque eram rivais e no fundo competiam. Com os atores, porque eram homens. Desejava um consorte, como fora Fernando no começo, um companheiro bondoso que deixasse a sua vida mais agradável. De qualquer maneira, sempre restava o Henry's, onde encontrava certo calor entre os compatriotas. Mas se cansava das fofocas, entediava-se com as rixas e as invejas. Não aguentava mais ver José Crespo tratar mal Ramón Novarro durante horas porque ele arquitetava para roubar-lhe os melhores papéis, ou para tirar o nome dele dos créditos de algum filme.

Também tinha se cansado de ver as conversas terminarem inevitavelmente em discussões em torno da escolha de quem iria preparar as tortilhas de batata no domingo seguinte, e onde as devorariam. Já conhecia essa forma de diversão, queria algo mais.

O juramento de não sair com outros homens, que fizera à irmã, foi quebrado quando recebeu um telefonema do responsável pela produção do filme de Norma Shearer, para que fosse provar o figurino.

O homem era muito tagarela.

— Está bem, vou mandar o carro às seis e meia da manhã.

— Obrigada.

— Antes de desligar, gostaria de lhe dizer que meu nome é Jack Cummins, do departamento de produção, e sou seu maior admirador, senhorita Montenegro.

— *Oh, thank you.*

— Fui eu quem sugeriu a Norma que a contratasse...

— Ah, sim?

Não acreditou.

— A senhorita é um dos maiores talentos que existem nesta cidade... — continuou Cummins. Conchita olhou para o céu, como se estivesse dizendo *não enche o saco.* — Quero ser quem a revela aqui em Hollywood, e oferecê-la ao mundo com nossos filmes.

Quem ele pensa que é?, pensou. *E ainda por cima presunçoso.*

Mas em seguida o homem acrescentou uma frase que a deixou animada.

— Permita-me compará-la a *miss* Garbo, que meu tio Louis descobriu na Europa...

Meu tio Louis? Conchita caiu de paraquedas. De fato, Jack Cummins era sobrinho de Louis B. Mayer, nada mais nada menos do que o dono da MGM, o chefe dos chefões. Também era irmão de Ruth Cummins, que trabalhava de roteirista para a Metro e acabava de concluir um projeto para uma estrela em ascensão, Leslie Howard; uma história de amor entre uma garota da Polinésia e um rico herdeiro norte-americano. Cummins era um encantador de serpentes que a convidou para jantar naquela mesma ligação.

— Hoje? — perguntou Conchita. Não é um pouco rápido demais? O senhor vai rápido demais, mister Cummings.

— Por favor, me chame de Jack.

— Ok, Jack.

— E amanhã?

Definitivamente, o homem tinha pressa.

— Preciso consultar minha agenda.

— Se não pode amanhã, o dia que a senhorita quiser estarei pronto.

Conchita queria ver a cara dele e não deixar que pensasse que ela fosse fácil. Fingiu que estava consultando a agenda, mas também não queria segurá-lo por muito tempo, porque não aguentava mais estar tão sozinha.

— Ok, amanhã — disse —, depois de experimentar o figurino.

A prova no estúdio foi como uma visita de cortesia. Norma Shearer recebeu-a com o calor de sempre e tratou-a como uma verdadeira amiga, de igual para igual. Deixava a espanhola regozijada, mas também a perturbava ser tratada como "um deles", porque era inteligente e sabia que ainda não pertencia a essa aristocracia. Mais ainda quando lhe disseram que seria uma mexicana e viu que o papel era muito pequeno. Dissimulou sua decepção por ter sido enquadrada como latina. Precisou experimentar um vestido em estilo espanhol, com adornos. Norma apresentou-a a seu cabeleireiro e depois conversaram com o diretor de fotografia Bill Daniels. A estrela estava preocupada porque tinha dado à luz havia pouco tempo e ainda não tinha recuperado a silhueta.

— Você está tão magra e em forma como antes da gravidez — garantiu Bill. — Seja como for, faremos provas com os holofotes.

— Não quero que meus fãs notem a diferença. Fiz meus exercícios, entrei na dieta, e mereço me sair bem... Mereço!

O homem conseguiu fazer que as preocupações dela se evaporassem, pelo menos naquele dia. O filme, *Strangers May Kiss,* que na Espanha se chamaria *Besos al pasar*, vinha na esteira de dois grandes sucessos de Norma, *La divorciada* e *Un alma libre*; todos tratavam de temas escandalosos para a época, como sexo antes do casamento ou a mera necessidade do casamento. Conchita se lembraria de uma das frases durante a vida toda: "Para você as mulheres não são humanas. Você as vê como esposas ou namoradas".

O trabalho de Conchita durou pouco, mas ela gostava de ir até o set e passar horas entre os bastidores da filmagem observando Norma. As cenas eróticas eram muito quentes. Ela se entregava de tal maneira ao protagonista Robert Montgomery que era difícil pensar que não havia nada entre eles. No entanto, quando o diretor ficava satisfeito com a cena, Norma se levantava sem a ajuda de ninguém, arrumava o roupão e recuperava a compostura, como se nada tivesse acontecido. A simulação era perfeita, embora tudo isso desse motivos a uma infinidade de fofocas sobre sua vida sexual ("Irving Thalberg não manda bem", diziam os operários no estúdio) ou a críticas porque mantinha uma silhueta perfeita sendo mãe. E sempre a acusavam de nepotismo.

O nepotismo fazia parte da vida de Hollywood. O cinema se baseava em gostos particulares, em saber escolher, na intuição de um produtor, de um diretor ou de uma estrela. Em alguma coisa subjetiva. Imediatamente Conchita se transformou no capricho de Jack Cummins.

32

O rapaz tinha um rosto comprido e o nariz proeminente, como seu tio. Era alto, com um corpo esbelto e os ombros um pouco largos. Morria de amores pela espanhola. Excessivamente gentil, falava sem parar e encontrava uma solução para tudo. Conchita estava vivendo o início de uma carreira meteórica – ele garantia – e já precisava pensar nas frases que diria no dia em que recebesse um Oscar, e procurar um futuro empresário para organizar suas finanças...

Era de um otimismo incomensurável, que tinha o efeito de uma droga para Conchita. Ao lado dele, parecia-lhe estar em uma nuvem, protegida das agruras da vida por seus cuidados e seus gestos de atenção. O poder que emanava da posição de Jack também a reconfortava. Por intermédio dele conheceu gente importante e em pouco tempo aquela relação foi alvo de mexericos na Metro: "Cummins sai com a espanhola Montenegro". Mas a devoção do jovem era desmedida. "Se não a vejo um dia, para mim esse dia deixa de existir." Dizia-lhe esse tipo de frase, que para ela parecia bobagem e a angustiava. Chegou a pensar que era assim que os judeus americanos paqueravam as moças. Mas o fato é que Jack não era um pajem, como Fernando; era um serviçal. Um serviçal com poder. Saíam para jantar quase todas as noites, sempre em lugares elegantes, e o rapaz sempre convidava. Ele gostava muito do Musso & Frank, não pela comida, mas porque era o restaurante de Hollywood, onde as pessoas iam ver e ser vistas. Era cumprimentado, e isso o fazia sentir-se importante diante de Conchita. Ainda não era um produtor, mas estava decididamente disposto a se tornar um dos maiores. Explicou-lhe que não tinha capacidade direta de decisão, mas muito poder de influência. Voltou a lhe dizer que havia sido ele quem propôs o papel em *Strangers may kiss.* Insistia em demonstrar que sua brilhante carreira não se devia tanto ao fato de ele ser quem era, mas a seu trabalho.

— Entrei na Metro como contínuo — dizia muito orgulhoso.

— Mas quem colocou você lá dentro?

— Foi meu tio, claro, ele queria que seu sobrinho preferido pudesse conhecer os segredos da produção cinematográfica de cima a baixo. Mas isso não quer dizer que tenha dado a vaga de presente para mim; eu a conquistei na marra, fui subindo um degrau depois do outro.

E falava durante horas sobre os sucessos que havia conseguido apenas graças ao seu esforço e dedicação. Conchita o escutava sem acreditar totalmente, até que o sono chegava e pedia que a levasse para casa.

Não foi complicado se fazer de difícil com Jack porque ele não a atraía muito. Observou a "regra de três", que consistia em repelir os avanços três vezes antes de deixar que a tocassem ou beijassem. Apesar disso, um dia, finalmente, precisou desistir. Os dry martínis que tomou durante uma noitada ajudaram-na a se soltar.

— Vamos para a sua casa — disse-lhe Jack.

— Não, para a sua.

— Não, não, isso é impossível.

Explicou-lhe que ainda morava com a mãe, os tios e as irmãs em uma casa grande, que era de uma tradicional família judia, e que ir para lá estava fora de discussão.

Conchita, que não queria levá-lo para casa porque não desejava entrar em conflito com Justa, aproveitou o tamanho enorme do carro de Jack. Como outros tantos casais em Los Angeles, experimentaram o amor dentro de uma banheira, um *love boat*, como eram chamados. Ele estava no sétimo céu enquanto Conchita, nua, beijava-lhe o peito. Mas no fundo, ela fingia. Por algum estranho motivo, custava-lhe entrar no jogo. Será que Jack era solícito demais? Será que ele mostrava demais as cartas e isso a fazia retrair? Ou, talvez, ela não gostasse dele o suficiente? Tirou essa última pergunta da cabeça porque a fazia sentir-se mal. Se ele não a agradava sexualmente e mesmo assim passava o dia com ele... Será que tinha se transformado em uma prostituta de luxo? Não queria nem pensar nisso. Estava com ele por interesse, reconhecia. Também porque se sentia à vontade coberta por seu véu protetor, com certeza. E porque se entediava. O problema é que Jack não a fazia sair de seus costumes rotineiros, não sabia fazê-la balançar, era jovem demais para saber como penetrar os meandros de uma mulher tão amadurecida como Conchita.

33

Se Jack não era um amante perfeito, a despeito disso era um formidável agente. Tomou conhecimento de que o estúdio estava procurando uma protagonista feminina para o filme que sua irmã Ruth havia escrito para Leslie Howard, *Delírio de amor.* Soube que pensavam na atriz mexicana Raquel Torres para o papel de Tamea, uma nativa da Polinésia que deveria dançar e cantar. A primeira providência de Jack foi ver o diretor, W. S. Van Dyke, velho conhecido da casa e um dos que davam mais bilheteria no momento – para quem era a mesma coisa fazer filmes musicais, de faroeste ou comédias –, e falar sobre Conchita Montenegro. O nome dela não era estranho a Van Dyke, pela fama que o teste com Clark Gable lhe trouxera.

— Traga-a aqui e vou vê-la — disse-lhe.

Quando Jack transmitiu a proposta para Conchita, ela se negou. Não queria outro teste humilhante. Não queria se vestir de sereiazinha e ser tocada por um ator suado. Não.

— Não é nem um teste, ele só quer te conhecer.

— Ele fará milhares de testes como esse, e vai analisar as possibilidades de todas as mulheres de Hollywood, não quero ser mais uma.

— E como vai contratá-la se nem ao menos sabe como você é pessoalmente?

O argumento tinha sentido, de forma que a espanhola começou a ceder.

— Se for apenas para conhecê-lo, ok. Mas não me faça ficar nua no *set.*

— Vou dizer isso a ele.

Conchita não tinha medo de se fazer de difícil; havia tido tempo de observar as grandes estrelas e todas eram muito exigentes, e até exageradas na hora de proteger a intimidade e a dignidade. Ela fazia a mesma coisa porque sabia que Jack toleraria. Para ele, isso era o sintoma de que estava diante de uma mulher de caráter, que tinha solidez.

Finalmente, Conchita acabou aceitando conhecer Van Dyke, mas o fez com reticência e com a firme determinação de não fazer ridículo nem deixar que pisassem em cima dela.

Para sua surpresa, o encontro foi mero procedimento burocrático. Van Dyke examinou-a de cima a baixo, como se ela fosse um animal exótico. Em seguida sorriu e disse:

— Ok!

Na semana seguinte, Van Dyke convidou-os para a sua festa de aniversário, o que Jack interpretou como um excelente sinal. O diretor morava numa mansão de sonhos, nas colinas de Bel Air, imensa e cercada por um parque. Jack estava feliz, sentia-se criativo porque aliava o trabalho ao prazer, e para ele isso era um autêntico afrodisíaco. Tinha se proposto a transformar Conchita em uma estrela e, por tabela, tornar-se indispensável na vida da jovem. Concatenar o trabalho com o amor, era assim que se prosperava em Hollywood, e era por isso que estava convencido de que esse filme era uma oportunidade única.

Vestidos com roupas de gala, perambularam por entre as três orquestras que enchiam de música o ar doce e suave da noite californiana. Serviram-se dos bufês, abastecidos de bandejas com *àspic* de verduras, rosbife com groselhas, codornas balançando na gelatina, saladas multicoloridas e tortas de nata e fruta com colunas de merengue imitando templos gregos. Umas doze fontes jorravam jatos de água iluminada por muitos focos de luz.

— Veja, lá está Leslie Howard, vamos cumprimentá-lo! — disse Jack.

O homem estava acompanhado da esposa, uma mulher meio gorda, de uns quarenta anos, com lindos olhos azuis, quase arroxeados, pele rosada como uma maçã, mas mal penteada e papuda. *Não devem transar mesmo*, pensou Conchita.

— A melhor ginete do Velho Oeste! — cumprimentou Leslie. Virou-se para sua mulher e perguntou: —Te contei o que aconteceu conosco?

— A moça que perdeu o controle do cavalo?

— Sim, aqui está ela, Conchita, *a Spanish beauty*.

Conchita foi beijá-la, mas a senhora esfriou o impulso estendendo-lhe a mão. *Esses ingleses, sempre tão frios*, pensou a espanhola.

— Meu nome é Ruth — disse com um vozeirão.

O aperto de mão que a inglesa lhe deu indicava seu caráter enérgico. *Que mulherão*, pensou Conchita, esticando os dedos doloridos. Comentaram sobre o fim de semana em San Simeón e Ruth se desculpou por não ter ido.

— Estava com uma criança doente.

Enquanto isso, Jack perguntava a Leslie sobre suas filmagens.

— Você vai trabalhar em três filmes ao mesmo tempo?

— Em dois, com certeza, quanto ao terceiro, espero que possam adiar, vocês não têm compaixão pelos atores…

— Quais são os filmes?

— O que assinei com Marion Davies, o outro com Norma Shearer e um com Raquel Torres, a mexicana.

— Sabe que foi a minha irmã que escreveu o roteiro desse filme?

— Não, não sabia.

— O que você acha de Raquel Torres? Gosta?

— Ainda não a conheço.

— Eu sim, e te garanto que não é boa para esse papel. Mexicana demais. Tenho uma ideia muito mais interessante para te propor. — Apontou para Conchita com o olhar. — Seria perfeita para o papel de Tamea.

Leslie a observou. Conchita estava cumprimentando Charles Chaplin.

— Olá, professor!

O comediante respondeu com um beijo. Leslie virou-se para Jack.

— Gosto dela.

— Você a apoiaria junto ao diretor?

Leslie voltou a fitar Conchita.

— Claro que sim — afirmou. — *She's great*. Além disso, nos conhecemos!

Jack sabia que com as graças de Leslie Howard o jogo estava ganho. Faltava só dar cabo de Raquel Torres, mas isso era moleza.

Voltou para perto de Conchita.

— Você conhece Chaplin? — perguntou-lhe, impressionado.

— Já vou te contar…

No final do jantar houve um brinde apoteótico no qual duzentas e vinte taças acabaram despedaçadas. Em seguida, o próprio Van Dyke e o boxer Max Baer ficaram de pé, foram na direção de Myrna Loy, carregaram-na nos braços com muita delicadeza e, sem lhe pedir permissão, jogaram-na na piscina tal como estava vestida. A farra geral obrigou os outros deuses do celuloide a seguir o mesmo caminho. Quando foram pegar Leslie, sua mulher tentou impedir que o agarrassem.

— Vai ficar cheio de catarro! — exclamava.

Mas o jogaram na água diante do olhar horrorizado de Ruth, que temendo ser a próxima, escapuliu e correu para se esconder na cozinha. Chegou a vez da atriz Mary Nolan, pequenina e temperamental, que protestou e até ficou agressiva. De nada valia, estava condenada, e apesar de seus chutes, foi jogada na água sem complacência.

Diante das proporções que aquela loucura estava adquirindo, Conchita e Jack Cummins fizeram como o resto dos convidados e mergulharam voluntariamente. Foi um ato heroico, porque a água estava fria. Mais tarde Van Dyke, que fora jogado na piscina sete vezes e cujas roupas ficaram completamente molhadas, apareceu de calção de banho:

— Assim poupo o trabalho de vocês! — disse.

Nessa noite, ainda com suas roupas de luxo e atordoados pelo álcool, enquanto se secavam com uma toalha que lhes fora deixada, Jack se aproximou de Conchita e beijou-a no pescoço, de surpresa, de uma forma um pouco voluptuosa.

— O que você está fazendo? — perguntou um tanto indignada.

— Estou louco por você.

— Então enxugue as minhas costas.

Tirou a blusa de tafetá com bordados e o sutiã ensopado. Ele lhe enxugou as costas devagar, com prazer, depois o peito, em seguida ajoelhou-se para lhe enxugar as pernas. Beijou-as e mordiscou-as, e foi subindo entre os músculos enquanto ela pegava em seus cabelos e levantava os olhos. Era sua musa, sua criação, sua deusa, sua estrela.

34

No dia seguinte, Mary Nolan chocou convidados e anfitriões ao reclamar o que considerava uma justa indenização pelos danos que lhe haviam sido causados. Exigiu um novo casaco de lontra e o conserto de seu relógio de platina. Ambos ficaram estragados durante o mergulho. De má vontade, Van Dyke aceitou pagar o conserto do relógio, mas negou-se a lhe comprar um casaco novo.

— Quando alguém vai a uma festa em Hollywood já sabe a que se expõe. Além disso, eu não a joguei na piscina. Ela que peça ressarcimento aos culpados.

— Mas a festa foi na sua casa, você é legalmente responsável — disse Jack Cummins, que por formação era advogado. — Creio que você vai precisar comprar um casaco novo para ela.

— *No way!*

Estavam para fazer o teste dos protagonistas para o filme *Delírio de amor*. Nos dias seguintes à festa Jack conseguiu vender aos produtores a ideia de escolher Conchita Montenegro. Não havia sido difícil convencê-los. Pareceu-lhes genial misturar a fogosidade juvenil da espanhola com a elegância fleumática do inglês.

Conchita esperava-os no cenário com um nó no estômago. Eram muitos os detalhes que a levavam a se lembrar de sua experiência com Clark Gable. Aqui não era necessário vestir um maiô de folhas, mas usar uma canga de flores exóticas. Além disso, o cenário era uma praia com umas palmeiras de papel. Ela precisava andar descalça, com o cabelo alvoroçado. Achava-se vulnerável e ridícula diante dos holofotes. E nem sequer podia contar com Justa para se sentir protegida. Jack não era um consolo, ele não ficaria contrariado se ela precisasse ficar totalmente nua para conquistar o papel. Não tinha escrúpulos. Van Dyke aproximou-se de Conchita e lhe passou algumas instruções:

— Você é filha de uma rainha da Polinésia, ok? Isso significa que você é selvagem. Sexualmente livre, sem preconceitos, e vai seduzir Dan... mas também vai continuar com seu namorado das ilhas. *Right?*

Conchita consentia com a cabeça, como uma moça dócil que entende tudo. Dan era Leslie Howard, que surgiu vestido de aventureiro, com calças brancas e sujas de cintura alta, cinto de couro, camisa cáqui, jaqueta branca e chapéu no estilo usado pelos colonizadores.

— Vamos ensaiar a cena da praia, página setenta e oito — pediu Van Dyke.

Era uma cena de amor ardente, o que ela temia. Exibir-se tanto no plano afetivo quanto no sexual com esse homem que tinha o dobro da sua idade, e diante de todos esses operários, era algo que a deixava doente. Pediu para ir ao toalete duas vezes. Enquanto olhava-se no espelho, pensou que decifrariam seu medo no semblante. Um grande medo em relação ao fracasso. Quis ir embora correndo, mas se conteve. Não sonhava em dar o grande salto? Não queria ser protagonista em inglês? Justamente nesse papel de mulher exótica tinha a sua oportunidade. Ou por acaso pensava que lhe dariam um papel de norte-americana branca rica? Devia armar-se de coragem, concentrar-se e fazer o que lhe mandavam. Lembrou-se do conselho que María Alba lhe dera assim que chegara em Hollywood e voltou para o cenário.

— Luzes! Som!

Enquanto os eletricistas, carpinteiros, pintores, operadores de câmara, aderecistas, maquiadores, cabeleireiros e figurinistas corriam para preparar a tomada, Leslie leu a página do roteiro que seria rodada. A cena incluía um beijo.

— A cena do beijo é necessária para um teste? — perguntou ao diretor.

— Precisamos comprovar se existe química ou não.

— É melhor escolhermos outra, não é preciso que nos beijemos aqui, hoje, agora. A única coisa que você vai conseguir é que a moça passe por maus bocados, e aliás, eu também.

Van Dyke não queria discutir. Só queria trabalhar rápido. Era conhecido como *One shot Woodie*, "Uma tomada Woodie", porque era raro que mandasse repetir as tomadas de cena. Por isso os chefes da Metro o apreciavam tanto. Nunca passava do prazo e nem do orçamento.

— Como você quiser, Leslie. Diga-me qual.

Leslie indicou-lhe outra cena. Conchita o fitava, incrédula. A forma tão serena com que impusera seu critério diante de um diretor então no auge lhe parecia admirável. Esse homem tinha bom senso e serenidade.

— Esses caras de Hollywood são uns ignorantes — disse Leslie quando se aproximou dela para preparar o ensaio. — Para eles, os atores e roteiristas não são pessoas, mas peças de dominó: aqui ponho esta, aqui a outra, esta precisa fazer isso, esta aquilo. Por isso fazem tantos filmes ruins. Como sinto falta do teatro!

Leslie conseguiu o milagre de fazer que Conchita se sentisse à vontade. Ela tomou como um elogio o fato de lhe pedirem que exagerasse o sotaque porque seu inglês era bom demais. A cena em que o provocava para seduzi-lo levou o público a rir. Conchita dançou o que se supunha uma dança polinésia, mas na realidade era uma mescla de flamenco com dança do ventre. Para o diretor era tudo a mesma coisa, o rigor era o que menos contava, o que valia é que parecesse exótica. Livre dos medos, segura de si mesma, protegida pelo protagonista masculino, Conchita deu o melhor de si. E não era fácil, porque o roteiro deixava muito a desejar. No final ouviu-se uma gargalhada que vinha da penumbra, detrás das câmaras. Era Jack Cummins, encoberto pela fumaça dos cigarros que fumava sem parar, feliz porque sabia que o jogo estava ganho.

35

Conchita tinha conseguido. Um filme em inglês, e ainda por cima com um galã que era considerado o mais *hot* do momento, ao lado de Clark Gable. Havia dado o salto. Manter-se do outro lado era outra questão; teria tempo para pensar nisso.

— Você está dentro, garota, já pode deitar na cama. — E o que lhe diziam no Henry's seus amigos espanhóis. — Não conhece o ditado? Fez a fama deita na cama.

— Tive sorte.

— E um bom namorado — observou José Crespo, e em seguida acrescentou: — Sem ofender.

— Você nunca me ofende, Pepe, só quando discute com o Novarro, que também é meu amigo.

— Sabe o que a imprensa fala sobre Leslie Howard?

— Que as cenas de amor tão desenvoltas que faz (como se fossem naturais) atraem mais as mulheres do que as acrobacias sexuais mais ardentes dos galãs norte-americanos.

Caíram na risada. O Henry's podia ser tanto o cenário de todos os triunfos como um eterno lenço de lágrimas. Nessa noite havia um espanhol novo, José Luis Moll, que tinha adotado o pseudônimo de Fortunio Bonanova porque era o nome de seu bairro preferido de Palma de Mallorca, de onde provinha. Ator e cantor de ópera, trabalhara com as maiores companhias teatrais norte-americanas. Veio tentar a sorte na meca do cinema, contratado por um estúdio, mas começou mal.

— Tive uma reunião aqui mesmo com um sujeito simpático, italiano. De imediato, o cara me diz que é agente de representação e me promete um contrato para ser protagonista em um filme, sob a condição de receber vinte e cinco por cento por seus serviços.

— E você assinou?

— Claro, por que não lhe dar uma comissão se aparece o contrato fabuloso que ele promete? Duas semanas depois recebo uma ordem judicial e embargam o salário que eu recebia do estúdio.

— É a "fraude do agente", conheço vários que foram vítimas — disse Crespo. — Quando assinam o contrato, se convertem em agentes legítimos. Depois entram com uma petição e ficam com seu salário.

— Não têm esse direito! — protestou Conchita.

— Para que retirem a petição judicial — prosseguiu Bonanova — não há alternativa a não ser fazer um acordo amistoso com eles. A solução pode ser muito cara, ouvi que já pagaram até cinco mil dólares. Tive sorte, consegui me livrar dos arpões dessa gentalha concordando com um pacto amigável de duzentos dólares, isso porque o pessoal do estúdio me ajudou.

Conchita, que acompanhou a conversa com muita atenção, teve uma intuição repentina e perguntou:

— Você disse que o agente era italiano?

— Sim.

— Lembra-se de como se chamava?

— Não, não me lembro. Além disso, suponho que tenha me dado um nome falso.

— E como era fisicamente?

— Normal.

— Alto, baixo, loiro, moreno, como vou saber?...

Fortunio ficou pensando, mas não encontrava nada significativo.

— Sim, loiro, mas não muito alto.

— Tinha uma mecha?

— Sim, sim, uma mecha loira que caía na testa. Por quê? Você o conhece?

Conchita cerrou os lábios.

— Acredito que sim.

A vontade de celebrar o sucesso do teste se esvaiu e ela nem sequer terminou o dry martíni que tinha pedido. Saiu exaltada, enfiou-se no seu Studebaker e fez os pneus chiarem ao dar a partida. Quando chegou em casa, Justa saiu para recebê-la.

— Como foi o teste?

— Consegui o papel.

— Parabéns para minha irmãzinha!

E foi abraçá-la, mas Conchita afastou-a com um gesto áspero.

— O que está acontecendo com você?

— Senti sua falta hoje.

— Mas você não estava com Jack?

— Sim, mas não é a mesma coisa.

— Já te disse... Luca me pediu que o acompanhasse ao centro de Los Angeles hoje porque precisava resolver umas coisas, e como ele se comporta tão bem comigo, não pude negar.

— E o que você fez com ele? Foi a motorista?

— Sim... e depois fomos comer em um lugar divino.

— "Divinoooo"?... Já está falando como ele.

— Mas por que você está assim comigo?

— Porque estou cansada, Justa. Cansada de você me deixar sempre sozinha. Cansada de ver você perder tempo com esse tipinho.

— Não é nenhum "tipinho"!

— É, sim!

— É meu noivo.

— Seu noivo? Por acaso ele te deu um anel de compromisso? Propôs algum plano para o futuro? Ele se aproveita de você.

— Já te disse que...

— Você sabe o que seu "noivo" faz? — interrompeu-a Conchita, fixando-a nos olhos.

E começou a relatar o infortúnio de Fortunio Bonanova, sua descrição da mecha loira, e o dia em que havia encontrado Luca no Henry's e ele tinha desviado o olhar para não precisar cumprimentá-la.

— Luca Fontana não é um agente, é um vigarista.

— Você o acusa assim, de supetão, só porque esse espanhol que acaba de conhecer diz que tinha uma mecha loira? É o único homem com mecha em toda a cidade?

— Sim! Também não há tantos com mecha loira que se dizem agentes de representação artística! Tenho certeza de que é ele.

— Você está louca, Conchita... Não se pode fazer acusações tão graves de forma leviana.

Fez-se silêncio. Conchita acendeu um cigarro e deu uma profunda baforada. Em seguida continuou:

— O plano original, o que conversamos com a mamãe, era que você vinha para Hollywood comigo e ia cuidar de mim... mas acontece que nunca a vejo.

— Isso é outra coisa. Tentei cuidar de você, mas você não liga para mim. Você não se importou em me deixar sozinha em casa horas e horas, e agora que te deixo só muito de vez em quando, protesta. Sou sua irmã, não sou sua babá. Não posso passar a vida dependendo dos seus caprichos e do seu gênio ruim. Também sou... sou uma pessoa. E tenho uma vida, goste você ou não.

— Fique sabendo que não gosto.

— Você fala como uma criança mimada, como se eu fosse propriedade sua.

— Uma criança mimada? E nós vivemos de quê? Do meu trabalho!

— Agora essa! Sabia que você me jogaria isso na cara! Fique sabendo disso: não quero mais depender de você! De forma que... vou embora desta casa.

Justa foi para seu quarto e Conchita saiu para a varanda. Já era noite e as luzes da cidade pareciam estrelas. Sentia-se agitada, assaltada por sentimentos opostos. A alegria de ter superado o teste se misturava ao medo de não se sair bem nas filmagens. Fora isso, não sabia como lidar com o amor avassalador de Jack Cummins. Além disso, estava convencida de que sua irmã andava com gente ruim... e a saudade da mãe. Tudo isso e a sensação perturbadora de estar entre dois mundos, sem pertencer realmente a nenhum... Isso era ser uma "criança mimada"? Ou tratava-se justamente do contrário, de estar se tornando adulta? Pouco depois, Justa saiu do quarto, vestida, maquiada, penteada e com um adorno azul na cabeça que combinava com o casaquinho, em cuja lapela usava o broche nacarado. Puxava uma mala grande. Conchita observou-a, incrédula.

— Você realmente vai embora?

— Adeus, Conchita.

— Não vá embora, Justa, me perdoe. Não quis te ofender. Estou muito nervosa.

No fundo, Conchita pensou que a irmã se arrependeria na última hora e não partiria. Mas quando chegou um carro que iluminou as duas com a forte claridade dos faróis, entendeu que Justa ia mesmo embora. Apesar de estar com a vista borrada pelas lágrimas que lhe maculavam o rosto, Conchita vislumbrou a silhueta de Luca Fontana, o homem da mecha, abrindo a porta do carro para a irmã e pegando a mala.

— Não vá embora, Justa! — gritou. — Fique comigo!

Escutou a porta bater com força. O carro partiu, deu meia-volta e afastou-se rua abaixo.

— Desculpe! — disse entre soluços.

Conchita se amaldiçoou por ter ido tão longe. Tinha desejado apenas avisá-la, protegê-la. Era sua irmã. A última coisa que queria era perdê-la, ficar sem o único vínculo que tinha com o mundo a que pertencia. Entrou, abriu a geladeira, comeu vorazmente uma lata de *corned beef*, dois pacotes de fatias de queijo e um pote de sorvete de chocolate. E deixou-se desmoronar na cama.

36

Na sua vida profissional, em pouco tempo, encontrou-se no mesmo nível de Norma Shearer e Marion Davies, as outras atrizes que compartilhavam sucesso com Leslie Howard. Conchita era a terceira. As filmagens se sobrepunham, e, durante alguns dias, Leslie Howard viu-se obrigado a sair de uma filmagem em que fazia o papel de um rico herdeiro para se dirigir a outra, no cenário ao lado, em que era um advogado alcóolatra. Em seguida ia para outra, onde fazia o papel de arquiteto corrupto. Era o preço da fama.

Esse atropelo todo o incomodava. Também não gostava da maneira como se trabalhava em Hollywood, essa "trituradora que acaba com o talento de seus criadores". Queixava-se de que nos Estados Unidos a profissão de ator carecia de prestígio. "Na Inglaterra, alguém que dedique a vida a ser ator é tão respeitado como aqueles que nos Estados Unidos se dedicam à advocacia ou a trabalhar em banco", dizia. Se os atores eram tratados com rudeza, o tratamento era ainda pior para os roteiristas. Qualquer um com certo poder na produção arrogava-se o direito de mudar os diálogos a qualquer momento e o resultado, segundo Howard, era sempre nefasto.

Temos em nossas mãos o dever de salvar essa história, que é totalmente inverossímil — disse para Conchita no primeiro dia de filmagem. — Vamos ver como!

O filme explorava a presença *sexy* de Leslie Howard em seu papel de filho de um rico armador de São Francisco que se apaixona por Tamea, filha órfã de uma princesa da Polinésia. Enfeitiçado pelo encanto da jovem, abandona tudo – a noiva, o trabalho, o pai – para seguir essa ave do paraíso. Mas não se adapta aos costumes libertinos da Polinésia e cai na mais absoluta depravação. A mensagem do filme era que a cultura ocidental não combinava com a paixão obscena do Oriente. Não havia ponto de encontro: "Oriente é Oriente e Ocidente é Ocidente, nunca se encontrarão". A origem do título estava nessa famosa frase de Rudyard Kipling. A história era influenciada pelo célebre estudo da antropóloga Margaret Mead sobre as mulheres das ilhas do Pacífico Sul, publicado em 1924, que as descrevia como independentes e livres na vida amorosa. No cinema do início dos anos trinta, antes que entrasse em vigor o código sobre o que se podia ou não mostrar em um filme, era um material considerado muito comercial.

O caráter afável de Leslie Howard, seu senso de humor, sua competência e sensatez influíram na atmosfera da filmagem. Apesar de falar mal do cinema – que as filmagens eram entediantes, que era impossível encontrar algum prazer em atuar diante de uma câmera ou de um microfone, que qualquer entretenimento que afasta o ator do contato direto com o público não pode ser satisfatório –, era um profissional disposto a extrair o melhor de cada situação. O diretor, Woodie van Dyke, homem simpático e persuasivo, não tinha um ego que o levasse a entrar em conflito com os outros. "Não se julga o tal", disse Conchita para um jornalista espanhol que a entrevistou.

Certamente, Leslie Howard não se parecia com os outros. Era singular. Não tinha o lado "macho" dos norte-americanos e a rígida segurança dos outros atores ingleses como Claude Rains. Era um tipo sensível, tinha um jeito delicado, ar ausente e olhar de sonhador. Não projetava a imagem de um homem de ação, mas de "herói pensador", preso em suas contradições. Sempre disse que sua autêntica vocação era ser escritor, e que havia acabado no teatro porque não conseguiu viver do ofício de escrever. Parecia não pertencer a este mundo, como se a sua mente estivesse nas linhas de algum romance ou de uma obra de teatro que não conseguisse terminar. Não gostava da noite e as multidões o angustiavam. "Não tenho cabeça para festas", dizia. Numa comunidade de exibicionistas, destacava-se pela discrição, motivo pelo qual qualquer publicidade em torno dele se tornava entediante. As mulheres gostavam tanto dele justamente porque era um tipo tão singular. O número de fãs crescia dia após dia e eram uma legião. Parecia-lhes tão desamparado, confuso e dependente que todas queriam ser suas irmãs, mães ou, ainda melhor, amantes. Chegou a se tornar símbolo do cavalheiro inglês, mas de uma Inglaterra quase mística, uma nação que lutara heroicamente na Grande Guerra para salvar o mundo do mal.

Quando Conchita terminava de ensaiar uma cena, ia perguntar a ele, não ao diretor, o que tinha lhe parecido.

— Você trabalha com muito frescor.

— Não quero elogios, quero que me diga a verdade, quero fazer as cenas bem.

— Você está fulgurante, acredite em mim.

Conchita lançava-lhe um olhar por cima do ombro, como se fosse uma repreensão. Ele ria. Achava graça na insegurança da moça porque lembrava a sua no começo da carreira. A espanhola queria aproveitar a proximidade de uma estrela como Leslie para receber conselhos, como se pudesse se contagiar com suas qualidades como ator.

Outro dia, depois de Conchita filmar uma cena e perguntar de novo sua opinião, Leslie lhe disse que era melhor ter moderação nos gestos e nas expressões. De repente, Conchita parecia devastada.

— Não estou sendo feliz, não é verdade?

— Não é isso, pelo contrário. Você está conseguindo tornar crível esse seu papel sem nexo, o que já é um milagre. Trabalha bem quando põe em evidência as hipocrisias da civilização "branca", mas tem a tendência a explicar demais. Precisa representar como se não estivesse representando.

— Só sei fazer o que me vem naturalmente — acabou dizendo a atriz.

— *Listen,* Conchita — disse, olhando-a fixamente. — A única coisa que importa no cinema são os olhos. Não se preocupe com as aparências, deixe isso com os técnicos. Concentre-se nos seus sentimentos, nas suas emoções, e tudo será refletido em seu olhar.

Um olhar e uns olhos que ele via ligeiramente embaçados por causa da sua miopia, mas que lhe pareciam ainda mais bonitos porque emitiam uma tênue irradiação. Era impossível não se sentir perturbado, embora não quisesse reconhecê-lo. A espanhola era quase uma criança; ele, um pai de família perfeito, casado com uma mulher que aparecia na filmagem sem avisar para "comprovar que tudo estava indo bem", apesar de que, na verdade, fazia-o para vigiá-lo. Howard não tinha escrúpulos em ser infiel – suas farras com Douglas Fairbanks Jr. eram conhecidas na cidade –, mas nunca com mulheres tão jovens que pudessem ser suas filhas. Numa sociedade tão puritana como a norte-americana isso podia prejudicar sua reputação e arruinar não apenas sua carreira, mas também seu casamento, sua família e, em última instância, sua vida.

37

Conchita observava como Leslie caminhava pelo cenário enquanto ensaiava os diálogos e em seguida, na hora de filmar, repetia tomada por tomada, várias vezes. O mais incrível era que ele fazia repetidamente o mesmo trajeto, mas a interpretação era sempre diferente.

— Quando se torna algo mecânico, não funciona — dizia.

Era um mestre que aos trinta e oito anos ainda tinha a garra da juventude. E muito encanto. Conchita achava-o ainda mais bonito nas cenas das ilhas, quando não usava maquiagem. Exalava a fragrância de sabonete e cheirava a couro dos cavalos que montava quase todos os dias, pois era um grande apaixonado por polo.

O normal em Hollywood era que atores que se odiavam visceralmente precisassem se beijar com paixão sob os holofotes abrasadores. Mas quando chegou a hora de eles filmarem a primeira cena de amor, já eram amigos, havia certa confiança e uma atração mútua que facilitava as coisas. Conchita se lembrou de Norma Shearer em suas cenas ardentes com Robert Montgomery e soltou as rédeas para seus sentimentos. Leslie se aproximou dela, que estava deitada em um sofá, e ela o atraiu olhando-o fixamente nos olhos e beijou-o várias vezes com verdadeira paixão, tanto que sentiu nas veias uma leve chama percorrer seu corpo.

— Cortem! — interveio o diretor. Leslie, você precisa ser mais ativo. Ela está te comendo vivo!

— Oh, sim! Vamos fazer esta cena mais umas dez vezes! — disse brincando. — ... *I love it!*

E ficava olhando para Conchita. Ela estava em seus braços, sentia sua respiração ritmada e seu aroma de biscoito misturado com o perfume L'Heure Bleue, da Guerlain. Voltaria a beijá-la logo em seguida. Como era difícil se conter e não abrir a boca no momento do contato. Oferecer a língua era transpor a fronteira do cinema e tocar a realidade, era passar da ficção para o amor.

Havia química, como dizia Van Dyke. As cenas eróticas conferiam verossimilhança ao filme, mas tanta repetição, tanto bom humor, tantas risadas, tanta carícia e tantos beijos só podiam incomodar duas pessoas assíduas nas filmagens: Jack Cummins e Ruth Howard. Eram apenas dois entre os cerca de cem trabalhadores que fervilhavam no *set*, mas seus olhares eram de uma estrondosa eloquência. Ruth competia com a maquiadora e chegava no final da cena para limpar o suor do marido e lhe dar um copo d'água. Ele se deixava ajudar com uma serenidade que Conchita não entendia. Jack não se atrevia a chegar perto do *set*, mas ao buscá-la depois da filmagem, de volta para casa ou a caminho para o restaurante, chamava a sua atenção:

— Você não precisa representar em excesso — dizia. — Entendo que queira fazer a coisa como se deve, mas...

— É preciso encenar as cenas de amor de maneira muito verossímil, aprendi com a Norma Shearer.

— Tudo bem, mas...

— Não imagino Irving Thalberg, que é sócio do seu tio, dizendo para Norma o que você está me dizendo — interrompeu-o Conchita. — Você está nesse meio, não deveria ficar surpreso.

— Sim, porém não sou de pedra. Gosto de você e fico mal, é por isso que estou falando isso... Só quero te avisar, tenha cuidado com Howard, tem uma tremenda fama de sedutor. Avança em tudo que veste calcinha.

— Leslie Howard não vai tirar as calcinhas de Conchita Montenegro. — Jack parecia aliviado com o que acabara de ouvir. Houve uma pausa em seguida. Estavam se aproximando de um semáforo vermelho quando Conchita acrescentou: — De qualquer forma, fará amor com ela.

Jack freou de supetão.

— O que você quer dizer com isso?

— O que você está escutando. Tenho minha dignidade, nada mais do que isso.

Invariavelmente, terminavam o dia num dos restaurantes da moda. Jack anunciou que estava preparando uma viagem para Nova York, para fechar com um agente literário a compra de direitos de romances que tinham bons papéis femininos. Depois faria algumas entrevistas com roteiristas da costa leste – só os melhores, disse – e talvez fosse ver algum diretor. Na sua imaginação desmesurada fazia e desfazia filmes para sua amada. Precisava instigá-la a ver um futuro radiante, convencido de que essa era a melhor maneira de solidificar o amor da espanhola. Após o jantar deixava-a em casa e Conchita, embriagada por tanto palavreado, tinha a desculpa perfeita para não o deixar entrar, porque no dia seguinte vinham buscá-la às cinco e meia da manhã.

— *Good night, darling,* amanhã nos vemos no estúdio. — Ela se despedia dele antes de entrar em casa e sentir de repente a bofetada da solidão.

Sem a irmã, sem contato com os espanhóis, com exceção de algum telefonema de Edgar Neville para perguntar como ia a filmagem, mantendo Jack Cummins dentro dos limites, sua vida se resumia a trabalho, dormir e mais trabalho. E abrir a geladeira ou desmoronar no sofá abraçada a um de seus animais de pelúcia. O silêncio de seu bangalô lhe pesava tanto que fechava os olhos e sonhava com o barulho de alguém batendo ovos para lhe preparar uma tortilha, porque esse som, que vinha do pátio de sua casa em Madrid quando era pequena, ajudava-a a dormir.

Nos fins de semana preferia aguentar Jack a ficar sozinha. No sábado o homem ficava mais exigente, e como ela não tinha a desculpa de precisar madrugar no dia seguinte, abandonava-se ao amor, ou melhor, a um simulacro de amor, com a ajuda de alguns dry martínis. Aguentava-o porque fazia um exercício de simulação: fechava os olhos e sonhava que era Leslie Howard quem a beijava com uma língua ardente, sonhava que era ele quem lhe acariciava os músculos, a desnudava e a possuía até seu último pensamento... Na manhã seguinte, repreendia-se pela ousadia de suas lembranças. Estava escandalizada consigo mesma. *Isso é o cúmulo!*, pensava, escovando os dentes em frente ao espelho do banheiro. *Estou fingindo na minha casa e quando estou em cena sou eu mesma. O mundo está do avesso.*

38

Estava mesmo. Também para Leslie Howard, que, quase sem se dar conta, apaixonou-se perdidamente por Conchita, sem pudor e com certa dose de angústia, porque desta vez não conseguia controlar seus sentimentos. O ícone da fleuma inglesa, que dava aulas para conter as emoções, o galã acostumado a ver as mulheres se rendendo a seus pés, de repente via-se indefeso diante dessa “deliciosa pequena selvagem, cálida, travessa e cheia de vida”. Conchita tornou-se sua obsessão. Como muitas vezes acontece nas filmagens, os atores mergulham tanto no personagem que se esquecem de si como pessoas. Algo assim aconteceu com Leslie, que ficou louco pela atriz, um pouco como seu personagem ficou pela princesa Tamea.

Tudo começou quando rompeu o tabu da língua na segunda cena de amor que filmaram, e que foi a primeira tentativa de Leslie de mudar o destino. O ator beijou-lhe a comissura dos lábios abertos e o lóbulo macio da orelha; ela sentiu um calafrio e cravou os dedos contraídos nas suas costas. Foi como um diálogo sutil de gestos e olhares furtivos que ele interpretou como sinal verde para seguir adiante. E continuou, porque na cena do beijo aproximou-se da boca trêmula de Conchita, esfregou seus lábios contra os dela e depois lhe ofereceu a língua. Conchita não reagiu como o fez com Clark Gable, pelo contrário, aceitou como uma dádiva de extrema volúpia. Ele lhe acariciou o braço aveludado, as maçãs do rosto um pouco felinas, e passou o dedo pelo pescoço dela até chegar nos ombros nus que a canga de orquídeas, fixada com um nó na altura do peito, deixava livres.

— Excelente! Cortem! Essa tomada é válida!

— Gostaria de repetir — disse Leslie. — Creio que não dá para me ver bem quando dou o beijo.

Conchita lhe deu um beliscão discreto. O diretor interveio.

— O que diz o operador? — perguntou Van Dyke.

— O operador diz que dá para ver Leslie perfeitamente.

— Sinto muito, Leslie — falou Van Dyke. — A tomada ficou boa. Vamos para a próxima cena.

Leslie não insistiu. Olhou para Conchita e se emocionou com a luz de seus olhos. Ela lhe deu uma leve cutucada.

Cenas de amor não faltavam. Eram muito transgressoras, tanto que não teria sido possível filmá-las alguns anos mais tarde, porque entraria em vigor o código Hays, um conjunto de regras de produção cinematográfica que determinaria o que era moralmente aceitável na tela. Sem dúvida nenhuma, a cena em que Leslie dá umas palmadinhas em Conchita para depois acabar se fundindo em um abraço apaixonado teria sido censurada. Mas eles a filmaram rindo e, com certeza, Conchita não ofereceu a bunda para receber as palmadas. Alguns almofadões escondidos da câmera eram o alvo. O filme era muito libertino, a mulher agia segundo seus caprichos sem ser castigada por sua promiscuidade. De fato, quando o personagem de Leslie volta para os Estados Unidos, ela fica morando livremente com outro amante, o que teria sido impensável num filme produzido alguns anos depois. Também ensaiaram uma técnica aquática:

o tipo de plano em que se via Conchita nadar nua debaixo d'água foi utilizado pouco mais tarde com Maureen O'Sullivan no filme *Tarzan e sua companheira*. Fora do *set* os dois trocavam olhares, provocavam pequenos atritos, sussurravam palavras ao pé do ouvido e roubavam beijos entre si.

As jornadas eram intermináveis, sobretudo as de Leslie quando as filmagens se acumulavam. Havia muito tempo ocioso, sem filmar, à espera de que o texto decorado estivesse pronto ou de que o diretor terminasse outra cena. Os atores se refugiavam em seus camarins, às vezes para tirar uma soneca, às vezes para beber, para se reunir e bater papo; ou para continuar se beijando, se pegando, se apalpando, se querendo numa frágil intimidade. Conchita e Leslie não podiam encontrar as oportunidades para ficar juntos, algo que parecia tão fácil para as outras pessoas, e não se conformavam com a ideia de que sempre se amariam às escondidas. Mentiam para seus respectivos companheiros para terem tempo de se encontrar nos fins de semana. Era arriscado, mas agiam como adolescentes inconscientes, cegos por uma paixão arrebatadora e sem complexo de culpa. A vida só existia para pensar no outro, sonhar com o outro, falar com o outro.

Quando Jack Cummins avisou que iria a Nova York para se encontrar com agentes literários, Conchita viu o céu aberto.

— Venha a minha casa no sábado, vamos ficar à vontade — propôs a Leslie.

— Preciso de um álibi — disse ele. — Deixe-me pensar.

A espanhola era tão insegura que por um momento pensou que ele não faria nenhum esforço, que ficaria em casa com os filhos, porque isso era o normal, e que todo esse vendaval de amor morreria ali mesmo. Mas Leslie, que tinha amigos e recursos, sugeriu um plano.

— Disse para a Ruth que tenho um jogo de polo no domingo e que vou com Buck Jones e a mulher. Assim ela fica com as crianças em casa sem nenhum problema, porque não aguenta a mulher do Buck.

Buck Jones era um ator especialista em faroestes que também trabalhava como dublê em cenas de perigo. Era robusto e charlatão. Tinha uma mulher magrinha, uma modelo que aspirava a ser atriz, que era atraente e sem graça. Conchita entendeu perfeitamente que Ruth Howard não quisesse participar desse plano; principalmente quando perguntou, assim que chegaram à casa dos Jones:

— Aonde vamos?

— Para Tijuana.

— Mas é longe demais!

— Não faz mal — respondeu Buck. — Pedimos um aviãozinho em Cloverfield.

Cloverfield era o aeroporto localizado em Santa Monica, à beira do Pacífico. Conchita fez esse voo de apenas uma hora sentada ao lado do piloto, que era de origem peruana, e que lhe explicou como funcionavam os comandos e por que um avião voava. Estava fascinada.

— Posso segurar os comandos?

Houve um murmúrio de protesto entre os passageiros que estavam atrás, mas o piloto fez um gesto para dizer que estava tudo sob controle. Conchita puxou os comandos e a proa do avião subiu, depois soltou e a proa foi baixando. O piloto apagou o motor e eles planaram sobre a costa, acima do mar onde o sol brilhava. Conchita deixou-se embalar pelo barulho do vento. Era uma sensação suave de liberdade total, o mais perto que se podia chegar da felicidade completa. Sentia-se eufórica, apaixonada, livre e com um futuro promissor. Não precisava pedir mais nada.

— Quero aprender a pilotar — disse ao peruano. — Posso, mesmo sendo mulher?

— Claro. Vou apresentá-la a várias mulheres que já têm brevê. Existe um instrutor muito bom em Cloverfield. As aulas não são caras, não é como na Europa.

Em seguida, ela mesma empurrou o comando dos motores e o avião subiu. Via-se ao longe o posto fronteiriço e, mais adiante, o enorme edifício do cassino de Agua Caliente, com sua pista de aterrissagem e o minarete de azulejos circundado pelas casinhas baixas de Tijuana, a cidade da diversão onde foram inventados o coquetel margarita e a salada caesar.

39

O cassino de Agua Caliente ficava a dez quilômetros da fronteira. Circundado por um hipódromo, por um circuito para corrida de cães, dois campos de golfe, quadras de tênis e um spa de águas termais, o prédio principal, de estilo mourisco, oferecia salas de jogos com roleta, bacará e mesas de pôquer, um hotel com cem apartamentos e um salão de baile *art déco*, todo decorado com afrescos, mosaicos e paredes de estuque. Uma moda extravagante que a elite de Hollywood tinha lançado entre os americanos ricos, aristocratas europeus e até entre os marajás da Índia.

Leslie e Conchita passaram o dia no hipódromo. Após as corridas, optaram por não acompanhar Buck Jones e a mulher ao cassino, mas ficar nas cavalariças. Leslie não jogava, simplesmente preferia a companhia dos cavalos. Gostava de admirá-los, compará-los, valorizá-los, montá-los e vê-los correr. Havia se apaixonado tarde por eles, quando tinha dezoito anos, e se alistara na cavalaria porque "não me apetecia fazer a guerra a pé", como contou para Conchita.

— Eu era tão infeliz como empregado de escritório em Londres que a guerra, como para muitos jovens da minha geração, foi uma espécie de libertação de todo o tédio que tínhamos de suportar das nove às cinco em nossos escritórios. Fui contente para a guerra e voltei destruído. O melhor foi aprender a montar. Um passeio pela natureza, a cavalo, cura todos os males, especialmente os da alma.

Leslie tinha uma veia poética e melancólica que o fazia parecer indefeso, o que provocava um instinto maternal em Conchita. Ela se sentia sua protetora e ao mesmo tempo protegida por ele. Era um laço que os mantinha estreitamente unidos. Tinha se apaixonado pelo homem maduro, pelo professor, pelo guia. Talvez pelo pai, de quem sempre sentiu falta. Tinha admiração não pela estrela do cinema, mas pelo homem simples que fugia da fama, pelo ator que teria gostado de ser escritor, o inglês sofisticado que vivia entre os astros de Hollywood, o amante fogoso que havia por trás de uma aparência tranquila. Não havia dúvida de que Jack Cummins era a pessoa que mais podia ajudá-la em sua carreira, mas Conchita não sabia dissociar facetas da vida, a carreira de um lado, o coração de outro... Era tudo ou nada. E Leslie era tudo para ela, porque era quem a fazia se sentir bem, se sentir viva.

Resolveram não ir ao cassino onde Buck e a mulher permaneciam ancorados a uma mesa de *blackjack*, envoltos em uma nuvem de fumaça e com um copo de uísque na mão. Também não lhes apetecia encontrar com os tipos de sempre de Hollywood, como Gary Cooper, Lupe Vélez ou Clark Gable, e precisar dar explicações. À noite, escolheram uma mesa discreta em um dos restaurantes do cassino, El Patio Andaluz, animado por uma orquestra (essa noite não tocava Cugat, mas Benny Serrano) e uma bailarina atraente chamada Rita Cansino. Pediram uma garrafa de champanhe. Brindaram a eles, ao amor, aos cavalos, às boas histórias, ao teatro, à dança, a tudo de que gostavam na vida. No final, Conchita brindou à jovem bailarina, cujo talento comoveu-a. Aproximou-se para felicitá-la.

— Você nos deixou de boca aberta.

A jovem agradeceu o elogio.

— Quantos anos você tem?

— Treze.

— Na sua idade eu fazia a mesma coisa em Paris. No Folies Bergère.

— Você tem sotaque... É mexicana? — perguntou Rita.

— Não, espanhola.

O rosto da jovem se iluminou.

— Espanhola? Eu também! — exclamou. — Bem, meu pai é espanhol, de um povoado de Sevilha, chama-se Eduardo Cansino. Você o conhece? É bailarino. — Conchita disse não com a cabeça. A menina continuou: — Minha mãe é inglesa, dança no Ziegfeld Follies.

— Filha de peixe... — disse Conchita.

— Não entendo...

Conchita lhe explicou o significado do ditado e as duas continuaram conversando um pouco até que chamaram Rita para o número seguinte. A jovem se despediu e se dispersou em meio às mesas, e Conchita ficou observando-a com saudade, como se tivesse se reencontrado com seu passado. Alguns anos mais tarde a encontraria em um filme. A jovem preservara o nome, Rita, mas tinha mudado o sobrenome por outro mais comercial: Hayworth.

Depois do jantar foram para a pista dançar. Desfrutaram intensamente de cada minuto daquele parênteses em suas vidas atribuladas.

— Sempre deveria ser assim, você nos meus braços, eu apoiando minha cabeça na sua.

— E por que não pode ser sempre assim? — Leslie não respondeu. — Diga, por que não pode ser sempre assim? Temos o mundo inteiro para nós.

— Você sabe a resposta.

— Sim, sei que você é casado e tem dois filhos maravilhosos... mas não seria o primeiro que...

Leslie colocou o dedo nos lábios de Conchita. Ela não se atreveu a seguir adiante.

— A família é sagrada. Um homem precisa de um lar.

Ao notar uma sombra no olhar de Conchita, acrescentou:

— Embora eu também diga que, com a mesma intensidade, um homem precise escapar do lar.

— Mas você a ama? A sua mulher?

Leslie ficou pensativo, em seguida disse:

— Sim, muito. — Conchita sentiu uma dor física, como se um punhal lhe atravessasse o peito. Leslie continuou: — Mas não como amo você. Eu me casei apaixonado, escondido, sem a aprovação dos meus pais, que não queriam que me casasse com quem eles consideravam uma "camponesa sem *pedigree*", como a chamaram. Casei-me de uniforme; ela com um vestido marrom e um ramo de violetas na mão. Sem aliança, porque me esqueci de comprar. E sem testemunhas. Não houve tempo para discutir o futuro porque no dia seguinte meu regimento partia para a França.

— Continua apaixonado por ela?

— Não, é por você que estou apaixonado, e tanto que você me faz perder a cabeça. Tenho muito carinho pela Ruth, mas saiba que desde que a menina nasceu dormimos em camas separadas.

Essa confissão aliviou a jovem. Diminuiu a sensação de culpa por estar roubando o homem de uma mulher casada.

— E você é feliz... assim?

— Não se trata só de mim. A felicidade da minha família é mais importante do que a minha própria, por isso nunca considerei o divórcio. A ideia de fazer meus filhos sofrerem é intolerável para mim. — Conchita o escutava em silêncio. — Devo muito a Ruth, durante os anos mais difíceis da minha vida ela ficou ao meu lado sem esmorecer. Ao voltar do front, eu não podia funcionar como uma pessoa normal, não conseguia me concentrar nem trabalhar. Não tínhamos um pêni, mal comíamos, mas ela ficou ao meu lado e me ajudou. Não posso me esquecer disso, se não... Que tipo de pessoa eu seria?

Conchita ficou com vontade de saber tudo sobre Leslie. Para sua grande surpresa, descobriu que o ator mais britânico de todos, o homem que encarnava, melhor do que nenhum outro, os valores da moderação e da fleuma, não era inglês, mas filho de um judeu húngaro.

— Meu nome verdadeiro é Leslie Stainer, Howard é um dos sobrenomes ingleses da minha mãe, que também era de ascendência judaica.

Conchita caiu na risada.

— Ou seja, você é como Jack Cummins, um judeu centro-europeu! Hahaha! Não vai dizer isso para seus fãs, não é mesmo?

— Meu coração é inglês. E também meu comportamento, que é o que importa.

A espanhola lançou um sorriso desafiador e lhe deu uma leve joelhada por entre as pernas.

— Isso que você tem aí não é judeu. Por que será que não te fizeram a circuncisão?

A insolência da jovem o desconcertava e o divertia.

— Não éramos religiosos, embora todo mundo nos considerasse judeus, desde a aristocracia até os empregados.

Leslie Howard aprendera a falar alemão antes que o inglês. Pouco depois de nascer, sua família mudou-se para Viena. Mas quando ele tinha cinco anos, fartos de sofrer o antissemitismo crescente da época, voltaram para Londres. Na escola, foi alvo de escárnio por causa do sotaque alemão e da miopia. Precisou desaprender hábitos, afugentar palavras, apagar o sotaque.

— Fiquei muito tímido e não falava com ninguém. Foi minha mãe quem me incentivou a escrever (ela sonhava em ser atriz); então comecei a engendrar histórias e a imaginar peças de teatro, e pouco a pouco fui me sentindo melhor. Sentia que só podia me expressar escrevendo.

— Você começou a escrever obras de teatro para que sua mãe interpretasse?

— Não, quando eu tinha quinze anos uma revista de bolso publicou meu primeiro conto, a história de um falsificador que se salva da prisão realizando uma misteriosa missão em Viena para o Foreign Office. Sempre gostei das histórias de espiões. Depois fiz comédias musicais que minha mãe montava numa garagem escondido do meu pai. E comecei a ser ator.

Leslie, que tinha bom ouvido, deleitava-se com o jazz que a orquestra tocava. Embalados pelas melodias de Benny Serrano, ficaram dançando, conversando e bebendo até a madrugada. Conchita cambaleava ao subir para o quarto onde penetrava a luz tênue do amanhecer. O sol ainda estava escondido atrás do oceano cinzento. Afogueada pela faísca do champanhe, tomou a iniciativa e começou a desnudá-lo. Fazia-o aos poucos, com seus dedos finos e brancos, perturbada pelo calor que emanava dele, por sua respiração entrecortada, por seu aroma. Fazia-o sem olhar diretamente para ele, porque esse homem que, com toda sua experiência, se fixara nela, a deixava lisonjeada e também lhe provocava certo pudor. Sua atitude de jovem atrevida – que lhe causava tanta graça – era uma pose. Sozinha e diante de si, sentia-se uma menina intimidada.

O álcool, porém, era traiçoeiro, e de repente ela começou a chorar, mas não eram soluços, e sim grandes lágrimas soltas que lhe passavam pelos joelhos e respingavam nele.

— Não posso imaginar a vida sem você — disse a ele, de supetão.

Ele segurou a mão de Conchita, entrelaçou seus dedos e, para aliviar um pouco o clima, sussurrou-lhe ao pé do ouvido:

— Você acha que gostaria de mim como companheiro?

— Claro que sim. Além disso, não costumo errar. — Era uma grande mentira, mas, dita com tanta seriedade, parecia uma verdade imutável. Depois acrescentou: — Você é diferente de todos... é... um encanto.

Ele tomou então a iniciativa, apertou-a fortemente contra o peito e a manteve assim, em seus braços, durante um instante eterno, até que ela deixou de chorar.

— E você, o que vê em mim? — perguntou Conchita.

— Em você?... Vejo a menina dos meus sonhos.

Ela entreabriu os olhos borrados de lágrimas e lhe acariciou o rosto.

— Preferiria que me visse como a mulher da sua vida... — Massageou seu cabelo e após uma pausa, perguntou: — Diga, por que você gosta de mim?

Leslie esboçou um sorriso cheio de ternura.

— Porque você é espontânea, atraente, divertida, direta, atrevida, insolente e porque cheira a biscoito e tem gosto de sal.

— Quero ter você comigo a vida toda. Ninguém vai querer você tanto como eu.

— Hunf... Você ficaria cansada de ter um homem que não faça outra coisa a não ser te adorar.

— Não, não me cansaria se esse homem for você.

Leslie sussurrou-lhe no ouvido que aquilo não era uma boa maneira de se amar, mas Conchita não o escutava, tremia porque ele lhe acariciava a curva do pescoço, seu ponto fraco, depois mordiscou o lóbulo de sua orelha e acabou roçando-lhe os mamilos com os lábios. Então ela foi sacudida por um estremecimento de puro deleite. E deve ter ficado ruborizada, mas se alegrou por estarem quase na escuridão.

— Já fiz tudo isso para você no *set* — ele disse.

— Sim, mas não é a mesma coisa fazer a sós, sem ninguém em volta, sem medos. Embora pareça estranho, me dá um pouco de vergonha.

— Ah, sim?

— Posso te confessar uma coisa?

— Vá em frente.

— A primeira vez que você ficou nu na minha frente, no camarim, à noite, bem... fiquei impressionada porque o fez sem pudor.

— E como se deve ficar nu?

— Bem, pouco a pouco, com uma luz suave, sem se olhar diretamente, algo muito sensual...

— Ah, sim? — disse Leslie enquanto pousava a mão de Conchita, entrelaçada, até a penugem do próprio peito. Depois conduziu-a ao longo do seu corpo e ela se deixava guiar como uma aluna aplicada até que se entregou por completo num êxtase que nunca tinha conhecido antes e que não suspeitava ser possível existir, porque jamais estivera com um homem que controlasse tanto o andamento de uma relação sexual e soubesse prolongá-la com tanta arte.

40

Não devia ser fácil ser mulher de Leslie Howard, como não era fácil ser esposa de nenhuma estrela. Ruth Martin conheceu-o em 1914, em Colchester, a pequena cidade onde trabalhava no escritório de recrutamento do exército. Órfã de mãe, vivia sozinha porque seu pai lutava como soldado raso na campanha da França. Todas as tardes, na hora da pausa, ia com quatro amigas ao único café da cidade onde se encontravam com oficiais da cavalaria, entre os quais estava Leslie, que passava por um período de instrução no quartel de Colchester antes de ser enviado para o campo de batalha. Para Ruth, era curioso que esse rapaz esgrouvinhado e tímido pedisse sempre um copo de leite e um pedaço de biscoito, como se fosse uma criança. Fazia-o – confessou-lhe mais tarde – porque era fiel às instruções da mãe, que lhe dizia para se cuidar e reunir forças. Mas aquelas garotas logo o tacharam de "filho de mamãe"; troçavam da sua pele lisa e do hábito que tinha de ler o jornal durante horas.

Um dia juntaram as duas mesas e Leslie ficou em frente a Ruth, que tinha a mesma idade dele, feições bonitas e grandes olhos acinzentados. Ela o seduziu porque soube escutá-lo num momento em que se sentia só e tinha medo. Ruth não se surpreendia quando ele lhe contava sobre sua esperança de se tornar escritor profissional se voltasse vivo da França. Pelo contrário, tinha certeza de que ele conseguiria. A garota soube incentivá-lo e fazê-lo falar como ninguém jamais havia conseguido. Durante uma temporada os dois se encontraram todos os domingos no café. Certa vez ele a convidou para ir ao teatro, mas foi ela quem acabou comprando os ingressos. O pai de Ruth deixou claro seu dissabor por essa relação. Que Leslie fosse um oficial não lhe causava a mínima impressão, mas que além disso não tivesse dinheiro nem para pagar o teatro lhe parecia demais. O exército estava cheio de filhos de boas famílias arruinadas que haviam se tornado oficiais graças a seus contatos, mas que nunca tinham pisado em um campo de batalha.

Tanto o pai de Ruth quanto o de Leslie (que vinte anos antes também se casara em segredo porque a família dela não queria como genro um contador judeu apaixonado por piano e inadimplente) foram contrários ao casamento. De nada adiantou. Quando os recém-casados saíram da prefeitura de Colchester de mãos dadas e deslumbrados com o sol primaveril, não possuíam consciência plena do que tinham feito.

Quando Ruth reviu o marido, ele tinha se transformado numa sombra do que havia sido. Recebera um certificado que o declarava incapacitado para a guerra. Ela se dedicou de corpo e alma a cuidá-lo e devolver-lhe a confiança em si mesmo. Quando Leslie pôde finalmente enfrentar outra guerra, a de ganhar o pão, voltou-se para o teatro, como sempre em seus momentos difíceis. Mas não havia trabalho para um rapaz desorientado, muito míope, de caráter retraído e com pouca experiência. Sua mãe o ajudou a buscar um representante e teve sorte quando, depois de ser repelido por quase todos, a agência de Ackerman May o contratou para um papel numa comédia romântica. A partir desse momento, os papéis foram se encadeando e a situação material do casamento teve um alívio, embora de forma bastante precária. Leslie disse a Ruth que se não conseguisse ter êxito no teatro em no máximo cinco anos, tentaria se tornar um homem de negócios. Em pouco tempo nasceram as crianças e, embora sempre houvesse momentos de falta de trabalho e de angústia, aos poucos Leslie foi construindo seu nome no teatro londrino.

Quando recebeu a proposta de ir para a Broadway fazer o papel principal na obra *East is West*, deixou a mulher e os filhos na Inglaterra porque não tinha dinheiro para levá-los consigo. Como o que enviava não era suficiente para alimentá-los, Ruth continuou a arcar com a responsabilidade da família. Até que um dia, em 1923, soube, por um jornal londrino, do primeiro grande sucesso de seu marido em Nova York, na obra *The Cardboard Lover*: "A ovação que se seguiu depois que a cortina fechou nunca foi ouvida nos anais do teatro moderno. Durante dez minutos, os vivas, as aclamações e os bravos invadiram a sala. Eram para Leslie Howard, o jovem ator britânico que triunfa na América".

Finalmente Ruth poderia colher os frutos de tanto sacrifício. Agora que Leslie tinha recursos para trazer a família, embarcou com as crianças rumo a Nova York. Mas Ruth era uma mulher desgastada e exausta. Não havia rastro de sua beleza. Leslie, ao contrário, estava exuberante, plenamente integrado ao mundo teatral e literário da Big Apple. Amigo de Francis Scott Fitzgerald, frequentava coquetéis no hotel Algonquin, à noite ia aos clubes de música, participava dos bailes de caridade e das *parties* onde se davam as boas-vindas aos novos escritores. Para Ruth era difícil acompanhá-lo, não combinava bem com esse mundo. Começou a engordar, talvez para compensar a fome que tinha passado na Inglaterra e também por ansiedade. Leslie testava seu ciúme, porque mal dissimulava suas aventuras românticas. Ruth, magoada e ressentida, chegou a propor o divórcio, mas quando falava em voltar à Inglaterra com as crianças, ele dava marcha a ré. Não podia viver sem os filhos nem sem Ruth, que controlava tudo na sua vida: quase sem se dar conta, ela tinha se transformado em sua contadora, empresária, empregada, secretária. Comprava a sua roupa, os sapatos, os coturnos e os suspensórios. Administrava o seu dinheiro de tal forma que ele se gabava de nunca carregar um dólar no bolso. Para os amigos do mundo do cinema, dizia: "Não bebo, nem me drogo, nem me divorcio".

Quando, alguns anos mais tarde, estimulados pelo tremendo sucesso de Leslie na Broadway, chegaram a Hollywood, Ruth era uma caricatura de si mesma. Marion Davies descreveu-a como uma mulher "muito gorda, quarentona, que tratava seu marido como uma criança. Tanto era assim que ele evitava levá-la às *parties*". Certos comentários se aproximavam da crueldade: "Leslie sempre tinha medo de que Ruth saísse de casa de manhã por ter se esquecido de lhe colocar as algemas". Incomodada consigo mesma, insegura, Ruth fazia besteiras com facilidade. Convencida de que Leslie e seu grande amigo Douglas Fairbanks Jr. tinham casos com atrizes jovens, falou para Joan Crawford que não acreditava que seu casamento com Fairbanks fosse durar.

— Você não lhe disse isso, não é? — perguntou Leslie, escandalizado.

— Claro que sim.

A vingança de Fairbanks levaria alguns anos para chegar. Em suas memórias contou que Leslie tinha engravidado uma *starlette* e que ela lhe pedira dinheiro para abortar. "Mas Leslie, bem pago, generoso e popular, não tinha acesso a seu dinheiro por causa do arranjo que estabelecera com a mulher. Como Ruth controlava até o último centavo de suas contas, pediu a mim que o salvasse. Emprestei-lhe o dinheiro, tudo se resolveu bem e as águas voltaram a seguir seu curso. Mas Leslie me confessou envergonhado que não via como podia me pagar, e isso, sim, era um problema para mim. Então resolvemos inventar que eu lhe havia emprestado quinhentos dólares para apostar em cavalos e que ele os tinha perdido. Quando Ruth soube, subiu pelas paredes de raiva. Repreendeu-o por fazer algo tão arriscado como apostar com Douglas Fairbanks: "Ele tem um pai rico, mas você não", disse-lhe enfurecida".[6]

Isso aconteceu pouco antes de Leslie conhecer Conchita.

41

À medida que se aproximava o fim das filmagens, a ansiedade e o nervosismo aumentavam. O que aconteceria depois? Como seria o futuro? Ou melhor... haveria futuro? Sentiam um prazer infinito simplesmente em ficar juntos, em silêncio. Viam-se no bangalô de Conchita nas horas em que podiam escapar das gravações. Mas o que aconteceria quando Jack Cummins voltasse? A essa altura Conchita sabia que não poderia suportar seus beijos pegajosos, nem seu cheiro de pós-barba, nem seu papo cansativo e infindável, nem suas promessas de glória. Mesmo que Jack lhe trouxesse numa bandeja o filme mais

6. FAIRBANKS JR., Douglas *The Salad Days*. London: Collins, 1988.

interessante do mundo, com as maiores estrelas, não poderia amá-lo. Não, agora não. Sentia um nó no estômago por não saber como se livrar dele.

— Tente salvar a amizade — aconselhou Leslie. — Pense na sua carreira, ele é um homem com poder por ser quem é.

— *Tant pis!* — respondeu ela.

Leslie terminou de encher o cachimbo e o acendeu. Conchita gostava do aroma do seu tabaco.

— E eu... — disse ele. — O que vou fazer sem você? Sem seu sorriso meigo, sem as suas insolências, sem esses mamilos que se excitam como se tivessem corrente elétrica?

— Você sempre pode ter os da Ruth...

— Não seja má.

— Fique comigo, Leslie. Você vai passar a vida com uma mulher que não ama?

— Compartilhamos um lar e responsabilidades familiares.

Conchita se calou. Leslie prosseguiu:

— E sou um pouco velho para você...

— Você sempre lembra a diferença de idade — protestou, irritada. — A idade não importa. Pelo contrário, nós nos complementamos melhor. Quando estiver cansado, eu ainda terei forças. Comigo você ganha em tudo.

— Não tinha pensado nesse argumento — disse ele com humor.

Conchita não concebia a vida sem ele. A ideia lhe parecia intolerável. Por isso insistia:

— Ora, vamos, até parece que não há homens que refazem a vida! Estão por toda parte nesta cidade!

— Não me torture porque, claro, eu ficaria com você sempre.

— Pois então tenha coragem e faça isso. Você e eu juntos, *forever, darling.*

Uma noite, depois de um dia extenuante de filmagens, adormeceram na casa de Conchita. Ela acordou às cinco da manhã e ficou o observando. Não se imaginava amando alguém que não fosse ele. Estava convencida de que nunca encontraria um homem igual, que lhe transmitisse essa paz e essa sensação de bem-estar e segurança que se tornaram um vício para ela. Em suas fantasias o via sempre a seu lado, com o corpo quente, e esperava que abrisse aqueles olhos azuis que atravessavam sua alma. Por que não podia durar? Se Leslie não mantinha relações com a mulher... Como podia continuar vivendo com ela? Para Conchita ele era uma vítima. Ela o via desse jeito porque tivera um pai ausente e não vivera a intensidade do vínculo que une um pai aos filhos.

Era normal que no *set* de filmagens circulasse o boato de que Leslie mantinha um romance com Conchita. Mas que não dormisse em casa, na mansão de Beverly Hills de estilo colonial espanhol onde era esperado por Ruth, os filhos e o cachorro, isso não fazia parte do trato. Quando a mulher o repreendeu, Leslie argumentou que não havia nada com que se preocupar.

— Todos falam que você está amancebado com essa espanholinha... Você devia ter vergonha.

— Vergonha?

— Podia ser pai dela.

— Sim, mas não sou — defendeu-se.

Houve um silêncio. Depois Ruth acrescentou:

— As crianças perguntam por você. O que digo a elas? Que você não vai voltar?

— O que digo é que nosso casamento não está ameaçado.

— Então largue essa menina, Leslie.

Ele levantou a cabeça. Olhou para a mulher. Seus olhos brilhavam mais do que o habitual.

— Não posso, Ruth.

— Essas paixões não duram, você já devia saber disso.

— Se fosse tão fácil...

— Pois então a possua até arrebentá-la, mas venha dormir em casa!

— Não fale assim, sabe que detesto.

— Você está jogando roleta-russa com nosso casamento, Leslie. Sempre o perdoei e continuo disposta a isso, você já sabe. Mas se você não volta para casa e também não quer romper com essa...

— Não é uma menina — interrompeu Leslie.

— Então... que opção me resta?

Leslie não respondeu.

Ruth prosseguiu:

— Pedir o divórcio.

— Não vá por aí — advertiu ele, endurecendo o gesto. — Amo demais a minha família.

Ruth se sentou na primeira cadeira que tinha por perto.

— Quer dizer, os seus filhos...

Todas as vezes que pronunciava a palavra "divórcio" se arrependia. Como ela, uma pobre camponesa inglesa, iria lutar contra Leslie Howard, a cada dia mais conhecido, mais celebrado, mais rico? Tinha todo o risco de perder, mas também não poderia jogar a toalha.

— E eu também a amo, Ruth, sabe que não posso viver sem você — disse Leslie, olhando-a nos olhos. — Mas estamos sem dormir juntos desde...

— Sim, sim, já sei... — interrompeu Ruth, contraindo-se por ver nesse comentário o reflexo da relação com o marido. — Desde que a menina nasceu, não é preciso me lembrar.

— Mas isso não é um detalhe, é algo que pesa.

— Pare, não continue!

Ruth pôs as mãos nos ouvidos. Com os olhos banhados em lágrimas, perguntou:

— O que posso fazer, Leslie? Tento de tudo, faço regime, passo fome, estico a pele, faço tratamentos de todo tipo... Sei que você me ama, mas o que posso fazer para que me queira?

Leslie se sentiu incomodado com a pergunta e deu de ombros.

— Em primeiro lugar, não vir três vezes por dia às filmagens com uma desculpa qualquer, seja para me dar complexos vitamínicos de que não preciso, seja para me trazer um agasalho ou enxugar meu suor. É para isso que existe a maquiadora.

— Está bem, não voltarei às filmagens. Não quero que tenha vergonha de mim.

Levantou-se, pegou a bolsa e abriu a porta. Antes de sair, virou-se para ele:

— Por favor, eu te peço. Comporte-se, Leslie, porque está expondo ao ridículo não apenas a mim, mas também a si próprio. E esses filhos que tanto ama sentem a sua falta quando não vem para casa. Suas fãs acabarão sabendo que você não é esse maravilhoso pai de família, que vendeu a elas uma imagem falsa. Por isso deixe de tolices, não destrua tudo...

— Você sabe que preciso de vocês mais do que tudo no mundo – respondeu Leslie, em tom conciliador.

Não disse isso com cinismo, era verdade, como também era que se envolvera com a espanhola de um jeito mais profundo e intenso do que pretendia no início.

— E eu preciso de algo que se pareça com um marido — replicou Ruth.

Virou-se e fechou a porta.

42

Um dia, ao sair de seu camarim, Conchita deu de cara com Ramón Novarro, que a tinha dirigido em *Sevilha dos meus amores* no papel de freira apaixonada. Tinha vindo fazer testes para o filme *Mata Hari*, no qual iria trabalhar ao lado de Greta Garbo. Estava feliz, convencido de que esse filme faria renascer sua carreira em declínio.

— Que alto você está, Ramón... Ou eu é que encolhi.

Ramón apontou as botas que estava usando.

— Uso solas mais grossas para que não se note a diferença. La Garbo é muito alta.

— Estão dizendo por aqui que você está loucamente apaixonado por ela — disse com malícia.

— E Leslie Howard por você!

— Shhh! — protestou Conchita.

— Tudo publicidade — continuou dizendo Novarro. — A Metro inventa esses romances para despertar interesse pelos filmes... não é mesmo?

— Tem toda razão, Ramón.

Na realidade, no departamento de publicidade da Metro continuavam preocupados com a homossexualidade de Novarro desde que ele rejeitara o "casamento lavanda" que Louis B. Mayer lhe propusera. Seu falso romance com Garbo era uma invenção do departamento de promoção para "limpar" sua imagem.

— Vou apresentá-la à Garbo, venha comigo.

Conchita ficou nervosa. Greta Garbo estava no auge da carreira. Apesar do sotaque sueco, a mudança do cinema mudo para o sonoro não havia abalado sua popularidade, pelo contrário. Tinha passado de estrela – a maior – a ícone. Acabaria se tornando um mito. Diziam que não queria ver ninguém, que vivia sozinha, rodeada de poucos amigos, e que não permitia que o status de celebridade interferisse em sua vida privada.

— Seus amigos, nós que trabalhamos com ela, gostamos muito dela — disse Novarro.

Mas as pernas de Conchita tremiam diante da porta do camarim onde um cartaz anunciava: "Miss Garbo". Ninguém entrava ali só por entrar. Até seus amigos mais íntimos nunca sabiam ao certo se ela queria vê-los ou não. Costumava responder *Not in!* quando não sabia quem estava atrás da porta. Mas logo em seguida disse para Ramón que adoraria conhecer a espanhola.

Conchita entrou timidamente e se deparou, para sua grande surpresa, com uma mulher sorridente que parou o que estava fazendo para se aproximar dela e cumprimentá-la. E fez isso com entusiasmo, dando-lhe as boas-vindas "a este mundo de loucos". Estava descalça, usava calças azuis, o que era muito avançado naquela época, e um suéter branco. Tinha mesmo razão López, o maquiador, quando falava da pele diáfana da Garbo e de suas feições perfeitas.

— Eu me sinto um pouco espanhola — disse, apertando-lhe a mão. — Estreei em Hollywood com dois filmes de um compatriota seu, Vicente Blasco Ibáñez.

Conchita dissimulou seu desconhecimento da obra de Blasco Ibáñez e respondeu às muitas perguntas que Garbo lhe fez sobre seu trabalho e sua adaptação à vida americana.

— Nunca recuse um convite para uma festa — aconselhou, falando dos numerosos compromissos aos quais o departamento de publicidade da Metro obrigava os atores a comparecer para promover os filmes. — Aceite sempre, e depois, se não quiser ir, não vá. Ninguém sente falta de alguém que não quis ir a uma festa. Digo isso porque quando o seu filme estrear choverão convites.

Tinham em comum os fatos de ambas serem europeias, ambas falarem inglês com sotaque e ambas serem contratadas da Metro.

— O pessoal da publicidade e da promoção está bravo comigo, não é Ramón?

Novarro assentiu com a cabeça.

— Como você quer que estejam se você diz para irem passear e nunca dá a mínima para eles?

— É que são insaciáveis. Se eu tivesse permitido, estaria em todos os lavabos da América com meu rosto estampado nos sabonetes Palmolive. Você vai ver, Conchita... Chega um momento em que é preciso contê-los. Vieram me dizer que não colaborar com eles seria suicídio, mas foi o contrário. Se deixar que saibam muito de você, as pessoas acabam perdendo o interesse.

— Mas não é por isso que você age assim — observou Novarro.

— Não, não é por isso. Faço isso porque quero que me deixem sozinha. — Em seguida, virou-se para Conchita e fez uma ressalva: — Não é que eu queira ficar sozinha, só quero que me deixem em paz, o que não é a mesma coisa.

Conchita entendeu perfeitamente o que ela quis dizer. Uma coisa era a solidão imposta e outra a necessidade de se encontrar consigo mesma, o que se tornava difícil no mundo volúvel do cinema.

— Por que você não vem domingo ao *brunch* na minha casa? Ramón e alguns amigos estarão lá. Você joga tênis?

— Não.

— Tudo bem, pode tomar banho de piscina.

Leslie passaria o domingo em casa, para acalmar a situação com Ruth e ficar com as crianças. À tarde teria uma partida de polo. Assim, Conchita aceitou com gosto, e como uma honra, o convite de Greta Garbo. Além de achar que ela era a mulher mais bonita que tinha conhecido, estava fascinada pela distância tão enorme que separava a imagem fria que ela projetava da pessoa simples e adorável que era na realidade.

— Vou te servir uma xícara de um bom café, bem forte, como os suecos e os espanhóis gostam, nada dessa bebida aguada americana — disse ao recebê-la em sua casa no 1.717 do San Vicente Boulevard, em Santa Monica, para onde a diva acabara de se mudar.

Era uma casa alugada, grande e sem graça. Não havia nada pessoal, nem fotos, nem objetos, e a decoração refletia o estado mental da diva, para quem Hollywood, apesar dos anos transcorridos, era somente um lugar de passagem. O *brunch* foi servido no jardim por um empregado negro que também era seu motorista. Greta Garbo contou aos convidados, entre os quais se encontravam um diretor alemão, um roteirista inglês e Ramón Novarro, como passara o último Natal, trancada em casa com as cortinas fechadas, jantando à luz de velas e imaginando que lá fora nevava. "Tenho muita saudade do meu país." Conchita fitou as mãos da atriz, tinha dedos compridos e finos, muito expressivos. Logo a conversa passou a ser sobre Hollywood.

— É como nos tempos de Shakespeare — comentou o roteirista inglês. — Só que o estúdio ocupou o lugar do castelo do século XVI, mas ambos são governados pelo poder absoluto do tirano... Sabe a quem me refiro, não?

— Claro, nosso amigo Louis — respondeu Greta, aludindo a Louis B. Mayer, com quem tinha tido sérias desavenças.

— Pois em Hollywood, como na época de Shakespeare, também há cortesãos, aduladores e bufões. E homens formidáveis que de repente caem em desgraça, como o seu amigo Gilbert.

Greta levou os olhos para o céu. John Gilbert, a maior estrela masculina do cinema mudo, o mais bem pago, o noivo com quem rompeu o compromisso de casamento, não havia conseguido fazer a transição para o sonoro. Ele tinha passado pela mesma situação que Antonio Cumellas, mas em grande escala. O modo como sua voz saiu do tom três vezes seguidas ao dizer "*I love you*" no filme *His Glorious Night* provocou uma gargalhada no público e o fim de sua carreira. O catastrófico impacto dos filmes sonoros na carreira de algumas estrelas do cinema era um assunto recorrente.

— Se eu tivesse começado no sonoro com grandes declarações de amor, teria passado pelo mesmo que Gilbert — disse Greta. — Vocês se lembram dos primeiros beijos? Soavam como uma explosão e as pessoas rolavam de rir. As palavras de amor também provocavam gargalhadas, as pessoas não estavam acostumadas, havia um pudor que não existia no mudo.

— Você se saiu bem porque começou com um papel de prostituta — afirmou o diretor alemão.

— Claro. Se tivesse começado como mulher apaixonada, minha carreira teria ruído ali mesmo — disse, e piscou para eles. — A parte boa é que já estaria na Suécia.

O diretor imitou a voz de Garbo:

— "Dê-me uísque, o *ginger ale* à parte… e não seja avarento, mesquinho, miserável."— Foi assim, com essa frase, que você entrou no sonoro.

Todos explodiram de rir.

— Qualquer um teria dado sua carreira por acabada, mas o seu vozeirão soava autêntico e o público se entusiasmou.

— Sabe por quê? Porque eu não represento, dá na mesma.

— Como assim, dá na mesma? Se você é a mais profissional de todas…

— Não é preciso encenar. Na realidade, encenar é contraproducente. — Nesse momento virou-se para Conchita, que escutava embevecida, e lhe disse: — Escute, não represente. Pense.

Era quase a mesma mensagem que Leslie havia lhe transmitido. Tudo está na mente, nos sentimentos, dentro do olhar.

Foi uma manhã de domingo em que não aconteceu nada de especial, mas Conchita aprendeu algo sobre a dignidade de uma atriz. Não teria de fazer tudo o que lhe pedissem, como dizia María Alba. Conchita reafirmou seu instinto de que deveria vender caro a sua pele, assim como Greta Garbo tinha feito desde o começo de sua carreira. Voltando no carro de Ramón Novarro, disse:

— Tenho inveja da Greta.

— Você também chegará muito alto — garantiu o mexicano.

— Não digo pela carreira dela, digo pela aura que emana… Como se pairasse acima de tudo. É ao mesmo tempo indiferente e carinhosa. Não entendo por que dizem que é antipática.

— Muitos zangões revolteiam ao seu redor e ela precisa se proteger. Afastou-se de todos que não são de seu círculo íntimo.

— Gostaria de ser misteriosa como ela.

— Isso se cultiva — disse Novarro, olhando-a de soslaio. O mistério é a maior qualidade das mulheres, seu maior encanto. Não acha?

Conchita concordou com a cabeça.

43

Novarro deixou Conchita em casa, mas era domingo, havia um sol radiante e ela não gostava de ficar sozinha porque sabia que acabaria diante da geladeira ou costurando uma saia para uma das bonecas antigas que havia comprado em um mercadinho. Queria ver Leslie, precisava dele como do ar para respirar. Sua ausência doía como a dor fantasma de um membro amputado. Olhou-se no espelho da sala: no fundo de seus olhos distinguiu uma chama que brilhava. Viu-se jovem, na plenitude de sua beleza. Então se deixou embalar pela ideia de que ele também estaria pensando nela. Eram feitos um para o outro, ela sabia no fundo do coração. Sonhava acordada com uma vida ao lado dele – dois atores, às vezes participando da mesma filmagem, às vezes não, mas sempre unidos pelo fio invisível do carinho mais profundo. Se havia obstáculos, eram externos, não internos, pensava, porque existia entre eles um entendimento pleno. Gostava de pensar que eram uma só pessoa em dois corpos diferentes. Não era assim o amor verdadeiro?

Mudou o penteado, maquiou muito os olhos até conseguir que seu olhar não fosse reconhecível, amarrou um lenço na cabeça, depois vestiu um casaco de gabardine e levantou as lapelas para esconder o rosto. Terminou colocando óculos de sol escuros. Estava irreconhecível, podia ser qualquer fã excêntrica imitando a Garbo – só faltava o cachorrinho. Entrou em seu carro e dirigiu até a Warner Brothers, onde ficava o Equestrian Centre, também conhecido como clube de polo. Se não podia estar com ele, pelo menos o veria jogar. Sentiria sua presença cruzando a galope perto do lugar onde ela se encontrasse. Apostaria secretamente em sua equipe. Passaria a tarde junto dele, mesmo não podendo estar com ele.

Estacionou o carro longe do campo. Chegou justamente quando a última partida terminava e se misturou no meio das pessoas, ainda empolgada pela emoção do jogo. E de repente o viu ao longe, entre os demais ginetes, rodeado de cavalariços e do público.

Leslie montava um alazão branco com manchas pretas. Usava um capacete semelhante ao de um oficial britânico, joelheiras e uma camisa branca manchada de suor. Alguém levou uma criança até ele, *devia ser seu filho Winkie*, pensou Conchita. Leslie ergueu-o, sentou-o na garupa e ficou atento ao menino. Logo o garoto se cansou, ficou de pé em cima do cavalo, abraçou o pai e chamou a mãe. Em meio à multidão, Conchita distinguiu Ruth, seguida de Doodie, a filha de sete anos. A mãe aplaudia com entusiasmo seu pequeno rebento. Então a menina também quis subir no cavalo. Leslie abriu lugar para ela, e estava radiante com os filhos na sela.

Para Conchita foi um choque. Não era o mesmo ouvi-lo falar da família e vê-lo em família. A certeza de que Leslie acabaria rompendo o casamento para viver com ela desmoronava diante dessa imagem do éden familiar. Saiu do hipódromo perturbada, entrou no carro e voltou rapidamente para casa com o coração descontrolado.

Agora a solidão lhe causava uma dor quase física. Como sentia falta de Justa nesse momento. Se pudesse contar-lhe o que tinha visto, receber um conselho da irmã, uma palavra de consolo… Mas Justa havia desaparecido, não tinha telefonado nem uma só vez.

Deitada na cama, uma profunda melancolia se apossou de sua alma. Tinha a impressão de que a vida escapava de seu corpo e a abandonava. Seus olhos vagavam à deriva como se buscassem uma saída para a armadilha de amor em que estava enredada. Até então havia se incomodado pouco quando se relacionava com homens casados; o problema era deles, dizia com razão. Mas agora era diferente: acabara de ver Leslie feliz, cercado pela família, em um mundo onde ela não tinha lugar. O castelo de cartas que com toda esperança havia armado na cabeça desabara. Ela mesma se viu excluída da vida do homem que amava. E como doía. Gostaria de deixar de alimentar naquele mesmo instante o sonho de viver com Leslie, mas estava tomada por um sentimento que a arrebatava e não conseguia estabelecer limites. Quando sentiu as primeiras convulsões de choro, abraçou um de seus bichinhos de pelúcia, mas depois o largou e apertou o travesseiro contra o rosto. Exalava o cheiro de seu amante, e o mordeu.

44

Despertou de repente com a buzina do carro do estúdio que vinha buscá-la. Eram cinco e meia da manhã, ainda noite. Vestiu-se num instante, saiu correndo de casa e pediu desculpas ao motorista pelo atraso. No estúdio entregou-se ao ritual exasperante e lento dos cabeleireiros e maquiadores enquanto chegavam os demais atores e técnicos. Começava a última semana de filmagem.

Não disse a Leslie que o tinha espiado no clube de polo, não demonstrou nada do vendaval de sentimentos que a sacudira durante a noite. Quando ele entrou em seu camarim para cumprimentá-la, todos os temores que havia sentido, todos os medos e incertezas se evaporaram.

— Tenho um presente para você.

Leslie entregou-lhe uma caixinha envolta em papel de seda que Conchita abriu bem devagar. Era um bonito frasco negro, redondo, com a silhueta dourada de uma mulher gravada no vidro. Continha um perfume da casa Lanvin chamado My Sin (Meu Pecado).

— Quero que seja o seu aroma — disse Leslie.

Conchita abriu a tampa redonda e aspergiu algumas gotas no pescoço. O aroma de rosa e jasmim, de almíscar e vetiver envolveu-os e Leslie a abraçou com força. Ela acalmou como pôde o seu ardor, temerosa de que alguém viesse bater à porta, mas de novo convencida de que essa corrente que passava entre eles era tão poderosa como inalterável.

Durante o dia e ao lado dele as coisas tinham outra cor. Leslie lhe contou a discussão que havia tido com Ruth e como a proibira de vir às filmagens com tanta assiduidade. Conchita viu renovar-se a esperança de que era a única no coração do ator, mais ainda quando ele lhe disse que naquela noite queria dormir com ela.

— Quero estrear esse perfume com você.

— E você não tem medo de que Ruth se irrite e peça o divórcio?

— Nunca fará isso — afirmou com serenidade. — Direi a ela que vou à casa de Douglas Fairbanks.

— Não vai acreditar.

— Para mim tanto faz. Preciso estar com você.

Contou que não suportava mais o ciúme de Ruth. A última que tinha aprontado foi despedir a massagista que vinha duas vezes por semana tratar de uma tendinite que ele tinha no ombro, de tanto dar tacadas jogando polo.

— Despediu a moça sem me consultar porque, segundo ela, usava um jaleco justo demais.

Conchita riu, mas procurou se conter.

As repetidas ausências de Leslie da casa da família voltaram a elevar a tensão. Ruth acatou a ordem de não passar pelo estúdio com tanta frequência como costumava fazer. De fato, já não aparecia a qualquer hora com uma garrafa térmica de chá na mão ou uma toalha. Não era mais vista.

Mas um dia, enquanto Leslie e Conchita rodavam uma cena de amor deitados em um sofá, apareceu uma menina loira, com duas tranças, que permaneceu quieta, observando tudo por um longo tempo, até que o diretor anunciou o corte. Leslie se levantou e disse:

— Doodie, o que está fazendo aqui?

A menina, de olhos azuis como o pai, deu de ombros.

Leslie estava visivelmente envergonhado. Doodie permaneceu um pouco mais em silêncio e depois disse uma frase que a deixou célebre no estúdio: "*Amazing business!*". Os eletricistas e a equipe do estúdio explodiram em uma gargalhada. Logo depois a menina se virou e saiu, provavelmente indo até o carro onde a mãe a esperava.

Diante da proporção que a relação com Conchita adquiria, Ruth não tinha receio de usar as crianças com o objetivo de fazer Leslie ver o caminho de retorno ao lar. Fazia isso porque era uma mulher desesperada, e por isso agia de um modo implacável. Uma mulher em guerra contra tudo, contra a mentalidade libertina de Hollywood, contra o próprio corpo, contra as más influências do marido, contra os falsos amigos, como chamava os que o afastavam da vida familiar. Nessa guerra utilizava todas as armas ao seu alcance. O que na realidade Ruth não sabia era como lidar com o sucesso crescente de Leslie. Uma inglesa tradicional como ela, de família camponesa e criada em uma cidade pequena do sul da Inglaterra, sentia-se perdida em um mundo cujos valores não entendia.

Leslie não disse nada quando a filha saiu do *set*, deixando um rastro de mal-estar no ambiente. Não fez o mínimo comentário, o que surpreendeu Conchita, porque não estava acostumada a esse tipo de reação. Mas ele jamais dava uma demonstração pública de seus sentimentos.

— Você é tão britânico, *mon petit juif hongrois* — disse-lhe, com a irreverência que no fundo o deslumbrava.

O pequeno incidente da visita da filha, unido à iminência do final das filmagens, marcou uma mudança na relação. A angústia se sobrepunha à alegria e um certo abatimento se instalou entre eles. O que aconteceria depois? Era possível continuar vivendo enganando uns aos outros? Essa chama que ardia tão intensamente aguentaria a escuridão? Tinham começado a se amar como se fosse uma brincadeira de crianças e agora se davam conta de que eram prisioneiros de seu próprio jogo. Restava-lhes o alívio de compartilhar o peso de suas consciências. Mas era um pobre consolo.

45

Três dias antes de a filmagem terminar, Jack Cummins apareceu no *set* com um esplêndido ramo de flores. Tinha ido ver Conchita. Não se viam havia duas semanas, e foram duas semanas em que muita coisa tinha acontecido.

— Obrigada, Jack, são lindas — disse Conchita, com um fio de voz.

Ele estava para beijá-la na boca, mas no último instante ela se afastou e o beijo mergulhou na sua bochecha. Jack era tosco demais para captar a mensagem.

— Hoje pensei em levá-la para jantar no Coconut Grove, mas antes quero te mostrar uma coisa, arrume-se rápido e vamos.

— Jack, eu quero te dizer que…

Jack fechou a boca dela com o dedo.

— Shhhh! Eu, sim, é que tenho coisas para contar, mas primeiro quero fazer uma surpresa.

Jack Cummins era um autêntico rolo compressor. Voltara muito empolgado de Nova York.

— Tenho coisas fabulosas para te contar... Descobri que o talento literário reside em Nova York. Os escritores gostam de chuva e mau tempo, e quanto mais frio faz, melhor trabalham, porque não saem de casa. Por isso lá estão os melhores, entrei em contato com o agente de...

Conchita não o escutava. Estava dando voltas para dizer que não queria mais sair com ele. Se não a deixasse falar, com certeza em algum momento tentaria beijá-la, acariciá-la... Então, por não poder suportá-lo, diria de forma natural.

Jack levou-a em seu carro para Beverly Hills.

— O Coconut Grove não é por aqui — disse Conchita.

— Eu sei. Primeiro quero te mostrar uma coisa.

E parou seu Packard preto diante de uma casa branca de dois andares, teto de telhas curvas, um gramado na entrada cortado rente à terra, sebes de petúnias e gerânios e um jardim na parte traseira.

— O que acha? Gosta?

Conchita não entendia o que significava tudo aquilo.

— Sim, é uma casa muito linda.

— Eu sabia! — exclamou Jack. — Sabia que você iria gostar. Aluguei para nós. Vamos ser muito felizes aqui.

A espanhola sentiu uma vertigem e se apoiou contra a porta de entrada para não perder o equilíbrio.

— Não se preocupe com o aluguel, disso eu me encarrego — explicou Jack, pensando que a inquietação da moça provinha dos gastos que a casa acarretaria.

— Não, não é isso o que me preocupa, Jack... Mas você não vivia com sua mãe e suas irmãs na casa da família na Tremaine Avenue?

— Chegou o momento de ser independente.

— Sinto muito, Jack. Você devia ter me avisado antes.

— Queria te fazer uma surpresa.

Então Conchita fitou-o nos olhos e se armou de coragem.

— Jack, *darling*, é que tudo entre nós terminou.

Acrescentou a palavra "*darling*" para seguir o conselho de Leslie, que lhe havia dito para tentar romper da maneira mais suave possível.

Jack ficou petrificado. Olhou para a casa, depois para ela apoiada contra a porta.

— Precisava ter dito antes, Jack, mas você foi…

— Mas se… se… — Jack se sentia travado. — Paguei dois meses de aluguel adiantado e dois de fiança! Você não pode me deixar agora! — Deixou escapar da alma.

Sempre o dinheiro, pensou Conchita, que diante da reação de Jack não sabia se ria ou chorava.

— Conchita, estou montando minha primeira grande produção e você é a protagonista. Tudo está planejado para você. Queria que vivêssemos juntos numa casa bonita porque também é parte da promoção. Imagine as manchetes da revista *Photoplay*: "Jack Cummins e Conchita Montenegro em sua nova casa em Beverly Hills". Isso te convém muito, Conchita. Mais a você do que a mim.

— Sinto muito, Jack.

— Pense antes de tomar uma decisão. Pense nisso por alguns dias. Talvez eu tenha sido um pouco avassalador, sabe, sou assim, não posso parar de fazer coisas e vejo tudo tão grandioso que…

O problema com Jack era que não aceitava um não como resposta. Enrolava-se como uma serpente para contornar uma recusa.

— Não há nada em que pensar, Jack, nossa história terminou — repetiu a espanhola.

— Não fale assim. A não ser a morte, nada é definitivo, e menos ainda nesta cidade. Você sabe o que fiz por você, Conchita, não é?

Esse era o momento que Conchita temia, o das reprimendas. Já sabia por experiência que esse instante precedia o da raiva, e o da raiva, o da vingança.

— Você me ajudou muito, eu sei. E te agradeço de todo o coração, Jack. Saiba que o considero meu melhor amigo.

— Melhor amigo? — Quase cuspiu as palavras.

— É muito, Jack.

— Mas eu te amo.

— Vamos indo — disse Conchita.

— Cancelo a reserva no Coconut Grove? — perguntou, com a voz entrecortada. Parecia tão desamparado que Conchita sentiu pena dele.

— Não, tenho fome. E você?

— Não acho que possa engolir nada.

— Tudo bem, então aproveitamos para conversar.

O Coconut Grove era talvez o restaurante mais luxuoso de Los Angeles. O lugar de encontro das mais destacadas personalidades do show business. Conchita insistiu em ir para salvar alguma coisa da relação com Jack. Além de não ser bom ter como inimigo o sobrinho de Louis B. Mayer, sentia pena e tinha sincera consideração por ele. Contou-lhe a verdade sobre Leslie, achou que lhe devia isso.

— Tinha ouvido no estúdio, mas não quis prestar atenção — respondeu Jack —, dizem tantas coisas nas filmagens...

Houve uma pausa que se tornou eterna, até que Jack quebrou o silêncio:

— Você o ama?

— Sim.

Jack fez um gesto de desaprovação com a cabeça.

— Estou te avisando. Leslie Howard é um don juán, você não tem nenhum futuro com ele, está metida num beco sem saída.

— Talvez, mas você sabe, o coração não entende nada que seja racional.

— Achava que você fosse mais inteligente, Conchita, mais como... como a sua amiga María Alba.

María tinha anunciado seu casamento com um executivo da Fox. Era exatamente o que Jack pretendia fazer com Conchita.

— Sinto decepcioná-lo, Jack. Mas não seria honesto da minha parte não contar tudo...

— Se você pensa que Leslie Howard deixará tudo por você, está enganada, Conchita.

— Tenho esperança, dizem que é a última que morre.

— Que inocente você é! Veja o histórico dele: deixou todas as atrizes com quem manteve relações. Com ele, perdoe que te diga, você é somente mais uma de uma longa lista.

Aquelas palavras doeram em Conchita. Jack acrescentou, como último recurso:

— Comigo você seria a única.

Mas já não havia diálogo possível.

— Acredito que posso mudá-lo — disse ela.

Jack demonstrou vontade de rir.

— Você não vai mudar um homem vinte anos mais velho.

— Jack, você é meu melhor amigo e quero que continue sendo, mas agora vai depender de você. Quero te dizer que, mesmo que não tivesse tido nenhuma aventura com Leslie Howard, não iria querer continuar com você. Não estou apaixonada por você, Jack, essa é a verdade. Gosto de você, mas não estou apaixonada, entende?

— Jack olhou para ela, transtornado.

— E quando a paixão terminar, hein? O que restará da sua história com Leslie Howard?

— Não sei, Jack.

— Eu vou te dizer: não restará nada. Sua vida será uma terra arrasada depois de um incêndio. Você perderá tudo porque, no fundo, é isso que você é: uma perdedora.

Conchita reconheceu o ódio – essa outra face do amor – vindo à tona entre as palavras de seu amante enfurecido.

— Pare com isso, Jack. Não me odeie por eu não te amar.

Então o homem reagiu de uma maneira que Conchita nunca teria esperado. O duro Jack Cummins, aprendiz de tubarão em águas de Hollywood, favorito do tirano de que Garbo falava, pôs-se a chorar. Primeiro foi um pranto discreto, depois uma torrente que inundou seu rosto. Inconsolável, não conseguia se acalmar, pelo contrário, cada vez fazia mais barulho ao soluçar. Conchita não sabia o que fazer, temia que alguém entre os clientes do restaurante os reconhecesse e fosse testemunha daquela cena patética. Tirou um lenço do bolso e deu a ele enquanto chamava o garçom para pedir o remédio para todos os males:

— *Please*, traga-me um dry martíni, rápido!

46

Não voltou a ver Jack Cummins, nem sequer o encontrou nas estreias ou em alguma das *parties* de Hollywood. O buquê de flores murchou em seu camarim vazio. Não soube mais dele, pelo menos de forma direta. Mas notou o sabor amargo do seu ressentimento.

Ao terminar a divulgação de *Delírio de amor*, recebeu uma notificação da Metro: seu contrato não seria renovado. Não diziam o motivo. Era uma decisão arbitrária tomada nas altas esferas da empresa. No entanto, o filme com Leslie Howard recebeu boas críticas, especialmente no *The New York Times*, que a elogiava: "Conchita Montenegro está muito garbosa em suas cenas, é um prazer ver como faz caretas para a namorada do protagonista, como chuta seus sapatos novos, como assusta os criados e como luta para chamar atenção nos lugares públicos". Na estreia em Long Beach o público aplaudia todas as vezes que a atriz aparecia na tela, segundo publicou o *Los Angeles Times*. Não havia como ser despedida. Sobre Leslie, a crítica disse: "Mister Howard nos dá outro exemplo de sua fina maneira de atuar, envolvendo seu personagem com humor e personalidade".

O filme estreou em dezesseis de maio de 1931. Leslie não compareceu porque estava terminando de rodar *Five and Ten* com Marion Davies. O departamento de publicidade pediu a Conchita que dançasse – como no filme – no palco do cinema Loew's antes da projeção. Ela se negou, como fizera Greta Garbo, mas foi lembrada de que seu contrato a obrigava a colaborar em todos os atos promocionais. Então dançou, mas a contragosto.

Apesar das boas críticas e do sucesso de bilheteria, Leslie não estava contente com o resultado, como não estava com os outros filmes que tinha rodado em Hollywood. Proporcionavam fama e dinheiro, mas lhe davam pouca satisfação como ator. Conchita ouviu-o dizer em várias ocasiões que encenar em Hollywood era um trabalho estúpido, vazio, enganoso, e que os atores não eram mais do que focas amestradas em um parque de diversões.

— Você está cansado, Leslie, por isso diz essas coisas. Não é possível rodar três filmes ao mesmo tempo e manter a sensatez.

— Não estou louco. Nós, os atores, somos quem dá a cara quando negociantes ineptos, que só estão no cinema por dinheiro, lançam filmes ruins.

Tantas jornadas infindáveis haviam-no deixado exausto. Estava exasperado por fazer tantos papéis decepcionantes, por não ter tempo para se dedicar à direção ou, melhor ainda, para escrever. Sentia-se desencantado com o trabalho e a vida. A recompensa, uma mansão antiga que havia comprado na Inglaterra e cuja reforma estava pagando com os filmes, não era um sonho suficiente, talvez pela tensão familiar. Porque Leslie continuava vivendo uma vida dupla.

Depois que Ruth lhe deu um aperto, voltou a se enquadrar na vida familiar. Teve medo de que seu comportamento adúltero chegasse aos ouvidos da imprensa e afetasse sua imagem. Também se deu conta de como era escandaloso e doloroso para sua família que dormisse na casa da sua jovem amante. Não queria machucá-los, mas tampouco sabia como resolver o conflito cravado em seu coração. Assumiu então que deveria levar uma vida familiar mais ou menos estável, para a tranquilidade de todos. Era isso ou romper com tudo. E sabia que um divórcio, com crianças no meio, seria sempre uma catástrofe.

Não podia renunciar à Conchita, que via quase diariamente no estúdio, em seu bangalô ou no clube de hipismo. Também passavam fins de semana juntos na praia ou em algum hotel no deserto, onde à noite se ouvia o silvar do vento e os uivos dos coiotes. Ele a achava tão sedutora e diferente de todas as demais mulheres que não concebia afastá-la de sua vida, por mais que Ruth insistisse.

— Preciso de alguém perto de mim com quem possa compartilhar algo mais do que questões domésticas, e minha mulher não entende isso — confessou a seu amigo Douglas Fairbanks.

Conchita era essa pessoa, pelo menos no momento. Sua mistura de maturidade e pureza juvenil, sua inteligência, graça e mentalidade liberal e sua beleza – todo o conjunto – eram um poderoso estimulante para um homem que deixava a juventude para trás e estava desiludido com a vida matrimonial. Uma noite, depois de uma explosão de amor, disse a Conchita uma frase que revelava bem suas carências.

— Você me faz sentir como um homem de verdade.

E a agradeceu por isso, o que a deixou confusa. Teve a tentação de forçar a situação, de o colocar entre a cruz e a espada, de o obrigar a escolher. Mas se deu conta de que a única coisa que conseguiria fazer seria levá-lo a sofrer, e desistiu. Aprendeu a se contentar com os momentos roubados, a desfrutar do presente e a confiar no futuro. Descobriu que os jogos eróticos com ele na cama não a excitavam tanto quanto vê-lo lendo na varanda de casa, colocando e tirando os óculos de tempos em tempos. Teve de reconhecer para si mesma que o lado tranquilo e reflexivo de Leslie lhe proporcionava um prazer quase sexual. Esse homem a fazia descobrir sensações novas.

Ela notava a vantagem de estar com um homem mais velho sobretudo nos momentos de crise. Quando a MGM lhe comunicou que não renovaria o contrato, Conchita entrou em pânico. *E agora, o que faço aqui?*, pensou, assustada. Já se imaginava no navio de volta para a Espanha. Não podia pensar, estava agitada demais com o golpe que, a distância, seu amante enfurecido lhe havia desferido. Leslie soube tranquilizá-la imediatamente.

— Você vai ver que logo outro estúdio a convidará.

Não contou a ela que tinha falado com pessoas de sua confiança da Fox.

— Você acha?

— Estou convencido.

— Se o pessoal da Metro tivesse me avisado que não renovaria o contrato, eu não teria me matado fazendo essa turnê.

— Não foi ruim, você se tornou conhecida. *Sensacional dançarina espanhola*, disse o *Toronto Star*; a *Photoplay* diz que você torna o papel interessante. Não tem do que se queixar.

Conchita estava esgotada porque durante dez dias tinha viajado todas as noites de trem, de cidade em cidade, pulando de um hotel para outro, atendendo a imprensa depois de apresentar sua dança polinésia nas mais variadas salas de cinema. Quando retornou a Hollywood, adoeceu. Leslie chegou um dia na casa dela com o médico do estúdio, que receitou remédios e repouso. Estava tristonha, tinha a impressão de que Jack Cummins havia cortado a grama sob seus pés, de que já não era ninguém e sua carreira tinha chegado ao ponto-final.

— Bem-vinda ao *show business*, querida — dizia Leslie. — Um dia você está em cima, no dia seguinte, embaixo. É uma montanha-russa, é preciso se acostumar e, sobretudo, não se deixar nunca abater pelo medo.

Era verdade. Logo depois de se recuperar, e como Leslie havia previsto, Conchita recebeu um telefonema da Fox Film Corporation. Ofereciam-lhe um contrato para interpretar filmes em inglês e espanhol. Não era um estúdio tão gigantesco e importante como a Metro, mas ali estavam filmando seus amigos espanhóis, Gregorio, Catalina, Crespo e Neville, entre outros. Viu o céu se abrir, era como estar em casa.

Conchita abraçou Leslie.

— Obrigada, minha vida! Mas o que eu faria sem você?

— Não tem o que me agradecer, não é um favor que te faço, é um favor que faço a Fox. Uma oportunidade como você não se desperdiça.

— Mas que cavalheiro! — E lhe plantou um beijo, longo e de língua, como se estivessem num de seus filmes. Depois disse: — Os homens mais velhos como você têm a vantagem de não se alterar tanto quando acontece alguma coisa grave. Vocês veem tudo de outro ponto de vista, e isso tranquiliza muito as moças como eu. E nos dá segurança. Por isso te amo tanto.

47

Algumas semanas antes recebera um telefonema de Catalina Bárcena, que primeiro lhe deu notícias de Fernando, que estava prestes a deixar o Kimball Sanitarium. Sua condição era estável, não teve novas recaídas e os médicos lhe dariam alta. Conchita sentiu um frio na barriga ao pensar que assim que estivesse livre ele voltaria a tentar seduzi-la. Mas Catalina, que deve ter notado a preocupação em sua voz, garantiu que não precisava se preocupar. Haviam decidido descansar alguns meses na Espanha depois de concluída a pós-produção de *Mamá*. Era também uma maneira de afastar Fernando da tentação de Hollywood. Pretendiam regressar no início de 1932 para rodar *Primavera en otoño*, baseado em uma comédia de Gregorio, e depois prosseguir com os sete filmes contratados com a Fox. Catalina não estava telefonando apenas para dar notícias de Fernando, mas porque Gregorio queria falar com Conchita.

— Está sabendo o que aconteceu na Espanha? — perguntou.

Leslie havia comentado algo sobre eleições convocadas pelo rei, mas Conchita não prestara atenção.

— Faz tempo que não passo pelo Henry's e a última carta da minha mãe é do mês passado.

— Ora, o rei Alfonso XIII foi para o exílio. Acabou a monarquia.

— Como foi isso?

— Nas eleições que ele convocou os candidatos republicanos venceram em todas as cidades. Foi proclamada a Segunda República.

— Meu Deus! — exclamou Conchita. — E há muita agitação?

— Sim, muita.

— Eu me preocupo com o que pode acontecer com minha mãe e minha irmã.

— Com elas não vai acontecer nada. É um momento de alegria.

— Você sabe que não sou afeita à política…

— Todo mundo é, mesmo que não queira. O que está acontecendo é uma grande notícia. A Espanha se junta ao grupo das nações mais avançadas, já somos como a França.

— Que bom… — disse Conchita, com uma ponta de ceticismo.

— Ou pelo menos estamos a caminho. Quero que você nos acompanhe para festejar. A que hora posso te pegar?

Não houve tempo para responder, já que Gregorio disse em seguida que passaria dentro de uma hora. Mal teve tempo de se arrumar e o carro apareceu, cheio de amigos espanhóis. Lá estavam Catalina, claro, e também Pepe Nieto, Julito Peña e Fortunio Bonanova.

— Abrimos um lugar para você, venha.

Como era bom se encontrar entre amigos. Tanto fazia se não se viam havia meses, a emoção do reencontro era sempre intensa. Como gostou de se envolver na algazarra espanhola, em que todos falavam o mesmo idioma, em que as piadas brotavam como num passe de mágica, em que não era necessário medir as palavras só porque o ditado diz "muita confiança, pouco respeito". Mostraram-lhe jornais americanos já bastante manuseados nos quais se lia na capa a notícia da proclamação da Segunda República, com fotos das pessoas em Madrid em cima dos bondes.

— É um dia histórico — clamava Gregorio.

— Está bem, como você quiser, mas… Quem sabe fazer um bom arroz? Porque depois ficamos de jantar na casa do Neville, não?

— Só pensa em comer.

— Não é isso. É que, na verdade, sou pouco politizado.

— Você e todos os outros — acrescentou Julito Peña.

— Exceto Cumellas. Hoje é um dia ruim para ele. É monarquista e a favor de Primo de Rivera. Achava Berenguer brando demais.

— Esse rapaz não tem sorte nem nisso.

— Aonde vamos?

— Ao consulado espanhol — disse Gregorio.

O consulado ficava no centro de Los Angeles, no primeiro andar de um edifício cujo térreo era ocupado por uma galeria comercial. Gregorio abriu o porta-malas para pegar um pano enrolado e liderou o resto do grupo. Dirigiram-se ao primeiro andar e bateram à porta. Quem abriu foi o próprio cônsul, com o cabelo despenteado e parecendo despertar de uma sesta. Ficou contente por ver tantos rostos conhecidos.

— Entrem, senhores!

— Como pessoas de ideais que somos, viemos proclamar a República. Aqui está a bandeira.

— Convido a todos até a sacada!

Gregorio desdobrou o pano que carregava. Com a ajuda do cônsul colocaram a bandeira no mastro e começaram a gritar:

— Viva a República!

Os pedestres, que não sabiam o motivo de tanto alvoroço, olhavam para cima, surpresos ao ver tanta gente espremida gritando em coro slogans incompreensíveis. Ninguém conhecia a bandeira vermelha, amarela e roxa que tremulava. Pouco a pouco os comerciantes latinos do bairro lhes explicaram do que se tratava e os transeuntes aprovavam com a cabeça.

Terminaram a noite na casa de Edgar Neville, onde cozinharam arroz com frango e vários ingredientes, um prato que não se atreviam a chamar de paella. Edgar, que estava tão entusiasmado como os outros, lamentou que não tivesse podido ir ao consulado com eles, impedido pelo horário de sua filmagem.

— Enfim vamos desfrutar na Espanha de um ambiente de liberdade como nunca tivemos — disse. — Vou pedir pessoalmente a Hearst que ponha sua rede de jornais a serviço da República.

— Grande lorota você acaba de contar — respondeu Gregorio.

— Lorota? Nem pensar. Que fique registrado que escreverei uma carta e te mostrarei. — Desarrolhou uma garrafa de champanhe e, erguendo a taça, proclamou: — Viva a República!

— Viva! — repetiram os outros, atirando-se ao arroz com frango.

48

"A MGM a deixou escapar entre os dedos, mas a Fox já a contratou e será a estrela em *The Cisco Kid*". O *Los Angeles Times* anunciava a filmagem para o mês de agosto. Outro filme em inglês que entraria no portfólio de Conchita. Estavam no princípio de julho e Leslie tinha terminado suas gravações. *Uma alma livre*, com Norma Shearer, foi sucesso de público, mas a crítica se irritou com "esse argumento escabroso e pouco verossímil". *Five and Ten*, com Marion Davies, a atriz que organizou o dia de Natal no rancho de seu amante Randolph Hearst, foi um fiasco total, mas Leslie se divertiu nas filmagens por causa da personalidade de Marion.

— Tem todos os motivos para ser caprichosa, egoísta e amoral, mas é o contrário, acessível, alegre, carinhosa e nunca tenta ser o que não é — contou Leslie a Conchita.

— Comigo é um encanto.

— É assim com todo mundo... Mas agora acontece que Ruth também tem ciúme dela.

Conchita riu.

— Isso tira um peso de cima de mim — disse. — Não sou mais a única.

Com aquele filme Leslie concluía seu contrato com a Metro. Ruth insistia para que voltassem à Inglaterra com argumentos poderosos: ele poderia voltar ao teatro, que era o que gostava de verdade, as obras de reforma da mansão na zona rural inglesa precisavam de supervisão, a mãe de Leslie estava idosa e, sobretudo, era preciso colocar as crianças na escola, e as aulas começavam em outubro... E a intenção era ficar o ano todo na Inglaterra.

Leslie não disse nada disso para Conchita; queria ficar com ela. Aproveitou uma oferta do recém-criado RKO Studio para mais um filme, cujo título, *Devotion,* parecia uma metáfora do que estava vivendo. Precisavam de um inglês para o personagem masculino. Ao contratá-lo, o produtor lhe disse: "Os franceses servem para os musicais – aí está Maurice Chevalier –, os escandinavos, para os romances exóticos, e os alemães são os melhores "maus", mas para encenar uma festa com classe é necessário um inglês".

Ruth estava decepcionada. Queria ir embora o quanto antes porque sabia que longe de Hollywood seria mais fácil ter o marido sob controle. Mas Leslie se manteve firme.

— *Devotion* é uma bonita história de amor pensada para Ann Harding, uma estrela em alta. E me garantiram melhores condições do que na Metro, mais liberdade criativa e um horário de filmagem menos rígido. Não quero partir sem pelo menos fazer um bom filme.

Ruth decidiu convidar sua cunhada Dorice, irmã de Leslie, para vir passar o verão com eles. Era uma maneira de aumentar a pressão sobre o marido e ao mesmo tempo ter companhia. Dorice queria aprender a dança que fazia furor em todo o mundo, a *tap dancing*. A pequena Doodie se juntava às aulas na sala de casa, mas tanto sapateado sobre o piso impedia Leslie de se concentrar. Ele preferia a tranquilidade e a companhia de Conchita para decorar o papel e escrever seus artigos para a *New Yorker* e a *Vanity Fair*. Desaparecia sempre que podia com a desculpa de que ia trabalhar no escritório da produtora. Nos fins de semana acompanhava a família a uma das muitas casas com piscina às quais eram convidados. Brincava com os filhos e ensinava-os a nadar. Ruth nunca entrava na água (nem vestia maiô). Limitava-se a esperar à beira da piscina os três membros da família para secá-los cuidadosamente quando saíam da água. Ela os obrigava a tirar os trajes de banho molhados, convencida de que eram a causa de resfriados. Leslie e os filhos andavam sempre atentos para que as toalhas amarradas à cintura não caíssem. Já as mulheres naquele verão começaram a usar calças muito largas que chamavam de *lounging pijamas*, como a que Conchita tinha visto em Garbo. Mandou para a mãe e Juana uma foto sua vestida com as primeiras calças que comprou. Certamente daria o que falar em Madrid.

Aproveitando que tinha tempo livre antes das filmagens e que a vida lhe sorria, Conchita se matriculou em aulas de pilotagem no aeroporto de Cloverfield, em Santa Monica. Desde que pôs os pés naquele aviãozinho que os levou a Tijuana sonhava em repetir a aventura. Embora parecesse extravagância, havia bastante entusiasmo entre muitas jovens norte-americanas desde a proeza de Amelia Earhart, a primeira mulher que cruzou o Atlântico, muito famosa na época. Sua imagem estava em todas as partes, nos maços de cigarros Lucky Strike, na marca das malas de viagem Modernaire e na melhor roupa esporte feminina, feita com tecido lavável e que não amassava, uma grande novidade. Agora que havia assinado com a Fox, Conchita tinha dinheiro para custear as aulas. Sobrevoando Los Angeles com seu instrutor, sentia uma mistura de excitação e deslumbramento. Havia algo milagroso em voar.

— Colocar a vida à mercê de um avião faz que você fique muito alerta, é um exercício muito saudável para a mente — disse o instrutor. — Você aprende a ser prudente.

A beleza da paisagem era esplêndida. "Você não viu uma árvore enquanto não vir a sombra dela do céu", dizia Amelia Earhart.

— Voar faz você esquecer todas as preocupações e as porcarias da vida — comentou Conchita com Leslie ao concluir seu primeiro dia de aula. — Por isso me fascina.

— Sabe que você é muito valente?

Leslie admirava sinceramente a coragem de Conchita ao mesmo tempo que, por outro lado, a considerava frágil como uma boneca.

— É que quando você está lá em cima não está na terra — disse ela.

— Não pensa nem em mim, não?

— Penso sempre em você, *darling*, aqui na terra como no céu... E deu uma de suas gargalhadas contagiantes.

49

Um mês depois Conchita sofreu um acidente, porém não de avião, como se poderia supor, mas de trem. Tinha começado a filmagem de *The Cisco Kid*, em que fazia o principal papel feminino, o de Carmencita, a mulher pela qual os personagens de William Baxter – na época um dos astros norte-americanos mais conhecidos – e Edmund Lowe brigavam no filme. A equipe teve de se deslocar até Tucson, no Estado do Arizona, para rodar algumas cenas. No meio da noite, perto de Yuma, o *Argonaut Express* descarrilou, ao que parece pelo acúmulo de água nos trilhos. A locomotiva e os vagões de carga tombaram. Foi uma freada tão forte que as malas de Conchita, que dormia em sua cabine, caíram em cima dela depois do chiar estrondoso das rodas e um cheiro azedo de metal queimado. Não sabia se era um pesadelo ou se estava acordada de verdade. Foi parar no chão da cabine, machucada e desorientada, e às escuras. Ouviam-se gritos e o alarido de alguma sirene. Poucos minutos depois escutou uma voz detrás da porta.

— *Miss Montenegro, are you all right?*

— Sim, acho que sim — respondeu, enjoada.

A noite se encheu das sirenes e das luzes intermitentes dos equipamentos médicos e das ambulâncias que acorreram ao local do acidente. Os quarenta membros da equipe do filme se salvaram porque viajavam nos últimos vagões. Mas dois maquinistas morreram, bem como três cavalos da produtora que estavam no vagão de mercadorias. Câmeras e material elétrico sofreram pequenos danos. As equipes de resgate contabilizaram oito feridos em estado grave, entre os quais havia "dois carregadores negros", e oito com ferimentos leves. Os machucados de Conchita foram tratados e lhe deram tranquilizantes.

Na manhã seguinte, recebeu no hotel de Tucson um telefonema de Edgar Neville.

— Que publicidade grátis você conseguiu! O acidente é capa de todos os jornais do país. Seu nome aparece em toda parte...

— Não diga isso, foi assustador. Pobres maquinistas!

— Estou dizendo para te animar.

— Teria preferido uma viagem tranquila, garanto.

Leslie também telefonou.

— Que susto! — disse ela. — Estava sonhando que a sua mulher nos descobria e entrava no quarto com uma vassoura para nos dar uma surra, e nesse momento, zás... O trem passa por cima dela!

— Outra vez esse sonho?

— Está vendo? É recorrente!

— Mas você está bem? Está calma?

— Pensei que interromperiam as filmagens, mas não, amanhã às seis no *set*.

Leslie não conseguia acreditar na serenidade de Conchita. Mas era um sossego aparente. Nessa noite precisava dele por perto, mais do que nunca. Sofria com o choque do susto.

— Por que você não vem? — pediu, com um ar de súplica. Como Leslie não dizia nada, acrescentou num rompante: — Fale, homem! Diga que sim, mesmo que seja mentira.

Leslie desatou a rir.

— Quem me dera pudesse ir. Você sabe bem.

Conchita teria preferido uma reação visceral, um impulso. Com o susto ficara "amolecida", como dizia. Limpou os olhos umedecidos com o dorso da mão.

— Estava me esquecendo de que você tem sangue de barata.

— Sangue de quê? O que significa?

— Deixa pra lá, depois te explico.

O regresso a Los Angeles foi no mesmo trem, o noturno, e não dormiu nada de tanto medo que sentia. Um motorista do estúdio buscou-a na estação e no trajeto não parou de lhe perguntar sobre o acidente. Em seguida deixou-a em casa, colocou a mala na varanda ao lado da porta e se despediu. Conchita, cansada, não achava a chave entre o emaranhado de objetos no fundo da bolsa. De repente, escutou uma voz que vinha de dentro da casa:

— Está aberta.

Assustou-se. Ficou um instante paralisada, mas se armou de coragem e empurrou a porta. Era Justa.

— Você voltou!

Lançou-se sobre a irmã e a apertou em seus braços.

— Mas que alegria, irmãzinha!

— Li sobre o acidente no jornal e fiquei muito preocupada. Depois soube que você estava bem.

— Estou bem, Justa. Não foi nada. Exceto pelos dois maquinistas, que horror. Tive muita sorte. E você... como está?

Justa não respondeu. Estava abatida, vestida como quando deixou a casa, com a mesma roupa, um casaco azul e o broche de pérolas na lapela.

— Aconteceu alguma coisa?

Justa continuava sem falar. Estava prestes a começar a chorar.

— Teve problemas com Luca, verdade?

— Sim.

— É ou não um estelionatário?

— É. — Grandes lágrimas começaram a escorrer por suas faces. — Mas isso não me importa, Conchita. Mesmo que fosse o maior criminoso do mundo eu o continuaria amando.

— Então, o que aconteceu?

Justa relutava em responder, ou as palavras não lhe saíam.

O choro a impedia de respirar bem. Conchita lhe acariciava o cabelo, limpava as lágrimas com seu lenço.

— Quer um dry martíni?

— Não, obrigada...

— Isso resolve tudo. E um bloody mary?

Justa redobrou o pranto.

— O bloody mary... ai... me lembra tanto de Luca... Não, não me dê nada.

— Vai me dizer de uma vez o que se passou? Ele te meteu em confusão?

— Quase, mas não foi isso.

— Bateu em você?

Justa negou com a cabeça.

— Jamais, sempre me tratou muito bem.

— Então? Ele te abandonou, é isso?

— Também não.

Conchita estava perplexa. Já não sabia o que pensar.

— Foi você que o deixou?

— Sim.

— Mas você não o amava muito?...

— Sim, mas ele queria a... — Não conseguia articular a palavra.

— Ah, já entendi. Ele te enganava com outra.

— Não.

A essa altura Conchita estava totalmente desnorteada. Justa estava se acalmando.

— Com outra não, Conchita, com outro.

Os olhos dela ficaram esbugalhados.

— Virgem Santa!

— Ele me enganava com Benito, seu assistente, aquele que nos acompanhava pra todo lado. Anteontem eu os surpreendi juntos na cama, nus… Foi horrível. — Ao lembrar a cena, voltaram os soluços. Continuou contando. — É como se minha vida inteira tivesse desmoronado de repente.

— Quer dizer que joga dos dois lados. Que sujeitinho.

— Sim… Mas uma mulher não pode imaginar algo assim.

— É uma decepção. Sinto muito, irmãzinha.

— Agora me dou conta de que me usava para que lhe desse uma fachada de respeitabilidade em seus trambiques.

— Te pediu dinheiro?

— Sim, várias vezes, mas quando o deixei, obriguei-o a devolver tudo na hora. Sou boba, mas não estou louca.

— Essa é a minha Justa! Pois então está tudo bem. Esse mostrou-se uma fraude, mas tudo o que você viveu ninguém pode te tirar.

— Não, Conchita, não está tudo bem.

E voltou a soluçar. Sua irmã a abraçou.

— Está tudo bem, você está em casa, está comigo, vou cuidar de você. Acalme-se, você vai ver…

— Você não pode entender, Conchita, porque você é… bonita, e eu não. Para você chovem oportunidades, para mim, não. Por isso me agarrei tanto ao Luca, porque uma vez um homem olhou para mim… Para vocês, lindas, tudo é mais fácil, não só para conseguir amor, mas até para… para que te atendam antes na venda ou na peixaria, não sei… Já as feias…

— Não diga isso — interrompeu Conchita.

— Para as que são como eu, tudo é mais duro. Você tem de fazer um esforço enorme para se tornar útil, para que precisem de você, para que te amem, e se você se sai mal, perde tudo, até a confiança em si mesma. As bonitas já são amadas pela beleza. Você não sabe o que é isso. A vida é injusta.

— Não fale assim, Justa. Todo mundo sofre desilusões amorosas, você não é a única.

A irmã a olhou com os olhos embaçados. Uma lágrima brilhava como uma gota na ponta de seu nariz aquilino.

— Tudo caminhava bem demais para ser verdade. Se por acaso um dia encontrar outro homem que se interesse por mim, como vou acreditar nele? Estou despedaçada, Conchita, estou despedaçada por dentro.

Conchita estava abalada por ver sua irmã, uma pessoa forte e resoluta, nesse estado de desespero. Pegou um copo d'água na cozinha, dissolveu um dos tranquilizantes que lhe haviam receitado em Tucson e deu a ela.

— Vai, beba um pouco.

Justa seguiu o conselho e esvaziou o copo, gole por gole. Dois minutos depois dormia esparramada no sofá e Conchita a despia do jeito que podia. Tirou o casaco e o broche da lapela. Depois os escondeu no maleiro de um armário para que nunca mais houvesse algo que pudesse fazer a irmã se lembrar de Luca Fontana.

50

A interpretação de Conchita em *The Cisco Kid* convenceu a Fox de que tinha uma estrela com enorme potencial. Em sua lista anual de atrizes com maiores possibilidades de triunfar, anunciou como primeira candidata "Conchita Montenegro, de San Sebastián, Espanha, dezenove anos, cabelos castanhos", seguida de "Linda Watkins, de Boston, vinte e um anos, loira", e "Helen Mack, de Rhode Island, dezoito anos, ruiva". O jornal *Los Angeles Times* de vinte e quatro de agosto de 1931 anunciava um jantar de gala no estúdio para apresentar as jovens promessas: "Miss Montenegro interpretou filmes em espanhol antes de obter reconhecimento em vários filmes em inglês. Miss Watkins e miss Mack vêm do teatro", dizia o artigo.

Conchita tinha pedido ao figurinista do filme que a ajudasse a escolher um vestido à altura da cerimônia. Escolheram um de chiffon cinza perolado que fazia ruído quando caminhava. Justa a ajudou a se maquiar e a levou ao jantar de gala. Tinha o olhar apagado.

— Você está linda.

— Por favor, não me deixe sozinha, Justa, te peço.

— Não se sente bem?

— Um pouco enjoada, posso acabar dando com a cabeça no prato.

— Você não devia ter tomado aquele comprimido.

— Era o último que restava do acidente. E estou como um pudim.

— Também não é para tanto, Conchita, você já esteve em eventos desse tipo.

Não era pelo jantar, nem pelo reconhecimento, nem pela glória de ter sido escolhida. Era pelo coração. Conchita pensava em Leslie, em como teria gostado de entrar nesse jantar de braço dado com ele. Pensava na última conversa que tiveram nessa mesma tarde e da qual tinha saído tremendo como uma folha.

— Dentro de alguns dias voltaremos à Inglaterra. — Ele havia anunciado.

— Nós voltaremos?

— Minha família.

Conchita fechou os olhos. Por mais que intuísse que esse momento chegaria, não estava preparada. Nunca estaria.

— Está me deixando.

— Não, não acho que poderia te deixar nunca. Mas a situação não pode continuar assim... Tentei prolongar minha presença aqui o quanto pude, mas não dá mais, chegamos ao limite.

— Que boba eu sou — disse ela. — Cheguei a pensar que você deixaria tudo por mim.

— Não posso, *baby*. Entenda.

— Sim, os seus filhos, já sei... Tem razão, as crianças são prioridade, eu sou apenas uma aventurinha da filmagem.

— Não pense assim, porque não é verdade.

— Se não sou sua família, o que sou, então?

— Você é o que tenho aqui dentro — disse, apontando para o peito. — Além do mais, não vou embora para sempre. Tenho uma oferta de contrato para filmar aqui no fim do ano. Para o bem ou para o mal, estou ligado a esta cidade para o resto de meus dias.

— Os mexicanos dizem "amor a distância, amor de bobos" — interrompeu Conchita.

— São apenas alguns meses.

— E você supõe que preciso te esperar, não é mesmo?

— Não posso exigir isso. Só tenho a certeza de que o nosso amor, de alguma maneira, vai durar.

— Não seja cínico, não seja tão inglês comigo, não me diga que o nosso amor vai durar e ao mesmo tempo vai embora. Sou ingênua, mas não sou boba. Você escolheu. Está feito. Não gosto da sua decisão, me dá ódio porque te amo, porque penso em você, mas também em mim, porque sou egoísta, está bem. É a sua família, mas é a minha vida.

— Vou sentir muita falta de você, minha ferinha. Ainda não fui e já sinto saudade.

— E eu? O que faço aqui sem você? De que adianta fazer sucesso se não posso compartilhar com a pessoa que amo? Para que vou ao jantar desta noite se não tenho você? Isso é para dois... A vida é para dois... Um prato saboroso é para ser dividido, um entardecer é para ser dividido, um bom filme, risadas... Você me deixa jogada como um farrapo, Leslie, essa é a verdade.

— Não posso abandonar minha família... Sempre disse isso. Nunca te enganei.

— É verdade, eu enganei a mim mesma, e isso é pior. Acreditei no meu próprio conto de fadas... Sou uma boba!

— Você não é boba. É jovem, por isso é difícil aceitar certas situações.

Olharam-se nos olhos, esses olhos que faziam milhões de espectadores tremerem de emoção e que nesse momento pareciam ir à deriva sobre o oceano, tristes e lânguidos. Conchita não ia continuar discutindo, entendeu que não havia alternativa. Mas seu coração era um pêndulo que oscilava entre a dor e a raiva, entre o amor e o ressentimento. Via esse homem que estava diante dela ora como um carrasco que a abandonava ora como um prisioneiro das próprias contradições. Odiava-o e um segundo depois se compadecia dele.

— É a primeira vez que me deixam — disse ela.

Leslie aproximou-se dela e lhe acariciou o cabelo sedoso, tingido de preto para o último filme.

— Não estou te deixando — respondeu em voz baixa. — Voltaremos a nos ver muito em breve.

— Bom, é a segunda vez. A primeira foi quando meu pai saiu de casa...

— Então... você me entende um pouco?

Conchita ergueu os olhos para Leslie. Suas pupilas brilhavam como a pedra do azeviche. Ela se amaldiçoou por ter pensado que a vida era fácil, e que, porque seu pai abandonou a mulher e as filhas, todos iriam fazer o mesmo. Ao olhar diretamente nos olhos dele, tão azuis, entendeu que entre a loucura e o senso comum Leslie havia escolhido o último. Não poderia repreendê-lo, não poderia esquecer que ela também tinha sido menina. Trouxe à memória a visão de Leslie a cavalo com os filhos na montaria, e nesse momento, no fundo de sua alma, perdoou-o pelo abandono.

51

Hollywood, 1931-1935

"Leslie Howard e sua família regressam à Inglaterra." Ler essa manchete na revista *Variety* e ver a foto dele foi como uma pancada no coração de Conchita. Como se conhecia mal! Sim, ela o havia perdoado, sua mente o havia perdoado, mas seu coração se rebelava. A vida lhe mostrava que o mais importante não vinha da razão, mas das emoções, sobre as quais não se tem controle. Por isso, confrontada com a ausência, vazia por dentro, buscava desculpas para aplacar a dor: *Não suportará a vida na Inglaterra com Ruth e voltará logo*; *vai me telefonar a qualquer momento para me dizer que vai voltar* etc. O alívio era efêmero e durava o quanto durasse sua miragem de esperança. Estava tão acostumada a pensar nele, a viver com ele mesmo que não estivessem juntos fisicamente, que agora se encontrava em um limbo, sem chão, sem referências. Leslie não tinha sido um homem a mais em sua vida. *Tinha sido tudo*, pensava. Ele lhe trouxera segurança, uma visão experiente do mundo que a rodeava e uma vivência no amor que ela não tinha. Com ele a vida era como um conto. Agora, de repente, estava diante de si mesma, e o atrito com a vida doía.

Até então sempre tinha sido ela quem tomava a decisão de deixar os homens. Desta vez, por mais que Leslie tivesse suavizado sua partida com o dever das obrigações familiares, ou com as promessas de voltar logo, Conchita se sentia abandonada. Pensamentos funestos questionavam seu próprio ser: *Eu não soube retê-lo, no que será que falhei? Não valho o suficiente...*, provocando uma espiral descendente, até o poço escuro da depressão.

— Ele se foi, é normal, é um homem casado — dizia Justa.

— Não posso, Justa, não me conformo.

— Vamos dar uma volta, anda... Abriram uma loja na Sunset Strip e tem uns bichos de pelúcia lindos, muito originais.

— É que... quando saio de casa, eu o vejo por toda parte... Se há alguém fumando um cachimbo, acho que é ele. Se vou a uma *party*, me perguntam por ele e tenho vergonha de dizer que foi embora, porque a verdade é que se foi com outra...

Justa levou os olhos para o céu.

— Não foi com outra, foi com a mulher dele!

— É isso mesmo, com outra.

Sua mente não lhe dava trégua. Ela pressentia sua presença ao redor como se fosse um fantasma. Sentia o cheiro do tabaco do seu cachimbo, escutava a cadência de seus passos no corredor do estúdio, via sua silhueta entre a multidão de uma festa... Não era ele, mas a marca que tinha deixado em seu coração, o "pentimento", como dizem os pintores, esse elemento que pode ser percebido nas camadas subjacentes de um quadro a óleo porque um dia teve seu lugar na tela. Nunca pensou que a ausência pudesse ser tão dolorosa. Alguns meses de espera eram uma eternidade insuportável.

A qualquer momento rompia em soluços ante a impotência de Justa, que estava comovida por tanto sofrimento. Ela, que ainda lambia as feridas de sua peculiar ruptura, sentia piedade da irmã, como a que se sente por alguém que padece da mesma doença. Nunca a tinha visto passar tão mal por um homem, era algo novo.

A situação melhorou quando Conchita começou a encadear uma filmagem após a outra. Com as longas jornadas no set sobrava menos tempo para pensar. Ainda assim, levantar-se pela manhã era um tormento, vestir-se era uma odisseia, tomar qualquer decisão era quase impossível. A única coisa que podia fazer era se deixar levar, e para isso dispunha da estrutura bem eficiente do estúdio, que se encarregava de transportá-la, maquiá-la, penteá-la, vesti-la e alimentá-la. Para as externas, pediu que a rodeassem com biombos porque não queria ficar exposta aos membros da equipe. Não tinha vontade de conversar com a maquiadora nem escutar as fofocas da cabeleireira. As más línguas disseram que estava se achando uma Greta Garbo e que a imitava, mas na realidade estava deprimida. Sua vida tinha perdido o sabor, transformara-se em uma sucessão de atos mecânicos. Na hora de interpretar, paradoxalmente, tirava a emoção dos poros. E obtinha sua recompensa. De sua interpretação em *The gay caballero*, com Victor McLaglen, *The New York Times* disse: "Conchita Montenegro atua admiravelmente".

Edgar Neville não dava muita importância à desilusão amorosa de uma mulher tão jovem. "Logo passará", dizia a Justa. Como bom amigo, tentava distraí-la e não perdia ocasião para convidá-la: "Amanhã vamos fazer um cozido para Chaplin, vamos...". Na casa de Chaplin, sempre cheia de espanhóis, trocavam-se notícias entre os que iam e os que vinham. Buñuel, de quem Chaplin se lembrava bem porque lhe havia destruído o Papai Noel no Natal anterior aos gritos de "Não queremos símbolos", tinha chegado a Madrid no dia da proclamação da República e estava agora em Paris fazendo dublagens para a Paramount. De Madrid, os Martínez Sierra informavam que estavam muito satisfeitos com o sucesso de *Mamá* e anunciavam seu regresso a Hollywood no princípio do verão de 1932 para rodar *Primavera en otoño*. Viriam acompanhados de um jovem escritor de muito talento chamado Enrique Jardiel Poncela. Por ora permaneciam na Espanha à espera da promulgação da lei do divórcio para dissolver o casamento entre Catalina Bárcena e Ricardo Vargas, o pai de Fernando, uma união de fachada arranjada por María Guerrero, a diretora da companhia teatral. Gregorio também esperava que sua esposa, María Lejárraga, lhe desse o divórcio, para assim oficializar sua relação com Catalina.

— Não vai conceder nunca — dizia Neville. María continua amando-o, além do mais, colaboram juntos em obras de teatro e em roteiros.

— Juntos? — surpreendeu-se Pepe Crespo, sempre fazendo intrigas. — Ela escreve tudo e ele coloca a assinatura.

— Ele deve contribuir com alguma coisa, não?

— Nada, estou te dizendo. Veja *Canción de cuna*, seu grande sucesso teatral... Você acha que isso pode ter saído da pena de um homem? Escutem: "E toda mulher carrega/ porque foi assim que Deus quis/ no fundo da alma/ uma criança que dorme".

— Que bonito... — exclamou Conchita, que repetiu os versos com um fio de voz.

— Pois isso está assinado só por Gregorio — disse Crespo.

— Ela é muito boa com os diálogos e os desenlaces, mas ele tem muita imaginação e inventa os personagens. Sua escrita é coisa a dois, senão não daria para entender como é tão prolífica.

— Então, por que ela também não assina as obras? Repito que ele rouba tudo dela. É um escravocrata, um explorador.

— Essa é a brutalidade espanhola — exclamou Neville. — Não é assim, Pepe, ela não quer aparecer, já disse publicamente. Custa tanto respeitar o que ela mesma deseja?

— Ninguém acredita nisso.

Essa colaboração literária era um tema de discussão perpétua entre os espanhóis do cinema. O que existia na misteriosa relação que unia Gregorio e María, a esposa que ele havia abandonado para viver com Catalina, era um vínculo intelectual que transcendia o tempo e a distância, e uma amizade difícil de entender para o resto dos mortais.

Nesse domingo, depois do cozido, das discussões, das fofocas e dos mergulhos na piscina, Chaplin, que estava inspirado, gravou diante dos convidados dois discos caseiros. No primeiro, interpretou uma canção flamenca. E fez isso no seu estilo, brincando com o chapéu-coco e provocando uma explosão de risos. No segundo, um tema pertencente a *Luzes da ribalta*, que não tinha sido incluído no filme e que dedicou a "essa moça tão bonita com olhos tão tristes que teve a amabilidade de passar o dia conosco". Todos voltaram os olhos para Conchita, que fez um esforço para sorrir.

52

A carta que recebeu de Leslie, na qual ele anunciava que iria assinar contrato com um estúdio de Hollywood e chegaria em um mês, foi a luz que iluminou o poço escuro em que Conchita se encontrava.

— Viu? Para que tanto tormento? — disse Justa, e acrescentou: — Enfim vou conhecê-lo… Que emoção!

Não, não me abandonou, pensou a atriz. *Sente falta de mim, precisa de mim.* Frases que repetia para si mesma porque era como aplicar um bálsamo em sua alma. Pouco a pouco foi se deixando levar pelos devaneios. Já se imaginava desfrutando de sua companhia, já se via como antes, passeando a cavalo no Equestrian Club, ou se deleitando com o entardecer na praia de Malibu. Esboçava planos para irem juntos a uma corrida de carros, ver um concerto de música clássica ao ar livre no Hollywood Bowl ou assistir às lutas de boxe no Olympics, frequentado assiduamente por colegas como Gary Cooper e Johnny Weissmüller. Ao recuperar a vontade de viver, Conchita sentia uma necessidade imperiosa de emoções fortes, talvez porque a ajudassem a esquecer por alguns instantes o mundo irreal em que vivia. Voltou às aulas de voo e um dia convidou Justa para acompanhá-la. Justa passou tanto medo sobrevoando a ilha de Catalina quando a irmã estava no comando que cravou as unhas no braço do instrutor, deixando-lhe marcas que o homem não esqueceria. Mas não disse nada, disfarçou até o final. Ver a irmã contente de novo bem valia alguns minutos de terror.

Quando já pensava que Leslie estava prestes a chegar, Conchita recebeu outra carta, mais longa, que anunciava uma mudança de planos. Dizia que teve de rejeitar o contrato do estúdio de Hollywood porque surgira a oportunidade de fazer um filme em Londres "para apoiar o cinema inglês". Teve um encontro – que seria decisivo em sua vida – com o produtor Alexander Korda, que também estava decepcionado com o esquema industrial de fazer cinema em Hollywood. "Entrei em perfeita sintonia com Korda", escreveu Leslie. "Temos o mesmo background centro-europeu, fala alemão e húngaro, como eu, e já filmou em Paris, Roma e Berlim. Pensamos igual, trabalhamos da mesma maneira. Se uma cena não o satisfaz, joga-a no lixo e a refaz quantas vezes for necessário. Por isso seu trabalho é tão bom. Vai ser um grande filme... enfim!". O filme, *Service for Ladies*, era uma fuga da monotonia e da mediocridade que para ele representaram trabalhar no sistema norte-americano. Filmava por um décimo do que recebia nos Estados Unidos. "Resta pouco tempo para que nos vejamos" – concluía a carta. "Acabaremos de rodar em novembro e então terei de ir a Nova York para começar a ensaiar minha nova peça na Broadway, *The Animal Kingdom*. Espero que você possa ir, entre uma filmagem e outra, passar temporadas comigo..."

Conchita reconhecia bem Leslie nessa carta, tão contida e focada em sua profissão. A decepção de não o ver em breve, como pensava, desvanecia-se diante do fato – tão raro – de saber que estava feliz e animado com seu trabalho. A carta a deixava a meio caminho entre a amargura de se considerar abandonada e a felicidade de um próximo reencontro. Dava-se conta de que tinha de aceitá-lo em seus próprios termos, que não lhe restava remédio a não ser adaptar-se, como tantos outros casais do mundo do cinema que precisavam lutar contra a própria instabilidade da profissão, os diferentes horários e períodos de filmagem, as tentações e as ausências. Quanto havia recuado desde os dias, não tão distantes, em que exigia que ele rompesse com a mulher! Ao olhar para trás, envergonhava-se por seu comportamento de menina caprichosa. Dava-se conta de que devia viver esse relacionamento com discrição, encorajada por toda a ternura que ele expressava, mas em segundo plano, não como gostaria, e tremia ao pensar que ainda assim poderia perdê-lo.

Justa, ao vê-la melhor, disse que queria voltar à Espanha. A decepção com Luca Fontana a deixara angustiada e desanimada. Não se encaixava naquele mundo agora que estava sozinha e à deriva.

— Fique somente mais alguns meses, só até o fim do ano, por favor, te peço... não vá agora.

— Sinto muita falta da mamãe e de Juana. E da vida na Espanha.

— Isso também acontece comigo... Sinto falta até do cheiro de fritura dos bares, qualquer cheiro, na verdade, porque aqui nada tem aroma.

— Mas você está ocupada, ganha seu dinheiro, fica mais famosa a cada dia. Quanto a mim...

Estava cansada de ser o apêndice da irmã, mas não podia dizer isso a ela. Para ganhar tempo, Conchita lhe fez uma proposta:

— Por que não convidamos mamãe e Juana para passar o Natal aqui?

— Nossa, claro que sim!

Como o convite pelo Correio levaria tempo, decidiram pedir uma chamada internacional para Madrid. Levaram nove horas para que fosse completada. No final, conseguiram uma péssima comunicação, não entendiam nada do que lhes diziam, mas ficava a emoção de saber que, embora em dois continentes diferentes, estavam conectadas de um jeito estranho através de um oceano. Conchita pedia à mãe que viesse passar o Natal e a mãe a recriminava por ter esquecido seu último aniversário. Era uma conversa de surdos que custou a bagatela de setenta e um dólares, segundo informou a telefonista antes de desligar apressadamente. Alguns dias depois chegou uma carta de Madrid. Sua mãe lhes contava do susto enorme quando o telefone a despertou às três da madrugada. Não poderia ir passar o Natal com elas porque tinha de se ocupar de Juana, que estava trabalhando com sucesso no teatro e precisava dela.

53

Em 1932 a indústria do cinema norte-americano vivia de costas para a realidade, alheia ao aumento da pobreza que a Grande Depressão provocava no resto do país em uma escala nunca vista. Para minimizar o forte desemprego, bem como o descontentamento causado pela ascensão de um sentimento de desconfiança para com os estrangeiros, o presidente Hoover e o Departamento de Estado fecharam as portas à imigração. Essa decisão veio acompanhada de medidas drásticas, como a deportação forçada de dois milhões de trabalhadores mexicanos e o endurecimento das condições para renovar os vistos de trabalho dos estrangeiros já instalados no país.

O pânico se disseminou entre os que trabalhavam em Hollywood. Para Conchita poderia significar a brusca interrupção de sua carreira. Para Justa, que não tinha visto de trabalho, foi uma bênção dar-se conta de que o governo lhe apresentava a melhor das desculpas para ir embora do país. Sem visto, já estava em situação ilegal, como tantos outros.

— Por que você não faz como Pepe Crespo, que foi até o México e voltou a entrar com um novo visto de turista?

— Não, Conchita, já não tenho nada a fazer aqui. Vou voltar para casa.

Esperou o período do Natal. Nesse ano passaram as festas com Gregorio e Catalina, que tinham voltado em setembro para começar a rodar o primeiro dos sete filmes encomendados pela Fox. O fracasso das versões em diferentes idiomas levou os produtores a concluírem que era mais rentável fazer concorrência às empresas cinematográficas da comunidade hispânica produzindo diretamente em Hollywood filmes falados em espanhol. Gregorio trouxe como dialogista e adaptador o escritor madrileno Enrique Jardiel Poncela, loquaz e espirituoso, um sujeito que tinha tanto talento para fazer rir que foi contratado também como ator em dois filmes, *Primavera en otoño* e *Una viuda romántica*. Jardiel não sabia nada de inglês e se negou a aprender. Pedia a Julito Peña ou a Pepe Nieto que o acompanhassem ao cinema para lhe traduzirem os filmes em voz baixa.

— Não estou escutando nada! — queixava-se.

Eles aumentavam a voz, mas os espectadores ao redor reclamavam.

— Shhhh!

— Aqui as pessoas são muito rigorosas — dizia Jardiel, muito surpreso por ser repreendido.

Era impossível saber se falava a sério ou por brincadeira. Quando conheceu Justa e soube de sua desilusão amorosa, tentou consolá-la: "O amor é como uma montanha-russa: ao ouvir falar dela todos nós sabemos o que é, mas se a examinamos de perto nos damos conta de que nem é montanha nem é russa". Justa ria. Caminhando pelo Hollywood Boulevard ele se sentia muito baixinho em meio à multidão, e disse de coração: "Não precisavam ser tão altos".

Jardiel não só admirava Conchita por sua beleza, que não se cansaria de propagandear aos quatro ventos, como também porque se dava conta de que ela era a única a ter ultrapassado a fronteira da cidade dourada, enquanto eles estavam condenados a fazer filmes de segunda. A admiração era mútua. "Ao levar uma mulher para casa, como ao levar um cachorrinho, a primeira coisa a fazer é comprar-lhe um colar", disse-lhe um dia Jardiel. E Conchita chorava de rir. No dia de Ano-Novo, na praia onde fizeram um piquenique, Jardiel cunhou uma das frases com que descrevia a vida em Hollywood. Observou um casal trocando carícias na praia, antes de se deitar junto a Conchita para fazer uma pequena sesta:

— Se entendi bem — disse ele —, nas praias de Hollywood só há duas ocupações a escolher: ou se deitar na areia para contemplar as estrelas ou se deitar nas estrelas para contemplar a areia.

A frase – que levou todos a se contorcerem de tanto rir – passou à história como uma das descrições mais criativas da vida em Hollywood.

Alguns dias mais tarde, Conchita acompanhou a irmã à estação de Pasadena. Justa ia carregada com os últimos *gadgets* que tinha podido encontrar, como um descascador de batatas automático, fôrmas para sorvetes e um rádio em miniatura que não existia na Espanha, bem como meias de náilon e demais encomendas de Juana e da mãe.

— Estou com vontade de me cercar de pessoas normais, de falar de coisas normais — disse Justa no caminho. — Não aguento mais ouvir falar só de cinema, ou de coisas que têm a ver com o mundo do cinema, de ver só gente de cinema, de só falar de filmes, de filmagens ou das fofocas das estrelas. A vida é algo mais do que apenas cinema. Também existem as viagens, a arte, a política, sei lá, até os assuntos mais familiares, mas aqui só te escutam se você fala de algo que esteja relacionado ao cinema.

— É como uma droga, e aqui estamos todos drogados — respondeu Conchita. — Talvez eu devesse ir com você para ver mamãe, mas como deixar tudo isso agora?

— Você precisa ficar. Além disso, compensa, porque está se saindo bem.

— Tenho a impressão de que se eu for vão me esquecer no minuto seguinte.

Na plataforma, um carregador colocou as malas de Justa no vagão. Depois elas se abraçaram.

— Agora tenho de me ocupar um pouco de Juanita, não acha justo? — sussurrou ao ouvido dela.

Conchita enxugava as lágrimas com um lenço. A maquiagem havia escorrido.

— Está parecendo que você vai trabalhar em um filme de terror. Deixe-me limpar.

E passou o lenço com cuidado pelo rosto da irmã.

— Que bonita você está com a cara lavada — disse.

— Boa viagem, irmãzinha.

Justa subiu as escadas, mas antes de entrar no trem virou-se para se despedir acenando com a mão. Viu Conchita dando um autógrafo para um jovem que se aproximara dizendo que a tinha visto em *The Cisco Kid*.

— Está se sentindo mal, senhorita? — perguntou o jovem, ao vê-la tão desconsolada.

— Não, é minha irmã, está indo embora... *Don't worry*. Não gosto de ficar sozinha.

E correu rapidamente para seu carro, abrindo caminho entre os motoristas que ofereciam seus táxis: um Red Cab, um Yellow Cab, um Radio Cab...

Sentada no vagão desse imenso trem que iria rumo a Nova York, cheio de "americanas viajantes e de viajantes sem americanas", como dizia Jardel – fazendo um trocadilho com a palavra "americana", que em espanhol também significa *blazer* –, Justa cruzava essa muralha invisível que separava o resto do mundo de Hollywood, onde parecia que as convulsões nacionais, o ritmo do universo, a vida e a morte não tinham lugar.

54

Conchita voltou a ver Leslie em março de 1932, em Chicago. Tinha sido difícil marcar o encontro por causa dos compromissos dos dois. Leslie estava na Broadway depois de ter participado da promoção do filme de Alexander Korda, *Service for Ladies*, que foi um grande sucesso, como tinha previsto. Um sucesso de crítica e de público, tanto na Inglaterra como nos Estados Unidos. Um sucesso que alavancou a carreira de Korda e deu à indústria cinematográfica britânica um empurrão decisivo. Quando Leslie voltou a Nova York para iniciar os ensaios no teatro, estava exultante.

Para Conchita, agora que Justa tinha ido embora, o período entre uma filmagem e outra se tornava longo e a saudade pesava. Decidiu se mudar para um apartamento em Beverly Hills, perto de onde viviam seus amigos espanhóis. Era uma maneira de reduzir gastos e de se sentir mais protegida. Precisou se desfazer de parte de sua coleção de bichos de pelúcia e bonecas porque não cabiam lá. Os produtores da Fox lhe propuseram participar de um espetáculo de dança que seria realizado antes da estreia dos filmes. Algo parecido com o que tinha feito nas *premières* do filme em que contracenara com Leslie. No início rejeitou a ideia porque tinha a impressão de que prejudicava sua reputação de atriz. *Greta Garbo nunca teria aceitado algo assim*, pensou. Mas Garbo não dançava, e ela, sim, levava isso no sangue. *Sobretudo*, pensou, dançar *seria um bom remédio contra a solidão,* por isso aceitou.

O espetáculo se chamava *Ao redor do mundo* e era uma apresentação *sui generis* da qual participava um bom elenco de cantores, atores e bailarinos em cenários deslumbrantes. A turnê incluía várias cidades do meio-oeste e terminava em Chicago. Os jornais locais convidavam a ver "ao vivo" a protagonista do "sensacional sucesso *The Cisco Kid* em danças que deixarão você sem fôlego". Já na turnê, feliz porque Leslie tinha confirmado que iria vê-la em Chicago, Conchita recebeu uma notificação das autoridades de imigração negando-lhe a renovação do visto de trabalho. A questão era séria. Os advogados da Fox a aconselharam a pedir oficialmente a nacionalidade norte-americana quanto antes, como prova de que sua intenção era ficar para sempre no país.

— Mas não quero me tornar norte-americana — dizia ela por telefone.

— Isso não tem importância, miss Montenegro. Precisamos que apresente sua solicitação para evitar que a deportem, entende?

— Não, de modo algum.

— Dá na mesma, escute-nos. Nós já marcamos um horário na agência de imigração de Chicago no dia onze de março às nove da manhã, e chamamos a Associated Press para que divulgue o assunto ao máximo. Vamos nos encarregar de que não seja expulsa do país.

Conchita não estava em posição de escolher. A única coisa que sabia era que agora, com sua carreira no auge e apaixonada até a medula por Leslie Howard, não queria ser obrigada a abandonar tudo e voltar à Espanha.

Sua foto, vestida com uma longa saia de lã, usando chapéu de pele e preenchendo o pedido para obter a cidadania norte-americana na agência de Chicago, saiu em todos os jornais dos Estados Unidos com a manchete: "*Would be American*". Assinou os papéis no mesmo dia em que Leslie chegava de Nova York.

Nem o frio de Chicago, a cidade dos ventos, nem a depressão econômica eram obstáculo para que as pessoas lotassem os teatros e os numerosos clubes de jazz espalhados pela cidade. Leslie a pegou de táxi no final do espetáculo e acabaram em um clube onde se exibiam músicos do sul que tinham ido parar lá por causa da Grande Depressão.

Conchita encontrou um Leslie mudado. Mais satisfeito porque sua obra de teatro era o sucesso da temporada na Broadway, e também mais carinhoso, talvez porque estava praticamente incógnito e isso o fazia se sentir mais relaxado. E um pouco excêntrico. Havia se tornado vegetariano.

— Você sempre foi muito exigente com a comida.

— Não posso me dar ao luxo de engordar, preciso ter cuidado. Minha mãe me ensinou a me alimentar bem. Quando conheci Ruth, ela ria de mim porque todas as tardes eu pedia um copo de leite com um biscoito.

— Você sempre teve ao redor mulheres que o amavam e se deixou amar.

— Nisso não somos diferentes, não é verdade? É a sorte que temos.

Falou muito, como se quisesse recuperar o tempo perdido. Falou de como seus filhos cresciam, da casa na Inglaterra, que queria transformar em um centro de reuniões de artistas de ambos os continentes, e depois passou a relatar as dificuldades que teve nos ensaios de *The Animal Kingdom* pelo comportamento de uma jovem atriz que semeou a cizânia em toda trupe.

— Uma atriz tem de saber ficar em seu lugar, e te digo isso para o caso de ajudar em alguma coisa. Nos ensaios veio uma garota sem experiência, mas como tinha um caso com o autor da obra se achava com direito a tudo. Chegou a pedir ao produtor que me pusesse solas grossas porque dizia que ela era muito alta para mim, e isso porque mede cinco centímetros menos do que eu.

— Como se chama?

— Katharine... Ninguém a conhece... Katharine Hepburn, é simplesmente uma atriz ruim, sem sutileza e sem a feminilidade passiva que o personagem exige. O fato é que tivemos de mandá-la embora, e o autor, irritado porque o deixamos sem a namorada, não quis colaborar para reescrever as partes da obra que não funcionavam. Eu e o produtor tivemos que fazer isso.

Contava os fatos com um entusiasmo que ela não vira antes, quando trabalhava em Hollywood. Estava claro que o teatro o satisfazia de uma maneira que o cinema não conseguia. E Conchita lhe disse isso.

— Não é tanto o teatro, mas o sucesso em algo que a gente põe toda energia e paixão — respondeu ele. — Nosso combustível, nessa profissão, é o sucesso, não acha?

— Sim, mas o sucesso não te dá um minuto de descanso; sempre há pedidos de entrevistas, turnês de promoção, participação em *charities*, júris de premiação... O sucesso esgota, *mon chéri*. — E aproveitou para dar uma alfinetada em Ruth: — A sua mulher deve estar, no fundo, desejando que você fracasse um pouco.

Leslie riu com vontade.

— Terá de esperar — disse ele, ao mesmo tempo que lhe entregava uma pasta com os recortes das críticas à sua última obra. — Você é uma maluquinha, talvez por isso te amo tanto.

Conchita abriu a pasta. Leslie prosseguiu:

— Sim, sem dúvida, o fracasso é muito mais tranquilo. O telefone nunca toca, ninguém te liga, nem mesmo o seu agente. Você tem muito tempo livre e muita paz.

— Vejo que não é o seu caso — comentou Conchita, lendo os recortes da imprensa, nos quais a atuação de Leslie era elogiada sem ressalvas. E adotou um tom zombeteiro ao ler: — "Um ator luminoso... tem elegância, precisão e humor". Você vai acabar acreditando nisso, coração.

— Na minha idade, não mais. Quando era mais jovem, achava que não poderia viver sem os aplausos do público, mas depois de muitas representações, quando o trabalho se transforma em algo puramente mecânico, até os aplausos deixam de fazer efeito e quer-se passar para outra coisa.

Os três dias em Chicago foram como um sonho. Todas as noites iam a uma peça de teatro ou a um show, e sempre acabavam em um bar de jazz. Nesses dias, Conchita se deixou levar como antes fazia em Hollywood. A sensação de estar junto ao homem que amava, de se sentir desejada e querida era tão embriagante que a impedia de pensar para além do momento presente. Dormia mal porque não podia parar de contemplá-lo na penumbra, nu, ao seu lado na cama do hotel, com os ruídos da cidade ao fundo, as sirenes da polícia, as confusões difusas da rua, os motores dos caminhões que aceleravam na madrugada. Parecia que sua vida era uma aventura maravilhosa. Desfrutava intensamente cada segundo, querendo parar o tempo como uma borboleta fixada num quadro.

Mas um leve mal-estar se instalou no último dia, quando se deu conta de que o sonho estava prestes a acabar. Até então não quisera imaginar que aquela alegria de viver tivesse data de vencimento e que seria substituída pela insegurança de não saber se a chama do amor se manteria viva até o próximo encontro. O ciúme se infiltrou inevitavelmente entre as frestas de sua alma, torturando-a com suposições que eram meras conjecturas, mas que doíam: Ele se apaixonará pela primeira atriz de sua companhia? Pela fulaninha? Ou pela beltraninha? Sentiu-se presa por uma angústia profunda ante a iminência de uma nova despedida, de uma nova separação. Uma sensação de vazio se apoderou dela, mas não se atreveu a falar disso.

— Vamos nos ver em junho — disse Leslie. — Vou precisar ir a Hollywood fazer a versão em filme de *The Animal Kingdom*.

— Junho? — perguntou timidamente Conchita.

— Estamos em março, junho está logo ali. E talvez você possa vir antes me ver em Nova York.

— Sim, claro — murmurou, sem convicção.

— O que foi? — ele perguntou ao ver que Conchita não podia mais conter a vontade de chorar.

— É horrível ter de te deixar — confessou. — Estou mal.

Leslie a apertou contra o peito e a consolou.

— Pareço uma menininha. Sinto muito, Leslie, não gosto de me despedir de você.

— Você é bem pequenina — disse ele, de um jeito brincalhão —, mas, sabe, nada é perfeito.

Conchita aguentou as lágrimas e esboçou um sorriso forçado.

Essa aflição ao deixá-lo não era algo novo, mas se tornava mais intensa a cada nova separação. Apoderava-se dela uma sensação de abandono que causava ansiedade. A novidade era que o amor, que sempre tinha sido fonte de prazer e felicidade, agora doía, e cada vez mais. Apesar do sofrimento, e porque o coração é contraditório, Conchita contava os dias para voltar a vê-lo. Presa nessa jaula, dançava ao ritmo que Leslie marcasse. Ao refletir, pensava que não podia ser de outra maneira, mas seu coração estava desorientado. *Vai ser sempre assim?*, perguntava-se. Queria projetar o futuro, mas não conseguia. Suas vidas eram díspares demais, só um milagre poderia uni-las de verdade, e não apenas esporadicamente. Apesar disso, Conchita, ainda jovem, acreditava que tudo era possível na vida.

55

De regresso a Hollywood, já a esperavam as gravações de um filme em espanhol dirigido pelo chileno Carlos Borcosque, com Pepe Crespo como protagonista, que se chamava *Dos noches*. Conchita insistiu para que oferecessem um papel secundário a Antonio Cumellas, porque intuía que passava fome na espelunca em que morava. Os colegas queriam Cumellas porque lutava contra muitos obstáculos para manter sua dignidade, sempre estava impecável e nunca perdia a esperança de que a sorte acabasse se voltando para ele. Em lugar da sorte, quem se fixou nele foram as autoridades da imigração. Ainda nem havia terminado as filmagens quando recebeu uma ordem imediata de deportação.

— Se você tivesse se casado, como María Alba, essas coisas não teriam te acontecido — dizia com sarcasmo Pepe Crespo, como sempre provocando intrigas.

Cumellas não tinha conseguido reconquistar o coração de María Alba, que se casara com o produtor Michael Todd. Em vez de se abater, ele optou por negar a realidade.

— Estou certo de que ela se casou por causa dos papéis. Um dia se cansará desse americano e voltará.

— A questão é não perder a esperança, certo, Cumellas?

O desânimo não o atingia, mas agora tinha de ir embora e estava sem dinheiro. Poderia acontecer com ele o mesmo que se passara com Luis Llaneza, ator, violinista, poeta e jornalista que tinha ido parar na prisão depois que um compatriota o denunciou por causa de seus problemas de residência, o que o levou a declarar: "Na América o espanhol só tem como inimigo o próprio espanhol". O caso de Cumellas não foi assim; pelo contrário, Gregorio Martínez Sierra se ofereceu imediatamente para ajudá-lo. Teve a ideia de representar sua comédia *Madrigal* – por isso pediu a Catalina, Pepe Crespo e Conchita que interpretassem os personagens principais –, depois realizar um espetáculo em grande estilo e entregar a Cumellas o dinheiro arrecadado. "A representação foi em Los Angeles, diante de um público seletíssimo em que predominaram as estrelas e os diretores de Hollywood. Receberam aplausos entusiasmados, como nunca antes aqui. E os elogios pela cuidadosa encenação da obra, sem recorrer ao ponto, redobraram o triunfo" – escreveu a revista *Films Selectos*.

Cumellas ficou emocionado quando lhe entregaram o dinheiro. Seus amigos haviam evitado que vestisse o clássico uniforme listrado dos presidiários norte-americanos, como havia acontecido com Llaneza. Iria voltar para um país dominado por "hordas de marxistas" – como dizia –, mas era seu país, afinal de contas.

— Prometa-me uma coisa — pediu a Conchita. — Se você ficar sabendo que María rompeu com esse americano, conte-me logo.

— Prometo.

E desapareceu de Hollywood com seus sonhos despedaçados, mas com o coração doente de esperança, tendo conhecido o fracasso e o abatimento, o desprezo no amor e a ruína.

Alguns iam, outros vinham. O vaivém naqueles anos era constante, e não só de espanhóis, também de outras nacionalidades. Pouco depois de Cumellas ir embora, a Fox decidiu produzir *Primavera en otoño*, uma das obras originais de Martínez Sierra, com Catalina Bárcena como atriz principal. Para o papel do adido da embaixada do Brasil em Madrid, que foge com a filha da protagonista, o diretor de *casting* escolheu Raoul Roulien, um ator brasileiro que tinha sido contratado para fazer as versões em português das grandes produções, e que também falava espanhol com perfeição. Além de ator, era cantor e bailarino, e tinha sido um garoto prodígio tão popular no Brasil que a palavra "fã" fora cunhada pela primeira vez em seu país para se referir às suas hordas de admiradoras. Com o nome de Raoul Pepe, o "Valentino brasileiro" também era muito popular na Argentina, tanto ou mais até que o próprio Carlos Gardel. Ao chegar a Hollywood lhe sugeriram que mudasse o sobrenome e ele escolheu Roulien. Alto, magro, de aparência agradável, com a pele amorenada, mas de feições brancas, tinha um temperamento aberto e afável, era um artista polivalente que transbordava "brasilidade", como ele mesmo dizia. Tinha conquistado a fama em Hollywood depois que o compositor George Gershwin o escolhera para interpretar a canção "Delicious", do filme de mesmo título. Raoul Roulien estava casado com uma atriz e bailarina chamada Tosca, carioca como ele, que tinha pernas maravilhosas e um caráter vivaz, e da mesma idade que Conchita.

As duas simpatizaram logo uma com a outra. Eram quase vizinhas e tinham muito tempo livre enquanto a filmagem era preparada. Conchita precisava de uma amiga, alguém em quem pudesse confiar, alguém que a ajudasse a suavizar um pouco o peso do seu coração. Achava que as confidências feitas a Tosca, que não fazia parte do círculo das espanholas, não seriam espalhadas aos quatro ventos. E tinha razão. Tosca era discreta e carinhosa, reunia em seu espírito o melhor do caráter brasileiro. Sentia saudade da vida no Rio de Janeiro, tinha a impressão de que Hollywood carecia de cheiro, sabor e cor.

De manhã, iam juntas ao cinema, ou às compras e a aulas de tênis. Tosca lhe ensinou a preparar a melhor caipirinha desse pedaço do mundo e Conchita apresentou-a aos produtores dos espetáculos de dança dos quais havia participado, e procurava ajudá-la sempre que podia.

Um dia telefonou a Ramón Novarro e lhe pediu que arranjasse um encontro com Greta Garbo, para que Tosca pudesse conhecê-la. Embora Greta tivesse dito a Conchita que poderiam se ver quando quisesse, a espanhola preferiu recorrer ao contato conhecido. Chegaram um domingo de manhã à casa da diva, que não era a mesma de antes porque ela se mudara para outra em Brentwood, tão sem graça como a anterior, mas ainda maior. Passara uma noite ruim.

— Tive uma briga terrível com Deus esta manhã — disse ao recebê-los. — Vou fazer café, preciso desanuviar.

Dizia essas frases e as pessoas não sabiam se tinha sofrido uma crise de misticismo ou uma simples dor de cabeça. Preparando o café forte de que precisava para enfrentar o dia, Garbo contou como as autoridades tinham ameaçado deportá-la se não se tornasse norte-americana.

— E não tenho vontade — enfatizou.

— Aconteceu o mesmo comigo — admitiu Conchita.

Contou-lhe sobre sua passagem pela agência de imigração de Chicago.

— Sabe por que te obrigaram a fazer isso? Porque o presidente do Comitê de Imigração do Congresso nos pediu, especificamente a mim e a Maurice Chevalier, mas também a todas as estrelas estrangeiras de Hollywood, que escolhamos entre nos tornarmos americanos ou "enfrentar a deportação".

— Ah... agora entendo por que me apressaram tanto — disse Conchita.

— O problema — continuou contando Garbo — é que quero ser deportada e ao mesmo tempo não posso porque o estúdio com o qual assinei os meus filmes não deixa.

Olhando para Tosca, acrescentou: Você também deve estar desejando ser deportada, do jeito que o Rio de Janeiro é bonito.

— Na verdade, ainda não. Faz pouco tempo que cheguei.

— Entendo, no primeiro ano tudo parece maravilhoso, depois a coisa vai mudando.

Sempre tinha gente na casa de Garbo aos domingos. Nesse dia havia uma amiga espanhola, Mercedes de Acosta, e depois chegou Cecil Beaton, um fotógrafo conhecido que ficou empolgado ao ser apresentado a essas duas belezas latinas. Ia ser um domingo de muita fotografia. Greta lhes propôs irem em seu Packard preto passar o dia no lago Calabasas. No trajeto, estavam todos fascinados com Mercedes, uma aristocrata espanhola criada na França e nos Estados Unidos e que se declarava vegetariana, poeta, dramaturga e lésbica, tudo ao mesmo tempo. E discípula de Krishnamurti. Contou como conseguiu se livrar de uma praga de formigas cantando de vez em quando o mantra védico *Por favor, saiam da casa*, até que as formigas obedeceram. Cecil Beaton irrompeu em uma gargalhada que pareceu incomodar a espanhola, que levava aquilo muito a sério.

— Eu lhes garanto que funcionou. Cheguei muito longe em meu plano astral.

Ela também confessou que tinha os pés bem no chão, que era uma feminista que lutava pelo sufrágio das mulheres e escrevia obras de teatro engajadas.

— Tenho pouco talento, mas muuuuuuito tempo livre — acrescentou.

E não perdeu a oportunidade de informar que tinha tratado de Jean Cocteau, Matisse, Nijinsky, Picasso e até Unamuno. Cecil Beaton ergueu os olhos para o céu.

— Você é uma colecionadora de celebridades — disse.

— Greta, está me chamando de esnobe… — protestou Mercedes.

— Não briguem — intercedeu Garbo.

Tosca estava especialmente impressionada porque nunca se relacionara com esse tipo de pessoa excêntrica. Tão logo Greta desceu do carro e respirou o ar do campo, dissiparam-se as nuvens com que amanhecera. Passou do cenho franzido à alegria mais inocente. Divertiram-se como crianças na água, no campo, ao sol e remando em canoas, enquanto Cecil Beaton disparava sua câmera sem trégua, fascinado por aquelas belezuras de estilos tão diferentes. Concentrou-se em Garbo, com quem tinha um entendimento especial. Ela intuía quando estava pronta para uma foto e não precisavam falar um com o outro. Ele acionava o disparador e mudava o foco de lugar quantas vezes achasse necessário, e o mais incrível era que ela não se cansava. Na hora do piquenique, Cecil protestou porque a comida era vegetariana. Sabia que era ideia de Mercedes e não perdia nenhuma oportunidade de mexer com ela. Os dois competiam pela atenção da diva.

Apesar de o dia ter transcorrido em um ambiente descontraído e relaxado, Conchita se sentia pouco à vontade. Não gostava de Mercedes de Acosta, que não dissimulava sua atração por Garbo e falava do *haut monde* – como dizia –, onde parecia que não havia lugar para pessoas normais. Quando chegou a hora de voltar à cidade, Garbo disse de brincadeira:

— Não, não posso voltar para essa vida de Hollywood!

Bastou entrar no carro e ficou de novo com a cara de enterro daquela manhã, como se houvesse uma névoa diante dela. Assim era a diva.

56

Chegou o verão e Leslie apareceu em Hollywood para rodar a versão cinematográfica da obra teatral que tanto sucesso estava fazendo em Nova York. Conchita estava ocupada com as gravações de *Melodía prohibida*, filme falado e cantado em espanhol, dirigido por Frank Strayer com roteiro de Enrique Jardiel Poncela. Este se queixava de que Hollywood não lhe dava a menor liberdade de movimento: tinha de escrever os roteiros com base em argumentos aos quais tentava dar alguma coerência. Nesse caso, segundo Poncela, o argumento era "horrivelmente ruim". O protagonista masculino era José Mojica, ator mexicano que adorava a mãe e tinha uma veia mística, e que interpretava o papel de um atribulado príncipe indígena em uma ilha dos mares do sul. Para a Fox, tratava-se de aproveitar a onda do sucesso do filme que Conchita tinha feito com Leslie, na Metro, e conquistar seu próprio sucesso com outro produto "mares do sul". Aquilo era uma indústria: se um filme funcionava, eram criados outros semelhantes. Para Jardiel isso era difícil de entender.

O reencontro com Leslie foi tão apaixonado como os anteriores. Estavam de novo juntos em Hollywood, como quando se conheceram. O magnetismo parecia idêntico ao do primeiro dia, ou talvez mais intenso pela ausência prolongada e as gotas de My Sin que ela salpicava no pescoço e o deixavam louco. Estava mais magro, fumava muito porque não queria engordar e contou que teve uma "ameaça" de infarto.

— Um infarto? Foi isso o que o médico disse? — perguntou Conchita.

— Depois de fazer um monte de exames, o médico me olhou muito sério e disse: "Senhor Howard, o senhor tem uma doença incurável". "Eu sabia! Eu sabia! E qual é?", perguntei. "O medo", respondeu ele, "o medo de ficar doente. Convenhamos, o senhor é hipocondríaco".

Conchita desatou a rir.

— Se quer sentir medo de verdade — ela desafiou —, venha amanhã comigo à aula de pilotagem.

— Continua com isso?

— No meio do nada me passam o comando.

— Sozinha no comando?

— Sim.

Foram para Santa Barbara com o instrutor no pequeno avião. Agora Conchita era capaz de fazer a aproximação e aterrissar o aparelho praticamente sozinha.

Tomaram banho de mar na praia que ficava ao lado da pista de aterrissagem e regressaram depois de comer um hambúrguer em um boteco entre palmeiras.

Em outro dia, Leslie organizou um passeio a cavalo e percorreram as colinas de Malibu, terminando com um galope na praia. Se alguém os tivesse avistado com uma teleobjetiva, teria deduzido que eram a própria imagem da felicidade. A doçura daquele reencontro foi a perpétua repetição de momentos que tinham vivido. Chegava o verão, os dias eram mais longos, fazia calor. A felicidade parecia tão normal, tão acessível, tão próxima que era dada como certa.

Mas durou só dez dias, tempo que Ruth levou para chegar e começar a procurar casa. Dessa vez queria uma com piscina porque iria trazer da Inglaterra o resto da família. Ruth continuava mandando, e mais do que nunca, na vida de Leslie. Se já era complicado se verem nos horários tão díspares das filmagens, agora se tornava ainda mais difícil.

Conchita enfim se dava conta de que nunca chegaria a ser a protagonista feminina do filme de sua vida com Leslie Howard. Havia custado chegar a esse ponto, mas por fim admitia. Desanimada, comentou com Tosca:

— Tenho outra vez essa sensação horrível de ser uma intrusa.

Passou da euforia do reencontro à melancolia. Sentia uma angústia parecida à da última despedida. E um certo cansaço, aquele que vem com o avanço de uma intimidade que de repente é interrompida, que nasce da repetição de esperanças que se formam e depois se perdem. Tosca lhe disse o que pensava, sem rodeios:

— Se ele vai te amar só às vezes, é quase melhor que não te ame.

— Como pode dizer isso?

A ideia a escandalizou, mas quando pensou melhor percebeu que a amiga tinha razão. Então Conchita ensaiava em sua cabeça argumentos, reprimendas e perguntas que pretendia fazer a ele, e tudo ia por água abaixo com a bondade de Leslie, com quem era impossível brigar quando se estava frente a frente. Esse era o mistério daquele homem, capaz de cativar até o maior inimigo sem esforço aparente. Conchita voltava a se abandonar em seus braços, a se esquecer de si mesma, a amá-lo como se no mundo não existisse outro homem, como se não existisse o amanhã.

— Mais que amor, o seu é obsessão — evidenciou Tosca. — Você está viciada no mórbido.

— Não! — gritou. — Como pode dizer isso? Ele me ama e eu o amo!

Às vezes Conchita se arrependia de fazer tantas confidências à brasileira, pois Tosca era aberta, dizia o que pensava, não o que a espanhola queria ouvir. Justamente por isso era uma boa amiga.

— Para você, ele é tudo — disse. — Mas para ele, pense bem… Você é tudo? Não, querida.

— Chega! — pediu Conchita, tapando os ouvidos porque a verdade era insuportável.

— Não digo que ele não te ame, mas o relacionamento de vocês é muito desequilibrado.

— Entendo, mas não diga mais nada, por favor.

Tosca sabia por seu marido que Leslie Howard estava flertando com Myrna Loy, sua colega de elenco, uma *vamp* lindíssima, sensual e sedutora como uma gata. Não queria contar isso a Conchita – para não a ferir –, mas tampouco achava que se ficasse calada estaria fazendo um grande favor à amiga. Sempre que podia, ela se intrometia para instigar a dúvida no coração de Conchita, que oscilava entre a confiança e a suspeita ciumenta. Pouco a pouco foi conseguindo; a espanhola já não pensava que era o centro da vida sentimental de Leslie Howard. Começava a avaliar as consequências de sua paixão, os sacrifícios que fazia e os que teria que fazer, e a se fazer uma pergunta que até então evitara: *Vale a pena*? Começava a dissociar o que pensava do que sentia. Mas era um desapego doloroso.

Quanto a Leslie, sua vida era ocupada, nesta ordem, pelo cinema, a família, os devaneios amorosos e o polo. E a tudo se dedicava com a mesma paixão controlada, uma dedicação meticulosa e ao mesmo tempo intensa. Ficou tão entusiasmado pelo polo que comprou seis cavalos e, sempre que podia, ia ao clube treinar. Era obrigado a passar os fins de semana com a família, cujo maior prazer eram os piqueniques. Escolhia praias solitárias para não ser reconhecido por pessoas que lhe pediam para assinar uma foto ou dar um autógrafo, o que achava insuportável. Outro lugar favorito era o deserto, perto de Palm Springs, onde as crianças podiam passear de bicicleta, montar a cavalo e nadar.

O resto do tempo, que era escasso, dedicava a Conchita.

— Estamos há muitos meses em Hollywood — disse ela. — Você contou as vezes em que ficamos juntos? Eu, sim, dez.

— Só?

— Não posso continuar assim, Leslie. Fico mal.

— Entendo, eu gostaria de esticar o tempo. Aproveitemos o que a vida nos oferece, é melhor do que nada.

Ele se aproximou para abraçá-la, mas ela virou a cabeça e olhou para o outro lado. O sol iluminou seu rosto. Leslie achou seus olhos mais belos do que nunca.

À medida que voltavam a se ver ao longo de todos aqueles meses a corrente de atração mútua continuava viva, mas cada vez menos intensa. Era mais difícil para Conchita sentir prazer, se é que sentia. Pela primeira vez se viu na situação de ter de fingir, era como se seu corpo estivesse reagindo por conta própria, como se ao não relaxar por completo estivesse mandando um sinal ao coração de que algo não ia bem. Mas ainda assim lhe custava admitir.

— Tosca, eu não sei ficar sozinha... — confessou à amiga. — Não me imagino sem Leslie, não vejo como me negar a estar com ele, sabendo que ele quer me ver.

— Não posso dizer o que você tem que fazer, mas te vejo sempre angustiada e não gosto disso.

— Sim, passo o tempo esperando que ele me telefone e ao mesmo tempo não quero dar a impressão de estar sempre disponível. Quero vê-lo, e sofro se ele não pode, e também não sei se acredito nele ou não. Estou muito confusa.

— Você terá que falar com ele.

— É tão difícil. Leslie vai dizer que não pode fazer mais, que aproveitemos o momento, que a vida é isso, o presente. Tenho medo, Tosca, medo de ficar sem ele.

— Medo de ficar sem ele ou medo de ficar sozinha?

— As duas coisas.

— Quanto a ficar sozinha, não se preocupe, você pode conseguir o homem que quiser.

— Sim, mas nenhum como ele. Isso é algo que sei, do mais fundo do meu coração.

— Você diz isso agora, mas o tempo...

— Uma parte de mim tem horror à ideia de deixá-lo, porque tenho a impressão de que é a única coisa de valor que apareceu na minha vida; a outra sente que não me resta mais remédio.

— Querida, acho que o que você precisa é de uma caipirinha dupla... Ou talvez tripla.

57

Nesse ano, depois do filme com Martínez Sierra, Raoul Roulien fez outros três em Hollywood. O mais famoso foi o último, um musical chamado *Voando para o Rio*. O primeiro galã brasileiro seria lembrado nesse filme pelo tango "*Orchids in the moonlight*" que canta para a grande atriz mexicana Dolores del Río. Mas esse filme seria recordado principalmente por projetar para a fama em todo o mundo dois bailarinos desconhecidos até então. Quem teve a ideia para Raoul. Chegara a comentar com Tosca que na RKO havia um bailarino sensacional totalmente mal aproveitado, um tal de Fred Astaire. Ele a levara para vê-lo durante os ensaios e o encontraram dançando com uma garota loira, uma desconhecida chamada Ginger Rogers.

— Meu Deus, que par! — exclamou Tosca. — São muito bons. Você precisa insistir com os produtores. Não vão encontrar ninguém melhor.

Raoul Roulien seguiu o conselho, mas se deparou com um problema. O teste que Fred Astaire tinha feito na RKO fora um fiasco: "Não sabe cantar. Não sabe atuar. Levemente calvo. Sabe dançar um pouco" – dizia o relatório assinado por ninguém menos do que David O. Selznick. Apesar disso, Roulien, que entendia de dança e cuja opinião era respeitada pelos produtores, insistiu em que apostassem na dupla. E foi ouvido. Além do mais, o papel dos bailarinos era secundário, e o risco, portanto, limitado.

Quanto a Tosca, estava contente porque, recomendada por Conchita, tinha feito um teste de elenco para um musical e fora selecionada para a fase final. Sentia que estava prestes a conseguir o primeiro papel de alguma importância. Confirmava-se o que lhe haviam dito, que Hollywood proporcionava oportunidades a tudo que valesse a pena.

Alguns dias depois, em vinte e dois de setembro, Tosca passou a tarde com Conchita, que já estava decidida a romper com Leslie. Para a espanhola, livrar-se daquele relacionamento se tornara um assunto de pura sobrevivência. Aquela vida de amante secundária estava destroçando seu ânimo. Já não sabia se os sentimentos que ele nutria por ela eram inspirados no interesse ou na ternura.

— Você tem que se valorizar, minha garotinha.

— Ah, Tosca, se não fosse por você, não sei o que seria de mim.

Tosca voltou para casa e ficou sozinha à tarde porque seu marido, que estava terminando as filmagens de *Voando para o Rio*, ficou trabalhando na casa-estúdio do amigo e compositor Marvin Maazel. Ao cair da noite, Raoul telefonou para dizer que iria ficar para jantar com Marvin. Tosca decidiu ir a uma loja de conveniência buscar comida. A temperatura era perfeita, a noite estrelada, seria um passeio agradável. A rua estava vazia, como sempre. Ninguém caminhava em Los Angeles. Disseram-lhe que caminhar era tão raro na cidade que até provocava suspeitas e ela poderia facilmente chamar atenção da polícia, que, surpreendida pela presença de uma mulher sozinha, e ainda à noite, a deteria para interrogatório. O que ninguém tinha dito era que caminhar pela rua também podia ser perigoso. Ao chegar à esquina da Gardner Street com o Sunset Boulevard, a esbelta Tosca, vestida com calças largas de algodão e casaco de camurça, parou no semáforo. Como estava amarelo, vacilou ao cruzar. Quando o fluxo de carros diminuiu, se atreveu. De repente escutou o chiado de pneus, teve tempo de virar a cabeça e, sacudida por uma pontada de pânico, viu-se ofuscada por dois faróis. Deve ter sentido o impacto no corpo, que voou a uma distância de dez metros antes de cair rolando na calçada mais oito metros à frente. O carro parou quando estava prestes a atropelá-la de novo. Dois jovens saíram e tentaram reanimá-la. Ao constatar que estava inconsciente, colocaram-na no automóvel e a levaram ao hospital mais próximo.

O impacto foi tão brutal e o barulho da freada tão forte que Conchita o escutou de seu apartamento, algumas quadras adiante. Mas não deu maior atenção. Como poderia imaginar que aquele ruído era do acidente em que sua amiga fora atropelada? Tão logo chegou ao hospital, Tosca Izabel Roulien, de vinte e quatro anos, foi declarada morta.

A polícia interrogou o motorista do automóvel, que declarou não ter bebido. Eram os últimos meses da proibição e não existia um método para comprovar se um condutor dirigia sob efeito de álcool. O jovem não parecia estar em estado normal.

— Nome?

— John.

— Sobrenome?

— Huston.

— Idade?

— Vinte e seis.

— Profissão?

— Escritor.

O policial ficou olhando para ele e perguntou:

— Por acaso é filho de Walter Huston?

— Sim, senhor.

Walter Huston era um ator popular, o que descontraiu o ambiente, mas somente durante alguns minutos, porque outro policial apareceu com um maço de documentos na mão.

— Você tem antecedentes, rapaz — afirmou o policial.

Abriu a pasta.

— Esse sujeito esteve envolvido em outro acidente há seis meses.

Depois virou-se para o jovem.

— Em doze de janeiro você estava dirigindo, ao lado de uma atriz húngara chamada Zita Johann, quando bateu o carro contra uma palmeira, correto?

— Sim, senhor.

— E como resultado, ferimentos leves na garota. Com você não houve nada.

— Não, senhor, nada.

— Também não estava bêbado, certo?

— Não, senhor.

O policial questionou brevemente William Miller, seu acompanhante, cinegrafista por profissão. Estavam em um carro que não era deles; a atriz Greta Nissen o havia emprestado a John. Ambos foram postos em liberdade, mas intimados a prestar declarações perante o juiz.

58

Raoul se inteirou do acidente quando Marvin Maazel o deixou em casa, já passando da meia-noite. Viram na esquina da rua um cordão de isolamento e um carro de polícia com a luz laranja no teto dando voltas. Quando lhes disseram que a vítima era uma mulher jovem, latina, tiveram o pressentimento de que se tratava de Tosca. O policial pediu por rádio a confirmação da identidade da vítima. Em poucos segundos obtiveram a resposta. Ao chegar ao necrotério do hospital, Raoul desmoronou. Não pôde entrar para identificar o corpo. Marvin foi em seu lugar.

Conchita soube na manhã seguinte, quando saiu à rua e viu as manchetes dos jornais: "Mrs. Tosca Roulien, esposa do conhecido ator brasileiro, morre atropelada em Hollywood", dizia a capa do *Los Angeles Times*. Leu o texto e voltou a ler porque não conseguia acreditar. Sim, Tosca, a adorável amiga, a bailarina cheia de talento, a melhor confidente com quem alguém poderia sonhar, a jovem promessa do cinema brasileiro, havia deixado de existir, de repente, em um abrir e fechar de olhos, como um pesadelo. Deu meia-volta e subiu para seu apartamento a fim de chorar em paz. Depois telefonou para Raoul, que lhe contou com voz trêmula o que acontecera.

— Espero que coloquem esse criminoso na cadeia — disse ela.

— Duvido, Conchita. É filho de um ator conhecido, essa gente se protege.

Conchita desligou e permaneceu um longo tempo sentada no sofá, com os olhos febris, aniquilada, recordando as últimas conversas, os últimos momentos que tinha vivido com Tosca. Veio-lhe à memória ter ouvido, na noite anterior, o chiado de pneus e o barulho seco de um impacto. Depois irrompeu em soluços e ficou assim quase toda a manhã, até que o telefone tocou e os amigos espanhóis a tiraram de seu torpor.

No dia seguinte Raoul precisou ir à filmagem. Passou o dia em "total abatimento", segundo a imprensa. À tarde, os membros das comunidades espanhola e latina compareceram em peso ao enterro no Grand View Memorial, um cemitério que Conchita conhecia porque era o preferido de Fernando Vargas quando saía para pintar. Aos pés de um cedro centenário, perto de onde tinham cavado o túmulo, uma profusão de coroas de flores evocava a lembrança que a jovem bailarina tinha deixado entre os vivos. Uma era de Leslie Howard. *Muito amável,* pensou Conchita. Sobre o túmulo puseram uma placa de mármore que mostrava uma pequena cruz e uma inscrição muito simples que dizia: "Tosca, adorada. 1909-1933".

Uma semana depois de concluir as filmagens, Raoul Roulien e seu advogado Paulo de Magalhães, que trouxera do Rio de Janeiro, foram à audiência na sala do juiz de instrução. Raoul Roulien manteve o olhar fixo no chão enquanto escutava as testemunhas descreverem o modo como sua mulher fora atropelada e arremessada pelo filho de Walter Huston, que estava presente na sala, mas a quem preferiu não olhar. Seu amigo Paulo o confortava enquanto ouviam as declarações dos moradores, que, um após o outro, diziam que o automóvel não estava a mais de cinquenta quilômetros por hora e que o motorista "não parecia em estado de embriaguez". William Miller, o acompanhante de Huston, declarou que a sombra da mulher surgira de repente à esquerda, quando já era tarde demais para evitá-la. Outra testemunha confirmou que o semáforo estava amarelo. O último a declarar foi John Huston, bem-vestido, de gravata azul, semblante sério. Repetiu o que já tinha dito, que a moça aparecera de repente e que ele freou na hora. Quando o júri e o juiz de instrução se retiraram da sala para deliberar, Raoul desmoronou de novo e teve que apoiar a cabeça sobre os corrimãos enquanto seus ombros tremiam. Talvez intuísse o resultado do veredito, que isentou John Huston de toda culpa. O júri declarou que a morte tinha sido acidental.

— Acidental?... E como seu corpo foi lançado a mais de dez metros de distância?! — gritou o brasileiro.

Mas ninguém o escutava. Quem deixava a sala atribuía sua reação – tão latina, comentaram alguns – a um estado de choque emocional. Seu advogado lhe disse que a única coisa que poderia fazer era apresentar uma queixa por homicídio involuntário e reclamar uma compensação. Pobre consolo para um homem que não conseguia imaginar a vida sem sua adorável esposa. Comovido, Jardiel Poncela destacou em um artigo a incongruência de Hollywood, onde "se um motorista passa no semáforo vermelho não há como se livrar de uma multa, e na terceira ele vai para a cadeia. Mas se atropela e mata um pedestre quando o sinal está verde ou amarelo, nem sequer tem a obrigação de parar, por curiosidade, para ver o cadáver".

59

Voando para o Rio foi um sucesso mundial, mas paradoxalmente o público acabou se esquecendo de Raoul Roulien e Dolores del Río quando na tela apareceram Fred Astaire e Ginger Rogers sapateando ao ritmo da canção "O Carioca". A partir desse momento, o filme pertenceu a eles, e também a glória.

— Como Hollywood é injusta — Raoul desabafou com Conchita.

— Melhor olhar pelo lado positivo. Você tem talento para produtor e diretor, você os descobriu.

Em 1934 se encontraram na filmagem de *Granaderos del amor*, um filme espanhol para a Fox. Raoul não se reerguera desde a morte de Tosca. À tristeza de tê-la perdido se somava o desânimo por temer que deixassem de convidá-lo para mais filmes em inglês. Dizia que seu advogado recebia pressões para que retirassem a queixa contra Huston.

— Querem que eu abaixe a cabeça, mas não vou, devo isso a Tosca.

Conchita ficou sem a amiga íntima, sem o pilar que a ajudava a se manter em pé em um momento delicado de sua vida sentimental. Num arroubo de tristeza, quis voltar à Espanha, mas sua irmã Justa e sua mãe a dissuadiram. Diziam que a situação no país ia de mal a pior. A atriz pensou que exageravam até que chegou uma notícia que caiu como uma bomba na comunidade de espanhóis, como uma recordação sinistra do que os esperava assim que despertassem do sono de Hollywood. Tão logo regressou a Barcelona, Antonio Cumellas foi detido e acusado de ser "nacionalista espanhol". E fuzilado no ato.

— Como puderam executá-lo? — se perguntavam no Henry's.

— Era muito direitista — afirmou Julito Peña.

— E daí? — disse outro.

— Era um cara tão bom — acrescentou Conchita, chorando. — Tinha que ter ficado aqui conosco, mesmo ilegal. Nós o teríamos protegido.

— Falava demais, por isso o mataram — sentenciou Pepe Crespo.

Era verdade, falava demais, não tinha medo de dizer o que pensava e às vezes se expressava com excessiva veemência, mas todos, embora não compartilhassem de suas ideias, sabiam que era um homem bom, um sonhador, um romântico empedernido. E, sobretudo, alguém inofensivo. Seu assassinato transmitia a visão de uma Espanha inquieta e ferina à qual, cedo ou tarde, todos teriam de regressar. Por isso, à tristeza se somou o medo, que em Hollywood se estendeu à comunidade judaica porque na Alemanha tinha sido eleito um potencial ditador chamado Adolf Hitler, que atiçava as massas com seu antissemitismo feroz.

Como se o destino quisesse compensá-la pelas perdas de Tosca e, em seguida, de Cumellas, em 1935 chegou a Hollywood a adorável e espirituosa Rosita Díaz Gimeno para rodar dois filmes para a Fox: *Angelina o el honor de un brigadier*, uma farsa de Jardiel Poncela, provavelmente o único filme falado em versos rodado em Hollywood em espanhol, e *Rosa de Francia*, do poeta catalão Eduardo Marquina. Rosita, que todos chamavam de Peque, adaptou-se muito bem à vida americana. Gostava de esportes e de se sentir mimada como uma "estrela". Com Conchita e seu instrutor na direção, descobriu a costa californiana em um aviãozinho. Para a imprensa da Espanha eram as duas estrelas mais internacionais do país, a loura e a morena que conquistavam a América. Logo se tornaram inseparáveis.

Pouco depois da morte de Tosca, Conchita rompeu com Leslie. No fundo, não tinha nenhuma vontade de fazer isso porque, apesar de só se encontrarem raramente, continuava apaixonada. Era um amor que tinha um componente de idolatria, talvez pela diferença de idade, talvez porque Leslie estava lá em cima, no Olimpo das estrelas. E Conchita, naquela altura, sabia que nunca chegaria tão alto, nunca teria um papel de protagonista em inglês que não fosse o de uma latina ou de um personagem exótico. Comentava isso com frequência com Raoul Roulien, que dizia:

— Em um país anglo-saxão, nós, latinos, sempre seremos cidadãos de segunda.

Dizia isso porque sentira na própria pele. Na sentença do julgamento sobre a indenização pela morte de Tosca, em vez dos duzentos e cinquenta mil dólares reclamados, o tribunal lhe outorgou a quantia de cinco mil dólares. Esse foi o preço da morte de sua amada. Sem a possibilidade de recorrer. E o pior não foi isso; o pior foi que depois da resolução do caso cumpriu-se a ameaça que seu advogado antecipara. Raoul Roulien não voltou a ser contratado para filmes em inglês.

60

Nem mesmo para filmes em espanhol. Já não eram necessárias as duplas versões porque acabava de ser inventada a dublagem. Os grandes estúdios anularam contratos e despediram profissionais em massa. Atores poloneses, espanhóis, franceses e italianos retomaram o caminho da velha Europa. A Fox, que tinha investido grande quantidade de dólares e mantinha uma numerosa folha de pagamento de atores e escritores, decidiu continuar a produção até o encerramento dos contratos. Os atores que tinham dado o salto para os filmes em inglês, como Conchita Montenegro, cuja carreira ia de vento em popa, estavam tranquilos, por ora. O filme que rodou em 1934, *Handy Andy*, com Will Rogers, foi o maior êxito de bilheteria da Fox naquele ano. E *Hell in the heavens*, com William Baxter, considerado um dos melhores dramas românticos de guerra, valeu a Conchita excelentes críticas: "Interpreta seu papel de francesa apaixonada com um encanto ingênuo", disse o *Miami Tribune*.

Mas a Fox vinha arrastando problemas financeiros desde a ruína de seu fundador, William Fox, na quebra da Bolsa em 1929. Uma organização bancária havia assumido o controle da empresa, embora logo se tornasse evidente que um estúdio do tamanho da Fox não poderia se manter por conta própria. No segundo trimestre de 1935, os novos proprietários negociaram um acordo de fusão com a Twentieth Century Pictures, criando assim a 20th Century Fox.

Quando Gregorio terminou de rodar o último dos sete filmes contratados, *Julieta compra un hijo*, pensou que tinha chegado a hora de regressar à Espanha. Mas as notícias que recebia de sua mulher, María Lejárraga, que havia sido eleita deputada socialista, continuavam desanimadoras. Disse-lhe que no momento não era possível empreender grandes projetos na Espanha. Gregorio pensava em fundar um teatro de arte e ensaio que abrigaria e expandiria as novas tendências cênicas, mas em vista da pouca segurança propiciada pela vida na Espanha, desistiu. Fez uma tentativa de assinar contrato para mais dois filmes com a Fox, mas o estúdio tinha fechado as portas para o cinema espanhol. Restava o consolo de ter firmado um contrato com a Cifesa para rodar três filmes na Espanha e outro com a Editorial Juventud para a edição de suas obras completas, ambos conseguidos graças ao sucesso de seu trabalho em Hollywood. Nos primeiros dias de 1935, Gregorio e Catalina saíram dos Estados Unidos, para onde jamais voltariam.

Em quinze de maio de 1935 Conchita recebeu um telegrama da Fox no qual lhe diziam que seu contrato não seria renovado depois de concluída a filmagem de *Asegure a su mujer*, comédia romântica baseada numa ideia de Jardiel Poncela. Foi um duro golpe porque ela não o esperava. Ninguém lhe havia antecipado. Nem sequer fora comunicada pessoalmente. *Por que fazem isso se minha carreira em inglês está indo bem?*, se perguntava. Era um rosto popular nos Estados Unidos. Se ia às compras na Woolworth, sempre alguém lhe pedia um autógrafo. Estava arrasada e foi protestar na direção do estúdio.

— Por que não vão renovar comigo? — perguntou.

— Não podemos fazer nada, miss Montenegro. A empresa está passando por uma transformação total com a fusão, e a direção decidiu congelar todos os novos contratos.

— Mas não sou nova! No meu caso era uma renovação.

— Para efeitos legais, renovar é equiparável a uma contratação nova. O problema, miss Montenegro, é que nossas pesquisas nos dizem que não há demanda por estrelas nativas espanholas.

Se lhe tivessem dado um soco no estômago não teria doído mais. Falava perfeitamente inglês, havia iniciado uma carreira internacional com sucessos comprovados. O próprio Howard Hawks, que passaria à história como um dos grandes diretores americanos de cinema, veio em sua ajuda e declarou que a considerava "infinitamente superior a muitas de nossas famosas estrelas". Mas de nada adiantou, a decisão estava tomada. Assim era Hollywood, imprevisível, caprichosa e cruel. Pensou que Raoul tinha razão, que os latinos em Hollywood sempre seriam gente de segunda. Agora que a indústria do cinema mudava e já não eram necessários, sobravam.

Não era só o cinema que se transformava. O mundo também. Ao voltar de carro para casa, depois de receber essa ducha fria, leu nos quiosques do Hollywood Boulevard as manchetes dos jornais da cadeia Hearst: "*Spain Red Revolution*". Assustada, telefonou para a família tão logo chegou em casa, agora que as comunicações tinham melhorado. As ruas estavam muito agitadas, disseram, mas as notícias da família eram boas. Justa havia se engraçado de novo com um italiano, um empresário ligado ao regime fascista de Mussolini que estava em Madrid montando o primeiro estúdio de dublagem. Estava claro que Justa sentia fraqueza por italianos.

— E tem certeza que esse não joga dos dois lados?

— Certeza, só joga de um lado, mas em dose dupla, porque é casado.

— Meu Deus!

— Você já sabe, Conchita, nunca tive sorte com os homens, mas com esse me dou muito bem. É o que tenho...

Era evidente que estava feliz. A mãe, porém, estava preocupada porque Juanita, a menor, cuja carreira no cinema estava decolando – e que iria fazer um papel de destaque em um filme francês chamado *Aux jardins de Murcie* – era uma ativista destacada da União Republicana, uma organização política fundada por Clara Campoamor, associada à Frente Popular, e que lutava pelos direitos das mulheres, em particular pelo sufrágio universal e tudo o que tivesse a ver com a defesa da República.

— Passa o dia indo a todas as partes, vai aos povoados falar com as mulheres — contou a mãe, escandalizada. — E sempre de calças compridas!

— Que tenha muito cuidado!

— E você, filha? Tem namorado? Quando vai sossegar e criar raízes? Na sua idade eu já tinha dado à luz sua irmã. É porque aí não há nenhum rapaz decente que te agrade?

— Depois falaremos disso, mamãe — respondeu Conchita, visivelmente perturbada.

Como em muitos lares espanhóis, as famílias começavam a se dividir. Também havia divergências entre os espanhóis de Hollywood, mas a distância e o entorno ajudavam a evitar que os ânimos se inflamassem. Como dizia o ator Pepe Nieto: "Não brigamos uns com os outros porque viemos para cá em blocos de foliões e humoristas". Eram a verdadeira família de Conchita, e ela os via com assiduidade no Henry's, ou nas filmagens, ou quando eram convidados para ir à casa de Chaplin, onde naquele ano se encontraram várias vezes com Einstein. Em certa ocasião um deles conversou animadamente com o cientista.

— O que você lhe disse sobre a relatividade? — perguntaram-lhe depois, ao que o homem respondeu:

— Nada, disse que na realidade tudo é relativo, e ele ficou muito contente.

O ano de 1935 acabou sendo o da debandada. Onze meses depois de sua chegada, Rosita Díaz Gimeno regressou à Espanha. Não foi sozinha. Seguindo seu caminho, partiram Jardiel Poncela, Edgar Neville, José Nieto, Julio Peña, María Fernanda Ladrón de Guevara, Rafael Rivelles, Pepe Crespo e os demais. Em questão de semanas terminou a presença espanhola em Hollywood; não mais tortilhas na praia nem festas na casa de Chaplin, talvez o homem que mais sentiu a debandada além do proprietário do Henry's. Hollywood deixava de ser cosmopolita e voltava à vocação de cidade provinciana.

Em uma tentativa desesperada de não ficar sem trabalho, Conchita quis ver Leslie. Ele não lhe havia jogado uma corda uma vez, quando a MGM a deixou na mão? Leslie era um cavalheiro, ela tinha certeza de que a ajudaria sem pedir nada em troca. O problema era que o ator estava na Europa rodando outro filme com seu amigo Alexander Korda, *The Scarlet Pimpernel*, uma obra que equiparava o terror da França revolucionária ao da Alemanha moderna. Leslie já não vinha a Hollywood. Tornara-se um militante muito ativo contra o nazismo e tentava por todos os meios alertar os norte-americanos e os ingleses de que a ameaça era muito séria e não valia a pena contemporizar com Hitler, como fazia o primeiro-ministro britânico Neville Chamberlain, ou manter a neutralidade, como fazia o governo dos Estados Unidos. A viagem que fizera a Berlim com Alexander Korda – que estava criando uma rede para ajudar os profissionais de cinema ameaçados pelos nazistas a emigrar para os Estados Unidos – tinha lhe aberto os olhos. Ficara impressionado com o poderio tão agressivo dos alemães.

De repente, fazer filmes só para entretenimento parecia uma perda de tempo, algo sem sentido. Agora estava decidido a empenhar todos os seus esforços, toda a sua energia, todos os seus recursos na luta contra o nazismo. A ameaça alemã dava um sentido a sua vida porque lhe permitia ir além da frivolidade e da futilidade do mundo do espetáculo, que no fundo sempre desdenhou. Em Londres, Korda o levou a trabalhar no roteiro sobre a vida de T.E. Lawrence, mais conhecido como Lawrence da Arábia, com um deputado inglês que tinha talento para escritor, chamado Winston Churchill. Como um profeta no deserto, passava o tempo alertando para o perigo do rearmamento do regime alemão. Mas, naquela época, era uma verdade que ninguém queria ouvir ainda.

Churchill e Leslie ficaram amigos enquanto passavam longas horas discutindo sobre a personalidade complicada de Lawrence e se perguntando se o Foreign Office daria seu aval a um filme que forçosamente teria de retratar de modo negativo os exércitos turcos. "A Inglaterra não precisa de mais inimigos agora, e, francamente, não sei como se pode contar essa história sem que os maus sejam os turcos", comentava Churchill. No final, o Foreign Office se opôs à realização do filme. Acabaria sendo rodado em 1962, quando o mundo viria a mudar de novo. Mas daquele trabalho de roteiristas nasceu uma amizade que conduziria a vida de Leslie Howard para um rumo que ele nunca teria imaginado.

61

Madrid, março de 1943

Depois da projeção de *...E o Vento Levou*, Conchita não quis ir jantar no Pasapoga, como Ricardo lhe propôs. Quis voltar para casa e se fechar com suas recordações. A noitada tinha sido agitada demais, não só pela intervenção dos falangistas e a interrupção da projeção, mas por tudo que aquele filme revolveu em seu coração. Tinha reconhecido perfeitamente Leslie no personagem Ashley Wilkes: a virilidade discreta, aquela força tranquila que emanava da confiança que tinha em si mesmo e que era o espelho no qual ela se olhara com voluptuosidade; o ar distraído, como se estivesse em outro mundo, aquela dúvida permanente em que parecia se debater, a contenção na hora de mostrar seus sentimentos, a incapacidade de tomar decisões.

No final, não escrevera a Leslie para pedir que a ajudasse em sua carreira. Não quis dar margem a mal-entendidos, não queria dever nada a ele. Vira-o pela última vez pouco depois da morte de Tosca. Estava deprimida porque, além da dor de ter perdido a amiga, via-se obrigada a romper com a única pessoa que poderia consolá-la. O único que sabia extrair um sorriso dela nas condições mais adversas. Quem melhor sabia distraí-la com curiosidades do teatro e interessá-la com suas histórias do perigo alemão. Quem sabia colocar o próprio casaco nos ombros dela quando sentia frio, cobrindo-os com um pouco de calor e proteção. Quem sempre se propunha a acompanhá-la quando saía, para o caso de lhe acontecer algo. O homem em cujo olhar, mais do que no de qualquer outro, sentira-se mulher. Naquele dia, Conchita se armou de coragem e disse a ele que o relacionamento havia acabado.

— Não me ama mais?

— Claro que amo, mas não posso.

— Assim, de repente?

— Não é de repente, Leslie. — Conchita se lembrou de como ele se aproximou e lhe acariciou o cabelo. — Por mais carinho que você tenha por mim... Sabe o que é duro?

— O quê?

— O duro é pensar dia após dia que eu faria qualquer coisa por alguém que não é capaz de mudar nada para ficar ao meu lado.

— Você sabe que não sou um homem livre. Entendo o que você me diz, mas estou muito amarrado.

— Sim, o que acontece é que no longo prazo a gente acaba precisando de mais... Para mim, é muito difícil pensar que outra mulher dorme no lugar em que eu gostaria de dormir. Ou que alguém que não seja eu te dê prazer, que você tenha com outra mulher outras sensações que eu não seja capaz de dar. Não posso continuar assim, vou ficar louca.

— Você sabe perfeitamente que a amo.

— Preciso que me ame mais. Porque assim dói.

— Não quero que você sofra por mim.

— Você é um grande cavalheiro, meu querido. Então, me ajude a te deixar. Não me telefone, não me procure, não me faça cair em tentação.

— Por que você não me avisou que estava tão mal?

— Avisei, do meu jeito, mas você não viu, ou não quis ver.

— Está mesmo decidida?

Conchita assentiu com a cabeça. Havia percebido que, na relação com ele, a esperança era um obstáculo e que deveria se desfazer dela ou continuaria afundando sem remédio. A única esperança viável era a do esquecimento.

Como sentia saudade de Tosca, que tanto a ajudara a ver com clareza no labirinto do coração!

Foram seus piores dias em Hollywood. Pensar que não o veria mais, que não voltaria a sentir seu calor nem ouvir o som de sua voz a fez descobrir quanto o amava, como se a separação fosse necessária para se dar conta da profundidade dos sentimentos que unem as pessoas. Apesar de sentir a tentação de provocá-lo, não lhe telefonou mais nem atendeu a seus telefonemas. Não podia voltar atrás porque então perderia tudo, a dignidade e até o amor-próprio.

Agora, dez anos depois, em Madrid, voltavam à tona emoções esquecidas, como se dos destroços de um navio no fundo do mar se desprendesse um objeto flutuante que alcançasse a superfície. Tinha a impressão de que durante todo esse tempo continuara ligada a um ser que, se por um lado havia deixado de existir, por outro subsistia como uma semente plantada em sua alma. Quão lento e difícil tinha sido o esquecimento. Quando, pouco a pouco, Leslie deixava de estar presente em sua mente, de repente voltava, e ela sofria pensando que precisava ir buscá-lo na filmagem, sentar-se atrás dos holofotes, esperar que terminasse a cena para saírem juntos à noite. Sua imaginação o via nos lugares que tinham frequentado juntos, nas noites de lua cheia diante do oceano, nos caminhos pedregosos por onde haviam passeado a cavalo, nos quartos de hotel de onde viam os milhões de luzes de Santa Monica e o dirigível cujo balão iluminado por uma luz avermelhada anunciava os pneus da Goodyear. Durante semanas viveu no nó de sua gravata, nos botões de seu casaco, na prega de suas calças, no último frasco de My Sin. Chegou a pensar que aquilo não era mais do que um pesadelo, que a qualquer momento ele bateria à porta de seu apartamento para fazer uma surpresa. Descobriu com dor que o ser querido não morria logo, por decisão própria, mas somente pouco a pouco, e que enquanto agonizava, ocupava seus pensamentos de uma maneira ainda mais invasiva do que quando estavam juntos. O barulho das portas era doloroso porque não era ele quem as abria. Quantas vezes tinha sonhado que ele havia viajado e despertava com a insolente realidade da sua ausência.

Chegou a pensar que nunca encontraria alguém com quem pudesse falar de tudo com tanta liberdade, com quem pudesse ter tanta confiança. Uma simples conversa, uma confidência, uma troca de impressões, quando estava apaixonada, transformava-se em algo que beirava o divino. A recompensa do esquecimento chegou muitos meses depois, mas nunca foi um esquecimento total que lhe tivesse permitido se libertar. A indiferença, a ausência absoluta de dor, isso nunca chegou, embora a vida os tivesse separado. Não obteve a paz que desejava, mas conseguiu que seu desejo fosse mudando. Ajudou saber que Leslie, durante a filmagem de *The Scarlet Pimpernel*, apaixonara-se por Merle

Oberon, sua colega de elenco. Os tabloides diziam que Leslie gostava de Merle porque era "uma mulher forte, segura de si, inteligente, liberal e uma grande opositora dos nazistas". *E Ruth? Como estaria engolindo esse sapo?* Foi o que se perguntou Conchita. A resposta chegou alguns meses depois, quando também pela imprensa Conchita ficou sabendo que Merle Oberon havia forçado a situação exigindo que Leslie abandonasse a família. Tanta pressão levou Leslie a ficar com furúnculos por todo o corpo. Conchita riu ao ler: "Merle Oberon quis saber se seu relacionamento com Leslie Howard é algo mais do que uma aventura de filmagem". Imaginava perfeitamente Leslie desfiando para Merle todos os argumentos que havia utilizado com ela. Apostou que Merle o deixaria. E teve razão, ela o abandonou de supetão, no hospital, quando ele se recuperava dos furúnculos e de outras afecções da pele, muito pouco românticas, mas comuns em um hipocondríaco como ele, e "para que sua família cuidasse dele", segundo acrescentou a atriz. As crianças, como sempre, foram as principais vítimas da indiscrição da imprensa ao ficarem sabendo das extravagâncias amorosas do pai.

Leslie Howard era incorrigível, ainda mais agora que tinha chegado ao topo da carreira. Mas essa atitude ajudou Conchita a se recuperar, pouco a pouco, como um ferido recobra o costume de caminhar sem a ajuda de muletas.

62

Madrid, abril de 1943

Da janela da Juan Bravo, 29, Conchita viu os mendigos do domingo na fila da confeitaria. Teve fome e foi até a cozinha, abriu o armário e devorou algumas gemas de Santa Teresa, doce típico de Ávila que Ricardo lhe trouxera recentemente. Depois começou a ler o roteiro de *Ídolos*, seu próximo filme, mas tinha dificuldade em se concentrar. Sentiu vontade de comer algo salgado e pediu a Vicenta que lhe trouxesse um pouco de presunto.

— A senhora acabou com a caixa de biscoitos Maria?

Conchita levantou os olhos e respondeu com uma expressão de culpa.

— Sim, ontem. Comi com marmelo.

— A senhora deve saber o que faz — falou de um jeito irônico.

Não era a primeira vez que sofria uma crise de bulimia. Tinha um desejo irreprimível de comer qualquer coisa que houvesse, salgado e depois doce, e o ataque de fome costumava acabar no banheiro, colocando os dedos na garganta e vomitando tudo para não engordar. Assim tinha a impressão de que havia compensado os excessos e podia continuar dando livre curso às suas vontades. Vicenta tinha razão, não podia ganhar peso agora que iria rodar *Ídolos*. O que diria Julio Laffitte, o figurinista, se de repente não pudesse entrar em seus vestidos? Florián Rey ficaria sabendo e com certeza isso acabaria chegando aos ouvidos de Imperio Argentina, que não hesitaria em proclamar aos quatro ventos que Conchita Montenegro já não era a mesma.

A última crise de bulimia tinha sido em Hollywood, quando se viu sem trabalho e os amigos espanhóis estavam indo embora. Queria ir para Madrid, mas a mãe e a irmã a desaconselharam. A situação do país se deteriorava dia após dia e quase não se faziam filmes. Por mais que a quisessem ter em casa não era o momento de uma atriz de renome voltar. Nessa época se empanturrou de pipoca, alternava brownies de chocolate com costeletas de porco e sanduíches de manteiga de amendoim. Devorar era uma compulsão autodestrutiva que se manifestava sempre que se encontrava em uma situação para a qual não via saída.

Porém, como sempre na vida de uma atriz, não havia nada que um filme não pudesse resolver. O último da Fox em espanhol, *Asegure a su mujer*, tinha sido a filmagem divertida de um roteiro de amenidades que Jardiel Poncela escrevera. Raoul Roulien e Conchita eram os atores principais, enquanto Antonio Moreno fazia par com Mona Maris, uma bonita atriz argentina. Era uma comédia cheia de peripécias em que, como costuma acontecer no cinema, não ficava nítida a fronteira entre realidade e ficção. De repente, Conchita caiu nos braços de Raoul Roulien, mas não só diante dos holofotes, atrás das câmeras também.

— Acha que Tosca aprovaria isto?

— Certamente está feliz em nos ver juntos — disse Raoul.

Se Conchita temia a solidão, Raoul, que saía do luto, mais ainda. Ambos se sentiam vítimas do *star system* de Hollywood e buscavam soluções para continuar com suas carreiras. Raoul tinha a cabeça cheia de grandes projetos, como levar ao Brasil a técnica de filmagem norte-americana e fundar uma "Hollywood brasileira" nos trópicos. Produziria e dirigiria os primeiros filmes para dar um empurrão à indústria local. Via tudo com grandiosidade, "na escala do meu país", dizia. Para Conchita, tudo isso parecia música celestial. Antonio Moreno, que vivia sozinho em Crestmount, uma das mansões mais luxuosas de Hollywood, contribuiu com o cenário dessa história de amor que nasceu durante as filmagens. Depois de dez anos de casamento acabara de ficar viúvo de uma riquíssima herdeira, filha de um empresário petroleiro, que havia morrido em fevereiro de 1933 em um acidente de carro. Enquanto aquela filmagem durou, quis voltar a fazer sua mansão brilhar, pois durante anos o local fora palco de esplêndidos jantares que ele e sua mulher ofereciam aos membros da alta sociedade e aos figurões do cinema mudo. Todos os espanhóis guardavam recordações fabulosas das tardes passadas em Crestmount. Agora era difícil para ele encher seus vinte e dois quartos com convidados de fim de semana. Sem a mulher e beirando os cinquenta anos, este galã que antes rivalizara com Rodolfo Valentino vivia em baixa por causa do sotaque espanhol, que veio à tona com o surgimento do cinema falado e o relegara à categoria de "latino". Mas continuava sendo um magnífico anfitrião que lutava contra a "solidão do ídolo caído" lotando sua mansão e desfrutando enquanto via os convidados se divertirem.

Raoul soube transmitir seu entusiasmo a Conchita, falando sem parar de seu país, da beleza do Rio de Janeiro, do potencial enorme para fazer carreira, de sua enorme popularidade, que lhe permitia ter acesso à nata da sociedade. Era de um entusiasmo tão contagiante que Conchita não acreditava em tudo o que dizia, mas, no marasmo em que se encontrava, Raoul lhe proporcionava um escape cheio de exotismo, uma maneira de continuar sonhando, um refúgio depois do baque de Hollywood. E ternura, porque o brasileiro era um latino que não tinha receio de demonstrar seus sentimentos. Era um homem de família, extrovertido, carinhoso, talvez falador demais. Conchita, cansada da contenção anglo-saxã, fazia de conta que o escutava, e quando queria que parasse, grudava seus lábios na boca dele.

O afeto, a recordação de Tosca e a pressão discreta, mas constante, que recebia da mãe para que "criasse raízes" a levaram a aceitar o pedido de casamento que Raoul lhe fez um dia no Coconut Grove, o mesmo restaurante onde Conchita tinha rompido com o sobrinho de Louis B. Mayer, mas que Raoul frequentava para ver e ser visto.

— Casemos já. Quero te mostrar o Rio.

Conchita não pensou duas vezes. Disse "sim".

63

Agora era difícil dizer "sim" pela segunda vez a Ricardo Giménez-Arnau. Desde aquele dia no Pasapoga, quando Ricardo lhe deu de presente um anel solitário com uma pedra que brilhava como se tivesse luz própria e a pediu em casamento, evitava dar uma resposta concreta, embora ambos dessem como certo que aceitaria. Agora Ricardo se impacientava. Tinha de pedir papéis em Paris, onde ela se casara com o brasileiro, mandar traduzi-los, pedir certidões de nascimento, certificados de boa conduta, enfim, uma papelada que era demorada e complicada de arranjar por causa dos diferentes lugares em que os dois tinham vivido. Como Raoul Roulien, quando a pediu em casamento, Ricardo tinha pressa.

— Senhora, sua irmã a espera.

— Já vou descer.

Conchita terminou de se arrumar e desceu de elevador até a porta da entrada, onde Justa a esperava em seu carro, um Sunbeam Talbot de dois lugares, conversível, prateado, que era motivo de inveja de todo o bairro de Salamanca. Justa vestia um conjunto de casaco azul-marinho e tinha o cabelo alisado e preso em um coque, como sempre. Havia mudado depois de Hollywood. Seu rosto se tornara mais anguloso e seu olhar, mais duro. Ficou mais segura de si, talvez demais, porque na altura da Puerta del Sol um guarda de trânsito a parou por não respeitar a faixa de pedestres. Aplicou uma multa e lhe entregou a notificação. Justa pegou-a e rasgou-a em pedacinhos.

— O senhor não sabe quem eu sou! — disse, antes de partir com o carro e acelerar.

O guarda não reagiu. Na Espanha de então, um bom carro ou uma roupa boa bastavam para infundir medo e ganhar respeito.

— Mas que modos, Justa! Você se atreveria a fazer isso em Hollywood?

— Claro que não.

Foram comer em El Pardo. Justa gostava de ir a essa aldeia, nos arredores de Madrid, não tanto pelo restaurante, que ficava no meio da praça, mas pelo prazer de dirigir seu carro por essa estrada, a melhor da Espanha, com inclinação perfeita nas curvas, a mais lisa, a mais bem sinalizada, isso porque o Caudilho – como o chamava – vivia justamente no palácio de El Pardo.

Essa segurança beirando a insolência, esse autoritarismo, essa arrogância eram, afinal de contas, um comportamento muito comum entre os vencedores da Guerra Civil. Se um motorista chamasse de vermelho um pedestre que demorasse para atravessar no semáforo e ele não reagisse ao insulto por medo, ou se um militar uniformizado entrasse em um bonde sem pagar e as pessoas se levantassem para lhe oferecer lugar, isso estava dentro da normalidade. Gente como Justa, endurecida e bem ciente do lado a que pertencia, fazia uso do medo para impor seus privilégios. Dizia que havia conquistado esse direito e que estava explicado.

Tão logo havia começado a Guerra Civil, os ânimos dos milicianos estavam inflamados porque a aviação franquista, em seus bombardeios, respeitava o bairro de Salamanca, a zona rica e burguesa da capital, para onde muita gente acorreu em busca de refúgio. Na rua Claudio Coello, nesse bairro, ficava a sede da Fono España. Certo dia, um grupo de anarquistas saqueou os escritórios e prendeu o dono, Hugo Donarelli, o amante de Justa. Precisavam de dinheiro para a guerra e um meio lógico de obtê-lo era se apropriar dos bens daqueles que considerassem suspeitos de colaborar com o lado contrário. Donarelli, que nunca havia ocultado sua filiação ao partido fascista italiano, foi trancafiado em uma unidade da polícia secreta. Todas as manhãs, durante semanas, pensou que iria ser executado. Enquanto isso, Justa se desdobrava em trâmites na embaixada italiana. Sua irmã Juanita a ajudou, colocando-a em contato com os líderes da União Republicana, que serviram de interlocutores com os sequestradores anarquistas em negociações difíceis e tortuosas. Juanita Montenegro se tornara muito popular em Madrid desde que saíra na capa da *Mundo Gráfico* em setembro de 1936, vestida de uniforme militar, engatilhando uma pistola e declarando que servia de motorista na União Republicana. Quando os milicianos a viam passar, tão esbelta, tão graciosa, com a pistola no cinto, lançavam-lhe galanteios, ela sorria e seguia seu caminho, "cada dia mais feliz por servir à República", como dizia o texto.

Era uma mulher cheia de vida em tempos de morte, o que realçava ainda mais sua beleza imponente e próxima de todos. Engatilhava a pistola com tanta elegância que parecia estar abrindo uma garrafa de champanhe. Com o cancelamento da filmagem de *La malquerida*, baseada na obra de Jacinto Benavente e que seria dirigida por José López Rubio, recém-chegado de Hollywood, Juanita declarou que a profissão de atriz era totalmente supérflua em tempos de guerra e se apresentou nos escritórios da União Republicana ao volante de seu carro, pondo-se à disposição dos chefes para o que fosse necessário. Todas as manhãs ia para a porta do comitê da Frente Popular e dali a mandavam ao ministério ou à prefeitura buscar mantimentos. Ou ao hospital de sangue instalado no hotel Ritz, em cujo saguão dilapidado os milicianos convalescentes se entretinham tocando violão. "A gente não pode ficar de braços cruzados enquanto o povo luta", havia declarado à imprensa. "Quanto ao cinema, terei tempo depois." As negociações para libertar Donarelli duraram duas semanas e foram frenéticas. Justa pedia provas de vida enquanto a embaixada da Itália negociava secretamente com os anarquistas. Quando o soltaram, Hugo emagrecera tanto e tinha uma aparência tão ruim que estava irreconhecível. Justa teve que tratar sua sarna com compressas de álcool e consolá-lo como a uma criança quando de repente se punha a chorar. Passara por um autêntico calvário porque todas as manhãs o faziam acreditar que era seu último dia. Esse medo extremado ficou gravado nele. Durante anos acordaria de noite banhado em suor e suplicando que não o matassem.

— Ficou mais irritadiço — dizia Justa.

— Lógico, uma coisa dessas deve deixar uma ferida para a vida toda.

— Mas nós o salvamos. Mamãe estava preocupadíssima com Juana, porque se expôs muito. Você sabe como a sua irmã é, ela quer salvar o mundo. Muito idealista e pouco prática. Foi então que você interveio.

Em 1937 Conchita soube que as coisas em Madrid começavam a ficar muito feias. Suplicou a sua mãe para que saíssem da Espanha, que ela propiciaria os meios necessários para que fugissem. Vivia confortavelmente no Brasil e não fazia sentido que sua família permanecesse em Madrid, onde se respirava um clima de miséria. O mais provável, disse-lhes Conchita, era que os meses transcorressem em um permanente conflito de fome e morte. Justa foi a encarregada de organizar a viagem. Custou muito convencer Juana, que, ao partir, tinha a impressão de trair sua gente. Mas, ante a insistência da mãe e das irmãs, não teve remédio e acabou cedendo.

— Voltaremos quando as coisas tiverem se acalmado — dizia *doña* Anunciación.

Foi uma viagem perigosa, cheia de armadilhas que souberam evitar, já que cada irmã tinha simpatias pelo lado contrário. Chegaram a Valência, que era zona republicana, e dali embarcaram rumo a Marselha, e depois foram de trem a Paris, de onde viajaram para o Brasil, ao encontro de Conchita, que vivia no Rio casada com Raoul Roulien.

Para Conchita, a chegada da família representou a melhor recordação de sua estadia no país. Que alegria voltar a abraçar a mãe, Juana e Justa, agora sob a luz tropical. Que reencontro mais insólito, na "cidade maravilhosa"! Quantas lembranças para compartilhar, quantas experiências para explicar, quantas histórias para contar! Desde a vida em Hollywood até as últimas notícias sobre o cinema espanhol que Juana conhecia, passando pelas histórias da guerra em Madrid, notícias do pai, sempre ausente, cada vez mais alcoólatra e que permaneceu em Bilbao, o futuro da Fono España e de Hugo Donarelli, que tinha fugido para Roma com sua família... Foi um relato das novidades no mais belo dos cenários, uma cidade encravada entre uma profusão de rochas escarpadas em formas fantásticas, margeadas por areia branca e deslumbrante, com fileiras de palmeiras majestosas e edifícios brancos que se delineavam em um céu muito azul. Que riqueza se respirava em comparação com a Madrid que acabavam de deixar. As barracas de frutas tropicais, todas ordenadas por cores, pareciam a Juana o ápice do exótico. As feijoadas dos sábados eram uma fartura de comida de que não se lembravam desde muito antes da guerra. A vida era fácil e Raoul, um excelente anfitrião, colocou-as em contato com a sociedade do Rio. Frequentavam o luxuoso cassino da Urca, situado aos pés do morro de mesmo nome, ao lado do Iate Clube. Os shows do teatro do cassino, onde se apresentavam Josephine Baker, Bing Crosby ou Carmen Miranda, eram de renome mundial. Juanita – que tinha pernas de seda, como dizia Raoul – foi logo contratada como bailarina com um salário que permitia a ela e à mãe viverem em um apartamento de frente para o mar, em Copacabana, com empregados. Uma beleza como Juana não iria ficar muito tempo sem pretendentes. Apareceu um, amigo de Raoul Roulien, rico herdeiro de uma das famílias mais tradicionais do Rio de Janeiro. Chamava-se Enrique Hermanny, era descendente de perfumistas emigrados da Alemanha que tinham feito fortuna participando da construção da estrada de ferro Rio-São Paulo. Enquanto Hermanny a cortejava sem medir gastos, Juana não se esquecia de si mesma. Aos sábados, depois da tradicional feijoada no Iate Clube ou no cassino ou em casa de algum parente milionário, escapava para as favelas onde tinha feito contato com missionários locais, distribuía comida e se ocupava das crianças mais necessitadas. Ao lado de uma Conchita apagada e incomodada com um marido que começava a desprezar, Juana parecia a própria imagem da felicidade. Radiante, simpática, carinhosa, todos queriam Juana, ricos e pobres, espanhóis e brasileiros, homens e mulheres.

64

Em El Pardo, Justa e Conchita recordavam a vida no Brasil enquanto tomavam um vermute com água gasosa, sentadas no terraço da Casa Jaime. Fazia frio, era um dia ensolarado e a brisa trazia da serra o aroma de esteva. Preferiram tomar o aperitivo no terraço para ficar sozinhas, sem ouvidos indiscretos nas proximidades.

— Conchita — disse Justa, em tom de confidência. — Fui te buscar em casa porque parece que você não está bem.

— Como assim? Estou perfeitamente bem.

— Digamos que você está estranha. Já faz alguns dias que não sai de casa.

— Tenho que estudar o roteiro de *Ídolos*.

— Não venha com histórias, estive com o Ricardo.

— Ele foi te procurar?

— Sim.

— E?

— Não gosto nem um pouco de me meter nos seus assuntos, Conchita, mas me parece que você está fazendo uma bobagem. Uma enorme bobagem. E como sou sua irmã, falo mesmo que você não goste. Se não falasse, não ficaria tranquila.

— Já disse a Ricardo que preciso de tempo para pensar, que talvez faça outro filme depois de *Lola Montes*... E ele ficou de cara amarrada.

— A verdade é que ser atriz e mulher de um diplomata não combina.

— Ele mandou você falar comigo?

— Não, foi mamãe. Pediu que te faça criar juízo, o que é totalmente impossível, eu sei, mas sou otimista por natureza. Está muito preocupada, diz que você vai ficar sem o melhor pretendente que teve na vida. E pediu que não o faça sofrer, pois esse rapaz não merece.

— Entendi, quer que eu me case.

— Sim, que ponha a cabeça no lugar de uma vez por todas, é o que diz a mamãe, não eu — ressalvou, como se estivesse se defendendo.

Conchita olhava longe, para o campo. O sol iluminava seus olhos, melancólicos, de uma cor de mel bem claro.

— Não tenho certeza.

— De quê? Não o ama?

— Não, não é isso. Não é ele. É que mudar de vida me dá medo. A última vez que fiz isso foi um desastre. Temo que se repita o que aconteceu com Raoul, só que em vez do Rio de Janeiro eu fique presa em Valparaíso, entende?

Conchita recordou que teve de adiar o casamento com Raoul Roulien porque lhe ofereceram um filme em Paris, onde não tinha sido esquecida. A distância intensificou o amor que sentia pelo brasileiro e o tempo serviu para aumentar o desejo de estarem juntos. Depois de rodar *La vie parisienne*, baseado na opereta de Offenbach e com diálogos de Marcel Carné, casaram-se em dezenove de setembro de 1935 na prefeitura do décimo sétimo distrito de Paris, diante dos embaixadores do Brasil e da Espanha, que serviram de testemunhas. A notícia saiu em todos os jornais dos Estados Unidos e do mundo. Depois viajaram para o Brasil. Ao chegarem ao Rio, foram recepcionados por uma multidão: a avenida Tiradentes transbordava de gente que gritava com paixão o nome de seu ídolo. Conchita ficou impressionada com a imensa popularidade do marido, o menino prodígio da canção brasileira que vinha dar impulso a uma indústria cinematográfica capaz de rivalizar com a de Hollywood. Ele tinha o projeto de construir uma cidade do cinema entre Rio e São Paulo, maior ainda que a Cinecittà, um autêntico sonho megalomaníaco.

Conchita logo se decepcionou. Depois de Hollywood, a vida rotineira do Rio de Janeiro e o calor eram difíceis de suportar. Mudaram-se para Petrópolis, nas montanhas, onde o ar era fresco. Ela poderia ter se adaptado à vida no Brasil, mas não à vida com Raoul Roulien, que lhe parecia "um fanfarrão", como disse Justa certa vez. Quando filmaram *O grito da mocidade*, deu-se conta de que Raoul não sabia dirigir. Tinha muita ambição, e um claro talento para a música, o canto e a dança, mas não era um homem organizado, não entendia de técnica nem de negócios. Suas falhas eram enormes e não escutava nem sequer a mulher, que tinha bem mais experiência do que ele como atriz. Ficou cada vez mais nervosa até que um dia, farta de discutir, se excedeu, deu-lhe uma bofetada durante as filmagens e acabou atirando objetos do cenário na cara dele. A notícia correu como pólvora e Conchita passou a ser "a temperamental esposa de Raoul Roulien". A partir de então tudo foi por água abaixo. Ele a criticou por não ter engravidado e ela se arrependeu de não ter contado desde o começo que não podia ter filhos. Mas já era tarde demais. Divorciaram-se vinte meses depois do casamento.

— Ricardo não é Raoul — disse Justa. — E mesmo que você passe uma temporada fora, como todos os diplomatas, estará fazendo algo pelo seu país, cercada de gente que gosta de você. — Ficou em silêncio, esperando uma reação da irmã. Depois prosseguiu: — Claro, não é a vida de diva com que você se acostumou. Nisso te entendo, deve ser difícil renunciar a receber pedidos de autógrafos, a ser alguém popular, mas, se você pensar bem, não há nada mais patético do que uma antiga estrela com os peitos caídos falando de glórias passadas.

Conchita riu.

— Tem razão, é preciso saber se retirar a tempo, mas tenho a impressão de que ainda me resta alguma cartada.

Contou-lhe então sobre o projeto de fazer *Cristóvão Colombo* com Leslie Howard. De repente, Justa entendeu tudo.

— Conchita, essa sua história com Leslie Howard não vai dar em nada... achei que você já havia chegado a essa conclusão.

— Sim, sei disso, dele só tenho recordações soltas que não me causam angústia, mas... — Um garçom trouxe azeitonas e elas pararam de falar por um instante. — Sim, é verdade que me dá medo renunciar ao que tenho, à minha carreira, sobretudo agora que me oferecem projetos que me podem levar de volta a Hollywood.

— Sinceramente, quer mesmo voltar a Hollywood?

— Não me importaria, essa é a verdade.

— Na sua idade?

— Sinto saudade.

— Conchita, acorda, por favor. Você se imagina uma rainha Isabel, a Católica, voltando a Hollywood pela porta principal e conduzida por Leslie Howard! Isso é um conto de fadas.

— Não seria a primeira vez que o mais incrível acabaria acontecendo, você sabe como é o mundo do cinema.

— Um mundo onde as pessoas passam o tempo reunidas falando de milhões e depois te pedem três pesetas para comer um prato quente... Um mundo onde as pessoas morrem falando de projetos que nunca saem do papel. Esse é o mundo do cinema, vivo isso todos os dias na Fono España e nos estúdios Chamartín.

— Em Hollywood é diferente.

— Lá é a mesma coisa, mas você não viu porque teve sorte. Ou então pergunte a Fernandito Vargas. Você sempre teve sorte, Conchita. Com o seu corpo, com o jeito gracioso como dança, com o seu talento... Sempre disse que te achava a mais bonita do mundo e sempre senti inveja de você, inveja saudável, bem entendido, mas a beleza não dura, pense nisso. Você tem trinta e dois anos. Acha que daqui a dez anos vão te oferecer filmes como agora?

— Não, claro que não.

— E vai ter tantos pretendentes, e tão bons, como agora? Aproveite o momento, seja esperta.

Conchita olhou-a nos olhos e disse:

— Não é questão de ser esperta ou não, mas de dar rumo ao coração, que está muito louco.

— Na nossa idade é preciso pensar com a cabeça.

— Sim, você tem razão, mas isso é difícil para mim. Devo ser boba.

— Sim, um pouco. Mas é normal. Não se pode ser atraente e sagaz ao mesmo tempo, seria injusto e totalmente insólito.

Explodiram numa risada, depois Justa ficou de novo séria e aconselhou:

— Conchita, deixe o mundo do espetáculo, que é malvisto aqui. Além do mais, não demora muito para você não ter mais idade para isso. Veja a Garbo, não era sua amiga? — Conchita deu de ombros. — Ela soube se retirar a tempo.

— Sim, mas no caso dela não havia nada que não tivesse feito, digo, profissionalmente. Tenho a impressão de que me faltam coisas, que posso chegar mais longe.

— Não sei, Conchita, mas a ambição tem dois gumes. Só te digo que não deixe passar um cara maravilhoso como Ricardo, que te ama de verdade, que pode dar o que você nunca teve, que é estabilidade. Não o troque por umsonho, porque isso de Cristóvão Colombo e do Leslie é um sonho, e o mais provável é que nunca se materialize. *Tu vas lâcher la proie pour l'ombre*[7] — disse.

— Está bem… Diga a mamãe que me casarei com Ricardo, mas que pare de me apressar. Tudo tem seu ritmo. Tanto na arte de esquecer como na arte do amor se avança aos tropeções.

65

Maio de 1943

Em oito de maio, Leslie Howard e seu amigo e representante Alfred Chenhalls embarcaram em um trem de luxo, o Lusitania Express, que fazia a linha Lisboa-Madrid. Era uma composição muito vigiada em tempos de guerra por ser utilizada por negociadores de diamantes que transportavam sua mercadoria desde as colônias portuguesas até a Alemanha, além de espiões e contrabandistas de toda espécie. A viagem podia durar umas vinte horas por causa do mau estado das vias e das eternas formalidades na fronteira. Policiais portugueses e espanhóis revistavam minuciosamente as bagagens. Confiscaram de Leslie e Alfred um pacote grande de meias de seda compradas para presentear seus parentes e os atores dos estúdios Denham em Londres. A polícia espanhola os obrigava a pagar uma quantidade exorbitante de taxas alfandegárias. *Tratam as meias como se fossem armas*, pensou Leslie, cansado e farto de discutir idiotices. Deixou que o companheiro chegasse a um acordo com os policiais portugueses para que o pacote de meias fosse enviado para o aeroporto de Portela, em Lisboa, onde dali a alguns dias tomariam o avião de regresso à Inglaterra.

O trem prosseguiu a viagem noturna pelas pastagens de Extremadura. Enquanto isso, os dois amigos se perguntavam como seriam recebidos por falangistas, agentes alemães e a polícia espanhola em Madrid. Leslie se lembrava das palavras que Churchill havia pronunciado em 1938, no Mens's Club de Londres: "Há algo no continente que alimenta o fanatismo político. Primeiro chegou Felipe II da Espanha e sua Marinha, e a vencemos, e depois

7. Expressão francesa que significa que não se deve abandonar uma vantagem real por uma esperança incerta.

a frota de Napoleão em Trafalgar. Nelson se encarregou disso e agora temos de nos encarregar de Hitler e seu bando".

Leslie estava de mau humor. Não queria fazer essa viagem, pois considerava que o expunha a riscos desnecessários. Mas não tinha sido capaz de vencer a insistência de Anthony Eden, ministro de Relações Exteriores de Churchill.

— Não queremos incomodá-lo gratuitamente — dissera o ministro. — Mas é uma missão importante, não só um ato propagandístico, por isso insistimos. Tanto Portugal como Espanha continuam apoiando a Alemanha com suas remessas de tungstênio, cujas minas mais importantes estão na fronteira, na região de Extremadura. Com Portugal temos boas relações, mas é diferente com a Espanha, que ainda tem tropas lutando com os alemães, que eles chamam de Divisão Azul. Franco não recebe nosso embaixador em Madrid, nem quer vê-lo. Tememos que tente tomar Gibraltar.

— Isso complicaria muito as coisas...

— Sim, Franco é astuto e é possível que comece a se dar conta de que os Aliados vão ganhar a guerra. Mas está cercado de germanófilos. É preciso fazer que ele entenda que, se quer que seu regime sobreviva quando a guerra acabar, precisa nos fazer algumas concessões. E a mais importante, e esta é a mensagem que Winston quer que você transmita, é que a Espanha tem de abandonar a não beligerância e voltar à neutralidade.

— E acha que tenho esse poder de influência? Sou apenas um ator.

— Sabemos que Franco é seu fã, dizem que chorou ao ver *...E o Vento Levou*, portanto não será muito difícil organizar um encontro com ele. Você é a pessoa apta para isso. Além do mais, sabemos que você tem vínculos de amizade com uma atriz espanhola que conheceu em Hollywood. Agora está comprometida com um falangista muito próximo ao regime. Eles podem ser cruciais para que você se encontre com ele.

— Ah, Conchita Montenegro... Ora, então vocês vasculharam a minha vida! Pois acertaram o alvo: ela é o único estímulo que pode me animar a fazer essa viagem.

— Quero que você se dê conta da importância desta missão para nós. Há outras pessoas que deveria encontrar, como a condessa Von Podewils, que o escutará com atenção e talvez conte algo interessante. É uma agente alemã, mas já percebe a derrota e está disposta a passar para o nosso lado. Conhece Berlim como a palma da mão. Se lhe der um empurrãozinho, cairá em nossos braços.

— Ou seja, é uma proposta que não posso recusar, certo?

— Obrigado, Leslie. Em meu nome, em nome de Winston e de toda a Inglaterra. — Houve um silêncio, depois o ministro acrescentou: — Tenho ainda algo importante a dizer, Leslie. O Foreign Office não pode lhe dar imunidade. Se você se meter em qualquer tipo de confusão enquanto estiver na Espanha, não poderemos fazer nada para o ajudar.

— Ora, isso é para que eu durma tranquilo.

Depois de sacolejar vinte horas, o *Lusitania Express* entrou na estação de Delicias. Walter Starkie, diretor do British Council na capital da Espanha, um homem robusto com uma enorme cabeça calva, veio recebê-los. Era agente da inteligência britânica e fazia parte da mesma organização de Margarita Taylor, a dona do Embassy, que ajudava os prisioneiros de guerra fugidos e os judeus perseguidos na fuga através da Espanha e de Portugal. Nesse dia fazia um calor incomum e Leslie enxugava o suor da testa com um lenço. Enquanto Starkie os conduzia até a saída, onde os esperava um carro oficial, enumerava a lista de compromissos que havia preparado, desde reuniões com atores espanhóis e coquetéis na embaixada até numerosas conferências e encontros particulares com um grupo reduzido de políticos, artistas e toureiros. Starkie era um irlandês afável e apaixonado pela Espanha.

— Está louco, Starkie? — reagiu Leslie. — Não preciso me reunir com tanta gente. Quero pelo menos três dias livres para mim.

— Três dias vai ser impossível... Mas farei tudo o que estiver ao meu alcance para diminuir os compromissos.

— Por favor, só os mais importantes, não sou um macaco de circo, Starkie — pediu, dando-lhe um tapinha no ombro.

Quando já estavam no carro, Starkie explicou que as conferências que Leslie daria em Madrid não poderiam ser em grandes espaços porque nesse caso os textos teriam de ser submetidos à censura, que era controlada por simpatizantes alemães. Também havia o perigo de que as palestras fossem invadidas por elementos da Falange, como ocorrera com a première de *...E o Vento Levou*.

— Como o embaixador, sir Samuel Hoare, não quer nada arriscado, fui obrigado a limitar suas aparições públicas à menor sala do British Council. Na plateia cabem só oitenta pessoas e a lista dos que querem comparecer é imensa: ingleses que moram na Espanha, espanhóis pró-britânicos, gente do cinema, do teatro e das artes. Por isso é necessário, mister Howard, que repita suas palestras. Pegue, este é o programa que preparamos.

Leslie olhou para Starkie de cara feia, mas ficou calado. Leu atenciosamente a folha que lhe entregara. Havia noites de flamenco com o duque de Alba, o antigo embaixador da Espanha em Londres, tertúlias com escritores e gente de cinema para discutir problemas da profissão e jantares, muitos jantares.

— Vocês esperam muito de mim — disse Leslie. — Este programa é para um atleta, não para uma pessoa normal.

O esplêndido ramo de lírios brancos que a senhora Starkie havia colocado na suíte do hotel Ritz onde Leslie estava hospedado não serviu para mitigar seu mau humor.

— Eu me nego taxativamente a repetir as palestras, não quero tertúlias nem dormir tarde. Esses espanhóis se deitam lá pelas tantas. Por isso lhe peço que reorganize o programa, por favor.

— É um problema, porque já mandamos os convites.

— Sinto muito, Starkie, sinto que tenha de fazer todas essas mudanças. Se quiser, mantenha as duas conferências e a noite de flamenco, mas nada mais.

Starkie suava, em parte pelo calor, em parte pelo tormento de ter que modificar as atividades. A popularidade de Leslie Howard na Espanha era tão grande que seria alvo de protestos de todos os que não pudessem comparecer. Pela primeira vez em toda a sua carreira se defrontava com o único palestrante convidado que se negava a seguir o programa.

66

Quando Starkie deixou Leslie e Alfred no Ritz, os dois saíram para dar um passeio por Madrid. Caminharam pelo Paseo del Prado e subiram até a Puerta del Sol. Era um dia de verão em maio. De volta ao hotel foram tomar um drinque no bar, onde o ar estava tão pesado que poderia ser cortado com uma faca. O lugar transbordava de alemães e Leslie era suficientemente popular para ser reconhecido por todos. Lá estavam Paul Winzer, chefe da Gestapo em Madrid, e Hans Lazar, reconhecível por seu monóculo, e ainda o agente da Abwehr, que o olhou com condescendência e fez uma careta de desprezo. Nessa tarde os olhares eram especialmente hostis porque havia eclodido a notícia de que o exército do Reich tinha se rendido em Túnis e duzentos e cinquenta mil de seus soldados haviam sido feito prisioneiros pelos Aliados, incluindo o general alemão Von Arnim e seu Estado-Maior. No inverno anterior, o de 1942, Stalingrado tinha caído. Os ventos estavam mudando de direção e isso se refletia nos rostos abatidos dos alemães.

— Garçom, traga-nos duas taças de jerez, do mais seco que tiver — disse bem alto Leslie a seu acompanhante. — E brindemos por Túnis! — Depois repetiu, olhando para Hans Lazar diretamente nos olhos, sem realmente saber quem era: — Por Túnis! Pela vitória final!

O som do cristal das taças que se tocaram reverberou no bar. As palavras do brinde esbarraram num eloquente silêncio. A última coisa que aqueles alemães queriam era ouvir o riso de ingleses. Mas ouviram bem alto e claro.

Quando subiu para o quarto, Leslie notou algo estranho. As coisas não permaneciam exatamente como as tinha deixado. Abriu a mala e os papéis estavam desarrumados. Não lhe haviam roubado o presente que comprara para Conchita na melhor perfumaria de Londres, e isso o tranquilizou. Chamou Alfred, que veio depressa.

— Veja minha mala... Alguém a revistou.

— Meu Deus — disse Alfred após uma breve inspeção. — Tem razão. Bem-vindo ao fascismo!

Riram com gosto.

— E além desse presentinho para Conchita, só tem os textos das minhas conferências!

— Certamente as fotos dessas páginas já estão a caminho de Berlim.

— Você imagina Goebbels tentando decifrar "Ser ou não ser" para ver se contém uma mensagem secreta? Hahaha...

O que os dois ingleses ignoravam era que Joseph Goebbels, o ministro da Propaganda do Terceiro Reich e um dos colaboradores mais próximos de Adolf Hitler, ordenara a seus serviços secretos que não tocassem em Leslie Howard somente enquanto estivesse em solo espanhol. Goebbels tinha o ator inglês na mira por toda a sua atividade propagandística e, sobretudo, pelo filme *Pimpernel Smith,* considerado "o mais virulento filme antinazista produzido até então". Em 1941, quando os campos de extermínio ainda não eram conhecidos, o filme, produzido, dirigido e interpretado por Leslie Howard, contava como um professor distraído adotava métodos engenhosos para salvar os judeus da perseguição e da aniquilação. Alguns dos personagens eram paródias de Göering, do general Bodenschatz, e outro, do próprio Goebbels. Quando estreou, quase toda a Europa tinha sido invadida pelos nazistas. Londres estava em ruínas, uma terça parte de suas ruas eram intransitáveis depois de seis meses de bombardeio. O primeiro-ministro húngaro se suicidara; duas semanas depois fora imitado pelo chefe do governo grego, desesperado pela derrota. Havia rumores de que no leste os nazistas organizavam matanças em massa. Até Churchill parecia um pouco desesperado. Nesse contexto de horror, o filme representava uma pequena distração, mas uma distração significativa porque foi o que mais arrecadou no ano de 1941. Durante toda a guerra o filme se manteve como a referência midiática mais direta das perseguições nazistas. *Pimpernel Smith* foi um fenômeno único. Ridiculizava a hierarquia alemã, criticava a oficialidade britânica por não fazer nada e a imprensa norte-americana por se calar. Lançava um chamado emotivo para salvar todos os que estavam sendo perseguidos. Esse filme deu a Leslie Howard uma liderança moral que nenhum outro conseguiu atingir. Goebbels, que o considerava o propagandista mais poderoso e eficaz da Grã-Bretanha, colocou-o na lista negra dos serviços secretos alemães.

Quando Chenhalls voltou para seu quarto e Leslie ficou sozinho, pediu à telefonista que ligasse para um número em Madrid.

— Gostaria de falar com a senhorita Conchita Montenegro, por favor.

— Da parte de quem? — Era a voz de Vicenta, a empregada.

— Diga que é Cristóvão Colombo.

— Como?

Leslie, cujo sotaque em espanhol era horrível, repetiu com cuidado:

— Cris-tó-vão Co-lom-bo.

— Não entendo, mas vou dizer a ela.

Vicenta disse a Conchita que ao telefone estava um senhor que falava que o Cristo iria ao Colón, e que não entendera nada, mas que ela devia atender.

— Majestade, a senhora é a rainha Isabel da Espanha?

— Leslie! — exclamou Conchita. — Que alegria te escutar. Como você está?

— Bem, cercado de um grupo muito desagradável de alemães, e meu amigo e eu não gostamos muito deles. Olham para nós de um jeito ruim e parece que se sentem mal por ver que estamos nos divertindo muito.

Depois acrescentou, em inglês, e em tom sério:

— *I need a friend.*

— Pois aqui estou.

— Preciso te ver o quanto antes.

— Certamente é para me dizer que não pode viver sem mim…

Leslie caiu na risada.

— Isso sempre. Tem que ser um lugar discreto, onde não haja ouvidos curiosos.

— Deixe-me pensar — disse Conchita. — O melhor é que você venha aqui em casa, estaremos mais tranquilos. Mandarei Pepín, meu motorista. Podemos convidar seu amigo para jantar, por isso diga a ele para vir também.

— Não, meu amigo dorme como as galinhas, é um autêntico inglês e jantará alguma coisa no hotel. Vou sozinho.

Leslie vestiu a jaqueta e antes de sair do quarto tirou da floreira o ramo que a mulher de Starkie havia colocado, enrolando-o em um guardanapo.

Conchita não tinha dito nada a Pepín sobre a identidade do amigo que deveria buscar no Ritz. O motorista não o reconheceu de imediato, somente quando viu seu rosto pelo retrovisor.

— Meu Deus! O senhor é Leslie Howard, não é mesmo?

— O próprio...

— Quase tenho um desmaio.

— Um *what*?

— Nada, nada, é que escrevi a crítica de um filme seu na *Cinegramas*, antes da guerra, da Guerra Civil, quero dizer, em que o senhor faz o papel de médico apaixonado por Bette Davis. A sua interpretação foi magnífica, senhor Howard.

— Ah, sim... Chamava-se *Of Human Bondage*, não sei o título em espanhol.

— Pois é uma honra conhecê-lo.

Ao parar no semáforo, Pepín virou para trás e lhe deu um forte aperto de mão.

— *Nice meet you...*

Era o preço da fama. Não existia lugar no mundo onde pudesse passar despercebido. Nunca se acostumara de todo com a popularidade, mas a encarava melhor desde que via um sentido nela, utilizando-a para uma causa justa como a guerra contra a tirania. Leslie tinha dado o salto de ator para ativista.

67

Sim, Leslie Howard tinha mudado muito desde a última vez que o vira, dez anos atrás em Hollywood. Conchita logo se deu conta, assim que o abraçou quando ele chegou. Seu rosto delatava os estragos do tempo, estava pálido, tinha o olhar triste, e notou que estava cansado. Ele a reteve alguns instantes em seus braços, admirando-a, e de repente seus olhos se iluminaram com essa faísca que Conchita conhecia tão bem. Nisso não mudara, continuava sendo um sedutor. Entregou-lhe as flores.

— Lírios... como cheiram bem!

— Você está mais bonita do que nunca, Conchita, como uma rosa em seu melhor momento, *right to be picked up*. Deixe-me abraçá-la...

Tomou-a em seus braços com ternura, e ela se deixou ficar, apoiou a cabeça em seu ombro... E quantas recordações voaram por sua mente! Como sua alma vibrava com aquele presente inesperado do destino. Foi um segundo de eternidade no qual pôde sentir, dentro do coração, como se fosse o fundo de uma garrafa de vinho, o sedimento do antigo amor.

— Há amores que passam, o vento leva, outros se transformam em amizade, não acha? — disse ele.

— No seu caso, Leslie, não pode ser de outro modo, porque ninguém pode te esquecer. E não digo isso por você ser tão maravilhoso e pela marca que deixa em todas as suas garotas.

— Não exagere. Também não são tantas.

— Leslie, nós nos conhecemos. É impossível te esquecer por uma razão muito concreta: você está em todas as partes. É só abrir uma revista e você aparece. É só andar na rua e você está nos cartazes dos seus filmes.

Leslie soltou uma risada.

— Não tinha pensado nisso desse ponto de vista.

— Bom, a gente aprende a conviver com a recordação sabendo que você é como as abelhas, que vão de flor em flor, mas voltam sempre a sua colmeia.

Leslie deu uma olhada nos pôsteres dos filmes que decoravam o vestíbulo da entrada. Deteve-se diante do cartaz de *Delírio de amor*.

— Basta ver esse pôster e me empolgo de novo.

— Pois se acalme, Leslie. Senão vou ter que chamar a Ruth para te pôr na linha.

Ele deu uma gargalhada.

— Você continua sendo muito travessa, *I love it.* Mas, deixando de lado quanto me empolgo ao ver esse cartaz, que boas lembranças me traz; passaram-se dez anos e para mim parece que se passaram cem. Tome, trouxe isto para você… — Tirou do bolso um pacotinho. Conchita abriu, sabia que era um frasco de My Sin. Pôs umas gotas no pescoço.

— Isto sim me traz recordações — disse. — Não joguei fora nenhum dos frascos que você me deu de presente. Não posso. Seria como te jogar no lixo.

Leslie riu e se aproximou do pescoço dela, fechou os olhos e se abandonou tanto àquele aroma sensual e tão provocador que teve de se reprimir para não lhe dar um beijo na linha que ia do lóbulo da orelha ao ombro, e que excitava tanto o ardor amoroso de Conchita. Ela estava perturbada, mas felizmente Vicenta apareceu com uma bandeja e alguns aperitivos, e quebrou o feitiço.

— O que você vai beber? Posso te fazer um dry martíni.

— Não, muito forte para mim, prefiro um jerez.

Enquanto enchia seu cachimbo e o acendia, Conchita o observou longamente e perguntou:

— Por que está com essa cara de quem comeu e não gostou? Não se sente bem?

— Sim, mais ou menos…

— Está doente?

— Não, a saúde vai bem. Por ora, porque nunca sabemos o que se passa dentro da gente.

— Sempre tão hipocondríaco... Mas você tem alguma coisa, te conheço.

— Perdi Violette há sete meses exatos, e não consigo me recompor.

— Puxa, sinto muito. E quem era Violette? Outra atriz?

— Não, dessa vez, não. Violette Cunnington era uma pessoa mais humilde, a secretária de David Pascal, produtor de *Pigmaleão*. Era o tipo de mulher que estive buscando com crescente desespero por toda a minha vida, confesso a você.

Conchita mordeu o lábio. Aquilo lhe doeu, achou cruel, pela intensidade com que o havia amado. Que frio e superficial Leslie lhe pareceu naquele momento. Porque no fundo ele estava lhe dizendo, assim ela interpretou, que todas as que não foram Violette Cunnington tinham falhado. Em que Conchita falhara? Por quê? Leslie, que deve ter percebido que a ofendera, corrigiu o dano.

— Vocês, atrizes, no fundo estão apaixonadas por sua carreira, e é lógico que seja assim. Eu precisava de uma mulher diferente.

— Sim, que vivesse por você e para você. Leslie, você sempre foi emocionalmente egoísta, perdoe-me por dizer isso. Embora seja algo muito masculino.

— Não guarde rancor de mim.

— Não tenho, não se preocupe. Bem, um pouco, sim, para que nos enganarmos? Mas restou o que foi bom, que é muito. Continue contando...

— Violette era inteligente e prática, de caráter doce, simples, e atraente mais do que bonita. Tinha vinte e quatro anos quando a conheci em 1938. No final da filmagem, eu a convenci a deixar Pascal e trabalhar para mim.

Continuou contando como, ao longo dos cinco anos seguintes, a relação profissional se transformara em algo mais profundo. Violette se tornou sua assídua companheira, eram unha e carne.

— E Ruth, como encarou dessa vez?

— Sabia que você iria perguntar. Custou muito chegarmos a uma espécie de compromisso com que todos pudéssemos ser razoavelmente felizes. Foi uma luta complicada, garanto.

— Não duvido, conhecendo a história... E como ela viu isso? Violette?

— No princípio tentamos abortar nossa história de amor porque víamos que ia causar uma comoção geral e uma enorme confusão. Lembro-me de que ela me disse: "Vamos parar antes que seja doloroso demais". Decidiu fugir para a França, mas eu sabia que naquele avião em que ela partia também ia embora minha vida.

Conchita mordeu o lábio de novo. Fazia isso sempre que escutava algo doloroso. Leslie prosseguiu:

— Escrevi, ela me respondeu, depois se seguiram avalanches de cartas. Voltamos a nos unir e ficamos juntos até o final.

— Ela aceitou seu papel assim… sem reclamar?

— Não foi tão fácil.

— Pois era mesmo dócil! Porque essa situação exigia mais dela do que de você… O papel de amante é secundário, é uma rua sem saída, sem nenhuma garantia nem segurança, e com o risco de que o homem com quem você está escape um dia e te deixe plantada. E conhecendo você! Eu sofri isso, mas você nem se deu conta…

— Sinto muito, nunca quis te machucar.

— Não, você não é tão mau assim.

Ela sorriu. Era um sorriso cheio de ternura.

— Peço perdão se a fiz sofrer.

— Não diga isso, que me enternece. Você continua sendo um amor. Mas, conte, conte sobre a Violette, isso me interessa.

68

Contou que Violette estava tão apaixonada que aceitou a situação. Ela lhe disse que nunca havia sentido rivalidade em relação a Ruth, pelo contrário, a admirava. Embora Violette vivesse com Leslie como um casal, cabia a Ruth uma espécie de ordem de precedência. Entendia que o casamento é um contrato, e o amor, um assunto privado. Era difícil para Conchita compreender a situação.

— Nisso era muito francesa — contou Leslie. — Acomodou-se, tornou-se amiga de Ruth. Era uma *avis rara* no mundo do cinema.

— Eu diria que no mundo em geral.

— As relações nunca são em branco e preto… Violette dominava muito bem as nuances.

— E Ruth… como encarou isso?

— No começo reagiu como sempre, como fez com você, ou com Merle Oberon, colocando-me entre a cruz e a espada. Mas dessa vez entendeu que eu ficaria com Violette de qualquer maneira. E assim passei a arcar com duas casas, uma em que vivia a minha família, e outra, na mesma rua, em que Violette e eu morávamos.

Conchita teve vontade de aplaudi-lo.

— Você me deixa boquiaberta... Enfim, conseguiu, o bígamo perfeito. Finalmente alcançou o que queria.

— Não fale assim. Sinto muita falta dela.

— O que aconteceu?

— A guerra. Voltamos de Los Angeles depois de terminar a pós-produção de *...E o Vento Levou* e a filmagem de *Intermezzo: uma história de amor*. Foram oito meses de uma felicidade estranha e perfeita, uma tomada de consciência da beleza da vida como nenhum de nós tinha vivenciado antes. Trouxemos no navio o conversível vermelho com que percorremos a Califórnia, com a ideia de viajar pela França e tirar algumas semanas de férias. Depois planejávamos fazer *The Man who Lost Himself*, projeto em que Violette seria produtora. Era tudo como um sonho porque, no fundo, a ameaça da guerra estava sempre à espreita. E tudo ficou nisso, em sonho. Explodiu a guerra e ficamos em Londres, aguentando o bombardeio. Depois aconteceu algo premonitório. Nesse inverno cinzento, um dia ela me disse: "Esses meses que passamos na Califórnia foram o auge, Leslie. Nunca mais viveremos algo parecido". Eu não argumentei, só falei: "Claro que viveremos. Retomaremos tudo". Mas ela insistiu: "Não, já se foi, para sempre". Alguns meses mais tarde, ao terminar a filmagem de *The Gentle Sex*, fiquei doente, uma espécie de gripe. Não sei se foi pelo cansaço acumulado durante os meses anteriores. No nariz dela surgiu uma espinhazinha e ela se maquiava muito para disfarçar. O fato é que me curei em seguida, mas ela piorou. Morreu em três de novembro passado, de meningite. Tinha trinta e quatro anos. Eu também morri nesse dia, o que você vê é o que resta de mim.

Conchita segurou o rosto dele entre as mãos e o abraçou, longamente. Como as janelas estavam abertas por causa do calor, do pátio vinha cheiro de óleo frito, e ruídos, o *claque claque* de uma vizinha batendo uma tortilha francesa para o jantar, uma mãe que chamava um filho e o porteiro levando o lixo de um lado para outro.

— Sinto muito! De verdade...

— *C'est la vie.* Por isso tenho cara de quem comeu e não gostou, Conchita. De repente enfrentei a maior tragédia da minha vida. Minha mãe morreu três anos atrás, aos sessenta e nove, não era tão idosa. E depois Violette. Como quer que eu esteja?

— Lembro-me de como você era ligado à sua mãe. Nem sei o que dizer.

— Não precisa dizer nada. Para certas coisas ainda não foram inventadas palavras. Escutar-me já é suficiente. Sabe de uma coisa? A morte de Violette me fez tomar consciência de que sempre tive uma vida mais ou menos fácil, abençoada pela sorte. Fui muito ingênuo pensando que nada de terrível poderia me acontecer nessa gaiola de ouro em que vivia. Caí em depressão, fiquei dois meses sem sair do quarto, sem falar com ninguém. Depois consultei videntes que me ajudaram a lhe mandar mensagens. Sentia sua presença ao meu lado, no carro, na casa, quase sentia que me tocava.

— Videntes? Ficou tantã? Como assim?

— Um pouco, sim. Depois Alfred Chenhalls, meu amigo, me propôs essa história de vir para Portugal e Espanha. Disse que me faria bem mudar de ares. Entendi que tinha de retomar minhas atividades para sair do fundo do poço. Tinha perdido uma pessoa muito querida, mas milhões de famílias judias estão sendo exterminadas. O meu caso é uma insignificância diante do que está acontecendo no mundo. E tenho pai judeu, e minha mãe também era de ascendência judaica, lembra-se?

— Claro, *mon petit juif hongrois*. Aqui repetem com insistência que isso da aniquilação dos judeus é propaganda sionista, que é tudo mentira.

— Não, já estão aparecendo provas. O que estão fazendo nos campos de concentração é atroz. Um dia tudo virá à tona. Mas melhor não falarmos disso porque nosso jantar vai ficar atravessado na garganta.

— Aliás, você continua sendo vegetariano?

— Praticamente não como carne, mas abro uma exceção para o presunto espanhol.

— Também há tortilha de batata, por precaução.

Conchita chamou Vicenta e pediu que trouxesse algo para beliscarem.

— Falemos então de *Cristóvão Colom*bo — disse a Leslie.

— Starkie, do British Council, organizou para mim um almoço com produtores dos estúdios Chamartín, você os conhece?

— Sim, claro, minha irmã Justa é a diretora. Também me convidaram.

— Perfeito, assim teremos outra ocasião para nos vermos. Se os espanhóis colocam uma parte do orçamento, acho que poderei conseguir o restante. Mas você sabe como são essas coisas, podem acontecer como também podem não acontecer nunca. E, francamente, não parece que há na Espanha dinheiro para uma superprodução desse calibre. Pelo menos no momento.

— Não há. O que existe aqui é muita miséria.

— Está disposta a interpretar a rainha Isabel?

— Não sei, Leslie, estou comprometida com um homem que começa agora sua carreira na diplomacia e não vejo como conciliar o cinema com a vida diplomática... Ele quer que eu desista.

— Certamente é a melhor decisão que você pode tomar.

— Acha mesmo?

— Sempre pensei que a vida de um ator de cinema é um perfeito pesadelo de tédio. Faz muito tempo que não me interessa mais, exceto como arma de guerra, como instrumento de propaganda a serviço de uma causa justa. Entreter por entreter é bom, mas na minha idade sinto que tenho coisas mais importantes a fazer. Cada vez mais coisas, e cada vez menos tempo.

— Lembro-me de que você sempre reclamava de tudo; se fazia cinema era porque fazia cinema, se fazia teatro era porque as temporadas não acabavam nunca... Li na *Cinegramas* que também não queria fazer o papel de Ashley em *...E o Vento Levou*. Você sempre foi um reclamão, mas isso também é parte do seu encanto.

— Não queria fazer esse filme. Selznick me obrigou dando a mim a direção de outro que eu queria muito fazer, *Intermezzo: uma história de amor*. Não gostava do papel terno de Ashley Wilkes. Também não me agradavam Vivien Leigh e Clark Gable... bom, você já sabe como é Clark Gable. Queria voltar à Inglaterra porque tinha estourado a guerra e eu sentia que perdia tempo em Hollywood.

— Pois o mundo acabará se lembrando de você por um papel que não quis fazer.

— Coisas do cinema, coisas da vida.

69

Leslie se serviu de presunto com um pedaço de pão, e prosseguiu:

— Acontece, Conchita, se isso pode te servir para alguma coisa, que a gente tem de examinar dentro de nós mesmos qual é... como se diz... a chama que cada um de nós tem em seu interior e que nos faz vibrar, mas num sentido profundo. O destino que cada um tem traçado por ser quem é, e que implica uma... como se diz... *duty*, não sei se me entende.

— Você se refere ao dever?

— Algo assim. A esta altura da vida meu dever é ajudar meu país nessas horas nefastas, tenho isso bem claro. Já pensou em qual é o seu?

Conchita ficou pensativa, como se tivesse um vazio na cabeça.

— Sobreviver — disse.

Leslie riu.

— Isso é para todos. Mas pense um pouco além, Conchita. Não é seu dever ajudar seus amigos, parentes, aqueles que te cercam, quem você ama, para que sigam em frente?

— Não tenho vocação para freira, para a caridade. Sou egoísta, esbanjadora, presunçosa, vaidosa e muito basca, no fundo.

— A vaidade é comum a todas as pessoas do show business. Não sei o que significa ser muito basca, mas não estou falando de caridade. Falo de pôr as energias da sua vida a serviço de algo que valha a pena. E algo como o seu país vale a pena. Francamente, acho que você poderá fazer mais no seu posto de diplomata do que fazendo filmes cada vez piores, porque terá cada vez mais idade e vão te propor papéis que passarão de ruins a degradantes. E você sabe disso.

Conchita escutava com a máxima atenção as palavras de Leslie, que lhe tocavam de um jeito profundo porque eram as questões que a afligiam: como deixar de ser estrela e se transformar em uma pessoa normal? Que futuro a esperava fora do mundo do cinema?

— Desculpa, Conchita, falo muito e me meto onde não sou chamado, mas é o que penso, de verdade. Quando chegamos a certa idade, todos temos uma obrigação com a vida, com os demais, com o que nos cerca, com os que amamos... Nosso dever é esse.

— Você se tornou filósofo, *darling*. Há dez anos você teria se lançado sobre mim neste sofá e o seu único dever teria sido mexer comigo até me deixar exausta, para não dizer mais. Não o reconheço. O seu sentido de dever muda com uma facilidade espantosa.

Leslie deu uma sonora risada.

— Se não me jogo é porque você disse que está comprometida... Porque vontade não me falta.

— Bem, deixemos as coisas como estão... Vicenta vai se escandalizar.

Nesse momento apareceu Vicenta e colocou alguns pratos e talheres na mesa. Depois trouxe bandejas com queijo, uma tortilha de batata fumegante e uma salada de tomate temperada.

— Então, Leslie, por que você veio? Para dar algumas conferências e produzir esse filme sobre Cristóvão Colombo em que não acredita? Você me deixa confusa.

— Sempre achei que você era uma garota esperta e não me enganei. Vim te ver, com esse chamariz conseguiram me convencer.

— Que honra... ou que perigo, não sei.

Leslie acomodou-se no sofá, olhou-a diretamente nos olhos e disse com voz grave:

— Preciso de total discrição.

— Serei um túmulo.

— Vim entregar uma mensagem de Churchill para Franco.

— Ora! Você se tornou um espião!

— Não trabalho para nenhuma agência oficial, mas para a British Security Coordination, que se encarrega da propaganda. Os alemães me puseram o rótulo de *V-personen*, ou seja, "amigo" dos serviços secretos, não remunerado. Esta é uma missão específica, secreta, e só você pode me ajudar.

— Eu?

— Sim, e o seu noivo.

— Estou intrigada, continue.

— Preciso que seu noivo me consiga um encontro com Franco.

Conchita ficou pensativa.

— Você não quer mais nada?!... Até quando vai ficar aqui?

— Dez dias.

— Ricardo está viajando e volta depois de amanhã. Mas esse não é o problema.

— Qual é o problema?

— Franco não está em Madrid. Está no norte da Espanha.

— Você pode averiguar quando volta?

— Sim, claro. O que eu posso dizer a Ricardo para que ele organize o encontro, se é que está ao alcance dele?

— Se é inteligente, entenderá, e se está com você, com certeza é um homem muito inteligente.

— Não doure a pílula, já nos conhecemos. Você veio me usar. — Depois acrescentou, zombeteira: — E eu que pensava que vinha me dizer que continuava a ser o amor da sua vida... Sou uma sonhadora incorrigível.

— Você foi a menina dos meus sonhos durante uma longa temporada.

— Bem, melhor deixar assim. Continue.

— A ideia, em poucas palavras, é fazê-lo entender que a Alemanha vai perder a guerra. É preciso que a Espanha adote de novo o status de neutralidade... porque haverá um mundo novo depois, e a Espanha será tratada de acordo com a nova realidade. Deixou de ter sentido apoiar tanto os alemães.

— Acho que Ricardo tem conhecimento de tudo o que você me conta. Há anos está me dizendo que os alemães não podem ganhar a guerra, desde que eu saía com ele em Roma. É um homem aberto. Falarei com ele e te ligarei em seguida.

— Essa sua interferência confirmaria o êxito da minha missão.

— Então, está aqui por minha causa... — disse com ar matreiro.

— Mas claro. Sem você essa viagem não teria nenhum sentido.

— Ora!

— Para isso servem os amigos.

— Amigos? Se nós éramos amantes, isso de amigos você tirou agora da manga.

Conchita tinha vontade de provocá-lo. Leslie deu uma gargalhada.

— Você é uma rebelde, uma insolente, não mudou nada. A amizade é para toda a vida. O amor é exigente, caprichoso, está cheio de dúvidas, a ansiedade te invade, você tem de suplicar a segurança de que o outro te ame, é um inferno. A amizade é o paraíso, é eterna. Quando dois amigos se reencontram é como se o tempo não tivesse passado. Não é o que acaba de acontecer conosco?

— Leslie, eu pensava que você ia me jogar no sofá, que era a sua especialidade em Hollywood. E a verdade é que me deixou muito decepcionada.

Ele riu.

— Está me provocando.

— É claro.

— Não cairei no seu jogo, por mais que deseje.

Conchita lhe lançou um de seus olhares, desses que diziam tudo, e muito mais.

— Eu também não deixarei que você faça isso. Vou chamar Pepín.

Quando Leslie se foi, acompanhado do motorista, Conchita fechou a porta de casa, aproximou-se da janela e ficou olhando enquanto o carro partia. Ouviam-se as palmadas de um morador pedindo a presença do vigilante do bairro e os estouros do motor de alguma motocicleta.

A conversa com Leslie revirara suas entranhas, tinha sido como dar uma volta em uma montanha-russa gigantesca – dessas que havia em Long Beach –, passando da alegria à dor, da nostalgia ao medo, do senso de dever ao risco, da amizade ao amor, da vida ao esquecimento...

Que grande egoísta, pensou. *Mas um egoísta dedicado aos outros, que curioso.*

Não viera para vê-la, tinha vindo para transtornar sua vida, pedir-lhe um favor complicado, envolvê-la em uma confusão, com toda certeza. E ela iria fazer tudo que fosse possível para agradá-lo. Por quê? Porque era difícil recusar o que Leslie pedia, mais ainda se o que pedia fazia sentido, porque continuava sendo um homem único, porque se fazia amar, porque permanecia esse sedimento do amor, que era indestrutível.

Depois ficou pensando enquanto via a cidade adormecer. O vigilante corria, indo de um lado para outro, fazendo tilintar seu molho de chaves. Agora que estava sozinha nessa noite quente, de repente uma profunda sensação de paz a invadiu. O favor que Leslie havia pedido era infinitamente menor do que o que ele acabara de lhe fazer. Um favor que não podia ser visto porque era imaterial, mas que permaneceria gravado para sempre em sua memória. De alguma maneira ele a havia ajudado a ver com clareza no escuro labirinto do seu coração. E, imperceptivelmente, havia apontado uma direção em sua vida.

70

No dia seguinte de manhã, quando Leslie foi para o saguão do hotel vestido com um terno cinza, jaqueta xadrez, gravata cinza com listras prateadas e óculos de sol no bolso de cima, deparou-se com uma multidão de pessoas, a maioria mulheres, que brigavam por um autógrafo.

— Não dá para tirá-las de cima de mim? — pediu para um funcionário da embaixada britânica.

Tinha dormido mal, como de costume nos últimos meses. Além disso, tivera um pesadelo em que um morto tentava lhe dizer alguma coisa importante que ele não entendia. Era um sonho recorrente e o deixava perturbado.

O empregado da embaixada fez o que pôde para dispersar a multidão, e no final ficou apenas uma mulher diante dele, de uma beleza espetacular, com cabelo castanho e feições bastante proporcionadas, e um nariz ligeiramente aquilino. Ela mesma se apresentou:

— Sou a condessa Von Podewils, nos conhecemos em Hollywood em 1932. Fui figurante no seu filme *The Petrified Forest.*

Com essa apresentação e esse físico, Leslie não precisava mais para seguir adiante com a conversa. A mulher, que vinha do salão de beleza do hotel, contou-lhe sobre a sua vida cheia de infortúnios. Era franco-polonesa, filha de um argentino abastado e divorciada de um conde alemão.

— Sempre adorei inglês — admitiu. — Gosto do idioma. Gostava muito dos filmes, queria ter feito carreira no cinema.

— Nunca é tarde — disse Leslie, que a convidou para a sua conferência. — Uso minhas palestras sobre *Hamlet* para transmitir minha mensagem sobre a situação da guerra.

— Meu Deus, como Berlim gostaria que a Espanha entrasse nessa guerra!

Starkie chegou para levar Leslie e Chenhalls para o British Council, onde ele precisava dar sua palestra.

— Espero vê-la entre o público — manifestou-se Leslie.

Com efeito, a condessa Von Podewils estava sentada na primeira fila, em meio a um público formado por catedráticos, gente de teatro e críticos, todos apertados na sala pequena. Starkie aproveitou o trajeto de carro para alertar Leslie de que Von Podewils era uma espiã alemã. Sua primeira missão tinha consistido em espiar os diplomatas espanhóis em Berlim. O serviço de segurança alemão queria ter a certeza de que nenhum daqueles diplomatas estivesse servindo os Aliados. Isso durou alguns meses, e foi premiada com o que queria, que era morar na Espanha.

— Certamente foi ela quem fuçou nas suas coisas.

— Ou seja, ela mexeu nas minhas cuecas? Ora, podia ter me esperado. Estando no meu quarto, teria ficado encantado em lhe fornecer informação de primeira mão...

— A missão dela é averiguar o que você está fazendo aqui. Os alemães não acreditam que você tenha viajado a Madrid só para fazer algumas conferências.

— Não são totalmente imbecis.

— Existe outra coisa que me preocupa. Você veio em uma visita de prestígio, representando a Grã-Bretanha. Temo que ela queira armar um pequeno escândalo para te comprometer. Não sei se me entende. Seria terrível se a polícia espanhola surpreendesse vocês na suíte do Ritz e te deportassem...

— Starkie, me avisaram que ela queria passar para o nosso lado, que não acredita que os alemães vão ganhar a guerra. E é um pouco da mensagem subliminar que ela me transmitiu.

— Não sei Leslie, vá com cautela. Não confio em nada. Não se esqueça de que Madrid está tomada pelos alemães e de que ela trabalha para eles até que haja provas do contrário.

No final da conferência, Leslie comprovou a demonstração mais palpável das palavras do diretor do British Council. Starkie tinha entregue aos jornalistas de rádio e da imprensa escrita uma cópia da conferência traduzida para o espanhol, na esperança de que alguma coisa fosse publicada. Mas não saiu nada. Nenhum veículo de comunicação sequer mencionou a palestra.

— Hans Lazar está por trás do bloqueio. Ele manda na censura espanhola e provavelmente pensou que a conferência conteria alguma mensagem relevante para o curso da guerra. Sabe que às vezes os agentes utilizam frases de livros ou poemas para comunicar informações aos amigos.

— Você acha que são tão paranoicos? Pelo contrário, penso que ele não quis dar nenhuma relevância para a minha presença aqui. É principalmente uma questão de propaganda.

— Creio que são ambas as coisas.

Foram almoçar no Cork Club, dentro do British Council, onde se reuniram com integrantes da comunidade inglesa. Uma enorme peça de cortiça decorava o centro da mesa, em volta da qual tinham colocado vários pratos de prata. Entre os numerosos convidados, Leslie ficou especialmente interessado em conhecer Wilfred Israel, que acabava de fazer uma visita de supervisão aos centros de acolhida de refugiados em solo espanhol. Tiveram uma longa conversa sobre um lar nacional para os refugiados na Palestina. Quando chegou a hora de se sentar para comer, Leslie recuou.

— Somos treze à mesa.

Para Starkie não era tão dramático – não era supersticioso –, mas diante da firme negativa de Leslie, pensou que os atores são estranhos. Dirigiu-se para seu ajudante:

— Tome um táxi e traga o Padre Brown para que tenhamos uma pessoa a mais.

O Padre Brown chegou sem demora e, quando se sentou, a refeição começou. Wilfred Israel contou sobre suas viagens em busca de judeus na Europa, na Ásia e agora na fronteira dos Pirineus.

— Minha missão é tirá-los dos campos, porque estão nas mãos de Hitler, esta é a verdade, e mandá-los para a Palestina.

— Você é o verdadeiro Pimpinela Escarlate! Eu só fiz o papel — exclamou Leslie, visivelmente entusiasmado.

— Tenho bastante cooperação dos espanhóis. Parece que podemos trabalhar com Franco. O que necessitamos agora é que a High Commission nos dê autorizações de entrada na Palestina e um navio para levar os jovens para lá.

— É curioso como no fim das contas a esperança volta, justo a esperança, que parecia totalmente morta.

— Já vou lhe contar o resultado das minhas negociações em Madrid. Creio que voltaremos para Londres no mesmo voo, vamos ter a oportunidade de falar mais durante a viagem.

71

No dia seguinte, a conferência sobre "Como um ator deve enfocar *Hamlet*" foi um sucesso absoluto. O público abarrotava a sala desde o fundo até os pés de Leslie, onde, sentada no chão, Margarita Taylor o escutava fascinada. Ele vestia terno marrom, camisa branca e gravata de flanela. Sentou-se em uma cadeira alta e falou devagar. Durante toda a palestra não subiu a voz. "Seus grandes efeitos são os silêncios nos quais o público, absorto, acompanha seus pensamentos", comentou Starkie. Desenvolveu o argumento de *Hamlet* como um bom contador de histórias, sem grandes gestos, e parecia que os outros personagens se juntavam ao redor dele. O auge estava no monólogo do ato IV, em que Hamlet, a caminho da batalha, fala da morte iminente de vinte mil homens que "por fantasia e por uma armadilha da fama, vão para os túmulos como vão para a cama". O público irrompeu em um aplauso estrondoso que foi ouvido até pelos policiais da Segurança do Estado, que tomavam nota de quem entrava ou saía do British Council. O êxito dessa conferência também não veio à tona porque a contrapropaganda alemã era mais poderosa do que a britânica. Mas para quem a assistiu permaneceu uma lembrança indelével.

O programa extenuante se desenvolvia sem maiores sobressaltos. Aos dias ensolarados sucediam-se noites longas. Leslie tentou escapar do sarau de flamenco que haviam preparado em sua homenagem, mas Starkie não deixou. Tomou a precaução de oferecer cedo o jantar para ele e Chenhalls, em sua casa, antes do espetáculo. Abriu bons vinhos, acendeu algumas velas e assegurou-se de que o jantar fosse saboroso. Eram seis pessoas à mesa. Mas Leslie estava ausente, taciturno, preocupado. Por que não tinha convidado Conchita? Haveria algum problema?

Na porta do British Council já se aglomeravam os fotógrafos dos tabloides que, agitados como peixinhos, esperavam os convidados famosos. Mas Starkie ficou sabendo que o grupo de flamenco que havia contratado não apareceu. Deixou Leslie e Chenhalls acomodados em uma mesa e saiu correndo. Entrou em seu carro e foi para a praça de Santa Ana, onde se reuniam os ciganos. Chegou a um acordo com um grupo de bailarinos e violonistas, enfiou todos no carro e levou-os para o instituto. Chegaram na mesma hora em que estavam entrando os convidados de outras embaixadas, o próprio embaixador Samuel Hoare, o duque de Alba, antigo embaixador da Espanha em Londres, vestido de fraque e com um cravo branco na lapela, o embaixador da Turquia e outros aristocratas, artistas e escritores simpatizantes da Grã-Bretanha. Começou o espetáculo. La Quica dançou uma *sevillana* ao som do violão de Mariola de Badajoz. Em seguida cantaram Rafael León e Gracia de Triana. Leslie estava fascinado.

— Essa Gracia de Triana dança como uma coluna de fogo — sussurrou para o duque de Alba, que estava sentado no chão com as pernas cruzadas.

— Na Espanha a dança é um ritual, não é um passatempo — respondeu o duque, muito contrariado.

— Leslie, veja quem chegou — disse Chenhalls.

Leslie olhou para o fundo e entre os clarões dos *flashes* viu a silhueta da condessa Von Podewils, envolta em um xale de seda e com uma flor no cabelo. Esplêndida.

Passada a meia-noite Starkie aproximou-se da cigana mais velha que não tirava os olhos de Leslie.

— Não vai cantar ou dançar? — perguntou Starkie.

— Esta noite não danço nem canto, não estou para isso. Não preciso de cartas para desejar boa sorte a ele.

Apontou para Leslie com o dedo.

— O que você quer dizer?

— Tem a morte estampada na cara.

— O que está dizendo?

— Que vejo apenas a sua caveira.

— Bobagens! Seria melhor que cantasse, te faz tão bem.

A velha cigana não falou mais, e Starkie se afastou protestando. Tudo tinha sido difícil naquela noite, e o que disse aquela mulher era o golpe final. Também não via graça em ver como Leslie, sentado a uma mesa em um canto, conversava com a condessa.

— Quanto tempo vai durar essa guerra, senhor Howard?

— Até que o hitlerismo seja derrotado.

— E o que acontece com o bolchevismo? Não vê o perigo?

— Cada coisa a seu tempo. Foi Hitler quem começou a guerra, não Stálin.

— Mas Stálin é a maior ameaça que o mundo tem.

— Isso é o que acreditam os alemães. Não escutou meus programas de rádio? Diga-me, quem é realmente a senhora?

A condessa falou baixinho e lhe disse em tom de confissão:

— Já disse, sou a ex-mulher de um conde alemão. Mas quero ir embora daqui. Depois de Stalingrado, os alemães sabem que perderam. Vão ficar cada vez mais desesperados e enlouquecidos.

— Mais enlouquecidos do que estão? Parece impossível. E como posso ajudá-la?

— Organizando minha viagem com o senhor e seu amigo para Lisboa. Lá eu me arranjo.

— Não depende de mim, vou falar com a embaixada amanhã.

Mas na manhã seguinte a condessa foi convocada logo cedo à embaixada alemã. Hans Lazar, muito sensível à beleza feminina, recebeu-a com sua habitual cortesia. As fotos de todos os que haviam assistido à noite flamenca da véspera estavam espalhadas em cima da mesa.

— Francamente, condessa, me incomoda ver a senhora tão perto de um propagandista britânico — disse, referindo-se a Leslie.

— Conheci-o em Hollywood, trabalhei como figurante num filme dele.

— Uma coisa é espiar o inimigo no hotel, outra muito diferente é ver a senhora abertamente em uma festa no British Council. Afinal de contas, é mulher de um oficial alemão.

— Divorciada.

— Ainda não assinaram os papéis.

Lazar não disse o que realmente estava pensando, mas lhe parecia que aquilo era um gesto ou de independência ou de deserção. Um espião que fraquejava era o mais perigoso que poderia acontecer para o grupo ao qual pertencia.

— Condessa, para que nos evite problemas preciso pedir que me entregue seu passaporte.

O semblante da mulher mudou. Empalideceu e murmurou algumas palavras ininteligíveis. Sua mão tremia quando tirou seu passaporte do bolso e o entregou ao chefe da Abwehr. Sabia que a partir de então tinha se tornado sua refém.

72

A série de atividades seguia adiante e Leslie continuava sem notícias de Conchita. Começou a pensar que talvez a tivesse metido numa confusão, afinal de contas, não conhecia seu noivo. Podia perfeitamente ser um desses fascistas embrutecidos que teria reagido mal. *Mas ela não disse que era um homem aberto, razoável?* Pensava isso enquanto Tom Burns, jornalista e agente da inteligência britânica, levava-o a uma corrida de touros em companhia de John Marks, correspondente do *The Times*. Soube apreciar o ambiente festivo, a paixão, a devoção do público e, principalmente, o prazer de fumar um charuto nessa tarde luminosa. Mas o espetáculo lhe pareceu lento.

— Com um grande matador, é uma arte. Se não, é uma carnificina — observou.

— A corrida não admite meio-termo — comentou Burns.

Depois lhe indicaram alguns locais noturnos da capital na esperança de que o mau humor passasse e fosse um pouco mais flexível com o programa. A essa altura, vendo que lhe restavam apenas três dias em Madrid, só lhe interessava a reunião nos estúdios Chamartín.

— Quero falar de cinema, é por isso que vim — mentiu.

Justa Montenegro, a diretora da seção de dublagem dos estúdios Chamartín, havia se desdobrado para organizar *in loco* uma refeição para cerca de cem convidados, todos da corporação. Leslie ficou impressionado com o tamanho dos estúdios, que tinham cinco palcos para as filmagens, assim como espaços para cenas externas. Era a réplica espanhola da Cinecittà.

Entre a multidão de convidados estavam os antigos amigos de Hollywood de Conchita: Julito Peña, Pepe Crespo, Edgar Neville com sua atraente mulher Conchita Montes, Enrique Jardiel Poncela etc. Todos os que tinham sobrevivido à Guerra Civil.

Conchita recebia os convidados e via-se que estava feliz em seu papel de anfitriã. Estava com um chapéu de abas largas de cor bege e usava um vestido de tonalidade semelhante. Usava o anel de noivado que Ricardo lhe havia presenteado aquela noite no Pasapoga. Era a estrela do dia, ao lado de Leslie Howard. Eram Cristóvão Colombo e rainha Isabel para muitos dos que acreditavam nesse projeto apoiado pelo regime. Em meio a toda essa gente, Conchita disse a Leslie:

— Quero te apresentar ao Ricardo. — Agarrou-o pelo braço e o levou até onde o noivo estava, conversando com altos funcionários do regime ligados ao cinema. — Ricardo, te apresento Leslie Howard.

Ricardo Giménez-Arnau tinha um olhar sincero, olhos tão azuis quanto os de Leslie, e era um pouco mais alto. Falava inglês perfeitamente, sem sotaque, o que permitiu um bom entendimento.

— Já devem ter lhe dito tantas vezes, mas o parabenizo por seu papel em *...E o Vento Levou.*

— Muito obrigado, gostaria que o filme estreasse logo na Espanha. Acha possível?

— Sinceramente, por enquanto não. Os germanófilos fazem uma pressão muito forte sobre o governo. Dependendo de como a guerra se desenvolver, pode ser que mude. Todo mundo sabe que esse filme tocou a alma do general Franco. Se fosse por ele, já estaria nas telas. E, claro, mister Howard, que Conchita me falou sobre sua intenção de se reunir com o Caudilho. Quero que saiba que estou trabalhando para isso.

— O problema é que vou embora depois de amanhã, e quase não me resta tempo, e é de suma importância que eu entregue a ele uma mensagem pessoal de alguém que o senhor já sabe quem é.

— Compreendo perfeitamente e acredite que vou ajudá-lo. Eu o apoio, também acredito que seja uma reunião necessária. Mas o Caudilho estava em viagem e volta hoje. Como está seu programa amanhã?

— Tenho uma reunião com um grupo de crianças da Escola Britânica de manhã. À tarde um encontro com mais profissionais do cinema e à noite uma recepção de despedida na embaixada britânica. Continuo contando?

— Não, está bem, só de ouvir já me canso... Confie em mim.

Conchita teve uma estranha sensação ao ver os dois homens de sua vida conversando animados. *Que bonitões!*, pensou, em sua eterna frivolidade.

Enquanto Leslie estivera de festa em festa e de conferência em conferência, Conchita havia vivido uma tempestade que a tinha sacudido como um veleiro em alto-mar. Mal tinha se recuperado. Quando Ricardo voltou de viagem, marcou um encontro com ela no café Lyons de Cibeles. Dessa vez não vinha com flores, nem com um presente da viagem que acabava de fazer, como era de costume. Vinha simplesmente lhe dizer que não queria se casar com ela, que retirava a proposta que tinha feito no Pasapoga. Conchita ficou pálida como uma toalha de altar. Usava o anel de noivado, tirou-o e devolveu-o.

— Não é justo que fique com isso.

— Foi um presente. Não pensava em pedir de volta.

— Você é um cavalheiro.

— Fique como lembrança.

Nessa hora Conchita não conseguiu reprimir as lágrimas.

— Não posso ficar aqui, não quero que me vejam chorar.

— Venha comigo, vamos dar um passeio no Retiro, mesmo que seja o último.

73

Saíram e caminharam rua acima até entrar no parque. Os vendedores de *waffle* lhes ofereciam tentar a sorte nas roletas portáteis que carregavam com a mercadoria. Mendigos e paralíticos estendiam a mão para esse casal tão elegante. Conchita abriu a bolsa e distribuiu algumas moedas.

— Que Deus a acompanhe, senhora.

Continuaram caminhando até o lago artificial, em silêncio.

— O que aconteceu com você, Ricardo? Você me deve uma explicação, não acha?

— Eu pensava que fosse o contrário, que você me devesse uma explicação.

— Por que está dizendo isso?

— Por causa do seu comportamento. Frio, indiferente, quase hostil. Porque no fundo você não me ama, Conchita, e me dei conta disso. É muito simples. Você só ama a si própria. Não há lugar para mim.

— Não é verdade. O amor é... Não é o que você pensa, tudo maravilhoso, cheio de palavras bonitas flutuando, não, o amor não é isso. O amor é contornar as dificuldades, vencer o medo, não sei...

— Faz meses que a pedi em casamento e você não se dignou a me responder. Sim, não, amanhã, vamos ver. Disse que vai fazer um filme com Florián Rey, que deve sair outro, no papel da rainha Isabel com seu amigo Leslie Howard... Tudo bem, entendo, é a sua vida, mas não cabe na minha. Pedi demais para você. Agora me dei conta e por isso renuncio.

— Você não se coloca no meu lugar. Para mim não é fácil deixar de ser Conchita Montenegro e passar a ser sua mulher, ou seja lá de quem for... Além disso, fui casada e foi um desastre. Tenho medo, Ricardo, você entende? Tenho medo de me ver em Valparaíso vivendo uma vida emprestada, sentindo-me prisioneira. Tenho medo de me arrepender de dizer sim.

— Você me diz isso porque não me ama. Porque quando alguém ama de verdade, está disposto a ir, não apenas para Valparaíso, mas até o fim do mundo.

— Mas eu não. Essa sua ideia de amor é irreal, é de alguém inexperiente. Dá para notar que você não foi casado. Se por amor você se refere a ficar boquiaberta contemplando a virilidade do meu marido, então não, não te amo. Nem penso em costurar suas cuecas; se você quiser esse tipo de mulher, procure outra.

— É o que farei.

Houve um longo silêncio, interrompido por Conchita:

— Amar é outra coisa, Ricardo. É se colocar no lugar do outro, é se irritar e não ficar com rancor, é atirar as coisas na cabeça um do outro e depois dormir juntos. Os casais que nunca brigam estão mortos.

Conchita secou as lágrimas na manga da blusa, mas de repente começou a soluçar, e já não tinha mangas secas para enxugar a dor.

— Vou te dizer uma coisa, Ricardo... — disse, enquanto o muco caía do seu nariz.

Os soluços não a deixavam falar.

— Vamos lá, estou escutando.

— Se você me deixar, vou com você.

— Como?

— Isso mesmo que você escutou. Você me abandona, mas eu não penso em te deixar.

— Será que não percebe o disparate do que está me dizendo?

— Claro que sim. Não vou permitir que você me deixe. Estou à beira do precipício, preciso do seu apoio.

— O que você está dizendo?

— Que não sei o que fazer com a minha vida. Estou sendo muito franca.

Ricardo não havia podido imaginar como seria a reação de uma mulher como Conchita, com tanto orgulho, com um caráter tão rebelde, e ao mesmo tempo tão sincera que não tinha pudor em mostrar sua vulnerabilidade. Essa mistura de força e fragilidade formava o encanto tão especial que ela tinha, e era difícil não ficar comovido.

— Não quero me casar para ser a solução da vida de ninguém — disse ele. — Quero que me amem. E você não me demonstra amor, pelo contrário.

— Já me abandonaram duas vezes e não acredito que vou aguentar uma terceira vez.

— Você só fala de si própria.

— Sou um pouco diva. É normal, não?

— Então fique com o amor do público, mas não com o meu.

— Você vai me deixar mesmo? Assim, jogada como um trapo?

— O medo do abandono não é um bom motivo para casar.

— Não vou permitir que você faça isso. Não me deu tempo nem para responder quando me pediu em casamento. Tinha coisas para resolver na minha vida, na minha carreira, no meu coração. E agora me deixa antes que eu tenha podido responder?

— Faz meses que estou esperando.

— E o que são meses quando uma vida inteira nos espera? Vamos, venha cá, você é impaciente.

Conchita lhe deu um beijo, desses beijos de cinema, longo e apaixonado, como em seus filmes. Não encontrou resistência, porque no fundo sabia que ele a amava. E não contente com isso, enfiou a mão por dentro das calças dele.

— Conchita, por favor… estamos no parque.

— E daí?

Nesse momento tocou um apito. Era um guarda. Se o casal fosse um soldado e uma empregada doméstica ele teria levado a ambos para a delegacia. Mas como viu que os dois estavam tão bem-vestidos, limitou-se a chamar a atenção.

— Senhores, por favor, comportem-se, estamos em local público.

— Vamos para casa.

Mandou Vicenta para a loja de armarinho Pontejos, na Puerta del Sol, para comprar linha de costura, e assim estava certa de que teria uma tarde tranquila. Arrancou a roupa de Ricardo sem lhe dar tempo de tirar os óculos e o chapéu, soltando-lhe todos os botões da camisa e de suas calças, que caíram no chão como um acordeão. Ele tentou ajudá-la a soltar o fecho do sutiã, mas ela se antecipou com uma manobra hábil. Abriu o zíper do vestido e por último tirou a lingerie de renda de tom creme, deixando que escorregassem pelas pernas. Acabou completamente nua, vestida apenas com o anel de noivado, tão refulgente que cintilava faíscas coloridas no teto. *Que criatura linda, meu Deus!*, pensou Ricardo, que precisou admitir para si mesmo que estava apaixonado até a medula. E se deitaram no sofá, ela entregue com toda a força do seu sentimento, cobrindo-o de beijos, como quando era mais jovem e ardente. *Se isso não era amor,* pensou Ricardo, tão ingênuo como sempre, *devia ser algo bem parecido.* Já ela disse a si mesma, pela enésima vez, que gostava desse homem sério que lhe inspirava segurança, admirava seu porte de cavalheiro antigo, seus olhos azuis como o mar, sua elegância natural, seu cheiro. Também apreciava o fato de que sua mãe gostasse dele. Dizia a si própria que não tinha certeza de que o amava com um amor louco, infinito, desses que ofuscam a razão, porque Conchita Montenegro não enganava a si mesma, mas suspeitava que com um homem assim se inventaria um amor bonito, um desses que duram a vida toda, mais tranquilos e profundos. Já não via Valparaíso como um exílio, mas como a terra prometida.

Depois do amor foram para o quarto, deixando na sala uma bagunça de adolescentes que Vicenta se encarregaria de limpar, e ficaram conversando até a noite. A crise de Ricardo, sua recusa veemente a se casar por não se sentir querido, ficou para sempre enterrada entre os lençóis bordados. Conchita se comprometia a fazer apenas os filmes que já tinha assinado, *Ídolos* e *Lola Montes*.

E não levaria sua carreira adiante.

Ainda havia um assunto a ser tratado: Leslie Howard estava em Madrid e tinha lhe pedido um favor... Algo mais que um favor.

Explicou-lhe em detalhe.

— Um passarinho me disse que você teve uma história com ele, parece que muito intensa...

— Quem disse isso?

— Um dos seus amigos atores de Hollywood com quem encontrei outro dia na recepção da embaixada italiana. Não vou dizer o nome. É verdade?

Conchita hesitou entre mentir ou não. Finalmente admitiu:

— Sim, é verdade. Apaixonei-me muito por ele e me fez passar por maus bocados. Mas isso é passado, acabou, somos amigos.

—Também soube que você teve um caso com Edgar Neville...

— O que é isso? Um confessionário? Você é o Padre Ricardo ou o quê? Sim, é verdade, tive bem mais histórias com homens porque sempre gostei muito deles. Quer que eu conte todas? Vou dizer toda a verdade, já que você está afim. Não posso ter filhos não porque tive um acidente de cavalo numa filmagem, mas por ter abortado quando tinha quinze anos em Paris porque fiquei grávida de um bailarino da companhia em que trabalhava. E a parteira romena fez uma coisa tão ruim que me deixou estéril para sempre. O que mais você quer saber de mim, meu pequeno… coroinha?

Levantou-se da cama e vestiu um roupão de seda, tirou o anel de noivado e jogou na cara dele. Seu rosto estava banhado em lágrimas. Foi ao banheiro, e antes de bater a porta com força, gritou:

— *Fuck you!*

74

Tudo isso tinha acontecido no dia anterior, e agora se viam nos estúdios Chamartín como se fossem antigos namorados, desses que nunca discutem, desses cujo noivado dura tanto que não se sabe mais se são noivos, irmãos, amigos, sócios ou primos. Uma briga de tal calibre só podia acabar numa separação violenta ou, pelo contrário, numa reconciliação definitiva.

Leslie desfrutou muito do encontro com o pessoal de cinema. Riu com as histórias de Edgar Neville e gostou realmente do contato com os intelectuais, artistas e cineastas cuja mentalidade e horizontes estavam a anos-luz da maioria das pessoas comuns, traumatizadas pela crueldade da Guerra Civil e intoxicadas pela propaganda franquista, que era a alemã. “Os contatos com as pessoas da minha profissão foram muito cordiais e acho que vão dar frutos. Convidaram-nos a voltar à Espanha para fazer filmes e espero ter a ocasião de retornar”, escreveu depois em uma carta de agradecimento ao embaixador Hoare.

Depois desse dia exaustivo, a condessa Von Podewils o esperava no saguão do Ritz. Chenhalls inventou uma desculpa para deixá-los sozinhos e subiu para o quarto. Leslie convidou-a para tomar uma bebida no bar.

Era mais de meia-noite quando subiram para a suíte de Leslie.

Na manhã seguinte, que era o dia de sua partida, o telefone tocou. Leslie acordou, sobressaltado. Era Ricardo Giménez-Arnau.

— Às dez em ponto um carro vai passar para buscá-lo; por favor, esteja pronto. E não comente com ninguém.

— *Thank you,* Ricardo.

— *My pleasure.*

Pulou da cama e se vestiu às pressas. Disse para a condessa que vinham buscá-lo com antecedência para ir ao colégio inglês porque o pessoal da embaixada era muito paranoico com horários. Von Podewils também se vestiu, se arrumou rapidamente e os dois deixaram o quarto.

— Quando te vejo de novo?

— Hoje à tarde, nos jardins do hotel. Podemos tomar algo antes que me levem para a estação.

— *Goodbye, love.* Deu-lhe um beijo de despedida no corredor.

Eram quatro da tarde e Starkie estava transfigurado. Leslie não tinha se apresentado no horário combinado para dar uma palestra às crianças da comunidade britânica. Ninguém sabia do seu sumiço. Ligou para o embaixador, que também estava preocupado. Leslie havia desaparecido sem avisar, sem deixar rastro, sem dar a menor explicação, nem sequer para seu amigo Chenhalls. Starkie chegou a pensar que ele havia sofrido um acidente ou que tinha caído nas garras dos agentes de Hans Lazar. Tudo era possível em Madrid naquela época.

Quando finalmente apareceu no hotel à tarde, desdobrou-se em desculpas.

— Desculpe, Starkie. Pobres crianças, esqueci completamente!

— Mas você tinha o encontro agendado por escrito e nós ainda te lembramos sobre ele — protestou Starkie.

— Sinto muito, peço perdão. Foi minha culpa. Tenho una memória nefasta. — Explicou para Starkie ao pé do ouvido: — Era uma aventura que não podia deixar passar.

— Eu disse para que tivesse cuidado.

— Tive, fique tranquilo.

Na verdade, Leslie Howard passara a manhã no palácio de El Pardo. Durante o trajeto, tinha comentado com Ricardo como aquela estrada era boa, porque sempre havia escutado que as estradas na Espanha eram um desastre. Ricardo, muito diplomático, disse-lhe que existiam muitos preconceitos contra a Espanha no mundo anglo-saxão.

Foram recebidos por um soldado da guarda pessoal de Franco e conversaram longamente com ele, que foi muito caloroso com Leslie. Ainda estava sob a influência de ter assistido ao filme *...E o Vento Levou* e deixou-se seduzir pela tranquila amabilidade do inglês. Além de Ricardo, estava seu irmão Fernando, que curiosamente alguns anos antes defendera o abandono da neutralidade e a entrada na guerra ao lado da Alemanha; o ministro de Relações Exteriores, Gómez-Jordana; o bispo de Madrid, que tinha chorado assistindo ao filme, e uma infinidade de altos funcionários do regime. O encontro aconteceu em um ambiente de excelente cordialidade. Franco entendeu perfeitamente a mensagem, e seu ministro de Relações Exteriores também: nada de tomar Gibraltar, a Espanha devia abandonar o status de não beligerância e voltar à neutralidade. Em troca, obteria o reconhecimento internacional do regime. Era um bom "*deal*", concluiu Leslie. Não foi preciso que ninguém acrescentasse o bordão que pairava no ar... se os Aliados ganhassem. Franco deu a entender que estava de acordo.

À tarde Leslie estava radiante. Conchita veio ao Ritz para se despedir e ficaram nos jardins tomando um dry martíni, como nos bons tempos. A temperatura agradável e o aroma de flores evocavam a primavera que naquele momento parecia o símbolo do sucesso da missão.

— Ficarei eternamente agradecido — disse Leslie. — A conversa não poderia sair melhor. E o seu namorado é um autêntico *gentleman*.

— Então, você acha que tenho futuro como espiã?

Leslie deu uma risada.

— Como espiã não sei, mas como diplomata e mulher de Ricardo, com certeza.

Nesse momento a condessa Von Podewils passou e trocaram um sorriso.

— Não me diga que você?... — Leslie assentiu com a cabeça. — Você não muda, Leslie. Vou contar para a Ruth.

Leslie explodiu de rir e quase se engasgou.

— Que tipo raro você é, o mais maravilhoso que encontrei até hoje.

— Isso aí, doure a minha pílula.

— Não perca tempo me ameaçando com Ruth, porque escrevi uma longa carta para ela contando como as coisas saíram bem. A missão foi um sucesso. E graças a você, devo admitir.

— Sinto-me muito honrada por ter posto meu grãozinho de areia para que termine todo esse horror. Mas tenha cuidado com ela — alertou indicando a condessa. — Você lhe disse que ia embora hoje? Ela sabe detalhes sobre a sua viagem?

— Acho que sim, mas não me preocupa. Ela quer passar para o nosso lado.

— Você é um inconsciente, Leslie. Em Madrid não se pode confiar em ninguém.

Nesse momento chegou um funcionário da embaixada. O carro para levar Leslie e Chenhalls para a estação estava pronto. Havia chegado a hora de ir embora.

— Avise-me quando vocês se casarem. Quero enviar um bom presente. Pelo menos.

— Não fique preocupado, nosso melhor presente é a sua amizade.

Despediram-se com beijinhos na bochecha e Leslie aproveitou para apertá-la fortemente contra o peito.

— *My God,* que cheiro bom você tem...

— My Sin. Obrigada pelo presente.

— *So long, my friend.*

Deixou-a ligeiramente perturbada, mas ele era assim, um sedutor. Conchita abandonou o jardim do Ritz. Pepín a esperava do lado de fora. Leslie trocou algumas palavras com a condessa e rapidamente foi para junto de Chenhalls. Outra noite terrível no *Lusitania Express* os esperava.

Conchita relaxou no trajeto para casa. Ficou contente com a visita de Leslie. Sentia-se satisfeita consigo mesma, e isso a deixava bem. Madrid pareceu-lhe uma cidade preciosa, talvez porque a via com olhos de quem tenta imaginar as coisas no futuro, de como a cidade seria quando a guerra terminasse, quando acabassem as restrições e nas ruas houvesse alegria e luzes como quando era pequena. Tinha vontade de chegar em casa para se trocar. Havia combinado com Ricardo de ir dançar no Pasapoga. Hoje Machín se apresentava de novo. A briga de dois dias atrás servira para perceber que o amava mais do que ela própria acreditava. Não há nada como perder o amor para ser consciente de seu valor. Desejava estar em seus braços ao som de "Toda una vida", o último sucesso do cantor cubano. "Toda una vida", cantarolava Conchita, "*toda una vida me estaría contigo, no me importa en qué forma, ni dónde ni cómo, pero junto a ti...*".

75

Leslie e Chenhalls tinham pressa para voltar à Inglaterra, mas precisaram aceitar os compromissos agendados pela embaixada britânica em Lisboa: palestras, inauguração de exposições, projeções de filmes e um brinde com o magnata armênio Calouste Gulbenkian. No final, ninguém queria ficar uns dias a mais nem passar férias em Estoril. Resolveram antecipar a volta para o dia primeiro de junho, mas o voo da Boac 777 estava cheio. Leslie insistiu que deveria viajar naquele dia e a embaixada enviou um funcionário ao escritório da boac na avenida da Liberdade.

— Tenho dois passageiros que exigem prioridade: o senhor Leslie Howard e o senhor Alfred Chenhalls.

— Precisam mesmo ir amanhã? Não podem esperar o voo do dia vinte e dois? As listas estão encerradas.

— Precisam viajar amanhã. Têm prioridade do Ministério da Informação.

— Vou precisar tirar dois passageiros.

O funcionário da Boac tirou da lista o menino Derek Partridge e sua *nanny* Dora Rowe. Foi um aborrecimento para o garoto, que morava nos Estados Unidos e fazia três anos que esperava se reunir com os pais em Surrey. A embaixada hospedou-os em um hotel de Estoril até que a companhia pudesse arrumar dois assentos para eles no próximo voo.

No aeroporto de Portela, a lista de passageiros alterada foi entregue à alfândega e à polícia portuguesa. Anos depois soube-se que uma cópia foi enviada à embaixada alemã. Em Berlim conheciam o nome de todos os passageiros que viajavam no avião.

O copiloto conferiu o informe meteorológico que anunciava fortes ventos do sudoeste no golfo de Viscaya com marejada e pouca visibilidade. O avião, um DC-3 batizado de *Ibis*, voaria acima das nuvens.

Quando Leslie entrou no avião, os catorze passageiros se surpreenderam ao ver que fariam a viagem com semelhante celebridade. Cumprimentou efusivamente Wilfred Israel e tomou lugar. De repente, seu rosto se iluminou.

— As meias!

Saiu rápido do avião e, na pista, dirigiu-se a um funcionário da linha aérea, a quem explicou que devia buscar um pacote na alfândega portuguesa. Entregou-lhe o formulário que havia preenchido na fronteira e o funcionário saiu em disparada até a alfândega. Leslie voltou para o avião, sentou-se ao lado de Chenhalls e apertou o cinto de segurança. Os motores já estavam sendo ligados quando viu chegar correndo o funcionário, que lhe entregou, sem fôlego, o pacote de meias.

— Conseguimos! — comemorou Leslie, rindo.

O *Ibis* decolou de Portela às nove e trinta e cinco. Os cinco minutos de atraso se deviam ao tempo que havia levado para recuperar as meias. A duração estimada de voo era de sete horas até o aeroporto de Whitchurch, em Bristol. Tinha enviado um recado para Ruth: "Estarei em casa para o jantar". A aeronave subiu revelando a soberba paisagem do estuário do Tejo e da cidade de Lisboa, e em seguida tomou a direção do litoral, embelezado por imensas praias de areia branca varridas por ondas oceânicas. Leslie colocou os óculos de sol para se proteger dos fortes reflexos nessa altura. O céu era de um azul intenso e as nuvens, que logo apareceram, bem abaixo, eram como uma almofada de algodão. O voo transcorria normalmente até que os passageiros viram, pelas janelas, a silhueta de alguns caças da Luftwaffe.

Às doze e quarenta e cinco a torre de controle de Whitchurch recebeu um alerta do piloto do *Ibis*:

— De Charlie Bravo a GKH... Um avião não identificado me segue.

Alguns minutos depois o piloto mandou uma mensagem desesperada:

— De Charlie Bravo a GKH... Estou sendo atacado por um avião inimigo.

A torre de controle de Whitchurch chamou várias vezes o *Ibis* e não obteve resposta. Quem sabe o rádio tinha sido atingido por um disparo, pensaram, ou a antena havia se soltado. Lembraram-se de que algo parecido tinha acontecido com o mesmo piloto em um voo anterior. Esperaram até a uma e vinte, mas o *Ibis* não enviou mais nenhuma mensagem. Restava a esperança de que a aeronave tivesse sobrevivido ao ataque e que houvesse aterrissado em algum lugar. O exército britânico desviou dois Sunderlands incumbidos da vigilância de submarinos alemães para procurar o avião. Percorreram em grupo a área ao norte do cabo Finisterre durante três horas, mas as condições eram muito ruins, com nevoeiro e mar agitado, e não viram objetos flutuando nem sobreviventes. Um destroyer espanhol saiu de El Ferrol para se juntar à busca durante vinte e quatro horas. Mas também não encontrou nenhum rastro. Na tarde de dois de junho, o avião foi declarado oficialmente desaparecido e sem sobreviventes.

76

Ruth recebeu a última carta de seu marido dois dias depois do anúncio de seu desaparecimento. "Espero chegar antes que esta carta. Estou muito feliz por ver vocês de novo. Deus te abençoe, querida, e *au revoir.* Leslie." Essas foram as últimas palavras que recebeu do homem da sua vida. Vinte e sete anos e um "*au revoir*". Despedia-se a sua maneira, intangível e esquiva. No sentido estrito da palavra, não voltaria mais, no entanto para Ruth não era necessário porque ela o carregava dentro de si, porque ela tinha sempre sido sua base mais sólida, seu muro protetor, porque o adorou a vida toda. Apesar dos devaneios, ele sempre tinha voltado para ela. Era seu porto seguro, seu consolo, seu lar, sua amiga. Sabia que ele precisou dela até o final e amou-a, a seu modo.

Leslie se foi como sempre soube que o faria, de forma súbita e nada complicada. O filho Wink soube da notícia a bordo de um navio mercante no leste da África, pelo rádio da embarcação. A filha, na Inglaterra, com a mãe.

"A tristeza durou muitos anos, mas o sentimento de solidão que sua perda me causou durou a vida toda", escreveu Doodie.

Na Inglaterra, a morte de Leslie Howard foi uma comoção nacional. "Howard era muito mais do que um ator popular. Desde a guerra tinha se convertido no símbolo do povo britânico", disse o *The Times*. Talvez por isso caiu sob fogo inimigo. O primeiro anúncio público do desastre do voo do *Ibis* chegou de Berlim. A notícia da morte de Leslie Howard foi publicada com destaque no periódico de Goebbels *Der Angriff*. Em títulos grandes, maiores do que aqueles dedicados à retirada estratégica dos exércitos de Hitler na Rússia, a primeira página dizia: "Pimpernel Howard fez sua última viagem". Era uma vitória patética para se vangloriar, mas Goebbels deve ter desfrutado.

No mundo inteiro a reação foi de incredulidade e choque. Ashley Wilkes assassinado pelos alemães! A América estava horrorizada. Embora todos os amigos e companheiros de Hollywood e das indústrias cinematográficas em que trabalhara estivessem comovidos, os atores que tinham se envolvido na guerra estavam ainda mais. Seu velho amigo Douglas Fairbanks Jr., que havia sido ameaçado de morte e de sequestro dos filhos quando formou um comitê para defender a América ajudando os Aliados, chorou amargamente a perda. Mas não foi suficiente para afastá-lo de seu compromisso com a guerra. Em 1943 Fairbanks inventou a missão *Beach Jumpers*, que consistia em simular desembarques anfíbios com uma força muito limitada. Operando a dezenas de quilômetros das verdadeiras praias de desembarque, os *Beach Jumpers* faziam o inimigo acreditar que eles estavam na verdadeira praia de desembarque, conseguindo distrair assim uma parte das forças inimigas. Outra atriz que pranteou sua perda foi Hedy Lamarr. Eles tinham se conhecido brevemente em 1939, na época em que Leslie estava com Violette Cunnington, quando o casal alugou sua casa. Primeira mulher a fingir um orgasmo no cinema (no filme Éxtasis, de 1939), além de atriz, Hedy Lamarr era engenheira e inventora, e tinha patenteado um sistema de comunicação secreta para construir torpedos teledirigidos por rádio que não puderam ser detectados pelos alemães. De origem judaica, dedicou-se à causa da guerra a serviço do governo norte-americano porque, tal como Leslie, encontrou nisso um sentido para a sua vida. Mas quem chorou mais do que todos a perda foi Humphrey Bogart. Ele devia sua carreira a Leslie, que enfrentou os produtores do filme *Floresta petrificada* para que lhe dessem o papel de gângster, previsto inicialmente para Edward G. Robinson. Leslie havia prometido esse papel para Bogart quando fizeram juntos essa obra no teatro. E cumpriu com a promessa, fincando o pé diante dos chefes do estúdio e dizendo-lhes que não contassem com ele para o papel de protagonista se não contratassem

Bogart. Isso foi o início de uma carreira fulgurante eBogart nunca se esqueceu daquele gesto. Anos mais tarde, quando teve uma menina com Lauren Bacall, deu-lhe o nome de Leslie em sua homenagem.

Churchill também ficou comovido com a morte de seu amigo, com quem havia passado tantas horas trabalhando no roteiro de *Lawrence da Arábia*, quando era um deputado que ninguém escutava. Mas transformava a dor em raiva. Declarou que os alemães não queriam matar Leslie, mas ele próprio. Estava convencido de que tinham se enganado porque Alfred Chenhalls com sua corpulência, seu porte e o formato da cabeça, parecia-se com ele. "A brutalidade dos alemães não tem comparação com a estupidez de seus agentes. É difícil entender como alguém pode imaginar que com todos os recursos de que a Grã-Bretanha dispõe, eu teria reservado uma passagem em um avião sem armas e sem escolta, e ainda teria feito o voo para a Inglaterra em plena luz do dia."

No início, a teoria de Churchill foi amplamente aceita na Inglaterra, mas depois de muitas investigações chegou-se à conclusão de que, para os nazistas, Leslie era o homem a ser abatido. Justamente por ser o símbolo do povo britânico, por ser seu propagandista mais eficaz, os alemães calcularam que sua perda causaria um dano irreparável ao moral dos ingleses.

O impacto de *Pimpernel Smith* foi enorme, mas difícil de avaliar. Um exemplo de sua influência foi oferecido por Raoul Wallenberg, um diplomata sueco que assistiu ao filme na embaixada britânica de Estocolmo. Ficou tão emocionado que disse à irmã: "Quero fazer a mesma coisa". Em 1944, como oficial do comitê de refugiados estabelecido por Roosevelt, Wallenberg salvou milhares de judeus húngaros da deportação para os campos da morte. Entregava-lhes passaportes suecos ou negociava sua liberdade com dinheiro. Foi reconhecido em Israel como um "justo entre as nações".

77

Conchita Montenegro soube da notícia enquanto Pepín a levava para experimentar os figurinos para *Ídolos*. Reconheceu imediatamente a voz de Fernando Fernández de Córdoba, o locutor que delatara sua amiga Rosita Díaz Gimeno no começo da Guerra Civil, uma voz que detestava tanto quanto o personagem, e que anunciava no rádio do carro. "Pimpernel Howard fez sua última viagem", começou dizendo, difundindo a notícia tal como fora divulgada na Alemanha. O resto a deixou paralisada. Pepín tentava dissimular a emoção enxugando os olhos com um lenço.

— Voltemos para casa, Pepín, estou passando mal. Pare na banca da Puerta de Alcalá e compre os jornais, por favor.

Não podia respirar, tampouco conseguia chorar. Estava tentando assimilar a notícia. Quando chegou em casa, telefonou para Ricardo, que já tinha tomado conhecimento pelo teletipo do ministério. Ele deixou o trabalho e saiu às pressas para a casa dela, para estar ao seu lado. As palavras de consolo não lhe saíam. Só disse que Leslie havia cumprido com sua missão e que a morte dele não havia sido em vão.

— Mas Ricardo, foi culpa minha...

— Não, você não tem nada a ver com isso ele tomou a decisão de vir e conhecia os riscos.

— Mas nunca teria vindo a Madrid a não ser por mim, por nós. Ele me disse.

Ricardo a abraçou e Conchita descansou a cabeça em seu peito. Agora sim, começou a chorar, com uma tristeza profunda, até deixar a camisa de Ricardo encharcada.

Enquanto isso, a condessa Von Podewils se comunicou com a embaixada britânica, assustada. Jurou para Starkie que não tinha nenhuma ligação com o ataque ao avião, que jamais passou informação sobre os horários e os planos de Leslie em Lisboa. Era verdade, porque não podia conhecê-los. Apesar de ter o passaporte confiscado por Hans Lazar, queria ter boas relações com ambas as partes, uma questão de sobrevivência. Starkie a atendeu com todo o decoro que se podia esperar de um diplomata inglês, embora por dentro apenas tinha vontade de chorar sozinho pela morte de Leslie.

Naquela tarde, Hans Lazar não pôde ir ao Embassy para saborear *scones* com chá, seu lanche favorito, e cumprimentar seus contatos a torto e a direito. Em sinal de luto, Margarita Taylor resolveu fechar seu estabelecimento.

Leslie Howard morreu em serviço, como mais um soldado. Suas armas não foram os rifles nem os morteiros, mas a palavra, o cinema e as boas histórias edificantes, essas que por meio da emoção consolidam o vínculo entre os homens de boa vontade. Sua morte também foi consequência de uma necessidade de redenção. Como confessou a Violette Cunnington, durante a Primeira Guerra Mundial não voltou traumatizado do front simplesmente porque nunca esteve lá. A oficialidade considerou que ele não servia para as trincheiras. Era demasiado intelectual, demasiado fino, demasiado senhoril. Devolveram-no à cidade onde Ruth o esperava. Não foi vítima da neurose de guerra, mas da vergonha de não ter estado à altura. E sofreu por isso. Quando a Segunda Guerra Mundial eclodiu, viu a oportunidade de se redimir e de demonstrar ao mundo e a si mesmo que podia lutar na guerra com a eficácia e o valor do melhor dos soldados.

Epílogo

Quatro meses depois do encontro com Leslie Howard, Franco retirava a Divisão Azul da frente da Rússia e declarava a neutralidade da Espanha na Segunda Guerra Mundial. De alguma forma, aquela notícia ajudou a mitigar o sentimento de culpa de Conchita. Leslie Howard não tinha morrido em vão. Mas ela confessou a José Rey-Ximena, pesquisador, autor espanhol e o último a entrevistá-la: "Foi um tremendo golpe para mim. O arrependimento foi terrível durante toda a minha vida".[8]

Conchita ficou de luto por ele. Rodou os dois últimos filmes que havia contratado, e com o último, *Lola Montes*, que teve uma grande repercussão comercial e cujas roupas de Cristóbal Balenciaga causaram sensação, encerrou-se a carreira da mais singular, sedutora e deslumbrante estrela do cinema espanhol.

Conchita partiu para Montevidéu para se juntar ao marido, com quem havia se casado por procuração, e passaram a lua de mel no Uruguai antes de se instalarem em Valparaíso. Fez a travessia do Atlântico no *Monte Espadán*, um navio da companhia de navegação Aznar, cujo jovem radiotelegrafista, Julio Moro, era pai do autor deste livro.

Ricardo, que precisara ir alguns meses antes para assumir o cargo, viajou no *Cabo de Hornos*, o mesmo navio em que estava seu irmão José Antonio com a família, nomeado para a embaixada de Buenos Aires. Naquela travessia, em pleno oceano Atlântico, no sul do Brasil, nasceu seu sobrinho, que foi batizado com o nome de Joaquín, mas que seria conhecido como Jimmy, apelido que lhe colocaram no colégio da Inglaterra onde foi estudar. Quando adulto, tornar-se-ia o famoso e polêmico jornalista Jimmy Giménez-Arnau.

Naquela travessia, José Antonio assim lembrava de seu irmão: "Alegre e otimista, o que me leva a supor que seu problema com Conchita esteja totalmente superado e que devem ter encontrado uma fórmula da qual não

8. REY-XIMENA, José. *El vuelo del Ibis.* Madrid: Facta, 2008.

me revela". A fórmula era muito simples: Conchita tinha resolvido deixar o cinema. Tinha trinta e três anos. Não havia sido uma saída no estilo de Greta Garbo, que quis poupar seus fãs do espetáculo da velhice e recuperar uma vida particular da qual sempre sentira saudade. Não, Conchita abandonava a carreira porque estava convencida de que fazer cinema já não tinha sentido, porque lhe parecia patético tornar-se uma atriz mais velha e principalmente porque amava seu marido. Via a possibilidade, como mulher de diplomata, de ter uma vida mais útil, mais completa, mais interessante. Pouco a pouco, ao olhar para trás, teve a impressão de que muito do que vivera era trivial, superficial, que a sua vida havia sido sem rumo, desnorteada, com grandes lampejos de diversão, mas também sofrendo os golpes da solidão, a insegurança, a angústia e um grande medo do futuro. Via o passado como a espuma da vida, enquanto o presente era visto como a essência. Casando-se com Ricardo, seus medos se evaporaram. Descobriu um homem alegre e otimista, uma pessoa interessante, com uma memória fantástica que assombrava pela cultura que possuía, e sobretudo uma pessoa carinhosa, muito atenta a ela. Descobriu o calor do amor. Todo o resto, em comparação, não valia a pena.

Em 1946, terminada a guerra, foram enviados para Ancara; depois para o México, Washington, Londres, Viena, Santo Domingo, Genebra, Paris e Bucareste. Concluíram a vida diplomática como embaixadores no Marrocos. Conchita cumpriu seu papel com responsabilidade e graça, deixando para trás uma excelente lembrança em todos os que conviveram com ela. "Foi uma embaixadora magnífica", disseram a respeito dela. Formaram um casal muito afetuoso e brilhante, que projetava uma imagem da Espanha mais aberta, sedutora e europeia do que realmente era. Conchita encontrou em Ricardo essa estabilidade que, no fundo, tanto desejava, esse amor profundo e sereno, feito de detalhes cotidianos, de atenções mútuas, de carinho e compreensão. Foram vinte e sete anos de serena felicidade, até que a doença bateu à porta e interrompeu o idílio. Em dezenove de julho de 1972, Ricardo Giménez-Arnau morreu de câncer depois de uma longa agonia. Conchita esteve a seu lado dia e noite, sem fraquejar, cuidando dele, consolando-o, acompanhando-o até o último suspiro.

Então ela se encontrou outra vez com sua velha companheira de viagem, a solidão. Desta vez sem saída. Viúva aos sessenta anos, refugiou-se em seu apartamento na rua Juan Bravo e se recusou a participar da vida social da Madrid da época. O crítico de cinema Florentino Hernández Girbal, que ao terminar a Guerra Civil foi condenado a trinta anos de prisão, pena depois reduzida para doze anos, tentou entrevistá-la para um livro sobre os espanhóis que haviam estado em Hollywood, mas Conchita se negou veementemente. Rejeitou assistir a uma homenagem que o festival de San Sebastián, a cidade que a viu nascer, quis lhe oferecer. Desde seu casamento com Ricardo não concedeu nem sequer uma entrevista sobre seu passado, e se negou a receber prêmios como a Medalha de Ouro ao Mérito Artístico que o Ministério da Cultura lhe ofereceu nos anos 1990.

Numa tarde do ano 2000, pediu para Emílio, o porteiro do seu prédio, que a acompanhasse até as caldeiras do edifício. Desceram com caixas cheias de fotografias, cartas, lembranças. Disse ao porteiro para jogar os documentos no fogo.

— Mas, senhora, esta não! — implorou Emilio ao ver que ela ia queimar uma foto em que aparecia entre Gary Cooper e Leslie Howard.

Mas Conchita não lhe deu ouvidos e ela mesma atirou a foto no fogo. "Que raiva me deu!", contou Emilio para José Rey-Ximena, que entrevistou o porteiro para seu livro. Para uma sobrinha que lhe perguntou por que nunca falava de Hollywood, respondeu apenas: "Foram loucuras de juventude". Ao apagar Hollywood de sua vida, quis ficar com a parte mais feliz, a que mais satisfazia seu sentido de dignidade, a que a lembrava como era bom ser amada e não a angústia de correr atrás do amor.

Conchita Montenegro teve uma vida longa. Faleceu em vinte e dois de abril de 2007, aos noventa e cinco anos de idade, em uma residência em Madrid. Os objetos de valor de sua casa da rua Juan Bravo, 29, foram, aos poucos, sendo retirados, supostamente por algum parente demasiado ambicioso. Afinal de contas, não tivera filhos. Somente umas quinze pessoas compareceram ao seu funeral. Seu grande admirador Guillermo Cabrera Infante escreveu: "Conchita Montenegro deixou todos fascinados em determinado momento e depois desapareceu. É inútil procurar seu nome nos livros e enciclopédias de cinema, nem sequer a mencionam. Só nos resta sua imagem fugaz, sua beleza perene e seu encanto mórbido e inquietante".

Justa continuou com sua relação com Hugo Donarelli, e sua sobrinha Martha Patricia, filha de Juana, se lembraria dela como uma mulher dura e exigente. Nunca a ouviu falando de seus sentimentos, nem sequer depois da morte do homem da sua vida, Hugo, em fevereiro de 1962. Recorda que nos anos sessenta dirigia um Triumph Herald como uma louca, e que nos fins de semana iam para uma fazenda que tinha em Aravaca, onde a menina, que veio passar uma temporada em Madrid quando tinha onze anos, entediava-se mortalmente. Castigava-a com facilidade e sabia como encerrar uma conversa de forma desagradável: "Ponho a calefação do jeito que eu quero", lhe disse um dia, porque a garota se queixava do frio. Apaixonada por touros, sempre conseguia os melhores ingressos. Não hesitava em pegar o telefone e ligar seja para quem fosse se precisasse de alguma coisa. Quando uma outra sobrinha lhe contou que ia visitar Valencia, Justa telefonou para o prefeito a fim de pedir que a hospedasse. Sentia prazer demonstrando que tinha influência e que estava perto do poder. Além do trabalho ao qual se dedicava com afinco, consagrava-se a obras de caridade na paróquia de Santa Rita, em frente à sua casa. Sempre foi muito austera, nunca usou joias nem contratou um chofer para si, e usava "preto, como uma integrante da associação católica teresiana". Martha Patricia lembra que "minha tia Justa criticava tudo e era duríssima, minha tia Conchita tinha um lado esplêndido e um ego enorme, mas meu tio Ricardo... Ah! Meu tio Ricardo... Como teria gostado que ele fosse meu pai!". Quando seu tio estava no leito de morte, ainda menina, entrou para vê-lo quando Justa saiu do quarto. Conchita descansava na sala porque não dormia havia várias noites. "Ai, tio Ricardo, agora você vai descansar dessa bruxa!...", disse-lhe a garota. "Ele sorriu, tentou piscar o olho para mim e me fez um gesto de carinho", recorda Martha Patricia. Morreu naquela mesma noite. Justa faleceu em 1997, dez anos antes de Conchita.

A mãe de Martha Patricia, Juana Montenegro, instalou-se no Brasil após seu casamento em Roma, em 1938, e de uma viagem de lua de mel que durou seis meses. Vivia com o marido Enrique Hermanny e quatro empregados em uma casa enorme, com todo o luxo. Deixou de trabalhar como bailarina e recusou as ofertas para fazer cinema que vinham do próprio Brasil. Teve seis filhos e deixou a lembrança de uma mulher singela, alegre, cheia de vitalidade. Sempre sentiu a necessidade de ajudar os outros, como quando foi motorista da União Republicana nos primeiros meses da Guerra Civil. Segundo contou sua filha ao autor deste livro: "Ela nos ensinou a ser gente bondosa, nos levava às favelas para ajudar os mais pobres com comida e coisas de que pudessem precisar. Tivemos uma empregada bem *negriña*, e mamãe a ajudou a se casar, deixou-lhe dinheiro, organizou a cerimônia, vestiu-a de branco e obrigou a todos os meus irmãos e a mim a ir ao casamento na favela. Depois dançamos e cantamos a noite toda. Do alto do morro via-se a baía do Rio de Janeiro iluminada. Foi uma das melhores lembranças da minha infância".

Durante muitos anos, Juana foi talvez a mais feliz das três irmãs. Por seu caráter, por estar apaixonada pelo marido, e pela maternidade e entrega aos seis filhos, cinco meninos e uma menina. Nunca deixou de pintar, de desenhar, de fazer cerâmica, esculturas de madeira e todo tipo de trabalhos manuais com que presenteava os conhecidos. Mas a relação com o marido, Enrique Hermanny, que nunca soube valorizar todas as qualidades de sua mulher, foi aos poucos se deteriorando. Os negócios iam mal e precisaram mudar de casa. De fato, a família terminou arruinada. De acordo com Martha Patricia, os Hermanny nunca a quiseram de verdade porque nunca a aceitaram como uma deles. Desprezaram-na por ser filha de gente do meio artístico, espanhola de classe média. Sabendo como parte da sociedade brasileira é esnobe e elitista, é fácil entender o ostracismo a que foi condenada. Depois sofreu muito quando descobriu que seu marido a enganava, mas não gostava de se lamentar e nunca falava sobre o assunto. Ximena Pan de Soraluce, filha do último embaixador da Espanha no Rio de Janeiro (os seguintes estariam baseados em Brasília), lembra que muitas tardes ela passava pela embaixada: "Não gostava de demonstrar que estava triste porque era uma mulher muito positiva, mas nós percebíamos, sentia-se muito abandonada, muito sozinha". Seu marido Hermanny se apaixonou por uma funcionária de origem asiática da loja de Christian Dior no Rio de Janeiro, uma mulher linda trinta anos mais moça. "Minha mãe nunca pensou que seu marido, a quem adorava, a abandonaria", confessar Martha Patricia. Divorciaram-se e ele a deixou na ruína. Precisou vender tudo o que tinha de valor, incluindo um anel de brilhantes que sua irmã Conchita lhe presenteara. O filho mais velho, que herdara uma fazenda perto de Salvador, na Bahia, construiu-lhe uma casa humilde onde morou por algum tempo. No fim, sua filha Martha Patricia foi atrás dela e a levou para viver consigo na cidade litorânea de Vitória. "Minha mãe começou a projetar roupas e fazia vestidos maravilhosos. Via um corte de Balenciaga e cortava exatamente igual, tinha um talento extraordinário". Mas nunca superou o abandono do marido. A mais alegre das irmãs Montenegro morreu de tristeza. Foi a primeira a partir, em seu apartamento de Vitória, num dia de 1985. Foi enterrada num cemitério do Rio de Janeiro.

E assim acabaram…

A Guerra Civil apanhou GREGORIO MARTÍNEZ SIERRA e CATALINA BÁRCENA em Madrid, em julho de 1936. Uma empregada que havia se tornado miliciana os denunciou e os fez entender que podiam acabar no paredão. "Passei angústias inarráveis. Dias intermináveis recebendo visitas suspeitas, suportando averiguações insolentes. Noites horríveis sem dormir ouvindo como fuzilavam perto de casa", escreveu Gregorio para a filha. Durante os meses de agosto e setembro de 1936, Catalina foi obrigada, sob a mira de uma pistola, a representar para multidões no então chamado teatro do povo. No final de setembro conseguiram escapar para Tetuán, onde viveram oito meses que lhes pareceram eternos. Em junho de 1937, zarparam para Marselha e de lá foram para Paris, onde se reuniram com Fernando Vargas, instalado na capital francesa para continuar os estudos de pintura. Pouco antes do Natal de

1937, Gregorio e Catalina se mudaram para uma casinha em Juan-les-Pins, na Costa Azul, por ser conveniente para a saúde deteriorada do escritor. "Há momentos em que me doem todos os órgãos do corpo... e da alma", escreveu para sua filha. Na manhã de primeiro de junho de 1939 partiram para a Argentina com a tristeza do cansaço e da guerra. Fixaram-se em Buenos Aires até setembro de 1947, quando voltaram definitivamente para a Espanha.

Quando estava em Paris, Gregorio abriu uma conta-corrente em um banco suíço em nome de Fernando, mas em 1940 os alemães mexeram nas contas. Pouco tempo depois, Fernando deixou de enviar notícias e de lhes escrever. Desapareceu, e a mãe pensou que tivesse sido vítima de mais uma de suas crises. Gregorio entrou em contato com seu amigo Gregorio Marañón, que morava em Paris, e de fato localizou-o em um manicômio de Burdeos. Fernando sofrera outra crise de esquizofrenia provocada pelo trágico fim de uma mulher por quem estava apaixonado, morta em um bombardeio. Marañón devolveu-o para a Espanha, onde o jovem pintor dividiu o apartamento familiar da rua Ortega y Gasset com sua meia-irmã Katia, filha de Gregorio e Catalina. Tentou fazer carreira como pintor, mas nenhum galerista de Madrid quis trabalhar com ele. Viveu do dinheiro que a mãe lhe deixara, pintando sem vender e sem ser cotado até 2008, quando morreu aos noventa e sete anos de idade. Suas últimas alucinações, que contou para Enrique Fuster de Alcázar, autor do livro *El mercader de ilusiones,*[9] tinham ligação com seus anos em Hollywood. Um dia garantiu que tinha passado uma noite dançando com Conchita Montenegro. E não admitia que o desmentissem.

Gregorio Martínez Sierra também sofreu represálias do regime de Franco, que não esqueceu seu apoio à República quando, em Los Angeles, pendurou a bandeira roxa, amarela e vermelha no balcão do consulado da Espanha. Suas obras foram proibidas até 1946, quando se encenou de novo *Canción de cuna* no teatro Lara. Doente de câncer de cólon, regressou para a Espanha em 1947. "Não aguento mais e vou para a Espanha seja como for", escreveu para aquela que continuava a ser sua mulher, María Lejárraga. "Sem renegar minhas ideias, é claro. Juram que existe tolerância." Segundo Enrique Fuster, no dia quinze de setembro, sua filha Katia o recebeu em Barajas, transformado em um velho. Ao pé da escada, Gregorio cumprimentou os membros da direção da Sociedade de Autores, que o acompanharam até sua casa da Ortega y Gasset. Morreu quinze dias depois. Enrique Jardiel Poncela foi um dos primeiros a chegar para o velório, seguido por Edgar Neville e tantos outros. Quando MARÍA

---

9. *El mercader de ilusiones* é um livro interessante, bem escrito e muito informativo sobre a vida de Gregorio Martínez Sierra e Catalina Bárcena, escrito por Enrique Fuster del Alcázar, que foi amigo íntimo de Katia, a filha de Gregorio e Catalina (SGAE, 2003).

LEJÁRRAGA soube que estava viúva, escreveu um belo epitáfio que era um verdadeiro lamento de amor. "Colho com amor e dor a pena que deixaste cair com a vida e sozinha me disponho – é preciso viver! – a continuar a tarefa que nos uniu durante meio século. De uma forma ou de outra, o fim está tão perto... Por que não esperaste? Não pudeste esperar? Se a espera devia ser tão curta!" María Lejárraga morreu no exílio, na Argentina, em 1974.

Catalina Bárcena, cuja voz soava "a coração e a cristal", recebeu, em 1972, o Prêmio Nacional de Teatro em reconhecimento à sua carreira artística. Em maio de 1978 foi internada no hospital onde morreu em três de agosto de 1978, aos oitenta e nove anos.

Graças aos contatos de Conchita Montes, uma aristocrata bem relacionada e o amor da sua vida, EDGAR NEVILLE livrou-se do paredão no início da Guerra Civil. Pragmático e sem vontade nenhuma de perder a vida de privilegiado, em 1937 se declarou "valente falangista", o que lhe serviu para apagar a lembrança de ter apoiado a proclamação da República. Ao contrário de seu colega Enrique Jardiel Poncela, nunca havia se manifestado contra a República, tampouco abertamente a favor, com exceção daquela noite em Los Angeles quando convidou todo o grupo de espanhóis que voltava do consulado para jantar. Uma vez "convertido", juntou-se ao exército franquista como repórter de guerra. Terminado o conflito, comprou uma casa em Marbella à qual, por causa da nostalgia de seus dias na Califórnia, batizou de Malibu, e onde se instalou com Conchita Montes. Um dia, Chaplin perguntou a um amigo em comum: "Neville continua tão gordo?". De fato, o escritor-diplomata dava livre curso à gula, que lhe fazia devorar enormes quantidades de comida – talvez por se ver obrigado a viver em um mundo demasiado pequeno para suas ambições –, e perdeu a boa figura de que sempre gozou. Morreu em vinte e três de abril de 1967 aos sessenta e sete anos, após um de seus numerosos tratamentos de emagrecimento.

ENRIQUE JARDIEL PONCELA foi encarcerado em uma prisão no começo da guerra, sob a falsa acusação de ser amigo de um ex-ministro da Segunda República. Libertado pouco depois, conseguiu sair da Espanha em 1937. Partiu para a França e depois para Buenos Aires. Voltou para a Espanha quando a Guerra Civil ainda não havia terminado, e se estabeleceu em San Sebastián, então zona nacional. Nos anos quarenta estreou uma grande quantidade de obras e chegou a ser considerado um dos maiores humoristas espanhóis do século XX. Nunca gozou do favor da crítica, que sempre o considerou um autor "menor" e "comercial". Mas o público abarrotava seus teatros e permitiu que ele ganhasse uma pequena fortuna que, infelizmente, não soube conservar. Perdeu muito dinheiro ao ser boicotado em Buenos

Aires por um grupo de refugiados republicanos que invadiu a estreia aos gritos de "Fascista". Precisou pagar a viagem de volta para toda a trupe sem ter arrecadado um peso na Argentina. Foi o início da sua ruína.

Em 1944 adoeceu de câncer na laringe e sua produção se tornou menos prolífica, mas até o final continuou inventando frases geniais: "Existem dois tipos de doenças: as que se curam sozinhas, e, portanto, o médico não é necessário, e as que ninguém cura, para as quais também não é necessário o médico". Morreu em dezoito de fevereiro de 1952, só e sem uma peseta. Tinha cinquenta anos. Deixou instruções para seu epitáfio, que ele mesmo escreveu: "Se buscas os maiores elogios, morre". É exatamente o que aconteceu com ele porque, a partir da sua morte, sua figura foi valorizada. E continua a ser, ano após ano. Suas obras continuam a ser representadas em teatros espanhóis e latino-americanos, e uma grande multidão foi visitar uma exposição sobre sua obra e figura, inaugurada no começo de 2018 no Instituto Cervantes de Madrid.

Sua grande amiga da última época de Hollywood, ROSITA DÍAZ GIMENO, conhecida como Peque, se salvou por pouco de ser fuzilada quando estava filmando *El genio alegre* em julho de 1936, em Córdoba, que foi zona nacional desde o início. "Fiquei detida no alcácer, sem comer nem beber durante trinta e duas horas. Percebi que se tinham decidido me fuzilar, não deviam me humilhar", declarou ao cineasta José María González-Sinde, que a entrevistou em Nova York, em 1982. Acusaram-na de ter sido considerada "o sorriso da República" e de ter opinado, em novembro de 1931, sobre temas polêmicos quando declarou a uma revista que lhe parecia formidável que outorgassem o voto à mulher. "E o divórcio me entusiasma, não porque pense em colocá-lo em prática, mas porque me parece algo mais do que justo", acrescentou. Nunca esclareceu os detalhes de sua libertação nem de quem interveio em seu favor, mas se especulou que foi objeto de um intercâmbio com um prisioneiro do grupo republicano. Porque a acusação mais grave que pesava sobre ela, feita pelo locutor Fernando Fernández de Córdoba, era que "a tinha visto falando na estação do Mediodía com o doutor Juan Negrín, filho mais velho do chefe do governo republicano". De fato, eram namorados, e se casaram em 1939, após a derrota da República. Voltaram para os Estados Unidos e se estabeleceram em Nova York, onde ele chegou a ser um prestigiado neurocirurgião e ela, professora da Universidade de Princeton.

MARÍA ALBA, a atriz por quem Antonio Cumellas se apaixonou tanto, naturalizou-se norte-americana e se estabeleceu em Los Angeles, onde fez cinema até 1946. Casou-se em segundas núpcias com o executivo Richard J. Burk e teve três filhos. Morreu em San Diego em vinte e seis de outubro de 1999.

JOSÉ MOJICA, destacado ator mexicano que organizava festas espetaculares em sua mansão no cânion de Santa Monica, devoto da Virgem de Guadalupe, entrou em depressão depois da morte da mãe, a quem venerava, e brotou-lhe o desejo de se dedicar à vida religiosa. Ingressou no seminário e se converteu no Frade José de Guadalupe Mojica, ordenando-se sacerdote em 1947. Dez anos mais tarde escreveu um livro, *Yo, pecador,* que inspirou um filme em que ele mesmo interpretou seu próprio papel. Morreu em 1974 no convento de São Francisco em Lima, após uma grave hepatite, assistido pelos membros da congregação.

RAMÓN NOVARRO, a quem promoveram como o rival de Rodolfo Valentino e que chegou a ser o ator latino mais importante, amigo de Greta Garbo (com quem protagonizou *Mata Hari*) e que dirigiu Conchita Montenegro em *Sevilha de meus amores,* aquele a quem Louis B. Mayer quis casar para dissimular sua homossexualidade, morreu assassinado de forma atroz. Levou para casa dois irmãos, um de vinte e dois e outro de dezessete anos, Paul e Thomas Ferguson, com o propósito de receber serviços sexuais. Não os conhecia, e eles, ao verem a opulência da casa de Novarro, resolveram roubá-lo. Ataram suas mãos com uma corda, enfiaram-lhe um vibrador de grafite de estilo *art déco* (presenteado por Rodolfo Valentino, segundo alguns disseram) na garganta e o torturaram até a morte. Depois depenaram a casa, mas só encontraram quarenta e sete dólares. Foram detidos, julgados e condenados à prisão perpétua. Novarro foi homenageado com uma distinção póstuma: uma estrela recebeu seu nome na Calçada da Fama de Hollywood.

JACK CUMMINS, o sobrinho de Louis B. Mayer que se apaixonou por Conchita, desenvolveu uma carreira brilhante como produtor, com títulos em seu portfólio como *Born to Dance,* de 1936, *Sete noivas para sete irmãos,* o filme que rendeu mais dinheiro em 1954, e *Viva Las Vegas*, com Elvis Presley. Descobriu Esther Williams, que protagonizou um filme seu, *A filha de Netuno,* cuja canção de Cole Porter, "Baby, it's cold outside", venceu o Oscar em 1949. Nunca pôde se livrar da sombra do tio, e ao orgulho de seus sucessos se somava uma certa amargura. Segundo revelou em uma entrevista ao *Los Angeles Times*: "Meus êxitos não eram de 'Jack Cummins, o produtor', mas de 'Jack Cummins, o sobrinho de Louis B. Mayer, que produz'". Casou-se com Elizabeth Kern, filha do compositor de música teatral Jerome Kern, com quem teve quatro filhas. Morreu em Beverly Hills de um ataque do coração aos oitenta e quatro anos, em 1989.

RAOUL ROULIEN, o primeiro marido de Conchita, o homem que queria juntar a técnica de Hollywood com a criatividade brasileira, esteve a ponto de ver seu sonho realizado, apesar de sofrer o escárnio da elite intelectual de seu país, que sempre o desprezou por ser "popular". Em 1949 conseguiu financiamento para uma superprodução chamada *Jangada*, uma bonita história épica sobre como um grupo de brasileiros quis acabar com a escravidão, baseada em uma obra da célebre escritora Rachel de Queiroz. Era o auge do seu desejo de competir com Hollywood: seria o cinema brasileiro para o mundo, com todos os meios necessários, incluindo oito mil figurantes. Na véspera da estreia, um incêndio misterioso destruiu o laboratório onde se guardava a única cópia editada e todo o material filmado. Seu esforço titânico desapareceu para sempre entre as chamas e sua carreira não se recuperou. "Muita gente tem inveja de mim", declarou à imprensa para dar uma explicação. Nunca mais conseguiu produzir um filme de ficção e caminhou à deriva rodando documentários, depois produzindo teatro e finalmente dedicando-se à televisão, mas com pouco sucesso. Seu projeto de fazer um filme sobre a história do médico Oswaldo Cruz nunca veio à luz. Dez anos antes de morrer, sofreu uma queda e perdeu a fala. Sua grande sorte foi ter se casado com a atriz Nelly Rodríguez, que ficou ao seu lado e cuidou dele com dedicação. O fantástico menino cantor, a quem a vida deixou sem voz, faleceu aos noventa e cinco anos, em São Paulo, em oito de setembro de 1997. Mas sua verdadeira morte foi muito anterior, foi a morte provocada pelo esquecimento e o abandono social. "O esquecimento do artista marca mais que a morte", disse um amigo seu no dia do funeral.

Após o fim da guerra, HANS LAZAR continuou morando em Madrid, em um palacete alugado dos Hohenlohe onde guardava antiguidades e obras de arte, de que era um fervoroso colecionador. Em junho de 1944, os funcionários britânicos e norte-americanos que entraram na embaixada alemã em Madrid, na rua Hermanos Bécquer, 3, encontraram-na vazia e suspeitaram que Hans Lazar tivesse levado desde o dinheiro e os quadros até o encanamento. Pediram sua extradição, mas foi negada duas vezes. Lazar permaneceu na Espanha protegido pelo regime franquista até que, já enfermo, mudou-se para Viena, onde faleceu em nove de maio de 1961.

JOHN HUSTON, o jovem que atropelou com seu carro Tosca Roulien, acabou sendo um dos maiores diretores da história do cinema. Antes foi campeão de boxe na categoria peso leve, jornalista, pintor boêmio em Paris, contista, eventualmente ator, e roteirista. Seu primeiro filme como diretor, *O falcão maltês*, tornou-se um marco do cinema negro norte-americano. Os filmes seguintes marcaram a história do celuloide: *O segredo das joias* (1950), *Uma aventura na África* (1951) e *O homem que queria ser rei* (1975) são apenas alguns dos mais conhecidos. Como ator, foi indicado para o Oscar por sua interpretação no filme *O cardeal*, de Otto Preminger. Como diretor e roteirista ganhou as estatuetas da Academia com *O tesouro de Sierra Madre* (1948). Recebeu, ao todo, quinze indicações. Os acidentes de trânsito foram um pesadelo que o perseguiu durante a vida toda. Sua quarta esposa, Erica Soma, morreu em um acidente de trânsito, em 1969, na França. A filha que tiveram juntos, Angelica Huston, também tem uma brilhante carreira, ganhando sua estatueta em 1985 pelo filme *A honra do poderoso Prizzi*.

MARGARITA TAYLOR, a discreta heroína e proprietária do Embassy, continuou à frente de seu negócio até que se aposentou, transformando-o na melhor confeitaria da capital – suas tortinhas de limão e seus sanduíches de agrião ficaram famosos. Morreu em Madrid, em 1983, em idade avançada, oito anos antes de sua história secreta vir a público após ter vencido o prazo que impôs o governo britânico para proteger a privacidade, em vida, de alguns agentes dos serviços de inteligência.

Contudo, seu estabelecimento, que permaneceu aberto durante oitenta e seis anos, e que sobreviveu a duas guerras, sucumbiu aos golpes da última crise econômica. O aumento do custo do aluguel obrigou o Embassy a fechar definitivamente as portas em março de 2017. Desaparecia assim o símbolo de uma época e cenário de uma história exemplar.

AGRADECIMENTOS

Embora não pareça, esta é uma parte delicada do livro porque é fácil esquecer algum amigo ou pessoa que, em algum momento, tenha contribuído com um dado ou uma informação relevante para a elaboração desta obra. Por isso, quero começar pedindo perdão a quem eu possa ter me esquecido de citar.

A primeira vez que me falaram desta história foi em 2006, pouco depois do sucesso de *Pasión índia*. Foi José Rey-Ximena, autor, editor e amigo, quem me contou, já com a ideia de transformá-la em um grande filme. Naquela época, eu estava absorvido em *El sari rojo* e não pude colaborar com José, que acabou escrevendo um livro, *El vuelo del Ibis*, no qual incorporou as últimas informações obtidas após ter entrevistado Conchita Montenegro várias vezes, pouco antes de sua morte. Quero agradecer de coração a José por sua disponibilidade e generosidade ao compartilhar sua valiosa informação. José me apresentou Aline Griffith, a condessa de Romanones, que morreu pouco depois de a entrevistarmos.

Em 2015, foi Cristina Morató, escritora e amiga, quem me falou de novo sobre Conchita Montenegro. Ela estava terminando *Divina Lola*, uma biografia de Lola Montes e, ao se deparar com o personagem de Conchita, pensou em mim. “Moro, essa história é para você”, me disse. E tinha razão. Quando comecei a investigar, já não podia largar o tema. Tendo morado cinco anos em Hollywood, tudo me parecia surpreendentemente familiar. Obrigado, Cristina.

Obrigado também a Elena Ramírez, minha editora em Seix Barral, que me incentivou a começar essa nova aventura. E, é claro, todos os meus agradecimentos a minha editora Ana Rosa Semprún e a Miriam Galaz, da Espasa.

Meu agradecimento a Jimmy Giménez-Arnau por ter me colocado em contato com sua prima Martha Patricia Hermanny, que me contou toda a história de sua mãe, Juana Montenegro, e parte da história de Conchita no Brasil. Muito obrigado a Martha Patricia por dividir detalhes da família de uma forma tão aberta e fácil. Obrigado também a Alfonso Ussía, que conheceu bem o casal Giménez-Arnau.

Obrigado a Margarita Becerril, amiga de Juana, que me contou sobre suas visitas ao apartamento da Juan Bravo, onde ela e seu marido foram várias vezes, convidados por Conchita e Ricardo. A Ximena Pan de Soraluce, filha do embaixador da Espanha no Brasil, que também dividiu comigo suas lembranças das irmãs Montenegro no Rio de Janeiro.

Não teria sido possível documentar-me tanto sem a inestimável ajuda do meu amigo, o pesquisador e roteirista Luis Conde-Salazar, que conseguiu reunir um material inédito sobre a passagem dos espanhóis em Hollywood, assim como poemas escritos por Conchita em francês e entrevistas esquecidas sob o pó das hemerotecas.

Meu agradecimento se estende a Vali Sámano, cuja sagacidade e entendimento da psicologia feminina me ajudaram a elaborar um perfil da atriz. Obrigado também a Enrique Fuster de Alcázar, amigo íntimo de Katia, a filha de Gregorio Martínez Sierra e Catalina Bárcena, que compartilhou suas recordações comigo.

Para concluir, um reconhecimento especial a Marina Vicente, cujas correções precisas e inteligentes ajudaram, sem dúvida nenhuma, a melhorar o texto. Obrigado também a Laura Garrido e a Lucía Durán.

E não me esqueço de Sebastián e Olivia, obrigado pela companhia e estímulo.

Bibliografia

Sinto-me especialmente em dívida com estes livros:

ARMERO, Álvaro. *Una aventura americana* (Compañía Literaria, 1995). Uma coletânea de entrevistas com os espanhóis que foram para Hollywood na década de 1930.

FUSTER DEL ALCÁZAR, Enrique. *El mercader de ilusiones* (SGAE, 2003), documento indispensável para conhecer a vida íntima de Gregorio Martínez Sierra e Catalina Bárcena.

MONTOLIÚ, Pedro. *Madrid en la posguerra* (Sílex, 2005), um livro muito bem documentado e muito interessante sobre a Madrid do pós-guerra.

REY-XIMENA, José. *El vuelo del Ibis* (Ed. Facta, 2008), que traz as revelações que Conchita Montenegro fez ao autor antes de morrer.

Além disso, consultei estas fontes:

ANGER, Kenneth. *Hollywood Babylon* (Bell Publishing, 1981).

______. *Hollywood Babylon II* (Bell Publishing, 1984).

BAXTER, John. *Hollywood in the thirties* (Tantivy Press, 1968).

BOYLE, Charles. *Another Hamlet* (Forever Press, 1993).

BUÑUEL, Luis. *Mi último suspiro* (Penguin Random House, 2017).

CANSINOS-ASSENS, Rafael. *La novela de un literato* (Alianza, 1985).

COLVIN, Ian. *Flight 777* (Pen&Sword Books, 1997).

CHAPLIN, Charles. *Historia de mi vida* (Taurus, 1964).

EFORGAN, Estel. *Leslie Howard, the lost actor* (Velntine Mitchell, 2013).

FAIRBANKS JR., Douglas. *The salad days* (Collins 1988).

FERNÁN-GÓMEZ, Fernando. *El tiempo amarillo* (Debate, 1998).

FLAUBERT, Gustave. *Madame Bovary* (Folio Classique, Gallimard, 2001).

FORD, Charles. *La vie quotidienne à Hollywood* (Hachette, 1972).

GARCÍA DE DUEÑAS, Jesús. *Nos vamos a Hollywood* (Nickel Odeon, 1993).

GIMENEZ-ARNAU, J. A. *Breve historia de una larga agonía* (Destino, 1973).

______. *La guerra en el mar* (Ed. Heraldo de Aragón, 1938).

______. *Memorias de memoria* (Destino, 1978).
______. *Memorias* (Tebas, 1979).
GRIFFITH, Aline. *El fin de una era* (Ediciones B, 2010).
HERNANDEZ GIRBAL, Florentino; heinink, Juan B.; dickson, Robert G. *Los que pasaron por Hollywood* (Verdoux, 1992).
HOWARD, Leslie. *A quite remarkable father* (Longmans, 1960).
HOWARD, Ronald. *In search of my father* (St Martin's Press, 1981).
____. *Trivial Fond Records* (William Kimber, 1982).
JARDIEL PONCELA, Enrique Jardiel. *Exceso de equipaje* (Biblioteca Nueva, 1943).
KESSEL, Joseph. *Hollywood, ville miracle* (Gallimard, 1937).
LAPIERRE, Alexandra. *Un homme fatal* (Robert Laffont, 1987).
MARAÑÓN, Jimmy Burns. *Papá espía* (Debate, 2010).
MORLEY, Sheridan. *Tales from the Holllywood Raj* (Weindenfeld& Nicholson, 1970).
NABOKOV, Vladimir. *Lolita* (Anagrama, 1955).
NEVILLE, Edgar. *Producciones García S.A.* (Ed. Castalia, 2007).
PARIS, Barry. *Garbo* (Alfred Knpf, 1995).
PROUST, Marcel. *Albertine disparue* (La Pleiade[1989?]).
RÍOS CARRATALÁ, Juan A. *El tiempo de la desmesura* (Barril & Barral, 2010).
______. *Una arrolladora simpatía: Edgar Neville: de Hollywood al Madrid de La Posguerra.* (Google Book).
ROBINSON, David. *Hollywood in the twenties* (Tantivy Press, 1968).
SÁNCHEZ-BIOSCA, Vicente. *Cine y guerra civil española* (Alianza Editorial, 2006).
SWENSON, Karen. *Greta Garbo, a life apart* (Scribner, 1998).

LEIA TAMBÉM OUTROS TÍTULOS DO AUTOR
PUBLICADOS PELA EDITORA PLANETA

Este livro foi composto em Adobe Garamond Pro e impresso pela Gráfica Santa Marta
para a Editora Planeta do Brasil em janeiro de 2019.